우먼 인 윈도

THE WOMAN IN THE WINDOW

by A. J. Finn

우먼 인 윈도

the
woman
in the
window

A. J. 핀 장편소설
부선희 옮김

비채

조지를 위하여

삼촌의 마음속 깊은 곳에는
아무도 모르는 무언가가 있어요.
저는 그걸 느낄 수 있죠.

영화 〈의혹의 그림자〉에서

10월 24일
일요일

남편이 들이닥치기까지 얼마 남지 않았다. 저 여자는 이번에야말로 덜미를 잡히고 말 것이다.

212번지의 창에는 커튼도, 블라인드도 없다. 적갈색 타운하우스에는 얼마 전까지만 해도 갓 결혼한 모츠 부부가 살았다. 두 사람이 금세 갈라서기 전까지. 나는 모츠 부부와 알고 지내는 사이는 아니었다. 그저 수시로 그들의 SNS를 확인하는 사이였을 뿐. 메이시스 백화점 사이트에는 아직도 두 사람을 위한 결혼선물 레지스트리가 떠 있다. 마음만 먹으면 지금이라도 식기 세트를 주문할 수 있다.

하던 얘기로 돌아가면, 저 집 창문에는 아직 천 쪼가리 하나 걸려 있지 않다. 212번지는 벌거벗은 붉은 몸뚱이를 아무렇지 않게 드러낸 채, 텅 빈 눈으로 길 건너편을 응시하고 있다. 나 역시 피하지 않고 그 시선과 마주한다. 그곳에는 중개업자를 게스트룸으로 이끄는 안주인이 있다. 저 집은 대체 뭐가 잘못된 걸까. 사랑의 장례식장이 있다면 바로 저곳일까.

그녀는 풀밭을 떠올리게 하는 푸른 눈과 빨간 머리칼을 가진 사랑스러운 여자다. 등에는 작은 주근깨가 군도처럼 흩어져 있다. 남편인 존 밀러 박사보다 훨씬 아름다운 존재다. 부부 상담을 전문으로 하는 정신과 의사인 그는 온라인에 검색을 하면 나오는 436,000명의 존 밀러 가운데 한 명일 뿐이다. 그의 병원은 맨해튼의 그래머시 공원 근처에 있고 보험처리를 해주지 않는다. 매매증서를 보면, 이 집에 360만 달러나 들인 것을 확인할 수 있다. 환자가 많은 게 틀림없다.

나는 그의 부인에 대해서도 파악을 마쳤다. 그녀는 가정주부의 전형은 아니다. 부부가 이사 온 지 8주가 지났지만, 창문이 여지껏 텅 비어 있으니 말이다. 쯧쯧. 부인은 일주일에 세 번 요가를 하러 간다. 착 달라붙는 룰루레몬 레깅스를 입고, 한쪽 겨드랑이에 요가 매트를 돌돌 말아 끼운 채 가벼운 걸음으로 집을 나선다. 그리고 여기저기 자원봉사를 하러 다니는 게 분명하다. 월요일과 금요일이면, 내가 일어나는 오전 11시가 조금 넘은 시각에 집을 나서서, 5시에서 5시 30분 사이에 돌아온다. 내가 저녁마다 영화를 보려고 자리를 잡는 시간이다(오늘의 상영작은 〈나는 비밀을 알고 있다〉이다. 몇 번째 보는 건지 모르겠지만, 나는 이 영화를 너무나 잘 안다).

그녀가 낮술을 즐긴다는 것도 진즉에 알고 있었다. 나도 그랬으니까. 그녀도 나처럼 아침에 술 마시는 걸 좋아할까?

하지만 그녀의 나이만큼은 미스터리였다. 물론 그녀가 밀러 박사나 나보다 어리고 날씬한 것만은 틀림없지만. 그녀의 이름 역시 추측할 뿐이다. 나는 그녀의 이름이 리타일 거라고 생각했는데, 그녀가 영화 〈길다〉에 나오는 리타 헤이워스를 닮았기 때문이다. "난 요만큼도 흥미가 없어요." 내가 특별히 좋아하는 리타의 대사이다.

나는 그런 그녀에게 엄청난 흥미를 느낀다. 척추가 이루는 완만

한 굴곡이나 돋아나다 만 듯한 날개뼈, 가슴을 움켜쥔 하늘색 브래지어 같은 그녀의 육체가 아니라, 그녀의 삶에 대한 흥미였다. 나 같은 사람과 비교해볼 때, 그녀의 삶은 이중, 삼중으로 복잡했다.

방금 전 밀러 박사가 모퉁이를 돌았다. 12시가 조금 넘은 시각이었다. 부인이 중개업자를 잡아끌며 현관을 걸어 잠근 지 얼마 되지 않은 시점이다. 이례적인 일이다. 일요일이면 밀러 박사는 3시 15분이 되어서야 집으로 돌아오기 때문이다. 예외란 없었다.

하지만 지금, 이 선량한 박사님은 보도를 따라 씩씩대며 집으로 향하고 있다. 결혼반지가 반짝이는 손이 서류가방을 든 채 앞뒤로 허공을 가른다. 나는 그의 발에 줌인했다. 잘 닦인 옥스블러드 레드 색상의 옥스퍼드화가 가을 햇살을 받으며 땅을 디딘다.

나는 카메라를 들어 그의 머리를 살핀다. 니콘 D5500에 옵테카 렌즈*를 끼우면 놓치는 것 없이 잡아낼 수 있다. 제멋대로 흐트러진 얼룩덜룩한 머리카락과 값싸 보이는 가늘고 긴 안경, 움푹 팬 볼을 뒤덮은 수염 자국. 그는 자신의 얼굴보다 신발에 더 정성을 쏟는 모양이다.

리타와 중개업자가 빠른 속도로 옷을 벗어젖히는 212번지로 돌아가보자. 나는 전화번호 안내 서비스에서 번호를 알아낸 다음, 저 집에 전화해 그녀에게 이 상황을 알려줄 수도 있다. 하지만 그러지 않을 것이다. 관찰하는 것은 야생사진을 찍는 것과 같다. 그들의 삶에 간섭해서는 안 된다.

밀러 박사는 이제 삼십 초 후면 현관 앞에 도달할 것이다. 아내의 입술이 중개업자의 목덜미를 훑고 있다. 블라우스가 그녀의 몸

---

* 옵테카 사의 고화질 망원렌즈.

에서 흘러내린다.

이제 네 걸음 더 가까워졌다. 다섯 걸음, 여섯 걸음, 일곱 걸음. 기껏해야 이십 초 남았다.

중개업자의 셔츠 깃 사이로 타이가 빠져나가는 소리가 들리는 것만 같다. 그녀는 빼낸 타이를 방 저쪽으로 던진다.

이제 십 초. 줌인으로 당기자 렌즈 주둥이가 경련을 일으킨다. 박사의 손이 주머니 속으로 들어가 열쇠 꾸러미를 끌어올린다. 앞으로 칠 초.

리타가 한데 묶었던 머리를 풀어헤치자 머리칼이 어깨 위로 요동친다.

이제 삼 초. 남편은 계단 위로 올라섰다.

그녀는 남자의 등을 감싸 안으며 깊은 키스를 퍼붓는다.

박사가 열쇠구멍으로 열쇠를 꽂는다. 열쇠가 돌아간다.

나는 리타의 얼굴로 줌인한다. 놀란 눈이 튀어나올 것만 같다. 소리를 들은 것이다.

나는 이 장면을 사진으로 남긴다.

그리고 바로 그때, 박사의 서류가방이 열린다.

서류 한 뭉치가 터져 나오며 바람에 흩날린다. 나는 박사에게 카메라 초점을 맞춘다. 그의 생생한 입 모양을 잡아내기 위해서다. 그는 계단에 서류가방을 내려놓고 번쩍이는 신발로 서류 몇 장을 고정시킨다. 서류 한 장이 바람을 타고 날아가 나뭇가지에 걸렸지만 박사는 눈치채지 못한다.

한편, 리타는 옷소매에 팔을 꿰며 머리를 정돈한다. 그녀는 빠른 속도로 방을 빠져나온다. 그대로 버려진 중개업자는 침대에서 기어나와 주머니에 타이를 쑤셔 넣는다.

참았던 숨을 내쉬자 풍선에서 바람 빠지는 소리가 났다. 여태껏 내가 숨을 참고 있었다는 사실조차 몰랐다.

현관문이 열린다. 리타가 남편을 부르며 계단으로 달려온다. 그가 돌아본다. 미소를 짓고 있을 것 같지만, 여기서는 확인이 불가능하다. 그녀는 몸을 굽혀 보도에서 서류 몇 장을 줍는다.

그사이 문 앞에 등장한 중개업자는 한 손을 주머니에 넣은 채, 다른 한 손을 들어 박사에게 인사한다. 밀러 박사도 그를 향해 손을 흔든다. 박사는 층계참으로 다가가 서류가방을 든다. 두 남자가 악수한다. 그리고 리타에게 이끌려 집 안으로 향한다.

오늘은 여기까지.

10월 25일
월요일

영구차처럼 음산한 기운을 뿜으며 천천히 들어온 차 한 대가 어둠 속에서 후미등을 밝히고 서 있다. "새로 이사 왔나 봐." 나는 딸에게 말한다.

"어느 집?"

"공원 건너편. 207번지."

그들은 집으로 들어가지 않고 계속 거기 서 있다. 황혼 속 어른거리는 모습이 마치 유령 같다. 차 트렁크에서 박스를 끄집어내는 것 같았다.

아이가 후루룩 소리를 냈다.

"뭘 그렇게 먹니?"

오늘은 중국 음식을 먹는 날이라는 건 나도 알고 있다. 아이는 볶음국수를 먹는 중이다.

"볶음국수."

"엄마랑 말하는 중에 그렇게 먹으면 안 되지, 안 되고말고."

"으응, 엄마."

아이는 다시 후루룩 빨아올리고 우물거렸다. 이것은 아이와 나

사이의 줄다리기였다. 나의 바람과는 달리, 아이는 엄마를 속 좁고 막말하는 사람으로 만들곤 했다. "그쯤 해둬." 에드가 말했다. 이러면 또 에드만 아빠 대접을 받겠지.

"가서 인사라도 하면 좋잖아." 올리비아가 제안한다.

"저도 그러고 싶군요, 꼬마 아가씨." 나는 건너편이 조금 더 잘 보이는 2층으로 올라간다. "어머, 여기저기서 호박을 내놓았네. 집집마다 한 덩이씩 내놨어. 그레이 씨 댁은 네 덩이나 되고." 나는 손에 잔을 들고, 와인으로 입술을 적시며 층계참으로 나왔다. "올해는 우리도 호박 하나 해야 하지 않을까. 올리비아, 아빠한테 가서 하나 깎아달라고 해봐." 나는 와인을 한 모금 더 들이켰다. "아니면 너 하나, 나 하나, 두 덩이 할까?"

"좋아."

나는 어두운 화장실 거울에 반사된 내 모습을 힐끗거리며 아이에게 물었다. "행복하니, 아가?"

"응."

"외롭지 않아?" 올리비아는 뉴욕에 온 뒤로 친구를 한 명도 사귀지 못했다. 아이는 너무 작고, 너무 수줍었다.

"응."

나는 계단 끝의 어둠을 유심히 들여다보았다. 낮 동안은 머리 위 천창으로 햇빛이 쏟아졌다. 그러다 밤이 되면, 천창은 층계 깊숙한 곳을 들여다보는 커다란 눈동자가 되었다. "펀치 보고 싶지 않아?"

"아니." 올리비아는 고양이와도 잘 지내지 못했다. 크리스마스날 아침, 녀석은 발톱으로 올리비아의 손목을 동서남북으로 긁어놓았고, 선홍빛 핏방울이 살갗에 맺히자 에드는 녀석을 창문 밖으로 집어던질 뻔했다. 녀석을 찾아본다. 녀석은 서재 소파에 웅크리

20

고 앉아 나를 보고 있다.

"아빠한테 가서 얘기해봅시다, 우리 꼬마 아가씨." 그렇게 말하고 일어서려는데 발에 러그가 걸렸다. 라탄 소재였다. 도대체 무슨 생각으로 이걸 여기 두었을까? 라탄은 때가 너무 잘 탄다.

"어이, 주정뱅이." 에드가 말을 걸어왔다. "누가 새로 이사 왔나 봐?"

"응."

"전에도 누가 이사 왔다고 하지 않았던가?"

"그건 두 달 전이야. 212번지. 밀러 부부." 나는 계단을 내려가며 핑그르르 돌았다.

"이번에는 어느 집이야?"

"207번지. 공원 맞은편."

"동네가 점점 변해가네."

나는 층계참으로 내려서서 돌아 나왔다. "짐이 많지 않은 모양이네. 차 한 대야."

"이삿짐이 나중에 들어올 수도 있지."

"그럴지도."

그리고 침묵이 이어졌다. 나는 와인을 한 모금 들이켰다.

그리고 거실 벽난로 옆으로 다가선다. 거실 한편에 그림자가 드리워진다. "저기……." 에드가 입을 열었다. "아들이 있나 봐."

"그래?"

"아들이 있다." 나는 차가운 창에 이마를 들이대며 말했다. 이곳 할렘에는 아직 가로등이 설치되지 않아서, 거리는 저며놓은 레몬 조각 같은 달빛에만 의지하고 있었다. 하지만 그들의 실루엣만은 분간할 수 있었다. 남자 하나, 여자 하나, 키 큰 소년이 현관으로 짐을 옮기고 있었다. "중고등학생쯤 됐겠어." 내가 덧붙였다.

"그쯤 해둬, 퓨마 양반."

"당신이랑 같이 살면 좋겠다." 어떻게 해볼 새도 없이 내뱉은 말이었다.

에드는 의표를 찔렸는지 그 말에 주춤했고, 정적이 흘렀다.

그리고 다시 대화가 이어졌다. "시간이 더 필요할 거야." 에드가 말했다.

나는 아무 대꾸도 하지 않았다.

"의사 말이, 너무 자주 만나도 좋지 않다고 했어."

"그렇게 말한 의사가 바로 나야."

"당신은 그렇게 말한 의사들 중 한 명일 뿐이야."

뒤에서 손가락 꺾는 듯한 소리가 나고, 벽난로에서 불꽃이 일다가 낮은 소리를 내며 쇠창살 안에 자리를 잡았다.

"새로운 이웃들을 초대해보는 건 어때?" 그가 말했다.

나는 잔을 비웠다. "오늘은 이 정도까지만 해두자."

"애나."

"에드."

남편이 내쉬는 숨소리마저 들리는 듯하다. "함께하지 못해서 미안해."

이번에는 내 심장 소리가 들릴 것 같다. "나도 마찬가지야."

펀치가 나를 따라 아래층으로 내려왔다. 나는 고양이를 들어 올려 부엌으로 갔다. 조리대 위에 있는 전화기에 자동응답을 설정하고, 잠자리에 들기 전, 한잔 더 하기로 한다.

와인 병목을 잡은 채 나는 창문 쪽으로 돌아선다. 그리고 보도를 서성이는 세 유령을 향해 건배한다.

10월 26일
화요일

작년 이맘때, 우리는 이 집을 팔 계획으로 업자를 알아보았다. 올리비아는 9월에 입학할 미드타운 근처의 학교에 등록을 마쳐두었고, 에드는 레녹스 힐에 리모델링한 집을 구했다. "재밌을 거야." 에드는 이렇게 약속했었다. "비데도 달아줄게, 당신 전용으로." 나는 에드의 어깨를 후려쳤다.

"비데가 뭐야?" 올리비아가 물었다.

하지만 그는 이곳을 떠났고, 올리비아 역시 아빠를 따라갔다. 그런데 어젯밤, 무산되어버린 희망사항의 맨 윗줄이 불현듯 떠올라 나는 가슴을 쓸어내려야 했다.

가족을 위한 완벽한 안식처! 완전히 새단장한 19세기 할렘의 보석, 할렘의 랜드마크!

'랜드마크'와 '보석'이라는 데에는 논쟁의 여지가 있겠지만, '19세기(이 집은 1884년에 지어졌다)'와 '할렘'이라는 단어 자체는 반박할 수 없는 사실이었다. '완전히' 그리고 큰돈을 들여 '새단장'되

었다는 것 역시 보장할 수 있었다. 가족을 위한 완벽한 안식처가
되리라는 것도.

우리 집의 구조는 이러하다.

지하층. 중개업자 말로는 이런 구조를 다세대주택이라고 부른다
고 했다. 지하층은 도로보다 아래에 있고, 한 층 전체를 쓴다고 보
면 된다. 입구가 따로 있다. 부엌, 욕실, 침실에 작은 오피스가 딸려
있다. 에드가 팔 년간 사무실로 사용한 곳이다. 테이블에 설계도를
펼쳐놓고, 벽에는 계약서를 붙여두었다. 현재는 세를 놓고 있다.

정원. 안마당 형태로, 1층을 통해 나갈 수 있다. 석회석 타일이
깔려 있고, 사용하지 않은 애디론댁 의자 두 개가 놓여 있다. 한쪽
구석에는 작은 물푸레나무가 친구 없는 10대 아이처럼 외롭게 흐
느적대며 웅크리고 있다. 종종 안아주고 싶어지는 나무다.

1층. 영국인이라면 그라운드, 프랑스인이라면 프리미어라고 부
르겠지만, 나는 둘 다 아니다. 물론 옥스퍼드에서 레지던트 생활을
했고 공교롭게도 지난 7월부터 온라인으로 프랑스어를 배우기 시
작했지만. 부엌은 개방된 구조로, 또다시 중개업자의 말을 빌리면,
'품위 있는 공간'으로 꾸며졌다. 정원이 보이는 창이 있고, 공원으
로 나갈 수 있는 뒷문이 있다. 자작나무 바닥에는 포도주 얼룩이
좀 있다. 복도에는 화장실이 연결되어 있는데, 나는 그 공간을 레
드룸이라고 부른다. "토마토레드." 벤자민 무어 페인트사의 카탈로
그에 나온 그대로이다. 거실에는 소파와 커피 테이블, 폭신함이 살

아 있는 페르시안 카펫이 들어가 있다.

2층. 자료실과 서재로 이루어져 있다. 자료실은 에드의 공간이다. 서가는 등이 갈라지고 누렇게 먼지가 낀 책들로 빈틈없이 빽빽하다. 내 공간인 서재는 널찍하고 여유롭다. 체스 전쟁의 주 무대인 매킨토시 컴퓨터가 이케아 테이블 위에 놓여 있고 2층 욕실이 있다. 이 공간 역시 화장실이 딸린 욕실에 붙이기에는 과분한 단어인 '천상의 황홀경'답게 디자인되었고, 그 이름에 걸맞게 출혈이 컸다. 다른 한켠에는, 언젠가 디지털에서 필름으로 넘어간다면 암실로 꾸밀 작정인 벽장이 있다. 하지만 이미 흥미를 잃어버린 듯하다.

3층. 주인용(아마도 안주인이라고 해야 되겠지?) 침실과 욕실, 그리고 손님용 침실과 욕실 딸린 침실도 있다. 나는 올해 대부분의 시간을 침대 위에서 보냈다. 침대에는 두 가지 타입의 매트리스를 제작해 넣었다. 에드 쪽 매트리스는 솜털같이 부드럽게, 내 쪽은 단단하게 제작된 침대였다. "돌바닥에서 자는 거지 저게." 에드가 내 쪽을 가리키며 말하곤 했다.
"당신 침대는 적운형 구름쯤 되겠네, 그럼." 내가 받아쳤다. 그러자 그가 나에게 키스했다. 길고, 천천히.
두 사람이 떠난 뒤, 그 암흑과도 같았던 텅 빈 시간 동안, 나는 몸을 일으키지 않은 채, 침대 한쪽 끝에서 다른 쪽 끝으로 이불을 감고 풀기를 수없이 반복했다.

4층. 전에는 집을 관리해주던 사람들이 머물던 공간이지만, 지금은 올리비아의 침실과 여분의 침실로 개조되었다. 나는 밤이 되면 종종 아이의 침실을 유령처럼 드나들었다. 어느 날은 햇빛에 반사되는 먼지들의 느린 움직임을 바라보며 문간에 서 있기도 했다. 나는 몇 주가 넘도록 4층에 발을 들이지 않았는데, 그사이 그 공간에 대한 기억이 사그라지고 있었다. 피부에 닿는 비의 감촉을 잊어버리듯.

어쨌든 에드와 올리비아와는 내일 다시 얘기해봐야 할 것 같다. 그런데, 공원 건너편에는 아무 인기척이 없군.

10월 27일
수요일

팔다리가 긴 소년이 207번지 현관에서 튀어나왔다. 그 모습이 흡사 출발선에서 튀어나가는 경주마 같았다. 그는 길을 따라 동쪽으로 질주하며 우리 집 현관을 지나쳤지만, 정확히 보지 못했다. 밤늦도록 〈과거로부터〉를 보느라 깨어 있던 나는 와인을 한 잔 더 마시는 것이 과연 현명한가에 대해 고민하는 중이었다. 어쨌든 나는 금발이 스쳐 지나가는 것을 보았고, 한쪽 어깨에 걸쳐 있던 가방을 놓치지 않았다. 아이는 이내 사라졌다.

나는 와인을 단숨에 들이켜고 2층으로 올라갔다. 그리고 내 책상 앞에 자리를 잡고 니콘을 집어 들었다.

207번지의 부엌에서는 건장한 아버지가 TV 화면에서 나오는 빛을 받으며 앉아 있었다. 나는 카메라를 눈에 대고 줌인했다. 투데이쇼였다. 잠시 고민했다. 카메라를 내리고 우리 집 TV를 켜서 이웃과 같은 방송을 시청할 것인지, 아니면 이곳에 앉아 렌즈 너머로 그의 TV를 시청할 것인지를 두고.

나는 전자를 선택했다.

건물 정면을 본 것은 꽤 오래전의 일이지만, 구글이 스트리트뷰를 제공해주었다. 하얗게 회반죽을 바른 벽, 희미하게나마 보자르 풍*이 느껴지는, 망대가 꽂힌 집이다. 여기서는 집의 한쪽 면으로 시야가 국한된다. 동쪽 창을 통해 부엌과 2층 응접실, 그리고 그 위의 침실을 포착할 수 있다.

어제 한 무리의 이삿짐센터 직원들이 TV와 소파, 오래된 장식장들을 들여왔다. 남편이 모든 것을 지휘했다. 그들이 이사 온 밤 이후로, 부인의 모습은 눈에 띄지 않았다. 나는 그녀가 어떻게 생겼을지 매우 궁금해졌다.

초인종이 울렸을 때, 나는 막 '룩앤롤**'을 상대로 체크메이트를 외치려던 참이었다. 나는 발을 질질 끌며 아래층으로 내려가서 버저를 누르고 현관문을 열었다. 매우 급박해 보이는 지하층 세입자가 그곳에 서 있었다. 턱이 긴, 잘생긴 청년이었다. 깊고 어두운 눈빛은 어두운 통풍구를 연상시켰다. 늦은 저녁에 보면 헨리 폰다처럼 보였다. (나만 그렇게 생각하는 것이 아니었다. 데이비드 본인 역시 종종 찾아오는 여자친구들을 이 소재로 웃기곤 했다. 나는 그 사실을 이미 알고 있었다. 소리가 들렸으니까.)

"오늘 저녁에 브루클린으로 외출해요." 보고였다.

나는 손으로 머리를 쓸어넘겼다. "알았어요."

"떠나기 전, 제가 해드릴 일이 없을까요?" 방금 그 말은 꼭 누아르 영화에 나오는 대사처럼 들린다. **'그냥 언질만 주시죠.'**

"괜찮아요. 고마워요."

---

* Beaux-Arts, 고전주의적이고 보수적인 프랑스 건축과 미술.

** Rook&Roll, 퀸 다음으로 강력한 체스 말인 룩(Rook)의 이름을 로큰롤에 대입한 말장난.

그는 내 뒤로 보이는 집 안을 곁눈질한다. "전구 갈아드릴까요? 안이 어두운 것 같아요."

"나는 이 정도로 까만 게 딱 좋아요." 내가 대답한다. **'남자도 자고로 마찬가지죠'**라고 덧붙이고 싶다. 영화 〈에어플레인〉에 나온 농담이던가? "나가서……" 재밌게 노세요? 좋은 시간 보내요? 한 명이라도 건지길? "……좋은 시간 보내세요."

그가 몸을 돌려 나간다.

"지하층으로 바로 드나들 수 있는 문 있는 거 알죠?" 나는 부러 신나는 척 큰 소리로 말했다. "나야 뭐, 집에 있긴 할 테지만." 그가 조금이나마 웃기를 바라면서. 이곳으로 이사 온 지 두 달 정도 지났지만, 나는 데이비드가 웃는 모습을 보지 못했다.

그는 고개를 끄덕이며 집을 나선다.

나는 문을 닫고, 이중으로 걸어 잠근다.

거울에 비친 내 모습을 들여다본다. 눈가에 쐐기처럼 박힌 주름. 어깨까지 늘어진 검은 머리칼은 군데군데 희끗해져서 볼품이 없다. 겨드랑이 털이 무성해지고 뱃살이 늘어진 지 오래다. 허벅지는 울퉁불퉁하다. 피부는 암울할 정도로 창백해서, 팔다리의 핏줄이 보라색으로 드러났다.

꺼지고, 얼룩지고, 무성해지고, 주름진 몸. 운동이 절실하다. 한때는 나도 나름 매력적이라는 소리를 들었다. 그렇게 말해준 사람은 에드를 포함한 몇 명에 불과했지만. "옆집 소녀 같은 매력이 있었지." 우리의 관계가 끝날 때쯤, 에드는 슬프게 말했다.

나는 바닥을 긁어대는 발가락들을 내려다보았다. 길고 가느다란, 그나마 내 몸뚱이에서 매력적이라고 할 만한 유일한 이 부위가 작은 육식동물 같은 몰골이 되었다. 나는 약장을 열어 내부를 샅샅이 뒤진다. 약병들이 토템폴처럼 차곡차곡 쌓여 있다. 나는 그 틈에서 손톱깎이 하나를 발굴해낸다. 마침내, 내가 해결할 수 있는 문제 하나를 찾아낸 것이다.

10월 28일
목요일

5

어제 매매증서가 올라왔다. 새 이웃의 이름은 알리스타 러셀과 제인 러셀이었다. 두 사람은 저 누추한 집을 장만하느라 345만 달러를 지불했다. 구글은 알리스타 러셀이 보스턴을 기반으로 하는 중견 컨설팅 그룹의 임원이라는 사실을 알려주었다. 아내에 대한 정보는 없었다. 검색창에 제인 러셀*을 쳐보면 알리라.

그들은 참으로 활기 넘치는 동네를 골랐다.

길 건너 밀러 부부의 집은—이곳에 발을 들인 자, 모든 희망을 버릴지어다— 남쪽 창을 통해 보이는 다섯 가구 중 하나이다. 동쪽으로는 일란성 쌍둥이인 그레이 자매—우리는 '희끗한'의 의미를 담아 이들을 그렇게 불렀다—의 집이 있다. 두 집은 창문에 같은 처마장식이 둘러져 있고, 현관문 역시 똑같은 초록색이었다. 오른쪽 집에는—이쪽 그레이가 더 희끗해 보였다— 헨리 바서먼과 리사 바서먼 부부가 살았다. 오래된 주민들이다. "벌써 사십 년이야, 해마다 숫자가 늘고 있다우." 우리가 이사 오던 날, 바서먼 부

---

* 작중의 제인 러셀은 미국의 영화배우이자 가수인 제인 러셀(Jane Russell, 1921~2011)과 동명이인이다.

인은 자랑을 늘어놓았다. 그녀는 우리에게(정확히는 '우리 면전에 대고') '한때 진정한 이웃을 이루고 살았던 이곳'에 여피족이 또 이사 온 것에 대해 그녀(그리고 '그녀의 헨리')가 얼마나 분개하고 있는지 말해주기 위해 우리를 방문했었다.

에드는 화를 참지 못하고 씩씩댔고, 올리비아의 토끼 인형은 여피라는 이름을 가지게 되었다.

그날 이후 바서먼 부부는 나에게 말을 걸지 않았다. 물론, 한때 여피'족'이었던 우리 가족은 이제 나 혼자가 되었지만. 그들 부부는 심지어 옆집에 사는 또 다른 그레이 자매의 식구들과도 잘 지내지 못하는 것처럼 보였다. 10대로 보이는 쌍둥이 딸 두 명과 M&A 부티크에서 일하는 남편, 열성적인 북클럽 운영자인 부인으로 이뤄진 가족이었다. 이달의 책은, 공지사항에 올라온 대로 토머스 하디의 《비운의 주드》였다. 중년 여성 여덟 명이 거실에 모여 앉아 그 책에 대해 토론하고 있다.

나는 그 책을 읽으며 북클럽의 일원이 되는 상상을 해보았다. 커피 케이크(익숙하지 않은 요소다)와 함께 와인(익숙한 요소다)을 홀짝이는 모습. "주드에 대해 어떻게 생각하시나요, 애나?" 크리스틴 그레이가 나에게 물을 것이다. 그러면 나는 다소 모호한 지점이 있다고 대답할 것이고, 우리는 웃을지도 모른다. 사실, 그들이 지금 웃고 있다. 나도 저들과 함께 웃으려고 해본다. 그리고 와인을 한 모금 들이켠다.

밀러 씨네 집 서쪽으로는 다케다 가족이 산다. 남편은 일본인, 부인은 백인으로, 그 아들은 섬뜩할 정도로 아름다웠다. 아이는 첼로를 연주했는데, 날씨가 따뜻할 때면 문을 죄다 열어놓고 첼로를 켰다. 그러면 에드는 우리 집 창도 열어젖혔다. 오래전, 6월의 어느 밤, 나와 에드는 바흐의 선율에 맞춰 춤을 추었다. 에드의 어깨에 머리를 기댄 채. 에드는 길 건너 소년이 연주하는 선율을 따라 손가락으로 나를 두드렸다. 우리는 그렇게 부엌에서 춤을 추었다.

이번 여름에도 소년의 선율은 우리 집 거실 창문을 공손히 두드렸다. **문 좀 열어주세요.** 하지만 나는 열지 않았다. 그럴 수 없었다. 나는 이제 절대로 창문을 열지 않는다. 절대로. 하지만 소년의 선율은 낮고 조용한 소리로 다시 청한다. **문 좀 열어주세요. 문 좀 열어주세요!**

다케다 씨네 집 측면에 위치한 206번지에서 208번지에 이르는 저택은 두 동짜리 적갈색 사암 건물로, 현재는 비어 있다. 지난 11월, 한 유한법인이 두 채 모두 구입했다는데, 이사 오는 사람은 없었다. 이상한 일이었다. 거의 일 년 가까이 공중정원처럼 집 앞에 매달려 있던 공사용 작업발판은 어느 날 사라졌고(에드와 올리비아가 떠나기 몇 달 전의 일이다), 그 뒤로는 아무것도 포착되지 않았다.

남쪽으로 보이는 나의 제국과 백성들을 보라. 그들 중 나의 친구는 없다. 나는 그들 중 누구도 한 번 혹은 두 번 이상 만난 적이 없다. 도시에서의 삶이 다 그렇지⋯⋯. 나는 이렇게 치부해버린다. 아마도 바서먼 아주머니의 말이 맞았으리라. 내가 어떻게 되었는지 그 사람들은 알고 있을까. 몹시 궁금하다.

우리 집 동쪽으로는 텅 빈 가톨릭 스쿨이 인접해 있다. 정확히 말해 등을 맞대고 있다. 세인트 딤프나 스쿨은 우리가 이사 온 후 문을 닫았다. 우리는 올리비아가 못된 짓을 할 때마다 그 학교에 집어넣겠다고 협박하곤 했다. 떨어져 나간 사암 벽돌, 더러워진 창문. 어쩌면 이런 것들조차 예전의 기억일지 모른다. 그곳을 관찰한 것도 이미 오래전 일이니까.

그리고 서쪽으로는 바로 공원이 있다. 아주 작은, 집터 두 개 정도 크기의 공원으로, 벽돌을 놓아 만든 좁고 으슥한 길이 우리 집 방향의 거리와 북쪽으로 난 길을 연결해주었다. 길 양쪽으로 경비처럼 서 있는 플라타너스 잎사귀들은 불타는 듯 붉은색이었다. 땅에 붙어 있다시피 나지막한 철제 담장이 길 양쪽을 에워쌌다. 중개업자 말대로, 매우 기이한 모양의 공원이었다.

그리고 공원 너머에 바로 그 집이 있다. 207번지. 두 달 전, 집을 팔아치운 예전 집주인은 재빨리 짐을 싸서 남쪽 베로 비치에 있는 실버타운으로 가버렸다. 그리고 알리스타와 제인 러셀이 들어왔다.

제인 러셀이라니! 나의 물리치료사는 그런 이름을 들어본 적이 없다고 했다. '신사는 금발을 좋아해'라고 내가 알려주었다.

"그래봤자 저는 모른다니까요." 비나가 대답했다. 그녀는 나보다 어리다. 아마 그래서 그럴 것이다.

여기까지가 오늘 아침에 있었던 일이다. 논쟁이 붙기도 전에, 그녀는 나의 한쪽 다리를 다른 쪽 다리 위로 포개어버렸다. 나는 오른쪽으로 뒤집어졌다. 아파서 숨을 쉴 수 없었다. "햄스트링에 필요한 동작이죠." 비나는 나를 안심시켰다.

"이 못된……." 나는 숨을 헐떡였다.

그녀는 바닥에 대고 내 무릎을 눌렀다. "살살 해달라고 저한테 돈을 내는 게 아니잖아요."

나는 움찔했다. "혹시 돈을 내면 여기까지만 하고 나가줄 건가요?"

비나는 내가 내 삶을 저주하게 하려고 일주일에 한 번씩 방문하는 것이 분명하다. 혹은 자신의 섹스 모험담을 들려주기 위해서이거나. 매주 업데이트되는 그녀의 이야기는 실로 내 생활만큼이나 놀라웠다. 물론 비나의 경우, 모든 것이 그녀가 까다롭기 때문에 벌어지는 일들이었다. "이 어플에 들어오는 남자들의 절반은 오 년 된 사진을 써요." 불평을 늘어놓는 비나의 머리칼이 어깨 너머로 폭포처럼 쏟아진다. "나머지 절반은 유부남이고, 또 나머지 절반은 아직 혼자인 이유가 뻔히 보이죠."

그러면 도합 1과 2분의 1이었지만, 자기 척추를 누르고 있는 사람에게 셈을 두고 시비를 거는 사람은 없을 것이다.

나도 한 달 전 틴더에 가입했다. "그냥 구경이나 하는 거지." 나 자신에게 한 변명이었다. 비나의 말에 따르면, 틴더는 언젠가 마주쳤던 사람들과 연결해준다고 했다. 하지만 만약 당신이 어느 누구와도 마주친 적이 없다면? 만약 당신이 수직으로 정렬된 400제곱미터 내에서만 돌아다니고, 그 너머로 가지 않는다면?

나도 알 길이 없다. 내가 처음으로 맞닥뜨린 프로필은 데이비드의 것이었다. 나는 그 자리에서 계정을 삭제했다.

제인 러셀을 흘끗거린 지 나흘이 지났다. 그녀는 미사일 같은 가슴과 말벌처럼 잘록한 허리를 지닌 오리지널 제인 러셀과 같은 비율을 자랑하진 않았다. 하지만 그건 나도 마찬가지였다. 아들은 어제 아침에 한 번 본 것이 전부였다. 하지만 건장한 어깨와 칼자국이 난 눈썹, 날카로운 콧대를 지닌 남편만은 항상 눈에 띄었다. 부엌에서 계란을 풀거나, 응접실에서 책을 읽거나, 가끔 누군가를 찾는 것처럼 침실을 들여다보는 모습을 관람할 수 있었다.

10월 29일
금요일

6

낮에는 프랑스어 수업, 밤에는 〈디아볼릭〉 감상. 쥐새끼 같은 남편, 타락한 아내, 정부, 살인, 사라진 시체. 사라진 시체라니.

하지만 일단, 처리할 일이 있다. 나는 약을 먹고 컴퓨터 앞에 앉는다. 마우스를 한쪽으로 가져가 비밀번호를 입력한다. 아고라로 로그인.

그곳에는 때를 막론하고 최소 여남은 명의 사용자들이 접속해 있다. 전 세계에 퍼져 있는 일단의 사람들. 그중 몇몇은 나도 이름을 알고 있다. 베이 에리어의 탈리아, 보스턴의 필. 변호사답지 않은 이름을 가진 맨체스터 출신의 변호사 밋치. 볼리비아인인 페드로. 자주 끊기는 그의 영어 실력은 나의 엉터리 프랑스어보다 나을 것이다. 다른 사람들은 전부 닉네임으로 불린다. 나도 마찬가지다. 아주 잠깐 동안, '아고라포비아 애나'라는 닉네임을 사용했다. 하지만 내가 정신과 의사라는 사실을 밝히자 빠른 속도로 말이 퍼져 나갔다. 그래서 지금 닉네임은 '진료중'이다. 지금 진료중 님이 여러분을 만나러 갑니다.

아고라포비아, 즉 광장공포증. 이론적으로 말하자면 열린 공간에 대한 공포. 실질적으로는 일련의 불안장애를 일컫는다. 1800년대 후반 최초로 보고되었고, 그 후 한 세기가 지나서야 '독립된 진단적 실재'로 분류되었다. 흔히 공황장애에 동반하는 것으로 알려져 있다. 원한다면,《정신장애 진단 및 통계 편람 제5판》을 확인하시길. 줄여서 DSM-5라고 불린다. 언제 들어도 기분 좋아지는 이름이다. 시리즈 영화의 제목 같지 않은가. "〈정신장애4〉를 좋아하셨나요? 그렇다면 속편도 보세요!"

의학보고서들은 진단을 내림에 있어 이례적인 창의성을 보여준다. "광장공포에는…… 집 밖으로 혼자 나가는 것, 군중 속에 있는 것, 줄을 서는 것, 다리 위에 서 있는 상황 따위가 포함된다." 다리 위에 서보기라도 해봤으면 좋겠다. 제기랄, 줄이라도 서봤으면. 다음 부분 역시 마음에 든다. "영화관 한가운데에 앉아 있을 때." 정중앙 자리라니, 대단합니다!

관심이 있다면, 113페이지에서 133페이지까지 읽어보시길.

극심한 고통에 시달리며 외상 후 스트레스 장애와 싸우는 우리 중 대부분은 집에 묶여 있다. 밖에 있는 더럽고 복잡한 세상으로부터 숨어 있다. 나는 드넓은 하늘, 끝없는 수평선, 단순한 노출, 야외에 있다는 미칠 것 같은 스트레스로부터 숨어 있다. '열린 공간'. DSM-5가 애매하게 지칭하는 그 내용은 186개의 각주로 정의되어 있다.

의사로서, 나는 환자가 스스로 통제할 수 있는 환경을 찾아야 한다고 말한다. 병원에서도 마찬가지로 얘기한다. 환자로서의 나는 (이편이 맞는 말이리라) 광장공포증이 내 삶을 망가뜨렸다고 말하는 대신, 차라리 내 삶이 되었다고 말할 것이다.

아고라의 첫 화면이 나에게 인사한다. 나는 게시판을 훑으며 대화방 기록을 걸러낸다. **석 달간 집에 갇혀 있었어요.** 그랬군요, 카라88 님. 열 달이 넘어가는 사람도 있답니다. **제가 아고라에 의존하는 경향이 생긴 걸까요?** 광장공포증보다 사회공포증에 더 가까운 것처럼 보이는군요, 일찍일어나는새 님. 혹은 갑상선 문제일 수도 있어요. **여태 직업이 없어요.** 세상에, 메건 님. 어떤 마음인지 알아요, 유감이로군요……. 에드 덕분에 나는 애써 직업을 구하지 않아도 된다. 그래도 내 환자들이 그렇다. 그리고 그들에게 미안함을 느낀다.

신규회원이 메일을 보내왔다. 지난봄 급조해둔 생존 매뉴얼을 그녀에게 보내주었다. "그래서, 공황장애가 있으시다고요"라는 말과 함께. 내 생각에는 꽤나 유쾌한 말이었으니까.

Q: 먹는 건 어떻게 해결하나요?

A: 블루 에이프런, 플레이티드, 헬로 프레시…… 미국에는 우리가 이용 가능한 수많은 배달 업체들이 존재한답니다. 해외에 계신 분들도 비슷한 배달 서비스를 찾으실 수 있을 겁니다.

Q: 약은 어떻게 구하죠?

A: 미국 내 주요 약국들은 모두 직배송을 하고 있습니다. 문제가 생기면, 담당 의사에게 지역 약국에 말해달라고 하세요.

Q: 집 청소는요?

A: 청소하셔야죠! 청소 대행업체를 부르거나, 직접 하시면 됩니다.

(나는 둘 다 안 한다. 물티슈로 대충 훑고 만다.)

Q: 쓰레기는 어떻게 내다버리죠?
A: 청소부에게 시키거나, 친구에게 도움을 청하세요.

Q: 지루함은 어떻게 해결하나요?
A: 이제 본격적으로 어려운 질문들이 나오는군요…….

이런 내용이었다. 나는 전반적으로 이 매뉴얼에 만족했다. 나에게 매우 유용하기도 했고.
방금 화면에 대화창이 떴다.

sally4th: 안녕하세요. 선생님!

미소를 짓느라 입술에 경련이 일었다. 샐리. 26세, 퍼스 거주, 올해 초 부활절 일요일에 최초 발병. 팔이 부러지고 눈과 얼굴에 심각한 타박상을 입었으며 강간범의 신원은 아직 밝혀지지 않음. 세상에서 가장 고립된 도시에 고립된 채 넉 달을 실내에서 보냈지만, 현재 집 밖으로 나온 지 10주째. 그녀의 말에 따르면, 상담치료와 혐오요법 치료, 프로프라놀롤이 잘 들었다고 한다. 역시 베타차단제만 한 것이 없다.

진료중: 안녕하세요? 잘 지내요?
sally4th: 그럼요! 오늘 아침엔 소풍도 다녀왔는걸요!

그녀는 느낌표를 사랑했다. 심각한 우울증에 시달릴 때조차도.

진료중: 어땠어요?
sally4th: 살아남았습니다! :)

그녀는 이모티콘 애호가이기도 했다.

진료중: 생존자로군요! 인데랄*은 어때요?
sally4th: 좋아요. 80밀리그램으로 줄였어요.
진료중: 하루 두 번?
sally4th: 한 번요!
진료중: 최소투여량이군요! 잘됐다! 부작용은?
sally4th: 안구건조증요, 그런데 그게 다예요.

잘된 일이었다. 나도 다른 약들과 함께 비슷한 약을 먹는 중이지만, 때때로 뇌가 파열되는 듯한 두통에 시달린다. **프로프라놀롤은 편두통, 부정맥, 호흡곤란, 우울증, 환각, 심각한 피부반응, 구토, 설사, 성욕 감퇴, 불면증 및 졸음을 유발할 수 있다.** "약은 부작용을 위해 존재하는 거야." 에드는 이렇게 말하곤 했다.
"자연스러운 연소 같은 거라고 해두지." 나는 제안했다.
"웃기는 소리 하지 마."
"죽음을 천천히, 오래 끌고 가는 거지."

---

* 프로프라놀롤의 상표명.

진료중: 재발한 적은 없나요?

sally4th: 지난주에 경련이 좀 있었어요.

sally4th: 하지만 견뎌냈어요.

sally4th: 숨쉬기 훈련으로.

진료중: 종이봉투는 오래된 처방이죠.

sally4th: 막상 효과가 있으면 바보가 된 기분이 들어요.

진료중: 그렇긴 해요. 하지만 잘했어요.

sally4th: 감사해요. ;)

나는 와인을 홀짝였다. 다른 대화창이 켜졌다. 앤드류, 고전영화 팬 사이트에서 만난 남자였다.

앤드류: 이번 주말, 앤젤리카 필름센터에서 그레이엄 그린* 시리즈 볼래요?

나는 망설였다. 〈몰락한 우상〉은 내가 가장 좋아하는 영화였다. 불운한 집사, 운명적 종이 비행기. 게다가 〈공포의 내각〉을 본 지도 십오 년이나 지났다. 물론 늘 에드와 함께였다.

하지만 앤드류는 나의 상황에 대해 알지 못한다. '못 갈 것 같아요'라는 말로 상황을 요약했다.

나는 샐리에게 돌아갔다.

진료중: 상담사와는 잘 지내고 있는 거죠?

---

* Graham Greene, 영국의 소설가, 극심한 우울증을 극복하고자 소설을 쓰기 시작했다. 〈몰락한 우상〉과 〈공포의 내각〉은 그의 소설을 원작으로 하여 제작된 영화들이다.

sally4th: 그럼요. ;) 감사해요. 일주일에 한 번 상담받아요. 엄청 잘하고 있다고 하시더라고요.

진료중: 잠은 잘 자요?

sally4th: 아직도 악몽을 꿔요.

sally4th: 선생님은요?

진료중: 나는 잠을 많이 자요.

사실, 너무 많이. 필딩 박사에게 말해야 하는데, 과연 그럴지 나도 알 수 없다.

sally4th: 선생님은 어때요? 잘 싸우고 있나요?

진료중: 아직 멀었죠! 외상 후 스트레스 장애란 놈이 워낙⋯⋯. 그래도 난 강한 사람이니까요.

sally4th: 맞아요!

sally4th: 여기 친구들이 잘 지내나 확인하러 들렀어요. 항상 선생님 생각을 한답니다!!!

프랑스어 선생님이 스카이프로 전화를 걸어오자, 나는 샐리와의 대화를 애써 끝냈다. "봉주르, 이브." 혼자 되뇌고 전화를 받기 전 잠시 머뭇거린다. 순간, 내가 그와의 통화를 얼마나 간절히 기다려왔는지 깨달았다. 그의 얼굴에 짙은 혈색을 선사하는 칠흑 같은 머리카락. 나의 이상한 발음 때문에 당황할 때마다 미간으로 몰려들며 악상 시르콩플렉스*처럼 휘어지는 눈썹.

* 프랑스어의 발음구별기호(^).

앤드류가 다시 말을 걸어온다면 이번엔 그를 무시하리라. 영원히. 고전영화는 에드와 함께하는 것이다. 다른 누가 끼어들 수 없다.

나는 책상 위 모래시계를 뒤집는다. 위에서 알갱이가 떨어질 때마다 일렁이는 작은 모래 피라미드를 지켜본다. 긴 시간이었다. 거의 일 년. 거의 일 년에 가까운 시간 동안, 나는 집 밖으로 나가지 않았다.

뭐, 거의 그렇다고 볼 수 있을 것이다. 8주에 걸쳐 다섯 번 정도, 나는 밖으로 나가려고 시도 중이다. 집 뒤, 정원으로. 필딩 박사의 말을 빌리자면, 나의 '비밀병기'는 우산이다. 그것은 에드의 우산이었는데, 금방이라도 부서질 것 같은 런던포그 제품이었다. 내가 우산을 방패 삼아 문을 열면, 곧 부서질 것 같은 필딩 박사가 정원에 허수아비처럼 서 있을 것이다. 스프링이 휘리릭 하는 소리를 내고 우산이 펼쳐진다. 나는 우산의 몸통이 이루는 곡면과 우산살, 그리고 그 안쪽을 열심히 노려본다. 짙은 타탄체크 무늬를 이루는 검은 사각형 네 칸이 우산살 사이를 메우고, 씨실과 날실을 이루는 하얀 선 네 개가 교차한다. 네 개의 사각형, 네 개의 선. 검정색 넷, 흰색 넷. 숨을 들이쉬고, 넷까지 센다. 숨을 내쉬며, 넷까지 센다. 넷. 마법의 숫자.

우산은 마치 검처럼, 방패처럼, 곧장 앞으로 뻗어 있다.

그제야 나는 밖으로 걸음을 뗀다.

내쉬고, 둘, 셋, 넷.

들이쉬고, 둘, 셋, 넷.

나일론이 햇빛을 받아 반짝인다. 나는 계단 하나를 내려간다(계단도 네 개다). 하늘을 향해, 아주 조금, 우산을 들어, 박사의 신발과

정강이를 훔쳐본다. 세상이 나의 시야로 쏟아져 들어온다. 다이빙
벨 안으로 쏟아져 들어오는 물처럼.

"비밀병기와 함께라는 사실을 기억하세요." 필딩 박사가 소리
친다.

이건 비밀병기가 아니잖아. 나는 울고 싶다. 이건 망할 우산이라
고. 벌건 대낮에 하늘을 가르는 우산.

내쉬고, 둘, 셋, 넷. 들이쉬고, 둘, 셋, 넷. 그러자 예기치 않게 주
문이 효과를 발휘했다. 나는 층계를 내려와(내쉬고, 둘, 셋, 넷) 풀밭
을 몇 미터 가로질렀다(들이쉬고, 둘, 셋, 넷). 공포가 샘솟고, 치솟는
파도가 나의 시야를 덮고, 필딩 박사의 목소리가 들리지 않게 되기
까지. 그리고 그다음은…… 생각하지 않는 편이 낫겠다.

10월 30일
토요일

폭풍우다. 물푸레나무가 몸을 숙이고, 석회석들이 몸을 반짝인다. 어둡고 축축하다. 나는 언젠가 안마당에 와인잔을 떨군 일을 기억해낸다. 잔은 산산조각 났고, 포도주가 너울거리며 벽돌 틈을 가득 메웠다. 내 발을 향해 스멀스멀 다가오던 어두운 핏빛 혈관도 떠올랐다.

하늘이 낮은 날이면, 나는 나 자신을 위에서 내려다보곤 한다. 비행기나 구름 위에서 저 아래 섬을 내려다보듯이. 동쪽 해안으로부터 다리가 뻗어나와 있고, 파리 떼가 전구에 몰려들듯 차들이 다리를 향해 떼 지어 몰려든다.

비를 맞은 지도 오래다. 바람도. 바람의 애무. 슈퍼마켓에 진열된 로맨스 소설에 나올 법한 소리가 아니었다면 정말로 이 말을 뱉었을 것이다.

그러나 사실이 그랬다. 눈도 마찬가지다. 물론 눈을 다시 만져보는 일은 절대 없을 테지만.

오늘 아침 프레시 다이렉트에서 배달되어 온 그래니 스미스 애플파이에 복숭아가 섞여 있다. 어떻게 이런 일이 일어날 수 있는지 황당할 따름이다.

히치콕 감독의 영화 〈39계단〉을 상영하는 예술영화관에서 우리가 만났던 밤, 에드와 나는 서로의 역사를 함께 훑었다. 고전 누아르와 스릴러로 나를 끌어들인 사람은 다름 아닌 나의 어머니라고 에드에게 말했었다. 10대 시절의 내가 반 친구들 대신 진 티어니*나 제임스 스튜어트**와 노는 것을 더 좋아했다는 말도. "귀엽다고 해야 할지, 슬프다고 해야 할지 모르겠는데." 그날 밤 난생처음 흑백영화를 본 에드는 그렇게 말했다. 두 시간도 채 안 되어, 그의 입술이 내 입술 위에 있었다.

'네가 먼저 덮치려던 거잖아.' 나는 그렇게 말하는 에드를 상상해본다.

올리비아가 태어나기 전, 우리는 최소 일주일에 한 번 이상 영화를 보곤 했다. 내가 어린 시절에 보았던 오래된 서스펜스 영화였다. 〈이중배상〉, 〈가스등〉, 〈파괴공작원〉, 〈빅 클락〉……. 그 시절 우리는 흑백으로 살았다. 나에게 그 밤들은 오래된 친구를 다시 만나는 자리였고, 에드에게는 새 친구를 만드는 기회였다.

우리는 목록을 만들기도 했다. '그림자 없는 남자' 시리즈 중 최고(오리지널 작품이었다)에서 최악(〈그림자 없는 남자의 노래〉)까지 순위를 매기고, 1944년도 작품 중 최고를 가리기도 했다. '조셉 코튼***

---

* Gene Tierney, 미국의 영화배우. 〈로라(1944)〉, 〈리브 허 투 헤븐(1945)〉, 〈유령과 뮈어 부인(1947)〉 등이 대표작이다.

** James Stewart, 미국의 영화배우. 대표작으로는 〈스미스 씨 워싱턴 가다(1939)〉, 〈필라델피아 스토리(1940)〉, 〈멋진 인생(1946)〉, 〈이창(1954)〉, 〈현기증(1958)〉 등이 있다.

*** Joseph Cotten, 스릴러와 미스터리 장르에 주력한 미국의 영화배우.

의 최고의 순간'이라는 목록도 만들었다.

물론, 나 혼자만의 목록도 있다. 예를 들어, 히치콕이 만들지 않은 최고의 히치콕 영화. 자, 갑니다.

〈도살자〉, 클로드 샤브롤의 초기작으로, 구전에 의하면 히치콕이 찍고 싶어했다고 한다.

〈다크패시지〉, 험프리 보가트와 로런 바콜 출연, 안개에 휩싸인 샌프란시스코에 바치는 연가이자, 주인공이 위장을 위해 얼굴에 칼을 대는 모든 영화의 원조.

〈나이아가라〉, 마릴린 먼로 주연.

〈샤레이드〉, 오드리 헵번 주연.

〈서든 피어〉, 조안 크로포드의 눈썹이 인상적이었다.

〈어두워질 때까지〉, 헵번이 지하실에 갇힌 눈먼 주인공으로 등장한다. '나였다면, 그런 곳에서 미쳐버렸을 거다.'

지금부터는 히치콕의 후예들이다.

〈배니싱〉, 마지막 한 방이 있다.

〈실종자〉, 거장에게 바치는 폴란스키 감독의 시.

〈사이드 이펙트〉, 반약리학 장광설로 시작해 미꾸라지처럼 다른 장르로 빠져나간다.

여기까지.

다음은 흔히 잘못 인용되는 영화 대사들.

"다시 한 번 연주해줘요, 샘." 〈카사블랑카〉에는 험프리 보가트나 잉그리드 버그먼 모두 이런 말을 하는 장면이 없다고 한다.

"그는 살아 있다." 잔인하게도, 프랑켄슈타인 박사는 자신이 만들어낸 괴물에 성별을 설정하지 않았다. "그것은 살아 있다"라고 해야 맞는 말이다.

"기본일세, 왓슨." 토키* 시대에 등장한 첫 번째 셜록 홈스 영화에 나왔던 대사이긴 하지만, 코난 도일 시리즈 어디에서도 이 대사를 찾아볼 수 없다.

여기까지.

또 뭐가 있더라?

나는 랩톱을 열고 아고라에 들어갔다. 밋치가 보낸 메시지. 애리조나의 딤플2016에 대한 경과 보고였다. 전혀 중요하지 않은 것이었다.

210번지의 응접실에서는 다케다 씨네 아들이 첼로를 연주하고 있었다. 조금 더 동쪽으로는 그레이 일가 네 명이 현관에서 웃으며 비를 피하고 있었다. 공원 건너에서는 알리스타 러셀이 물잔에 수돗물을 받는다.

---

* Talkie, 유성영화의 구어.

8

늦은 오후, 나는 캘리포니아 피노누아를 잔에 따른다. 때마침 초인종이 울리고, 나는 잔을 놓치고 말았다.

잔이 깨지며 와인이 기다란 혀처럼 하얀 자작나무 바닥을 핥는다.

"제길!" 나는 신경질적으로 소리친다. (요즘 들어 부쩍 그러는 것 같다. 아무도 없으면, 욕을 더 크게, 더 자주 하게 된다. 에드가 알면 끔찍하다고 하겠지. 나조차도 끔찍하니까.)

페이퍼 타월을 한 움큼 뜯어냈을 때, 초인종이 다시 울렸다. '도대체 누구야?' 나는 생각했다. 아니, 그렇게 내뱉었던가? 데이비드는 이스트 할렘 근처에 일이 있다며 한 시간 전에 나갔다. 나는 그 모습을 에드의 자료실에서 바라보았다. 게다가 오늘은 배달 올 물건도 없다. 나는 허리를 구부려 어질러진 바닥을 치우고 문으로 걸어간다.

인터폰 화면에 등장한 사람은 얇은 재킷을 걸친 키 큰 소년이었다. 손에 작고 하얀 상자를 들고 있었다. 러셀네 아들이로군.

나는 통화버튼을 눌렀다. "네?"라고 응답한다. '안녕하세요'보다는 덜 호의적이지만, '거기 누구야?'라는 말보다야 상냥하다.

"저는 공원 건너 사는 사람인데요." 아이는 거의 소리를 지르다시피 하고 있었지만, 목소리만큼은 믿기지 않을 정도로 달콤했다. "어머니가 이걸 갖다드리라고 해서요." 아이가 스피커 쪽으로 상자를 들이미는 모습이 보였다. 그러다 카메라가 어디 있는지 몰라 천천히 두리번거리다, 머리 위로 팔을 휘젓는다.

"그냥 거기······"라고 입을 열었다. 그냥 거기, 현관에 두고 가라고 해야 하나? 이웃답지 못한 행동이군. 나는 생각했다. 하지만 이틀이나 씻지 않은 데다, 고양이가 아이를 가만두지 않을 텐데.

아이는 아직도 박스를 높이 들고 현관 앞에 서 있었다.

"······들어와요." 그렇게 문장을 끝맺으며 나는 버저를 눌렀다.

잠김이 풀리는 소리가 들리자, 나는 문 쪽으로 조심스럽게 다가간다. 펀치가 낯선 사람에게 다가가는 것처럼. 아니, 낯선 사람이 방문하던 시절에 그랬던 것처럼.

젖빛 유리에 어수룩하고 가느다란, 어린 나무 같은 그림자가 어른거린다. 나는 빗장을 풀고, 문고리를 돌렸다.

아이의 키는 정말로 컸다. 아기 같은 얼굴에 파란 눈동자, 덥수룩한 모래 빛깔 머리카락과 한쪽 눈썹에서 이마로 이어지는 희미한 흉터. 아이는 열다섯 살쯤 되어 보였다. 예전에 알고 지내던, 한 번쯤 키스를 나눴던 소년처럼 낯이 익었다. 이십오 년 전, 메인 주에서 열렸던 여름 캠프에서 만났던 소년과 닮았다. 마음에 드는군.

"이선이라고 합니다." 아이가 입을 열었다.

"들어와요." 나는 같은 말을 반복했다.

"안이 어둡네요." 아이가 들어서며 말한다.

나는 벽에 달린 스위치를 누른다.

나는 아이를 관찰하고, 아이는 집을 탐색한다. 그림들, 의자에 늘

어져 있는 고양이, 부엌 바닥에 산더미처럼 쌓여 있는 축축한 페이
퍼 타월. "무슨 일이죠?"

"실수를 좀 해서"라며 넘긴다. "나는 애나라고 해. 애나 폭스."
아이가 격식을 차려 호칭할 경우에 대비해 뒷말을 덧붙인다. 어린
나이에 결혼했다면 저만한 아들이 있었겠지.

악수를 나눈 뒤, 아이는 상자를 내민다. 리본 장식을 동여맨 자그
맣고 반짝이는 상자다. "엄마가 드리래요." 아이가 수줍게 말한다.

"일단 저기 둘래? 뭐 마실 거라도 줄까?"

아이는 소파로 다가간다. "그럼 물 한 잔 주실래요?"

"물론." 나는 부엌으로 돌아가 잔해들을 치운다. "얼음 넣어줄
까?"

"아뇨." 나는 물 한 잔을 따르고, 조리대 위에 있는 피노누아를
외면하며, 내가 마실 물 한 잔을 더 따른다.

상자는 랩톱 옆, 커피 테이블 위에 놓여 있다. 나는 아직 아고라
에 접속해 있었고, 갑자기 공황발작이 시작된 디스코미키 님과 대
화를 나누고 있었다. 화면에는 고맙다는 그의 인사가 커다랗게 떠
있다.

"여기." 나는 이선 옆에 앉으며, 잔을 건넨다. 랩톱을 잽싸게 닫
고 선물을 집었다. "뭐가 들었는지 볼까."

나는 리본을 풀고, 덮개를 연다. 그리고 둥지처럼 보이는 종이
뭉치 안에서 양초를 꺼낸다. 벌레가 들어 있는 호박처럼, 양초 안
에 꽃과 줄기가 박혀 있다. 나는 초를 얼굴 가까이 갖다 댄다.

"라벤더예요." 아이가 먼저 말을 붙인다.

"어쩐지 그럴 것 같더라." 향을 맡아본다. "사벤더 라랑하는데."
똑바로 말해보자. "라벤더 사랑하는데."

아이의 한쪽 입꼬리가 마치 실로 잡아당긴 것처럼 위로 올라간다. 몇 년 지나지 않아, 이 아이는 잘생긴 청년이 되겠지. 저 흉터는 여자들에게 사랑받을 거야. 여자애들이 벌써부터 좋아할지도 모르겠군. 남자애들마저도.

"어머니가 가져다드리래요. 며칠 전에."

"정말 사려 깊으신 분이로구나. 오히려 동네 사람들이 너희 집에 선물을 줘야 하는데 말이야."

"아주머니 한 분이 이미 다녀가셨어요." 아이가 말했다. "식구도 별로 없는데 이렇게 큰 집이 왜 필요하냐고 하시더라고요."

"바서먼 부인이로군."

"맞아요."

"그분은 그냥 무시하렴."

"그러려고요."

펀치는 의자에서 바닥으로 내려와 조심조심 다가오고 있었다. 이선은 몸을 숙여 손바닥을 내보인다. 고양이는 주춤하다, 스르르 다가와 이선의 손가락 냄새를 맡고 할짝거린다. 이선이 키득거렸다.

"고양이 혓바닥 느낌이 너무 좋아요." 이선이 고백이라도 하듯 말했다.

"그렇지." 나는 물 한 모금을 들이켰다. "작은 미늘, 아, 바늘 같은 것으로 덮여 있잖아." 이선이 미늘이라는 단어를 모를까 봐 굳이 덧붙인다. 나는 10대와 대화하는 법을 까마득히 잊고 있었다. 내가 치료하던 아이 중 가장 나이가 많은 환자는 열두 살이었다. "양초 켜볼까?"

이선이 어깨를 으쓱하며 미소를 지었다. "좋아요."

나는 책상에서 성냥갑을 꺼낸다. '더 레드 캣'이라는 상호가 인

쇄된 체리색 성냥. 벌써 이 년도 더 된 일이지만, 그곳에서 했던 에드와의 저녁식사를 기억하고 있다. 치킨 타진을 먹었던 것 같다. 에드가 와인을 칭찬했었다. 물론 그때는 와인을 이 정도로 마시지 않았지만.

나는 성냥을 그어 심지에 불을 붙였다. "이것 좀 봐." 작은 발톱이 허공을 할퀴듯 불꽃이 인다. 불길이 커지며 빛을 뿜는다. "정말 예쁘다."

포근한 정적이 흐른다. 펀치는 8자를 그리며 이선의 다리를 돌다가, 그의 무릎 위에 자리를 잡는다. 이선은 소리 내어 웃는다.

"널 좋아하나 보다."

"그런 것 같네요." 이선은 손가락을 구부려 펀치의 귀 뒤쪽을 부드럽게 어루만진다.

"낯을 가리는데, 성격이 못됐거든."

조용한 모터처럼, 낮게 그르렁거리는 소리가 난다. 펀치가 내는 소리다.

이선은 미소를 짓는다. "집에만 있는 고양이인가요?"

"부엌문으로 나갈 수 있어." 나는 부엌 쪽을 손으로 가리킨다. "그런데 거의 안 나가."

"착하기도 하지." 펀치가 이선의 겨드랑이로 파고들자, 이선이 중얼거린다.

"새 집은 어때?" 내가 묻는다.

이선은 펀치의 머리를 주무르며 잠시 생각한다. "예전 집이 그립죠." 이선은 뜸을 들이다 대답했다.

"그렇지. 전에는 어디서 살았니?" 물론, 나는 이 질문의 대답을 알고 있다.

"보스턴요."

"뉴욕에는 어떻게 오게 된 거니?" 물론, 이 질문에 대한 대답도 알고 있다.

"아버지가 일을 새로 구하셔서요." 정확히 말하자면 이직이지만 굳이 수정할 상황은 아니었다. "근데 여기 방이 더 커요." 이선이 이제야 생각난 것처럼 덧붙인다.

"너희가 이사 오기 전에 살았던 사람들이 대공사를 했지."

"집을 완전히 뒤집어놨다던데요."

"정말이야. 큰 공사였지. 위층 방 몇 개를 하나로 합쳤다더구나."

"저희 집에 와보신 적 있으세요?" 이선이 묻는다.

"몇 번 가봤지. 전에 살던 사람들을 잘 알지는 못했지만. 예전 집주인들 말이야. 해마다 연휴가 되면 파티를 여는 분들이어서, 그때 가봤지."

그 집을 마지막으로 방문한 건 거의 일 년 전의 일이다. 그때는 에드도 함께였다. 2주 후 그는 떠났다.

나는 차츰 안정되기 시작했다. 잠시 동안이지만 이선이 함께 있어 그런 것이 아닌가 싶다. 아이의 목소리는 편하고 부드럽다. 고양이마저도 그 사실을 인정하는 것 같았다. 하지만 나는 이내 나자신이 분석 모드로 돌아서려는 것을 깨닫는다. 질문을 주고받으며 아이와 시소 놀이를 하고 있다. 아이와의 대화에서 나는 호기심과 연민이라는 도구를 주로 사용했다.

아주 잠시 동안이나마 순간적으로, 나는 이스트 88번가의 내 사무실에 와 있다. 작고 조용한 방은 흐릿한 불빛으로 가득하고, 몸을 깊이 묻을 수 있는 의자 두 개가 서로 마주보고 있다. 그 사이에는 푸른 연못을 연상시키는 러그가 자리한다. 라디에이터에서 씩

66

씩거리는 소리가 난다.

문을 열면 보이는 대기실에 소파 하나가 놓여 있다. 그리고 나무로 된 테이블이 있다. 그 위에는 잡지 〈하이라이트〉와 〈레인저 릭〉한 무더기가 미끄러지듯 놓여 있다. 정리함에는 맞추다 만 레고 조각이 넘쳐 흐른다. 백색소음을 만드는 기계가 구석에서 웅웅거린다.

그리고 웨즐리 박사의 방이 있다. 나의 대학원 지도교수이자 동업자인 웨즐리 박사는 자신이 운영하는 병원에 나를 고용했다. 우리는 그를 웨즐리 브릴─브릴리언트의 준말이다─이라고 불렀다. 어질러진 머리와 짝이 안 맞는 양말, 번뜩이는 두뇌와 천둥 같은 목청을 가진 웨즐리 브릴. 나는 자기 방 안락의자에 앉아, 무릎에 책을 펼친 채 방 한가운데를 향해 다리를 꼰 그를 바라본다. 열린 창문으로 들어온 겨울 공기가 차갑다. 그는 담배를 피우는 중이다. 그가 나를 올려다본다.

"안녕하신가, 폭스." 그가 내게 인사한다.

"여기 방이 더 크다고요." 이선이 반복한다.

나는 자세를 다잡으며 한쪽 다리를 다른 다리 위로 포갠다. 뭔가 웃긴 자세처럼 느껴진다. 내가 다리를 꼬았던 게 언제였던지 까마득하다. "학교는 어디로 다니기로 했니?"

"홈스쿨링해요." 이선이 대답한다. "어머니가 절 가르치시죠." 미처 무슨 반응을 보이기도 전에, 이선은 협탁 위에 놓인 사진을 향해 고갯짓한다. "가족인가요?"

"응, 내 남편이랑 딸. 이름은 에드, 올리비아."

"지금 집에 있나요?"

"아니, 여기 안 살아. 별거 중이거든."

"네." 이선이 펀치의 뒤통수를 쓰다듬는다. "딸은 몇 살이에요?"

"여덟 살. 너는?"

"열여섯이요. 2월이면 열일곱이 돼요."

올리비아가 할 법한 말이었다. 이선은 나이보다 어려 보였다.

"우리 딸도 2월에 태어났는데, 밸런타인데이에."

"저는 28일요."

"윤년에 걸릴 뻔했구나."

이선이 고개를 끄덕인다. "무슨 일을 하세요?"

"심리상담사야. 주로 아이들을 상담하지."

이선의 코에 주름이 잡힌다. "아이들도 상담할 일이 있나요?"

"이유야 여러 가지지. 학교에서 안 좋은 일을 겪는 아이, 가족이랑 문제를 겪는 아이, 또 이사를 가면서 힘든 시간을 겪는 아이."

이선은 아무 말도 없다.

"홈스쿨링을 하면 친구는 거의 밖에서 만나겠구나."

이선이 한숨을 내쉰다. "아버지가 제가 뛸 만한 수영팀을 봐두셨대요."

"수영한 지는 얼마나 됐니?"

"다섯 살부터요."

"엄청 잘하겠네."

"괜찮은 정도예요. 아버지는 재능이 있다고 하시고."

나는 고개를 끄덕인다.

"꽤 괜찮은 실력이죠." 그는 겸손하게 자기 실력을 늘어놓는다. "수영을 가르치기도 하거든요."

"네가 가르친다고?"

"장애가 있는 친구들한테요. 신체적 장애가 있는 친구들 말고요." 이선이 덧붙인다.

"발달장애가 있는 친구들 말이구나."

"네. 보스턴에서는 많이 했었거든요. 여기서도 하고 싶어요."

"그 일은 어떻게 시작하게 됐니?"

"제 친구 동생이 다운증후군을 가지고 태어났는데, 이 년 전쯤 올림픽을 본 거예요. 그러고 나서 수영을 배우고 싶어했어요. 그래서 그때부터 제가 가르치기 시작했고, 같은 학교에 다니는 아이들 몇몇까지 맡게 됐고, 그러다가……." 이선은 말을 더듬는다. "그러다가 이 바닥에 발을 붙인 거죠."

"훌륭하구나."

"저는 파티에 가고, 그런 타입이 아니라서요."

"그 바닥은 별로인가 보네."

"네." 그리고 이선은 미소를 짓는다. "전혀요."

이선은 고개를 돌려 부엌을 바라본다. "제 방에서 이 집이 보여요. 저기 2층에서요."

나는 고개를 돌린다. 우리 집이 보인다면, 말인즉슨, 이선의 방이 내 침실과 마주하는 동향이라는 얘기다. 꽤나 거슬리는 일이었다. 어쨌든 이 아이는 10대 소년이니까. 아주 잠깐, 나는 이선이 게이가 아닐까 생각했다.

갑자기 이선의 눈에 눈물이 고였다.

"이런……." 나는 오른쪽, 티슈가 있어야 할 자리를 돌아본다. 사무실에서 티슈를 두던 자리. 하지만 지금 그곳에 있는 것은 벌어진 이를 드러내며 나를 쏘아보는 올리비아의 사진이다.

"죄송해요." 이선이 말한다.

"아니야. 그렇게 생각하지 않아도 돼." 나는 그를 안심시킨다. "무슨 일 있니?"

"아무것도요." 이선이 눈을 비빈다.

나는 시간을 두고 기다린다. 이선이 어린아이라는 사실을 나 자신에게 일깨운다. 키가 크고 목소리가 걸걸하지만 그는 아직 어린 애다.

"친구들이 너무 보고 싶어요." 이선이 입을 연다.

"당연하지. 당연한 일이야."

"여기에는 아는 사람이 아무도 없어요." 눈물이 볼을 타고 흘러내린다. 아이는 손등으로 눈물을 닦아낸다.

"이사는 언제나 힘든 일이지. 이곳으로 이사 왔을 때, 나도 사람들이랑 친해지기까지 시간이 걸렸단다."

이선이 큰 소리로 훌쩍인다. "언제 오셨는데요?"

"팔 년 전에. 이제 구 년째인가. 코네티컷에서 살다 왔지."

아이는 다시 훌쩍이며, 손가락으로 코를 훔친다. "보스턴보다는 가깝잖아요."

"그렇지. 하지만 어디서 이사를 오든 힘든 건 마찬가지야." 나는 아이를 안아주고 싶었다. 하지만 그러지 않을 것이다. '첩거 중인 여자가 이웃 아이를 애무하다.'

우리는 얼마간 정적 속에 그대로 머무른다.

"물 한 잔 더 마실 수 있을까요?"

"가져다주마."

"아니에요. 괜찮아요." 이선이 자리에서 일어난다. 펀치가 무릎에서 내려와 커피 테이블 밑에 자리를 잡는다.

이선은 부엌 개수대로 향했다. 물소리가 나는 동안, 나는 자리에서 일어나 텔레비전 쪽으로 가서 그 아래 서랍장을 연다.

"영화 좋아하니?" 그러나 대답이 없다. 나는 부엌 문간에 서서 공원을 응시하는 이선을 향해 몸을 돌린다. 그 옆에 있는 분리수거함에는 빈 병들이 형광빛으로 빛나고 있다.

잠시 후, 이선이 나를 바라본다. "뭐라고 하셨죠?"

"영화 좋아하니?" 내가 묻자, 이선이 고개를 끄덕인다. "와서 한번 볼래? 나는 꽤나 큰 DVD 컬렉션을 가지고 있거든. 제법 크단다. 사실, 지나치게 큰 편이지, 남편도 그렇게 말해."

"따로 사시는 줄 알았어요."

이선이 내 앞을 질러가며 중얼거린다.

"음. 그래도 아직 남편은 남편이지." 나는 왼손에 끼워진 반지를 내려다보며 비튼다. "하지만 네 말이 맞아." 나는 서랍장을 가리킨다. "보고 싶은 게 있으면, 마음대로 빌려가렴. DVD 플레이어 있니?"

"아버지의 랩톱 컴퓨터에 내장되어 있어요."

"그거면 될 거야."

"아버지가 빌려주시겠죠."

"그러길 빌어보자꾸나." 알리스타 러셀이 어떤 사람인지 감이 오기 시작한다.

"어떤 종류의 영화들이에요?" 이선이 묻는다.

"주로 고전들이야."

"흑백영화 같은 건가요?"

"대부분 그렇지."

"흑백영화는 본 적이 없어요."

나는 눈이 동그래졌다. "기대해도 좋아. 최고의 영화들은 죄다 흑백영화니까."

이선은 미심쩍은 표정을 하고 서랍을 찬찬히 들여다본다. 200장이 넘는 DVD와 옛 잡지 〈크라이티어리언〉과 〈키노〉, 유니버설에서 나온 히치콕 박스 세트, 각종 누아르 컬렉션, 〈스타워즈〉(나도 한낱 인간일 뿐이다). 나는 DVD 타이틀을 눈으로 훑는다. 〈밤 그리고 도시〉, 〈소용돌이〉, 〈안녕, 내 사랑〉.

"받으렴." 나는 케이스를 꺼내 이선에게 건넨다.

"〈나이트 머스트 폴〉."

"입문하기 좋은 작품이야. 흥미진진한데 무섭지는 않단다."

"감사합니다." 이선은 기침하며 목청을 가다듬고 물을 한 모금 삼킨다. "죄송해요. 고양이 알레르기가 있어서요."

나는 이선을 바라본다. "왜 말하지 않았니?" 그리고 고양이를 쏘아본다.

"너무 귀여워서요. 받아주고 싶었어요."

"친절하구나. 그래도 그러면 안 돼."

이선이 미소 짓는다. "이제 가봐야겠어요." 이선은 커피 테이블 쪽으로 돌아서서 유리잔을 내려놓고, 유리 아래 있는 펀치에게 말을 걸려고 허리를 구부린다. "네 잘못이 아니야, 친구. 착하기도 하지."

이선은 몸을 일으키며 펀치에게 손을 흔든다.

"먼지제거기 줄까? 고양이 비듬이 있을지도 모르잖니." 하지만 아직도 집에 그런 물건이 있는지, 나는 확신할 수 없다.

"괜찮아요." 이선이 주변을 둘러본다. "화장실 좀 써도 될까요?"

나는 레드룸을 가리킨다. "편하게 쓰렴."

이선이 화장실에 간 동안, 나는 찬장 거울을 확인한다. 오늘 저녁에는 샤워를 해야겠군. 적어도 내일은 반드시.

나는 소파로 돌아와 랩톱을 연다. 도와주셔서 감사합니다. 디스코미키가 쓴 것이었다. 당신은 내 영웅이에요.

　화장실 물 내려가는 소리를 들으며 나는 재빨리 답한다. 잠시 후, 이선이 청바지에 손을 문지르며 나온다. "다 됐어요." 이선은 주머니에 손을 쑤셔 넣은 채, 여느 남학생들처럼 발을 질질 끌며 현관으로 나선다.

　나는 그 뒤를 따른다. "만나서 아주 반가웠어."

　"다음에 또 뵐게요." 이선이 문을 열며 말한다.

　'아니, 그럴 일 없을 거야.' 나는 생각한다. 그리고 말한다. "그래, 다음에 또 보자."

9

이선이 돌아간 뒤, 〈로라〉를 다시 본다. 사람들에게 먹힐 리 없는 조합의 영화다. 배경을 잡아먹는 클리프톤 웹*과 어쭙잖은 남부 억양의 빈센트 프라이스**라니. 물과 기름인 셈이다. 하지만 사로잡힐 수밖에 없는 영화이기도 하다. 무엇보다도 그 음악에. "이 사람들이 나한테 대본만 보내고, 악보는 안 보냈더라니까." 로라 역할을 거절한 헤디 라마르***는 훗날 이렇게 아쉬워했다고 한다.

나는 소심하게 박자를 타는 촛불을 그대로 켜둔다.

그리고 〈로라〉 주제곡을 흥얼거리며 휴대전화를 켜서, 내 환자들을 인터넷으로 검색한다. 한때 내 환자였던 사람들. 십구 개월 전, 나는 그들 모두를 잃었다. 부모의 이혼으로 힘겨워하던 아홉 살 메리, 흑색종으로 죽은 쌍둥이 형이 있던 여덟 살 저스틴, 아직도 어둠이 무서운 열두 살 앤 메리. 열한 살의 트랜스젠더 라시드,

---

* Clifton Webb, 미국의 영화배우. 〈존재한 적 없는 사나이(1956)〉, 〈애천(1954)〉 등이 대표작이다.
** Vincent Price, 미국 호러영화를 대표하는 배우. 〈가위손(1991)〉, 〈빈센트(1982)〉 등에 출연했다.
*** Hedy Lamarr, 미국의 배우이자 발명가. 〈삼손과 데릴라(1955)〉, 〈파리스의 연인(1956)〉 등에서 주연을 맡아 호평받았다.

왕따를 겪은 아홉 살의 에밀리. 하필이면, 초자연적 조현증을 앓던 열 살 조이마저도 떠나보냈다. 아이들의 눈물과 고통, 분노와 그리움을 지켜주지 못했다. 나는 그렇게, 다 합쳐 열아홉 명의 아이들을 잃었다. 딸아이까지 합하면 스무 명.

물론 올리비아가 있는 곳은 알고 있다. 내가 찾으려는 것은 나머지 아이들이다. 상담사가―이전 환자를 포함한― 자신의 환자를 따로 찾아보는 것은 바람직한 일이 아니어서 그저 한 달에 한 번, 그리움이 커지면 인터넷을 뒤질 뿐이다. 개의치 않고 사용할 수 있는 검색툴 몇 개로. 페이스북 유령 계정이나 오래된 링크드인 프로필이 그렇다. 하지만 젊은 사람들은 구글만으로도 충분하다.

에이바의 스펠링비 챔피언십과 제이콥의 중학교 학생회 선거에 대해 읽은 다음, 그레이 어머니의 인스타그램을 훑고, 벤의 트위터를 스크롤한다(벤은 프라이버시 설정을 활성화할 필요가 있다). 그리고 와인 석 잔을 들이켜며 눈물을 훔친 뒤, 침실로 올라가 휴대전화 사진을 들여다보는 나 자신을 발견한다. 그리고 다시 한 번 에드에게 전화를 건다.

"누구게?" 항상 하던 대로 대화를 시작한다.

"좀 취했나 보네. 주정뱅이 씨." 에드는 단번에 알아챈다.

"긴 하루였어." 나는 빈 잔을 바라보며 죄책감을 느낀다. "올리비아는 어때?"

"핼러윈 준비 중이지."

"무슨 옷으로 했어?"

"유령." 에드가 대답한다.

"운 좋은 줄 알아."

"무슨 말이야?"

나는 웃는다. "작년엔 불자동차였잖아."

"세상에, 며칠 걸렸겠군."

"그거 하느라 며칠 고생했어."

에드의 웃음소리가 들린다.

공원 너머 3층 창문 깊숙한 곳에서 컴퓨터 스크린이 불을 밝히고 있다. 비집고 나온 햇살처럼, 책상과 탁상 램프의 불빛 사이로 이선의 모습이 보인다. 스웨터를 벗는 중이다. 이로서 확정. 두 침실은 서로 마주보고 있다.

이선은 돌아서서 눈을 내리깔고, 셔츠를 벗는다. 나는 시선을 다른 곳으로 돌린다.

10월 31일
일요일

가느다란 아침 햇살이 침실 창문을 비집고 들어온다. 몸을 굴리자, 엉덩이 아래에서 랩톱이 으스러진다. 밤새 체스를 뒀다. 나이트를 잘못 두는 바람에 룩이 잡혔다.

몸을 일으켜 욕실로 간다. 샤워하고 나와 타월로 머리카락을 말린다. 데오도란트를 겨드랑이에 문지른다. 전투 준비 완료, 샐리처럼 말해본다. 해피 핼러윈.

오늘 저녁, 나는 초인종 소리를 철저히 무시할 것이다. 기필코. 데이비드가 7시에 시내로 나간다고 했던가. 분명 재미있을 것이다.

그는 일찍이, 사탕 바구니를 현관 입구에 놓아두자고 제안했다. "일 분도 못 되어 통째로 사라질걸요." 내가 말했다.

그러자 그는 발끈한 것처럼 보인다. "전 아동심리상담사가 아니라서요." 그가 말했다.

"굳이 아동심리상담사일 필요까지 없죠. 아이였던 적이 있다면 알 텐데."

나는 집 안의 불을 다 끄고, 집에 아무도 없는 척할 계획이다.

나는 영화 사이트로 들어간다. 앤드류가 접속해 있다. 그는 폴린 카엘이 〈현기증〉에 대해 쓴—멍청하고 얄팍할 뿐인— 평론 링크를 걸어두었다. 그리고 그 밑으로 목록을 작성하고 있다. 보는 내내 손에 땀을 쥐게 하는 최고의 누아르는?(〈제3의 사나이〉, 마지막 장면)

　나는 카엘의 평론을 읽고, 그에게 메시지를 보낸다. 오 분 뒤, 그는 로그아웃한다.

　누가 내 손을 잡아준 것이 언제인지 기억이 나질 않는다.

11

쾅.

또 현관문이다. 나는 소파에 웅크리고 앉아 〈리피피〉를 보고 있었다. 음악이나 대사 한 마디 없이 이어지는 삼십여 분간의 긴 절도 장면. 관객의 귀에 들리는 것은 오로지 배경음과 피의 노래뿐이다. 이브는 나에게 프랑스 영화를 보면 도움이 될 거라고 했지만, 무성영화나 다름없는 이 작품을 염두에 두고 한 말은 아니었을 것이다. 유감이다.

그때 문 쪽에서 또다시 둔탁한 소음이 들려온다.

나는 다리를 덮은 담요를 걷고 발을 휘저어 리모컨을 찾아낸다. 영화가 멈춘다.

밖에는 황혼이 내렸다. 나는 문 쪽으로 걸어가 열어젖힌다.

쾅.

현관으로 나선다. 내가 가장 싫어하고 불신하는 장소. 나의 왕국과 바깥세상 사이에 버티고 있는 서늘한 회색빛 공간. 황혼이 내리자 어두운 벽이 나를 손아귀에 쥐고 으스러뜨릴 것만 같다.

유리창은 갈래갈래 나뉜 납땜유리로 메워져 있다. 나는 그중 하나를 통해 밖을 내다본다.

금이 간 유리창이 전율한다. 작은 미사일 하나가 날아와 꽂힌다. 계란이다. 터진 계란은 유리창에 얼룩을 남긴다. 헉. 숨이 멎는다. 터진 노른자 너머로 길에 서 있는 세 명의 아이들이 보인다. 해맑은 표정으로 거만하게 웃고 있다. 그중 하나는 손에 다른 계란을 장전한다.

나는 서 있던 곳에서 물러나 벽에 손을 짚는다.

내 집이야. 내 창문이라고.

목구멍이 쪼그라든다. 눈물이 솟는다. 수치심이 놀라움의 뒤를 잇는다.

쾅.

그리고 느껴지는 분노.

나는 거칠게 문을 열고 저 꼬맹이들을 쫓아버릴 수가 없다. 당장 밖으로 달려나가 저놈들을 다그칠 수 없다. 나는 날카롭게 창문을 두드린다.

쾅.

손등으로 문을 두드린다.

주먹으로 후려친다.

나는 으르렁거리며 고함친다. 하지만 내 목소리는 벽에 갇힌 채, 어두운 방 안에서 메아리로 맴돌 뿐이다.

나는 무력해.

'아니, 그렇지 않아요.' 필딩 박사의 목소리가 들린다.

들이쉬고, 둘, 셋, 넷.

그래, 가능성이 있어.

나에게도 가능성이 있어. 대학원을 거의 십 년이나 다니며 고역을 치른 나였다. 나는 거의 십오 개월이나 되는 훈련 기간을 도심의 학교에서 보냈다. 그리고 칠 년을 더 수련했다. **'난 강한 사람이니까요.'** 샐리에게 했던 말을 되뇐다.

머리를 쓸어넘기고, 거실로 일단 후퇴. 숨을 고르고, 한 손가락으로 인터폰을 누른다.

"내 집 앞에서 꺼져!" 쇳소리가 나온다. 아이들에게는 꽥꽥거리는 소리로 들릴 것이다.

쾅.

나는 비틀거리며 거실을 가로질러 계단을 오른 뒤, 서재 창문으로 달음질친다. 저기 있구나. 꼬맹이들은 약탈자처럼 우리 집을 포위하고 있다. 사그라지는 햇빛에 드리워진 그림자는 끝없이 길기만 하다. 나는 유리를 두드린다.

녀석들 중 한 놈이 나를 가리키며 웃는다. 그리고 투수처럼 팔을 감아올린다. 계란이 날아온다.

나는 유리창을 더 세게, 부서져라 두드린다. 여긴 내 집이야. 내 문이라고!

시야가 흐려진다.

나는 층계를 달려 내려간다. 그리고 불현듯 현관의 어둠 속으로 다시 돌아와 있다. 타일의 감촉이 발바닥에 닿는다. 손에 문고리가 느껴진다. 분노가 내 숨통을 움켜쥐자 시야가 춤춘다. 나는 숨을 참는다. 그리고 또 한 번.

들이쉬고, 둘, 셋.

나는 문을 열어젖힌다. 빛과 공기가 나를 덮친다.

일순간 정적이 이어진다. 영화처럼 고요하고 석양만큼 느린. 집은 반대편에. 아이들은 그 사이에. 그들을 휘감는 거리. 모든 것이 멈춘 고요함, 멈춘 시계와도 같은.

그리고 내 귀에 잘려나간 나무가 우지끈하고 쓰러지는 소리가 들린다.

그리고…….

……그리고 그다음 순간, 새총에서 출발한 돌멩이가 나를 향해 날아온다. 돌멩이는 점점 커지다가, 구부정한 내 배를 있는 힘껏 강타한다. 입이 창문처럼 벌어진다. 그 안으로 바람이 들어온다. 나는 빈집이다. 서까래가 썩어가고 찬바람이 윙윙거리며 소용돌이치는. 지붕이 신음하며 주저앉은.

……나는 신음한다. 쓰러진다. 무너진다. 벽돌을 짚은 한 손과 허공을 가르는 다른 손. 세상이 빙글빙글 돈다. 타는 듯한 나뭇잎. 어둠. 검은 옷을 입은 여자를 비추는 한 줄기 빛, 그리고 좁아지는 시야. 녹아내린 흰빛이 눈을 가린다. 깊고 두터운 웅덩이가 만들어질 때까지 표백되는 시야. 나는 소리를 질러보려 노력한다. 입술에 모래가 느껴진다. 콘크리트의 맛이 느껴진다. 피 맛도 느껴진다. 바닥 위를 빙빙 돌고 있는 사지가 느껴진다. 땅이 파문을 일으키며 몸을 들어 올린다. 몸이 공기 중으로 파문을 일으키며 요동친다.

지금과 똑같은 일이 지금과 똑같은 장소에서 벌어진 적이 있다는 사실을 뇌 한구석 어딘가가 기억해낸다. 낮은 파동의 목소리들이 기억난다. 머릿속에서 이상한 단어들이 맑고 선명하게 튀어오른다. '넘어졌어요, 동네 사람들, 아무도, 미쳤어'와 같은 단어들. 하지만 이번에는, 아무도 없다.

나의 팔이 누군가의 목에 감긴다. 거친 머릿결이 내 얼굴을 문지른다. 힘없는 두 다리가 땅 위에서, 그리고 마룻바닥에서 난투를 벌인다. 이제 집 안이다. 현관의 차가운 공기를 가로질러, 거실의 따뜻함 속으로 마침내 들어온 것이다.

12

"넘어지셨나 봐요!"

폴라로이드 사진이 현상되듯, 시야가 채워진다. 나는 천장에 나
있는 오목한 전기 소켓의 반짝이는 눈망울에 초점을 맞춘다.

"마실 걸 좀 드릴게요, 잠시만……."

나는 머리를 한쪽으로 늘어뜨린다. 벨벳이 귓가에서 사각거리는
소리를 낸다. 거실 소파로군. 하.

"잠시만요……."

부엌 개수대에 서 있는 한 여자가 나에게서 시선을 돌린다. 하나
로 땋아 내린 짙은 머리카락이 등 뒤에서 찰랑거린다.

나는 손을 얼굴로 가져가, 입과 코를 가리고 심호흡한다. 진정하
자. 진정하자. 입술에서 통증이 느껴진다.

"건넛집에 가려던 참에 이 말썽쟁이들이 계란을 던지는 걸 봤지
뭐예요." 그녀가 설명을 늘어놓는다. "그래서 물어봤죠, '거기서 뭐
하니 얘들아?' 그러던 차에, 당신이 휘청거린다고 해야 하나……
여하튼 그러면서 문밖으로 나왔어요. 그러고는 포대자루처럼 쓰
러졌어요. 마치……." 그녀는 말을 잇지 못한다. 하려던 말이 혹시

'똥 포대' 아니었을까.

대신 그녀는 한 손에는 물, 다른 한 손에는 짙은 황금색 액체가 든 잔을 들고 뒤돌아선다. 그 액체가 찬장에서 꺼낸 브랜디이길.

"브랜디가 이런 상황에서 실제로 효과가 있는지 모르지만……" 그녀가 말한다. "드라마 〈다운튼 애비〉에 나오는 플로렌스 나이팅 게일이 된 것 같네요."

"공원 건너에 사시는 분이시군요." 내가 웅얼거린다. 술집에서 기어나온 주정뱅이마냥 단어가 시간차를 두고 혀끝에서 떨어져 나온다. **'난 강한 사람이니까요.'** 처량하기 그지없군.

"뭐라고요?"

그러자 나도 모르게, "당신이 제인 러셀이군요"라고 말한다.

그녀는 깜짝 놀라 멈춰 선다. 그러고는 희미한 어둠 속에서 치아를 반짝이며 웃는다. "그걸 어떻게 아세요?"

"건넛집에 가던 중이라고 한 거 아니었어요?" 최대한 또렷하게 말하려고 노력해본다. 머릿속으로 '챠프포프킨과 치스챠코프', '라흐마니노프 피아노 콘체르토' 같은 잰 말을 되뇐다. "아이가 한번 왔었잖아요."

나는 속눈썹 사이로 그녀를 바라본다. 에드가 매우 흡족해하며 농익은 여인이라고 불렀을 법한 여자였다. 풍만한 엉덩이와 입술, 차오른 가슴과 부드러운 살결, 행복해 보이는 얼굴과 완전연소된 푸른 불꽃을 연상시키는 눈동자. 그녀는 인디고 진에 목이 둥글게 파인 검은 스웨터를 입고 있다. 가슴 위로 은색 펜던트가 달려 있다. 나이는 30대 후반 정도일 것이다. 아직 소녀 태를 벗지 못했을 때 아이를 낳았으리라.

이선에게 반했던 것처럼, 나는 이 여자에게 첫눈에 반했다.

그녀가 소파로 다가서자, 무릎이 내 무릎에 와 닿는다.

"한번 일어나서 앉아보세요. 뇌진탕이 왔을지도 몰라요." 나는 그녀의 말대로 순순히 몸을 일으켜 자세를 잡는다. 여자는 테이블에 잔을 내려놓고, 자신의 아들이 어제 앉았던 바로 그 자리에 착석한다. 텔레비전을 본 여자는 눈썹을 찡그린다.

"뭘 보고 계세요? 흑백영화?" 당황스럽다.

나는 리모컨을 찾아 전원을 누른다. 화면이 검게 변한다.

"안이 좀 어둡네요." 제인이 실내를 둘러본다.

"불 좀 켜주실래요?" 내가 물었다. "기분이 좀……." 문장을 끝낼 수가 없다.

"물론이죠." 그녀는 소파 뒤로 팔을 뻗어 스탠드 조명을 켠다. 방 안에 빛이 감돈다.

나는 머리를 젖혀 천장에 붙어 있는, 비뚤어진 몰딩을 노려본다. '들이쉬고, 둘, 셋, 넷.' 손 좀 봐야겠군. 데이비드에게 부탁해야겠어. '내쉬고, 둘, 셋, 넷.'

"그런데." 제인이 무릎에다 팔꿈치를 기대며 나를 유심히 들여다본다. "밖에서 무슨 일이 있었던 거예요?"

나는 눈을 감는다. "공황발작이에요."

"오, 이런. 이름이 어떻게 되시죠?"

"애나. 폭스."

"애나. 걔들은 그냥 멍청한 동네 꼬맹이들일 뿐이에요."

"걔들 때문에 그런 게 아니에요. 나는 밖으로 못 나가요." 나는 고개를 떨구며 브랜디를 들이켰다.

"하지만 나갔잖아요. 조심하면 되는 거 아닌가요?" 그녀는 내가 잔을 비우는 동안 말을 이어간다.

"나가면 안 되는 거였어요."

"왜요? 혹시 뱀파이어라도 되시나요?"

진짜 그럴지도 모른다고 생각한다. 물고기처럼 하얀 나의 배와 팔만 놓고 보면. "광장공포증이랄까요?"

그녀는 입술을 오므린다. "혹시 질문인가요?"

"아니요. 처음 듣는 말일 수도 있을 것 같아서."

"뭔지 알아요. 열린 공간으로 못 나가는 거죠."

나는 눈을 감고 고개를 끄덕인다.

"하지만 광장공포증은 캠핑이나 야외활동 같은 걸 못하는 거라고 생각했어요."

"나는 아무 데도 나갈 수 없어요."

제인은 치아 사이로 스읍, 하고 숨을 들이쉰다. "이런 지 얼마나 됐어요?"

나는 마지막 브랜디 한 방울을 들이켠다. "열 달요."

그녀는 더 캐묻지 않는다. 숨을 깊게 들이쉬자, 기침이 나온다.

"흡입기 같은 게 필요한가요?"

나는 고개를 저었다. "그걸 쓰면 상태가 더 안 좋아져요. 심박수를 올리죠."

그녀는 잠시 생각한다. "그럼 종이봉투는요?"

나는 브랜디 잔을 내려놓고 물잔을 들어 올린다. "아니요. 종종 쓸 때도 있는데, 지금은 필요 없을 것 같아요. 안으로 데려다주셔서 감사합니다. 정말 당황스러웠거든요."

"아니에요, 그런 말씀……."

"정말이에요. 다시는 이런 일 없을 거예요, 걱정 마세요."

그녀는 입술을 다시 오므린다. 나는 그녀의 입술 운동이 꽤나 활발하다는 것을 눈치챈다. 몸에서 시어버터 향이 나지만 흡연자일 가능성이 있다. "전에도 이런 일이 있었나요? 밖으로 나가기 위해⋯⋯?"

나는 우거지상을 한다. "지난봄에요. 배달원이 식료품을 현관 앞에 두고 갔어요. 그냥 나가서 들고 들어오면 간단할 것 같았는데⋯⋯."

"실패했군요."

"네. 하지만 그 시간에 지나가는 사람이 많아서 다행이었죠. 노숙자나 미치광이로 보이지도 않았고."

제인은 방 안을 둘러본다. "노숙자라뇨. 이 집은 정말이지⋯⋯ 와." 그녀는 말을 줄이고, 주머니에서 휴대전화를 꺼내 화면을 확인한다. "이제 집으로 돌아가야겠어요." 그녀는 그렇게 말하며 일어선다.

나도 일어서고 싶지만 다리가 협조하지 않는다. "아드님이 정말 착하더라고요." 그녀에게 인사를 한다. "와서 이걸 주고 갔어요. 감사합니다." 거기에 또 인사를 덧붙인다.

그녀는 테이블 위의 양초를 보더니 목걸이 체인을 만지작거린다. "정말 착한 아이예요. 늘 그랬죠."

"아주 잘생겼더라고요."

"그것도 늘 그랬고요!" 그녀가 펜던트에 엄지 손톱을 밀어 넣자, 장식이 열렸다. 몸을 이쪽으로 기울이자 펜던트가 허공에서 달랑거린다. 아마도 내가 펜던트 안을 들여다보길 원하는 것 같다. 나를 향해 몸을 숙인 이방인과 그녀의 목에 걸린 체인을 쪼물딱거리는 나. 이 사실이 이상할 정도로 은밀하게 다가온다. 사람과의 접촉이 적어져서 그렇게 느끼는 것인지도 모른다.

펜던트 안에는 선명하게 반짝이는, 자그마한 사진이 들어 있다. 네댓 살쯤 되어 보이는 소년이다. 헝클어진 노란 머리에 허리케인이 지나간 뒤의 울타리마냥 이가 빠진 아이. 한쪽 눈썹에 흉터가 있다. 틀림없는 이선이다.

"몇 살 때죠?"

"다섯 살요. 하지만 더 어려 보이죠, 안 그래요?"

"네 살인 줄 알았어요."

"진짜 그렇게 보이죠."

"언제 그렇게 큰 거예요?" 펜던트를 놓으며 내가 물었다.

그녀는 부드럽게 펜던트를 닫는다. "다섯 살 때부터 지금까지죠!" 그녀는 큰 소리로 웃는다. 그러고는 갑자기 묻는다 "내가 가도 괜찮겠어요? 과호흡이 오는 거 아니에요?"

"그러지는 않을 거예요."

"브랜디 좀 더 드릴까요?" 그녀는 커피 테이블로 몸을 숙이며 묻는다. 처음 보는 사진첩 하나가 놓여 있다. 아마 그녀가 가져온 것 같았다. 그녀는 사진첩을 겨드랑이에 끼우고 빈 잔을 가리킨다.

"물이 좋겠어요." 거짓말이다.

"좋아요." 그녀는 잠시 멈칫하더니, 창문 쪽에 시선이 멎는다. "좋아요." 같은 말이다. "방금 정말 잘생긴 남자가 이 집으로 들어왔어요." 그녀가 나를 바라본다. "남편인가요?"

"오, 아니에요. 데이비드인가 봐요. 지하층에 세 들어 사는 사람이에요."

"세입자라고요?" 그녀가 소리친다. "우리 집으로 오시지!"

오늘 밤, 초인종은 단 한 번도 울리지 않았다. 어두운 창문이 찾아오는 꼬맹이들을 내쫓았을 것이다. 어쩌면 말라비틀어진 노른자 때문일 수도 있고.

나는 침대로 일찍 들어간다.

석사 과정 중반 즈음, 나는 코타르 증후군을 앓는 일곱 살배기 남자아이를 만났었다. 코타르 증후군은 자기 자신이 죽었다고 생각하는 심리학적 현상이다. 보기 드문 장애로, 소아과에서는 더더욱 찾아보기 힘든 케이스였다. 치료법으로는 정신과 프로그램이 추천되고, 심한 경우 전기충격 요법이 동원된다. 하지만 나는 상담을 통해 아이가 극복할 수 있도록 이끌었다. 나의 첫 성공 사례였고, 이 일로 나는 웨즐리 박사의 주목을 받게 되었다.

그 꼬마도 지금쯤 10대 소년이 되었겠지. 아마도 이선 또래일 것이다. 내 나이의 반도 안 되겠지. 오늘 밤에는 그 아이를 떠올려본다. 천장을 노려보면서. 나 자신이 죽었다고 느끼면서. 죽었지만 떠나지 못한 채, 삶이 나를 향해 밀려드는 것을 목도하면서.

11월 1일
월요일

오늘 아침, 부엌으로 들어가려는데 쪽지 하나가 보인다. 지하층으로 통하는 문틈을 비집고 들어온 종이에 '계란'이라고 쓰여 있다.

나는 종이를 가만히 들여다본다. 혼란스럽다. 아침식사를 달라는 얘기인가? 쪽지를 뒤집자, '처리 완료'라고 쓰여 있다. 고마워요, 데이비드.

그러고 보니 계란도 맛있을 것 같다는 생각이 들어, 팬에다 계란 세 알을 서니사이드업으로 구워 먹는다. 몇 분 뒤, 나는 책상 앞에서 바닥에 붙은 노른자를 싹싹 긁어먹으며 아고라에 로그인한다.

이곳은 아침에 가장 붐빈다. 광장공포증 환자들은 아침에 일어나자마자 극심한 불안감에 휩싸이곤 한다. 물론 오늘도 이곳의 교통체증은 상당하다. 적절한 조언과 위로를 해주는 데 두 시간이 걸렸다. 환자들에게 어울리는 항우울제를 알려주거나(자낙스가 줄곧 대세였지만, 요즘 나는 이미프라민을 추천한다), 혐오요법 치료가 보여주는 (확실한) 효과가 무엇인지에 대한 논쟁을 중재하는 것이다. 그리고 딤플2016의 요청으로, 고양이가 드럼을 연주하는 비디오 클립을 시청한다.

이제 로그아웃하고 체스 포럼으로 넘어가 토요일의 굴욕적인 패배를 설욕하려는데, 화면에 대화창이 뜬다.

디스코미키: 선생님. 지난번에는 감사했어요.

공황발작 얘기다. 디스코미키의 말로는 '기겁했을 뿐'이라는데, 그를 안정시키는 데 거의 한 시간이나 키보드를 두드려야 했다.

진료중: 언제든지요. 이제 괜찮아요?
디스코미키: 꽤.
디스코미키: 다름이 아니라. 새로 가입하신 여자분 하나가 혹시 여기에는 전문가가 없냐고 물어서요. 선생님 FAQ를 보내줬거든요.

환자 추천이다. 나는 시계를 확인한다.

진료중: 오늘은 시간이 없는데, 하지만 연결해주세요.
디스코미키: 감사합니다.
디스코미키 님이 대화방을 나갔습니다.

잠시 후, 두 번째 대화창이 열린다. **닉네임: 리지할머니.** 나는 닉네임을 클릭해 사용자 정보를 확인한다. **나이: 일흔. 거주지: 몬태나. 가입일시: 이틀 전.**

나는 다시 한 번 시계를 본다. 몬태나에 사는 일흔 살 노인을 위해서라면 체스는 잠시 미룰 수 있다.

화면 밑에 있는 입력창이 리지할머니가 문장을 입력 중이라고 알려준다. 나는 잠시, 그리고 또 잠시 더 기다린다. 긴 메시지로 나를 자극 중이시거나, 연장자들의 타자 속도 때문일 것이다. 우리 부모님도 검지로 키보드를 찌르곤 했다. 마치 플라밍고가 얕은 물에서 먹이를 줍듯이. '안녕'이라고 치는 데에도 삼십 초는 족히 걸렸던 것 같다.

리지할머니: 아이고, 안녕하세요!

친근하다. 그리고 미처 내가 대답하기도 전에.

리지할머니: 디스코미키 씨가 선생님을 소개시켜주더군요. 지금 조언이 절실하답니다!
리지할머니: 초콜릿도 절실하고요. 다른 문제긴 하지만…….

나는 겨우겨우 끼어들 틈을 찾는다.

진료중: 안녕하세요! 여기는 처음이신가요?
리지할머니: 그렇답니다!
진료중: 디스코미키 씨가 환영인사를 잘 해줬어야 할 텐데요.
리지할머니: 그러셨어요!
진료중: 제가 어떻게 도와드리면 될까요?
리지할머니: 저기 죄송하지만 저의 초콜릿 문제를 해결해주실 수 있을 것 같진 않은데요!

기운이 넘치는 걸까, 불안한 걸까. 기다려보기로 한다.

리지할머니: 문제가……

리지할머니: 말하기가 좀……

두구두구두구두구두구두구두구.

리지할머니: 지난달에 집 밖으로 한 발도 못 나갔어요.

리지할머니: 그게 바로 제 문제랍니다!

진료중: 유감입니다. 리지라고 불러도 될까요?

리지할머니: 물론이죠.

리지할머니: 저는 몬태나에 살고 있어요. 할머니이고, 미술 교사이기도 하죠!

그 문제에 대해 천천히 얘기해보도록 하죠. 하지만 지금.

진료중: 리지, 지난달에 별다른 일은 없었나요?

정적이 흐른다.

리지할머니: 남편이 죽었어요.

진료중: 그렇군요. 남편분 이름이 뭐죠?

리지할머니: 리처드요.

진료중: 정말 유감이에요, 리지. 제 아버지도 리처드라는 이름이셨죠.

리지할머니: 돌아가셨나요?

진료중: 부모님 두 분 모두 사 년 전에 돌아가셨어요. 어머니는 암이셨고, 아버지도 다섯 달 뒤에 뇌졸중으로 돌아가셨죠. 리처드란 이름을 가

진 사람치고 나쁜 사람을 본 적이 없네요.

리지할머니: 닉슨 대통령도 마찬가지였어요!!!

좋아. 우리는 잘 풀어나가고 있다.

진료중: 결혼하신 지는 얼마나 되셨어요?

리지할머니: 사십칠 년 됐죠.

리지할머니: 학교에서 만났어요. 첫눈에 반했다고나 할까!

리지할머니: 그이는 화학 선생님이었거든요. 나는 미술을 가르쳤고. 다른 면에 끌렸다고나 할까!

진료중: 정말 멋진 이야기네요! 아이들은요?

리지할머니: 아들 둘에 손자가 셋 있죠.

리지할머니: 둘 다 정말 깜찍한 애들이고, 손자들도 정말 아름다운 아이들이랍니다!

진료중: 남자들만 있네요.

리지할머니: 그러니까요!

리지할머니: 볼꼴 못 볼꼴 다 보고!

리지할머니: 냄새는 또 어땠게요!

나는 말투에 주목한다. 팔팔하고 계속 신이 나 있는 말투다. 그리고 그녀가 사용하는 언어를 살핀다. 격식을 차리지는 않지만, 당당하고, 정확한 맞춤법에 오타가 드물었다. 그녀는 지적이고 활달한 성격을 가지고 있다. 하지만 동시에 철저하다. 숫자를 굳이 풀어서 쓰고, 줄인 말을 사용하지 않는다. 나이를 감안한다고 해도 그렇다. 어떤 케이스인지는 몰라도, 그녀는 어른이고 내가 다룰 수 있는 케이스이다.

리지할머니: 그런데 선생님도 남자분이신가?

리지할머니: 만약 그렇다면 미안해요. 여자 선생님들도 많아서 물어본 것뿐이에요! 몬태나에도 천지니까요!

나는 미소를 지었다. 나는 그녀가 마음에 든다.

진료중: 저도 여자랍니다.

리지할머니: 다행이군요! 여자 선생님들이 더 많아져야죠!

진료중: 리지, 이제 저한테 얘기 좀 해주세요. 리처드가 떠나고 난 뒤, 무슨 일이 있었나요?

그녀는 이야기를 털어놓는다. 장례식에서 돌아온 다음, 너무나 두려워서 조문객들을 현관 밖까지 배웅하지 못했다는 것, 그리고 그다음 날 '바깥세상이 집 안으로 밀려 들어오는 것만 같았다'는 것, 그래서 블라인드를 쳤다는 것과 멀리 남동부에 사는 자식들이 얼마나 혼란스러워하고 걱정하는지까지.

리지할머니: 농담은 집어치우고, 이 상황이 얼마나 두려운지 말씀드리고 싶어요.

팔을 걷어붙일 때가 왔다.

진료중: 당연하죠. 제 생각에는, 리처드가 죽고 나서 리지의 세상은 근

본적으로 모든 것이 달라졌어요. 하지만 바깥세상은 여전히 잘 돌아가고 있죠. 그 사실을 마주하고 받아들이기란 아주 힘든 일이에요.

나는 응답을 기다린다. 아무 말도 없다.

진료중: 리처드의 물건을 하나도 치우지 않으셨다고 했죠. 저라도 그랬을 것 같아요. 다시 한 번 생각해보시길 바라요.

온라인의 침묵.
그리고 잠시 후.

리지할머니: 당신을 만나게 되어서 다행이에요. 정말정말.
리지할머니: 우리 손자들한테 배웠어요. 슈렉에서 들었다나. 정말정말.
진료중: 정말정말!

나도 어쩔 수 없었다.

리지할머니: 당신을 소개해준 디스코미키 님께 정말정말(!!) 감사드려야겠네요. 정말 대단한 여자분이시네.
진료중: 과찬이십니다.

나는 그녀가 로그아웃하기를 기다린다. 하지만 그녀는 아직도 문장을 입력하고 있다.

리지할머니: 그러고 보니 이름도 안 여쭤봤네요!

나는 주저한다. 아고라에서 내 실명을 공유한 적은 지금껏 없었다. 샐리에게도 알려주지 않았다. 나는 누가 나를 알아보고, 내 이름과 직업을 대조해보고, 나를 찾아내서 잠금해제하길 원하지 않는다. 하지만 리지의 이야기에는 심장을 끌어당기는 무언가가 있었다. 남편과 사별하고 혼자가 된 그녀는 광활한 하늘 아래 태연한 척 연기를 하고 있다. 원한다면 남을 마음껏 웃게 만들 수 있는 사람이지만, 지금은 집 안에 갇혀 있다. 그리고 그건 무척 끔찍한 일이다.

진료중: 애나예요.

로그아웃하려고 하는데, 화면에 마지막 메시지가 뜬다.

리지할머니: 고마워요, 애나.
리지할머니 님이 대화방을 나갔습니다.

온몸에 피가 도는 게 느껴진다. 내가 누군가를 도왔다. 나는 세상과 연결되어 있다. **'단지 연결하라.'** 어디서 들은 말이었더라?
오늘 같은 날, 한잔쯤은 괜찮을 것이다.

14

부엌으로 가면서 목 근육을 풀었다. 관절이 꺾이는 소리가 들린다. 머리 위의 무언가가 내 눈을 붙든다. 층계참 맨 위, 어슴푸레한 3층 천장 구석에서 어두운 얼룩이 나를 노려보고 있다. 천창 바로 옆으로 뚫어놓은, 옥상으로 나가는 문 언저리인 것 같다.

나는 지하실로 통하는 문을 두드린다. 잠시 후 문이 열린다. 그는 맨발에 목이 늘어난 티셔츠에 무릎이 나온 청바지 차림이다. 내가 깨운 것이 틀림없었다. "미안해요. 자고 있었어요?"

"아니요."

자고 있던 게 확실하다. "잠깐 봐주면 안 될까요? 천장에 물이 새는 것 같아서요."

우리는 서재와 침실, 올리비아의 방과 여분의 침실 사이에 위치한 공간을 지나 꼭대기 층으로 올라간다.

"천창이 크네요." 데이비드가 말한다.

칭찬인가? "원래부터 나 있던 거예요." 나는 그냥 아무 말이나 해본다.

"타원형이네요."

103

"그렇죠."

"자주 보지는 못했던 모양이에요."

"타원형요?"

하지만 이쯤에서 그냥 하는 말들은 동이 난다. 그는 얼룩을 들여
다본다.

"곰팡이네요." 그는 의사가 환자에게 충격적인 소식을 전하듯,
나직이 말한다.

"긁어낼 수 있겠어요?"

"완전히 긁어낼 수는 없을걸요."

"그럼 어떻게 하죠?"

그는 한숨을 내쉰다. "일단 지붕을 확인해봐야겠어요." 지붕으로
연결되는 문에 달린 줄을 잡아당긴다. 몹시 흔들리며 문이 열린다.
사다리가 미끄러져 내려오며 끼긱거리는 소리를 낸다. 햇살이 안
으로 들어온다. 나는 햇살을 피해 한쪽으로 물러선다. 아마 뱀파이
어가 맞는 것 같다.

데이비드는 사다리를 끌어당겨 바닥에 고정시킨다. 나는 그가
계단을 올라가는 것을 지켜본다. 엉덩이 부분의 청바지가 팽팽하
게 당겨지더니 이내 시야에서 사라진다.

"뭐가 보이나요?" 나는 소리를 지른다.

대답이 없다.

"데이비드?"

쨍그랑 소리가 들린다. 햇살을 받아 투명하게 빛나는 물줄기가
마루로 쏟아진다. 나는 뒤로 물러선다. "죄송해요." 데이비드가 말
한다. "물뿌리개가 그만."

"괜찮아요. 뭐가 있나요?"

잠자코 있던 데이비드가 경외에 찬 목소리로 말한다. "이 위는 완전 정글인데요."

그것은 사 년 전, 엄마가 돌아가신 후, 에드가 내놓은 아이디어였다. "당신은 할 일이 필요해." 그는 결심에 차 있었다. 그래서 우리는 옥상을 정원으로 바꾸는 작업에 돌입했다. 화단과 텃밭, 작은 회양목들. 그리고 중앙에는, 중개업자가 '메인'이라고 부르던, 아치 모양의 격자 터널이 있었다. 폭 2미터, 길이 4미터가 넘는 터널이었다. 봄여름에는 잎이 우거져서 그늘이 드리워졌다. 아버지가 뇌졸중으로 쓰러진 후에는, 에드가 이곳에 아버지를 기리는 벤치를 가져다두었다. **Ad astra per aspera. 역경을 헤치고 별을 향해.** 헌정사였다. 나는 봄여름 밤이면 그곳에 앉아 황금빛 초록 속에서 책을 보고 와인을 마셨다.

최근에는 옥상 정원에 대해 까마득히 잊고 있었다. 아마 제멋대로 자라 있을 것이다.

"엄청 자랐네요." 데이비드가 거듭 확인해준다. "숲이라고 할 정도로요."

이제 그만 내려왔으면 싶다.

"저건 정자 같은 건가요?" 그가 묻는다. "방수포가 덮여 있는?"

매년 가을이 되면, 우리는 방수포로 정자를 덮어두었다. 나는 대답하지 않는다. 그냥 기억할 뿐.

"올라오실 때 조심하셔야겠어요. 이 천창을 밟고 올라서진 못하겠네요."

"나는 안 올라갈 거예요." 나는 이 점을 확실히 해둔다.

그가 발을 디디고 서자 유리가 덜그럭거린다. "부서지겠어요. 나뭇가지라도 떨어지는 날엔 창문이 완전 박살 날 거예요." 시간이 흘러간다. "정말 대단하네요. 사진이라도 한 장 찍을까요?"

"아니, 됐어요. 물이 샌 부분은 어떻게 해야 할 것 같아요?"

그의 한 발이 사다리를 타고 내려오고, 곧이어 다른 발도 내려온다. "전문가를 불러야겠는데요." 그는 바닥에 내려와 사다리를 제자리로 밀어 올린다. "지붕을 손봐야겠어요. 하지만 곰팡이는 제가 긁어낼 수 있겠어요." 그는 사다리를 끝까지 넣고 천장의 문을 닫는다. "이 부분을 사포로 밀어낸 다음 얼룩방지제와 방수페인트를 발라야겠어요."

"그런 게 다 있어요?"

"얼룩방지제와 방수페인트는 사와야겠죠. 여기 환기만 잘 시켜줘도 도움이 될 거예요."

나는 얼어 죽을 것만 같다. "무슨 말이죠?"

"창문을 좀 열어두세요. 꼭 여기일 필요는 없지만요."

"난 창문을 열지 않아요. 어느 층이든."

그는 어깨를 으쓱거렸다. "도움이 될 텐데."

나는 층계로 돌아선다. 그가 뒤를 따른다. 우리는 아무 말 없이 아래층으로 내려간다.

"밖에 난장판을 치워줘서 고마워요." 나는 부엌으로 들어서자마자 그 말부터 한다.

"누가 그런 거예요?"

"애들요."

"누군지 아시겠어요?"

"아니요." 잠시 후, 나는 말을 잇는다. "왜요? 나 대신 잡아서 혼내주게요?"

그는 눈만 끔뻑거린다. 나는 계속 밀어붙인다.

"지하층은 지낼 만한가요?" 그가 이사 온 지 두 달이 다 되어간다. 세입자가 있으면 이래저래 쓸모가 많을 거라고 필딩 박사가 권유했었다. 심부름도 해주고, 쓰레기도 내다버리고, 집안일도 이것저것 처리하는 등. 세를 깎아주면 모두 가능할 거라고 했다. 데이비드는 에어비앤비 광고에 첫 번째로 답을 준 사람이었다. 데이비드를 직접 만나고 그가 수다스러운 사람이라는 것을 알게 되기 전까지, 이메일만으로는 그가 간결하고 퉁명스러운 사람이라고까지 생각했었던 게 기억난다. 보스턴에서 갓 옮겨왔다고 했고, 잡역부 경력이 있었다. 비흡연자이고, 은행잔고에는 7,000달러가 찍혀 있었다. 그날 오후 우리는 계약서를 쓰기로 했다.

"그런데……" 데이비드가 천장에 달린 등을 올려다본다. "이렇게 어둡게 지내시는 이유가 있나요? 건강 문제라든가?"

얼굴이 달아오르는 게 느껴진다. "많은 사람들, 그러니까 나 같은……." 무슨 말을 집어넣어야 하지? "나 같은 상황에 처한 사람들은, 너무 밝으면 노출되어 있다고 느껴요." 나는 창문을 가리켰다. "게다가 이 집은 자연광이 좋죠."

데이비드가 이제야 알았다는 듯 고개를 끄덕인다.

"아래층은 빛이 잘 드나요?"

"괜찮아요."

나도 고개를 끄덕인다. "에드의 설계도를 또 찾으면 알려주세요. 모으는 중이라."

문간에서 펀치가 그르렁거리는 소리가 들리고, 부엌으로 들어가는 뒷모습이 보인다.

"저 때문에 고생하시는 건 늘 감사하게 생각하고 있어요." 타이밍이 안 좋았지만, 나는 말을 이어간다. 데이비드는 이미 지하실 문 쪽으로 향하고 있었다. "쓰레기며 집안일이며, 전부 다요. 구세주나 다름없죠." 나는 절룩거리며 따라간다.

"네."

"불편하면 천장 문제는 사람을 불러서……."

"괜찮아요."

펀치가 데이비드와 나 사이의 조리대에 뛰어올라 입에 물린 무언가를 떨구어놓는다. 나는 그것을 바라본다.

죽은 쥐.

나는 반사적으로 움찔한다. 데이비드 역시 움찔하는 모습에 묘한 만족감이 느껴진다. 털은 기름에 절어 있고, 꼬리는 지렁이처럼 검은, 작은 쥐였다. 몸통에는 상처가 나 있다.

펀치가 자랑스럽게 우리를 바라본다.

"안 돼." 내가 꾸짖자, 펀치는 머리를 곧추세운다.

"가지고 놀았나 보네요." 데이비드가 말한다.

나는 쥐를 관찰한다. "네가 그런 거야?" 나는 내가 고양이를 심문하고 있다는 사실을 잊은 채, 펀치에게 질문을 퍼붓는다. 펀치가 조리대에서 뛰어오른다.

"저것 좀 보세요." 데이비드가 심호흡을 한다. 나는 고개를 돌린다. 조리대 반대편에서 펀치가 등을 구부린 채, 시커먼 눈을 반짝이고 있다.

"이건 어딘가에 좀 묻어줄까요? 쓰레기통에서 썩게 두는 건 싫어요."

데이비드가 목청을 가다듬는다. "내일이 화요일이니까." 쓰레기 버리는 날이다. "제가 지금 내다 버릴게요. 신문지 있나요?"

"요새도 신문 보는 사람이 있나요?" 의도했던 것보다 좀 날카롭게 들린다. 나는 재빨리 말을 잇는다. "비닐봉지는 있어요."

나는 서랍을 열어 봉지를 꺼낸다. 데이비드가 한쪽 팔을 뻗는다. 하지만 이 정도는 나도 스스로 할 수 있다. 나는 봉지를 뒤집어, 손을 집어넣고, 조심스럽게 쥐 사체를 집어 든다. 작은 경련이 나를 뒤흔든다.

나는 봉지를 뒤집어 쥐를 안으로 집어넣고 묶는다. 봉지를 받은 데이비드는 조리대 밑에 있는 쓰레기통을 열어 죽은 쥐를 그 안으로 떨군다. '여기 평화롭게 잠들다.'

데이비드가 쓰레기통을 치우고 비닐을 갈아 끼우는 사이, 아래층에서 소리가 올라온다. 파이프를 타고 벽이 노래한다. 샤워 소리.

나는 데이비드를 본다. 그는 움찔하지도 않는다. 대신 쓰레기 봉지를 묶어 어깨 위로 걸친다. "밖으로 내갈게요." 그렇게 말하고, 그는 현관으로 걸어간다.

그녀의 이름을 물어보려던 것은 아니었다.

"누구게?"

"엄마잖아."

나는 그냥 슬쩍 넘어간다. "핼러윈은 어땠어요, 꼬마 아가씨?"

"재밌었어." 아이는 무언가를 질겅대고 있다. 제발 에드가 올리비아의 체중에 신경 써야 할 텐데.

"사탕은 많이 받았니?"

"완전 많이. 지금까지 중 최고야."

"뭐가 제일 맛있어?" 물론 땅콩 엠앤엠즈다.

"스니커즈."

정정해야겠다.

"근데 너무 작아." 올리비아가 상황을 설명한다. "미니 사이즈야."

"그래서 저녁으로는 중국 요리를 먹었어, 스니커즈를 먹었어?"

"둘 다."

에드랑 얘기를 좀 해야 할 것 같다.

하지만 내가 이럴 때마다, 에드는 방어적이 된다. "저녁식사로 사탕을 먹는 건 고작 일 년에 한 번이야." 그가 말한다.

"아이에게 문제가 생기길 바라지 않아."

정적. "치과에 갈까 봐?"

"아니, 체중."

에드는 한숨을 내쉰다. "내가 잘 돌보고 있어."

나도 한숨을 내쉰다. "당신이 잘못하고 있다는 얘기가 아니잖아."

"그렇게 들리는걸."

나는 손을 이마로 가져간다. "올리비아도 이제 여덟 살이야. 많은 아이들이 이 시기에 심각한 체중 증가를 경험한다고. 여자애들이 더 심하고."

"조심할게."

"벌써 통통한 단계에 접어들었다는 것만 알아둬."

"당신은 아이가 삐쩍 곯은 사람이 되길 바라는 거야?"

"아니. 그건 살찌는 것만큼이나 최악이지. 난 단지 아이가 건강하길 바라는 거야."

"좋아. 오늘 밤부터 키스도 저칼로리로 해야겠군. 다이어트 키스로 말이야."

나는 미소를 짓는다. 아직도, 전화를 끊을 때가 되면, 마음이 괴롭다.

11월 2일
화요일

    내가 심리상담사에게 처음 연락을 취한 것은 2월 중순, 그러니까 집 안에서 시름시름 앓기 시작한 지 6주에 접어든 시점이었다. 나는 상태가 거기서 더 나아지지 않을 것이라는 것을 직감한 후, 오년 전 볼티모어에서 있었던 컨퍼런스에 참석했을 때 '비전형적 항정신병제와 외상 후 스트레스 장애'라는 주제로 강연한 강연자에게 내 상황을 알렸다. 당시만 해도 그는 나의 존재를 알지 못했지만, 지금은 그렇지 않다.

    심리상담을 안 해본 사람들은 으레 상담사들이 부드러운 목소리로 환자를 염려해줄 것이라 생각한다. 갓 구운 토스트 위에 올라간 버터가 녹듯, 소파에 몸을 맡긴 환자들도 그들의 목소리에 녹아내릴 거라고. 하지만 꼭 그렇지만은 않다. 그에 대한 증거물 1호가 바로 줄리언 필딩 박사이다.

    일단 소파가 없다. 우리는 매주 화요일 에드의 자료실에서 만난다. 필딩 박사는 벽난로 옆 클럽체어에, 나는 창가에 놓인 윙백에 자리를 잡는다. 물론 박사의 어조는 부드럽다. 하지만 목소리 자체가 낡은 문짝이 삐걱거리는 소리와 비슷한 데다, 마치 좋은 심리상담사는 이래야 한다는 듯, 정확하게 특정해서 말하는 편이다. "샤워하다가도 부러 오줌 누러 나올 것 같은 인간이야." 에드가 그렇게 말한 것이 한두 번이 아니다.

"자." 필딩 박사가 쉰 목소리를 낸다. 오후의 햇살이 화살촉처럼 그의 얼굴에 박힌다. 안경에 작은 태양이 떠 있다. "어제 에드와 올리비아 문제를 두고 싸웠다고 하셨죠. 그 대화가 도움이 되었나요?"

나는 고개를 돌려 러셀 씨네 집을 흘끗거린다. 제인 러셀은 뭘 하고 있을지 궁금하다. 한잔하고 싶은 마음이 간절하다.

나의 손가락이 목선을 타고 거슬러 올라간다. 나는 다시 필딩 박사를 바라본다.

그는 나를 바라보고 있다. 이마에 생긴 주름이 깊다. 아마도 피곤한 상태일 것이다. 나는 분명 그렇다. 다사다난한 세션이었다. 내가 공황발작(박사는 심히 걱정스러운 표정을 지었다), 데이비드와 있었던 일(여기에는 별 관심이 없었다), 에드와 올리비아와 나눈 대화(다시 심히 걱정스러워 보였다)에 대해 말했으니까.

나는 다시 다른 곳을 쳐다본다. 눈도 깜빡이지 않고, 멍하니 에드의 책장을 바라본다. 핑커톤 탐정의 역사. 나폴레옹에 대한 책 두 권. 베이 에어리어의 건축. 남편은 잡식성 취향을 가졌다. 나의 별거 중인 남편.

"그 대화가 당신으로 하여금 뒤섞인 감정을 느끼게 한 것처럼 들리네요." 필딩 박사가 말한다. 상담사들이 사용하는 고전적 은어다. '처럼 들리네요', '제가 지금 들은 게', '지금 하시는 말씀이' 우리 심리상담사들은 해석하고 통역하는 사람들이다.

"계속 드는……." 말이 제멋대로 튀어나온다. 다시 시작해볼까?

할 수 있다. 할 것이다. "계속 드는 생각은 그 여행에 대한 거예요. 멈출 수 없죠. 처음 아이디어를 낸 사람이 나였다는 사실이 끔찍해요."

건너편에서는 아무 반응이 없다. 그가 이 사실을 알고 있음에도, 아니 알고 있기 때문이다. 그는 이 이야기 전체를 듣고 또 들었다. 그리고 또 듣고 있다.

"내가 아니었길 빌어요. 아니었기를. 그게 에드의 생각이었길. 아니면 그 누구의 생각도 아니었길. 우리가 그곳에 가지 않았길." 나는 손마디를 꺾는다. "하지만 분명⋯⋯."

박사가 부드럽게 끼어든다. "당신은 그곳에 갔어요."

몸이 타오르는 듯하다.

"당신은 가족 여행을 갔던 거예요. 그 부분을 문제시할 필요는 없죠. 누구도."

"뉴잉글랜드로 간 거죠, 그것도 겨울에."

"겨울에 뉴잉글랜드에 가는 사람들은 수두룩해요."

"바보 같은 짓이었어요."

"배려심에서 그렇게 한 거죠."

"그런 바보짓을 했다니, 믿을 수 없어요." 나는 우기기 시작한다.

필딩 박사는 반응이 없다. 중앙난방이 목청을 가다듬으며 온기를 내뿜는다.

"그 일이 없었다면, 우리는 함께였겠죠."

그는 어깨를 으쓱거린다. "그럴지도요."

"틀림없이."

나를 저울질하는 그의 시선이 느껴진다.

"어제는 몬태나에 사는 여자 환자와 상담을 했어요." 내가 말한다. "할머니인데, 한 달 동안 못 나갔다고 하더군요."

박사는 이러한 갑작스러운 탈선에 익숙하다. 그는 그것을 시냅스 비약이라 부른다. 내가 부러 주제를 바꾸려고 이런다는 것을 우리 둘 다 알지만. 하지만 나는 멈추지 않고 리지할머니에 대해, 그리고 내가 그녀에게 내 이름을 알려준 이유에 대해 늘어놓는다.

"무엇이 그런 행동을 하게 했나요?"

"그녀가 단지 연결하려고 애쓰는 게 느껴졌으니까요." 이것은 혹시—맞다, 역시. E. M. 포스터가 자신의 소설 《하워즈 엔드》에서 독자들에게 강력히 권고하던 바 아니었나? "단지 연결하라"였지, 아마? 《하워즈 엔드》. 북클럽이 선정한 7월의 작품이었지. "그녀를 돕고 싶었어요. 다가와도 된다는 걸 보여주고 싶었죠."

"매우 관대한 행동이네요." 그가 말한다.

"아마도요."

그는 자세를 고쳐 앉는다. "당신이 아닌 상대방에게 주도권을 쥐여주는 만남의 경지에 도달하고 있다는 소리로 들리는군요."

"그럴지도요."

"많이 나아졌네요."

펀치가 방으로 들어와 발밑을 맴돌며 무릎을 노리고 있다. 나는 한쪽 다리를 다른 쪽 다리 위로 겹쳐 올린다.

"물리치료는 어떻게 돼가요?"

나는 손으로 다리와 몸통을 훑는다. 게임 쇼에서 상품을 수여하는 사람처럼. '여러분도 삼십팔 년 된 몸뚱이를 상품으로 가져가실 수 있답니다!' "몸매가 더 좋아졌죠." 박사에게 지적당하기 전에, 얼른 덧붙인다. "피트니스 프로그램이 아니라는 건 저도 알아요."

그는 항상 내가 하는 말에 토를 단다. "일반 피트니스 프로그램이 아니죠."

"그래요, 나도 알아요."

"잘되어간다는 거죠?"

"괜찮아졌다니까요. 훨씬 나아요."

그는 침착하게 나를 들여다본다.

"정말이에요. 척추도 멀쩡하고, 갈비뼈도 부러진 데가 없고. 다리 저는 것도 없어졌죠."

"그래요. 그런 것 같더군요."

"그래도 운동은 조금이나마 계속할게요. 비나가 마음에 들기도 하고."

"친구가 됐나 보군요."

"그런 셈이죠." 나는 인정한다. "돈을 내는 친구."

"요즘에는 수요일에 하죠, 맞나요?"

"대개는요."

"좋아요." 그는 마치 수요일이 에어로빅에 특화된 날인 것처럼 말한다. 그는 비나를 만난 적도 없다. 그들이 함께 있는 모습은 상상 불가다. 같은 차원을 공유할 수 없는 사람들이라고나 할까.

이제 슬슬 끝낼 시간이다. 굳이 벽난로 선반에 놓인 시계를 흘끔거리지 않더라도 알 수 있다. 그건 필딩 박사도 마찬가지다. 수년간의 수련으로 우리는 오십 분이라는 시간을 초 단위까지 정확하게 잴 수 있다.

"베타차단제는 쭉 같은 용량으로 복용했으면 싶은데." 그가 말한다. "토프라닐* 150밀리그램을 복용 중이죠. 250으로 늘려봅시

---

* 항우울제인 이미프라민의 상표명.

다." 그가 얼굴을 찌푸린다. "오늘 상담해보니 그게 좋겠어요. 기분이 좀 나아질 겁니다."

"그럼 꽤나 흐리멍덩해질 텐데요." 나는 그에게 내 상태를 일깨운다.

"흐리멍덩이라뇨?"

"침침해지거나. 아니, 둘 다겠죠."

"시야가 흐려진다는 말씀인가요?"

"아니요. 눈 말고. 다른 부분이……." 이 얘기는 이미 나눈 적이 있다. 박사는 기억하지 못하는 걸까? 아니면 정말 우리가 이 얘기를 나눈 적이 있는 걸까? '흐리멍덩', '침침함' 약이 그 정도면 술 대용이나 마찬가지다. "종종 너무 많은 생각들이 한꺼번에 밀려와요. 머릿속에 사방으로 난 교차로가 있는데 모든 사람들이 한꺼번에 지나가려는 것처럼." 약간 불안한 마음에, 나는 낄낄거리기 시작한다.

필딩 박사는 눈썹을 일그러뜨리며 한숨을 내쉰다. "당신도 알겠지만, 이게 수치상 딱 들어맞는 게 아니에요."

"알아요. 나도."

"다른 종류의 약물을 꽤나 많이 쓰고 있어요. 뭐가 맞을지, 하나하나 써봐야 알겠죠."

나는 고개를 끄덕인다. 나는 그 말의 의미를 알고 있다. 그는 내 상태가 더 나빠지고 있다고 생각하는 것이다. 가슴이 조여온다.

"250을 써보고 어떤지 봅시다. 문제가 되면, 집중에 도움이 되는 약을 써보도록 하죠."

"각성제 말인가요?" 애더럴. 혹시 애더럴이 아이들이 집중하는 데 도움이 되느냐고 학부모들이 물어보았던 횟수, 그리고 내가 그런 사람들을 차갑게 돌려보냈던 횟수. 그런데 이제는 나 자신을 두고 같은 짓을 하고 있다. 격세지감이다.

"가능한 한 빨리 그 문제에 대해 얘기해봅시다." 그가 정리한다. 그의 펜이 처방전을 가로지른다. 그는 맨 윗장을 떼어 나에게 내민다. 종이가 그의 손에서 부들거린다. 유전일까, 저혈당일까? 파킨슨씨병 초기가 아니길 빈다. 하긴 내가 물어볼 처지는 아니다. 나는 종이를 받는다.

"고맙습니다."

그는 타이를 풀며 자리에서 일어선다.

"유용하게 쓸게요."

그는 고개를 끄덕인다. "그럼 다음 주에 봅시다." 그는 문 쪽으로 돌아선다. "애나?" 그리고 돌아본다.

"네?"

그는 다시 한 번 끄덕인다. "처방전 빠뜨리지 말아요."

필딩 박사가 돌아간 후, 나는 온라인에 접속해서 처방전을 입력한다. 5시까지 배달해줄 것이다. 그때까지 한잔할 시간은 충분하다. 두 잔도 가능하다.

하지만 아직은 아니다. 나는 먼저 마우스를 화면 구석으로 끌고 간다. 그리고 엑셀 스프레드시트를 조심스럽게 더블클릭한다. '약들.xlsx'

여기에 내가 먹고 있는 약의 종류와 복용량, 복용방법들을 상세히 기입해두었다. 내가 먹는 약물 칵테일의 성분까지도…… 마지막으로 작성된 것이 8월이었다. 그랬군.

늘 그렇듯, 필딩 박사가 옳다. 복용 중인 약물이 많았다. 다 세려면 두 손을 동원해야 할 정도다. 나는 이 약들을 제때 먹고 있지 않다. 알고 있는 사실이었지만, 그 생각에 얼굴이 찌푸려진다. 매번 그런 것은 아니었지만. 정량의 두 배를 먹거나, 건너뛰거나, 술과 함께 먹거나. 필딩 박사는 노발대발하겠지. 좀 더 성실해질 필요가 있다. 통제력을 잃고 싶지 않다.

커맨드+Q. 엑셀을 닫는다. 이제 술을 마실 시간이다.

17

한 손에는 텀블러, 다른 손에는 니콘을 들고 서재 구석에 자리를 잡는다. 남쪽 창과 서쪽으로 난 창 가운데에 웅크리고 앉아 동네를 훑는다. 일종의 재고관리. 에드는 그렇게 부르길 좋아한다. 저기, 요가원에서 돌아오는 리타 밀러가 있다. 땀으로 반짝이는 그녀의 한쪽 귀에 휴대전화가 붙어 있다. 렌즈의 초점을 맞추고 줌인한다. 그녀는 웃고 있다. 나는 그녀가 중개업자와 통화 중인지 궁금해졌다. 아니면 남편일까. 아니면 전혀 다른 사람일지도.

214번지 밖에서는 바서먼 부인과 남편인 헨리가 계단 아래로 조심스레 발을 내딛고 있다. 그들만의 고상함과 지성을 널리 퍼뜨리기 위해 길을 나서는 중이다.

나는 서쪽으로 카메라를 돌린다. 행인 두 명이 두 동짜리 건물 앞을 어슬렁대고 있다. 그중 한 명이 덧문을 가리킨다. "골대로 적당하다."

세상에. 이제 대화까지 지어내다니.

나는 마치 들키고 싶지 않은 사람처럼—실제로 들키고 싶지 않기도 했다— 카메라를 조심스레 공원 건너편 러셀 씨네로 돌렸다.

어둑한 부엌에는 아무도 없다. 블라인드가 반쯤 감긴 눈처럼 내려와 있다. 하지만 한 층 위, 응접실 창문 가까이에서 이선과 제인의 모습을 포착할 수 있었다. 두 사람은 줄무늬가 있는 2인용 소파에 앉아 있다. 그녀는 노란 스웨터를 입고 간결한 쇄골 라인을 드러냈다. 그 사이에서 흔들리는 목걸이 펜던트가 협곡을 오르는 등반가 같다.

렌즈를 비틀자 이미지가 또렷해진다. 그녀는 빠르게 말하는 중인데, 환하게 웃자 하얀 이가 드러난다. 손은 공중에서 허둥거린다. 이선의 눈은 무릎에 고정되어 있다. 하지만 수줍은 웃음이 입술을 비집고 나온다.

그러고 보니 필딩 박사에게 러셀 가족에 대한 이야기는 하지 않았다. 나는 그가 뭐라고 할지 알고 있다. 나 스스로도 이 상황을 분석할 수 있다. 나는 이 핵가족 사이에 자리를 잡은 것이다. 엄마, 아빠, 아이 하나가 있는 가족. 내 가족의 정확한 복사판. 한 집 건너, 바로 이웃에, 내가 속했던 가족이, 내 것이었던 삶이 있다. 잃어버렸다고 여겼던 삶이 바로 공원 건너에 있다. 물론, 공원 이편의 삶을 돌이킬 수 없다는 것만 제외하면. '그래서 뭐?' 나는 생각한다. 어쩌면 이렇게 말할지도 모른다. '요즘은 나도 잘 모르겠어.'

나는 와인을 한 모금 들이켜고 입술을 문지른다. 그리고 다시 니콘을 들어 올려 렌즈를 들여다본다.

그녀가 나를 마주보고 있다.

나는 무릎에 카메라를 떨어뜨린다.

잘못 본 것이 아니다. 맨눈으로 봐도 그랬다. 입을 벌린 채, 이쪽을 노골적으로 응시하는 그녀의 모습을 분명히 확인할 수 있다.

그녀는 손을 들어 인사한다.

숨고 싶다.

인사에 답을 해야 하나? 눈길을 돌려버려? 마치 근처 어딘가, 다른 곳을 보고 있었던 것처럼 멍하니 그녀를 보며 눈을 깜빡여볼까? '거기 계셨군요?'

아니다.

카메라가 발 쪽으로 떨어지며 공중제비를 돈다. "됐어." 나는 그렇게 말하고—분명 그렇게 말했다— 어두운 층계참을 향해 방을 빠져나간다.

지금껏 누구에게도 포착된 적 없는 나였다. 밀러 박사나 리타 밀러, 다케다 가족에게도, 바서먼 일가 중 누구에게도, 시끄러운 그레이 무리 중 누구에게도. 그들이 이사 오기 전에 살았던 집주인에게도, 헤어지기 전까지 살았던 모츠 부부에게도. 지나가는 택시나 보행자에게도. 심지어 매일 문전에서 사진을 찍히는 우체부에게도. 지난 몇 달간 나는 이 사진들에 탐닉했다. 창문 너머 존재하는 세계를 더 감당하지 못하겠다 싶을 때까지 매 순간을 되새기면서. 물론 종종 예외도 있다. 밀러 부부는 줄곧 나의 흥미를 자극한다. 러셀 가족이 등장하기 전까지 그랬다고 해야 맞는 표현일까.

그리고 내가 사용하는 옵테카 줌 렌즈는 쌍안경보다 훌륭하다.

하지만 지금 부끄러움이 내 몸을 관통한다. 나는 카메라에 담은 모든 것과 모든 사람들을 생각한다. 이웃들, 낯선 사람들, 키스와 위기, 물어뜯긴 손톱, 땅바닥에 떨어진 거스름돈과 산책, 그리고 비틀거림까지. 눈을 감은 채 손가락으로 첼로 현을 훑어 내려가는 다케다 씨네 아들. 즉흥적으로 와인잔을 들며 건배를 나누는 그레이. 케이크에 꽂힌 초에 불을 붙이는 거실의 로드 부인. 짧은 결혼 생활 막바지에 이른, 붉은 응접실 양 끝에서 서로를 향해 울부짖는 모츠 부부. 두 사람 사이에서 깨진 채 널브러진 꽃병.

나는 훔친 이미지들로 가득한 나의 하드드라이브를 떠올린다. 나는 제인 러셀이 눈 하나 깜빡이지 않고 공원 건너의 나를 쳐다보던 것을 떠올린다. 나는 투명인간이 아니다. 나는 죽지 않았다. 나는 살아서, 포착되었다. 부끄럽다.

나는 〈스펠바운드〉의 브륄로 박사를 떠올린다. "이런 이런, 현실일 리 없다며 머리를 들이박고 있을 수만은 없는 법이죠."

삼 분 뒤, 나는 서재로 간다. 러셀 씨네 소파는 비어 있다. 나는 이선의 침실을 응시한다. 아이는 컴퓨터 앞에 웅크리고 앉아 있다.

조심스럽게, 나는 카메라를 집어 든다. 부서지지는 않았다.

그때, 초인종이 울린다.

18

"미치도록 심심하셨나 보다." 내가 문을 열자 그녀가 말한다. 그리고 나를 한 아름 껴안는다. 나는 불안한 얼굴로 웃는다. "흑백영화는 재미없잖아요."

그녀는 나를 지나쳐 안으로 밀고 들어온다. 나는 아직 한마디도 하지 못했다.

"뭘 좀 가져왔어요." 그녀는 웃으며 가방을 뒤적인다. "차가워라." 송글송글 이슬이 맺힌 리슬링이었다. 입에 침이 고인다. 화이트 와인을 마신 지도 꽤 오래되었다.

"이러실 필요까지는……."

하지만 그녀는 벌써 부엌으로 향하고 있었다.

채 십 분도 지나지 않아, 우리는 와인을 꿀깍거리고 있다. 제인은 버지니아 슬림에 불을 붙인다. 그리고 또 한 개비. 오래지 않아 부엌 공기가 담배 연기에 진동한다. 연기가 머리 위, 천장 조명 아래를 자욱하게 채운다. 와인에서 담배 맛이 난다. 나는 개의치 않는 나 자신을 발견한다. 그 맛은 나에게 대학원 시절과, 뉴헤이븐

선술집에서 보던 칠흑 같던 밤하늘과, 담뱃재 맛이 나던 남자들의 입술을 떠올리게 했다.

"포도주가 정말 많네요." 그녀는 부엌 조리대를 응시한다.

"대량으로 주문하죠." 내가 설명을 덧붙인다. "좋아해서요."

"얼마 만에 한 번씩 주문하세요?"

"일 년에 한두 번요." 적어도 한 달에 한 번.

그녀는 고개를 끄덕인다. "이렇게 지내신 지 얼마나 됐다고 하셨죠?" 그녀가 묻는다. "육 개월이었나요?"

"거의 십일 개월 됐어요."

"십일 개월이라." 그녀는 입술을 작고 동그랗게 오므린다. "저는 휘파람을 못 불어요. 대신 흉내는 낼 수 있죠." 그녀는 시리얼 그릇에 담배를 비벼 끄고는, 손바닥을 모아 앞으로 기댄다. 마치 기도하는 것처럼. "그럼 하루 종일 뭐 하세요?"

"상담을 해주죠." 나는 고상한 척 대답한다.

"누구를요?"

"온라인에 있는 사람들요."

"아."

"온라인으로 프랑스어 수업도 듣고요. 체스도 둔답니다."

"온라인으로요?"

"온라인으로요."

그녀는 와인이 찰랑거리는 선을 따라 잔을 쓰다듬는다. "그럼 인터넷이 일종의 창이로군요. 세상으로 난 당신의 창."

"실제 창도 그렇긴 마찬가지죠." 나는 제인 뒤로 펼쳐진 유리창을 향해 손짓한다.

"당신의 비밀 망원경이죠." 그녀가 말하자, 내 얼굴이 달아오른다. "농담이에요."

"미안해요. 아까는……."

그녀는 손을 내저으며 담배를 빨아들인다. "흿." 연기가 입에서 새어 나온다. "진짜 체스판 있어요?"

"체스 두세요?"

"예전에 좀 했었죠." 그녀는 담배를 그릇에 비벼 끈다. "실력 좀 보여주세요."

초인종이 울렸을 때, 우리는 첫 번째 판에 완전히 몰입해 있었다. 날카로운 벨이 다섯 번쯤 울리자—약국에서 온 배달이었다—제인이 문을 연다. "약품 배달 서비스라니!" 그녀는 꽥꽥거리며 현관에서 돌아온다. "효과는 좀 있어요?"

"각성제들이에요." 나는 두 번째 병을 따며 말한다. 이번에는 레드와인이다.

"파티를 시작해볼까요."

우리는 와인을 마시고 체스를 두며 대화를 나눈다. 이미 알고 있던 바대로, 우리는 아이를 하나씩 둔 엄마였다. 미처 알지 못했던 바는, 두 사람 모두 요트를 몬다는 것이다. 제인은 1인용을 좋아했고, 나는 두 명이서 모는 걸 즐겼다. 아니, 즐겼었다, 어쨌든.

나는 그녀에게 에드와의 신혼여행에 대해 늘어놓는다. 우리가 33피트 요트인 '날개 없는 독수리'를 빌려 그리스 섬들을 어떻게 여행했는지, 델로스와 낙소스, 그리고 미코노스와 산토리니 사이를 어떻게 누볐는지. 그리고 나는 다음과 같은 사실을 기억해낸다. "단둘이 에게 해 연안을 질주했죠."

"〈죽음의 항해〉를 연상시키는 얘기로군요."

나는 와인을 삼킨다. "〈죽음의 항해〉에서 주인공들은 태평양을 누볐죠."

"음, 그 점만 빼면, 똑같네요."

"주인공들이 사고 후유증을 극복하기 위해 항해를 떠났다는 점도 다르죠."

"그래요, 그랬죠."

"그리고 거기서 자신들을 죽이려는 사이코패스를 구출하죠."

"제가 하려던 말이 뭔지 아시죠?"

그녀가 체스판을 보며 찡그리는 사이, 나는 냉장고를 살살이 뒤져 토블론 초콜릿 하나를 찾아내 식칼로 대충 잘랐다. 우리는 테이블에 앉아 토블론을 씹었다. 단것으로 저녁 때우기. 올리비아처럼.

시간이 흐르고.

"찾아오는 사람이 많나요?" 그녀는 비숍을 들어 체스판을 가로질렀다.

나는 고개를 저었다. 식도를 타고 넘어가는 와인이 느껴진다. "전혀. 당신과 당신 아들이 전부예요."

"왜요? 왜 그렇죠?"

"나도 모르죠. 부모님은 돌아가셨고, 친구를 사귀기엔 너무 바빴거든요."

"직장 동료는요?"

웨즐리 박사를 떠올려본다. "두 명이서 하던 일이라…… 아마 지금쯤 두 배로 바쁠 거예요."

그녀는 나를 바라본다. "그렇겠군요."

"당신이 말동무해주고 있잖아요."

"전화기는 있어요?"

나는 조리대 한쪽 구석에 처박힌 유선전화를 가리킨다. 그리고 동시에 주머니를 톡톡 두드린다. "유물이죠. 고대 아이폰이긴 한데 작동은 돼요. 상담사 연락을 받아야 하니까. 아니면 누구 연락이라도요. 세입자라든가."

"잘생긴 세입자 말이죠."

"그래요, 잘생긴 세입자." 나는 한 모금 들이켜며 그녀의 퀸을 가져온다.

"너무 냉정한 처사로군요." 그녀는 테이블에 떨어진 재를 손가락으로 튕겨내며 웃어댄다.

두 번째 게임을 끝내고, 그녀는 집 구경을 부탁한다. 나는 잠시 머뭇거린다. 꼭대기에서 맨 아래층까지 이 집을 훑어본 마지막 사람은 데이비드였다. 그전에는…… 기억조차 나지 않는다. 비나는 1층에서 벗어나본 적이 없다. 필딩 박사의 활동 범위 역시 자료실로 국한되어 있다. 어쨌든 그 제안에서는 은밀한 무언가가 느껴진다. 마치 새로운 연인의 손을 이끌고 집으로 들어가는 느낌이랄까.

제안을 받아들인 나는 그녀를 각 층으로, 그리고 방마다 안내한다. 레드룸. "동맥 안에 갇힌 기분이 들어요." 자료실. "책이 정말 많군요! 다 읽으신 거예요?" 나는 고개를 젓는다. "설마 이 중에 읽어본 책이 있으신 건가요?" 나는 키득거린다.

올리비아의 침실. "좀 작지 않나요? 너무 작은 것 같아요. 이선 방처럼 좀 큰 방이 필요할 텐데." 반면에, 나의 서재. "우와." 제인이 감탄한다. "여자들은 이런 공간 하나만 있으면 다 해결되죠."

"글쎄요. 저는 주로 이곳에서 체스를 두거나 갇혀 사는 사람들과 대화를 나누죠. 그게 다 해결된다는 말에 어울리는지는 모르겠지만."

"저기 좀 보세요." 그녀는 안경을 벗어 창턱에 올려두고 양손을 바지 뒷주머니에 넣는다. 그리고 창문 쪽으로 몸을 기울인다. "저기네요." 그녀는 자신의 집을 응시하며 말한다. 낮게 깔린 목소리가 허스키하게 들린다.

지금껏 쾌활하고 흥이 올라 있던 그녀가 심각한 모습을 보이니 마음이 쿵 하고 내려앉는다. 바늘이 레코드판을 긁고 지나가는 것 같다. "댁이 보이죠." 나는 조용히 대꾸한다.

"멋있지 않아요? 꽤나 괜찮은 집이에요."

"그렇죠."

그녀는 창밖을 조금 더 응시한다. 그리고 우리는 부엌으로 돌아간다.

그리고 그 후.

"이걸 쓸 일이 있나요?" 내 다음 수를 어디다 둬야 하는지에 대해 논쟁하며 거실을 배회하던 제인이 불쑥 묻는다. 해가 빠르게 가라앉는 사이, 노란 스웨터를 입고 흐릿한 조명을 받은 그녀의 모습이 마치 집 안을 떠도는 생령 같다.

그녀는 주정뱅이처럼 한쪽 벽에 기대어 있는 우산을 가리키고 있다.

"당신이 생각하는 것보다 쓸모가 많은 아이죠." 나는 대답한다. 나는 등받이에 기대며 필딩 박사가 제안한 안마당 테라피에 대해 설명한다. 문을 통과해 계단을 내려가는 불안정한 걸음과 멍한 상태로부터 나를 지켜주는 나일론 거품, 그리고 바깥 공기의 투명함과 바람의 흐름에 대해.

"흥미롭군요." 제인이 말을 한다.

"꼭 '엉터리야'라는 말로 들리네요."

"효과는 있어요?" 제인이 묻는다.

나는 어깨를 으쓱한다. "어떤 면에서는."

"그렇군요." 그녀는 강아지 머리를 쓰다듬듯 우산 손잡이를 다독인다. "여기다 두면 되겠네요."

"저, 생일이 언제예요?"

"뭐 사주려고요?"

"진정해요."

"이제 곧이에요." 내가 대답한다.

"내 생일도 곧인데."

"11월 11일이죠."

그녀는 멍해진다. "내 생일도 그래요."

"농담이겠죠."

"무슨 그런 농담을. 십일, 십일."

나는 잔을 들어 올린다. "십일 십일을 위해."

우리는 건배한다.

"종이랑 펜 있어요?"

나는 서랍에서 두 가지를 꺼내와 그녀 앞에 놓아준다. "거기 앉아봐요." 제인이 나에게 말한다. "예쁜 척해봐요." 나는 속눈썹을 깜빡인다.

그녀의 펜은 짧고 날카로운 스트로크로 종이를 가로지른다. 나는 내 얼굴이 형태를 잡아가는 모습을 지켜본다. 깊은 눈, 부드러운 광대, 긴 턱. "앞니 부정교합도 그려 넣는 거 잊지 말아요." 나는 그녀를 채근하지만 그녀는 나를 향해 '쉿' 하고 손짓한다.

스케치하는 삼 분간, 그녀는 잔을 두 번 들어 올린다. "여기요." 그녀가 종이를 나에게 보여준다.

나는 그림을 가만히 들여다본다. 너무 비슷해서 충격적이다. "정말 대단한 솜씨로군요."

"그런가요?"

"다른 것도 그릴 수 있어요?"

"다른 사람들 초상화도 그릴 수 있냐고요? 믿거나 말거나지만, 물론이죠."

"아니, 내 말은 동물 같은 거 말이에요. 다른 생명체나, 뭐 그런 것들."

"글쎄요. 주로 사람에게 흥미가 있어서. 당신과 마찬가지예요." 그녀는 부러 과장되게, 한쪽 구석에 사인을 끼적인다. "짜잔. 제인 러셀 진품입니다."

나는 그림을 받아 부엌 서랍에 넣는다. 좋은 식탁보들을 넣어두는 곳이다. 다른 데다 두면 더러워질 테니까.

"우와, 이것 좀 봐." 알약들이 마치 보석처럼 테이블 위에 흩뿌려져 있다. "저건 어떤 약이에요?"

"어느 거요?"

"분홍색. 팔각형, 아니 여섯각형."

"육각형 말이죠."

"네."

"인데랄이에요. 베타차단제죠."

그녀는 눈을 가늘게 뜬다. "심장마비를 막아주는 약이로군요."

"공황발작도 막아주죠. 심박수를 낮추거든요."

"저건 뭐예요? 작은 하얀색 타원형?"

"아리피프라졸이에요. 비정형 정신병 치료제죠."

"얘기가 심각해지네요."

"실제로 심각한 경우에 쓰이는 약이에요. 나 같은 경우에는 그냥 추가적으로 먹는 거지만. 여하튼 나를 제정신으로 붙들어주죠. 살도 찌게 해주고."

그녀는 고개를 끄덕인다. "저건요?"

"이미프라민. 토프라닐이라는 이름으로 팔려요. 우울증에 작용하죠. 오줌싸개들한테 쓰기도 하고요."

"아직도 지도를 그리시나요?"

"오늘 밤, 아무래도?" 나는 와인을 또 홀짝인다.

"저건요?"

"테마제팜이라고. 수면제죠. 저건 나중에 먹는 거예요."

그녀는 고개를 끄덕인다. "이거 전부 술하고 같이 먹어도 되는 건가요?"

나는 와인을 삼킨다. "아니죠."

알약들이 내 목구멍을 타고 내려가는 순간, 내가 오늘 아침 이 약들을 이미 먹었다는 사실을 기억해낸다.

제인이 고개를 돌리자, 분수 같은 연기가 그녀의 입에서 뿜어져 나온다. "제발 체크메이트라는 말만은 말아줘요." 그녀가 낄낄거리며 웃는다. "내 자존심에 삼연패는 견딜 수 없을 거예요. 몇 년 동안 체스를 둔 적 없는 사람을 상대하고 있다는 걸 감안해줘요."

"그래 보여요." 내가 그렇게 대꾸하자, 제인은 코를 킁킁대며 웃어젖힌다. 그러자 은색으로 때운 이가 드러난다.

나는 잡아온 말들을 바라본다. 양쪽 룩, 양쪽 비숍, 그리고 줄줄이 잡혀 있는 폰. 제인에게 남은 것은 폰 하나와 한쪽 나이트가 전부다. 그녀는 나를 똑바로 쳐다보며 나이트를 한쪽으로 날려버린다. "어이쿠, 말이 쓰러졌네." 그녀가 말한다. "수의사 좀 불러줘요."

"난 말을 좋아해요." 내가 말한다.

"저것 좀 보세요. 기적적인 회복력이군." 그녀는 나이트를 일으켜 세우며, 대리석 갈퀴를 쓰다듬는다.

나는 미소를 지으며 레드와인을 바닥낸다. 제인이 내 잔을 채운다. 나는 그녀를 바라본다. "그 귀걸이도 마음에 들고요."

그녀는 한쪽을, 그리고 다른 쪽을 번갈아 만지작거린다. 작은 진주알들이 양쪽 귀에 걸려 있다. "전 남자친구가 준 선물이에요." 그녀가 말한다.

"그거 끼는 거 알리스타가 싫어하지 않아요?"

그녀는 잠시 생각해보더니, 큰 소리로 웃음을 터트린다. "알리스타가 알고 있는지 모르겠네요." 그녀는 엄지로 라이터 휠을 획획 돌리더니 불을 담배에 가져다 댄다.

"당신이 그걸 끼는 걸 모른다는 건가요, 아니면 누구한테 받았는지 모른다는 건가요?"

제인은 숨을 들이쉬었다가 연기를 한쪽 방향으로 뱉는다. "뭐든요. 둘 다 모를 수도 있고요. 피곤해지거든요." 그녀는 그릇에 재를 털었다. "오해하지는 말아요. 알리스타는 좋은 남자예요. 좋은 아빼고. 하지만 좀 통제가 심한 편이죠."

"그건 왜죠?"

"폭스 박사님, 지금 저를 분석하시는 건가요?" 그녀가 묻는다. 그녀의 목소리는 밝았지만 눈에서는 차가움이 느껴졌다.

"남편을 분석 중이라고 해야 맞겠죠."

그녀는 다시 한 번 숨을 들이쉬며, 얼굴을 찌푸린다. "그는 항상 그랬어요. 남을 믿는 타입이 아니죠. 적어도 나는."

"그건 또 왜죠?"

"그건, 내가 한때 좀 놀았기 때문이죠." 그녀가 말한다. "방. 탕. 하. 게. 그렇게 말할 수 있겠네요. 물론 알리스타가 늘 하는 말이지만. 어쨌든 사실이죠. 나쁜 사람들과 어울리다 보면, 나쁜 선택을 하게 돼요."

"알리스타를 만나기 전의 일인가요?"

"만날 때도 그랬어요. 정리하는 데 시간이 좀 걸렸죠."

그조차도 그리 길진 않았을 것이라고 생각한다. 겉모습만 보자면, 아마도 20대 초반에 이미 엄마가 되었을 테니까.

하지만 그녀는 고개를 저었다. "한때 다른 사람을 만나기도 했고요."

"누구요?"

제인은 우거지상이 된다. "한때예요. 언급할 가치도 없는. 누구나 실수를 하잖아요."

나는 아무 말도 하지 않았다.

"어쨌든 그 관계는 끝이 났지만 우리 가족은 여전히……." 그녀의 손가락이 허공을 찌른다. "쉽지 않네요. 쉽지 않다는 게 정확한 말이겠네요."

"Le mot juste. 정확한 표현이에요."

"그 프랑스어 수업, 돈값 톡톡히 하네요." 그녀가 이를 악물며 미소 짓자, 담배 연기가 하늘로 치솟는다.

나는 그녀를 압박한다. "쉽지 않은 이유가 뭔가요?"

그녀가 숨을 내쉰다. 완벽하게 동그란 담배 연기가 구름처럼 허공으로 떠간다.

"다시 해봐요." 나도 모르게 한 말이다. 그녀는 다시 담배 구름을 만들어낸다. 취했구나. 나는 깨닫는다.

"알잖아요." 제인이 목청을 가다듬는다. "비단 한 가지가 아네요. 복잡하죠. 알리스타도. 가족이라는 것도."

"하지만 아들은 착하잖아요. 한눈에 알아볼 수 있을 만큼." 내가 덧붙인다.

그녀는 내 눈을 들여다본다. "그렇게 봐주시다니 감사하네요. 나도 그렇게 생각해요." 제인은 그릇 가장자리에 담배를 비벼 끈다. "가족이 그리우시겠어요."

"그럼요. 엄청. 하지만 매일 이야기를 나눠요."

제인은 고개를 끄덕이지만, 눈빛은 흔들리고 있다. 그녀도 틀림없이 취했다. "그래도 여기 함께 있는 것하고 같을 수야 없죠, 안 그래요?"

"그럼요. 그야 그렇죠."

그녀는 두 번째로 고개를 끄덕인다. "그래요, 애나. 왜 이렇게 됐는지는 굳이 물어보지 않을게요."

"왜 살이 쪘냐고요?" 내가 말한다. "아니면 새치?" 나는 이미 곤드레만드레 취했다.

제인은 와인을 홀짝인다. "광장공포증요."

138

"글쎄······." 이 자리가 자신감을 주고받는 자리라면, 그렇다면야. "트라우마. 모든 사람이 그렇듯 트라우마였어요." 나는 꼼지락거린다. "우울해졌어요. 심각할 정도로. 기억하고 싶지 않은 무언가가 있거든요."

하지만 그녀는 고개를 젓는다. "그럼요, 그럼요. 이해해요. 내가 상관할 일도 아니고요. 그저 당신이 사람들을 초대해서 파티를 벌일 수 없다는 건 알겠어요. 취미로 삼을 만한 걸 같이 찾아보면 어떨까요. 체스나 흑백영화 말고."

"첩보활동도 하고 있잖아요."

"첩보활동 말고요."

나는 생각한다. "한때 사진이 취미였죠."

"그건 여전한 것 같은데요."

이죽거리는 것도 당연하다. "그만하면 됐어요. 내가 말한 건 야외촬영이에요. 정말 좋아했죠."

"'휴먼스 오브 뉴욕'*같은 프로젝트였나 보죠?"

"자연 사진에 가까웠죠."

"뉴욕에서요?"

"뉴잉글랜드에서요. 그쪽으로 자주 나갔거든요."

제인은 창 쪽으로 돌아앉는다. "저것 좀 보세요." 그녀가 서쪽을 가리키며 말한다. 그리고 나는 그녀가 가리키는 쪽을 바라본다. 보랏빛 석양, 앙금처럼 가라앉은 황혼이 붉은 태양 사이에 선명한 선을 그리고 있다. 새들이 그 위를 날아간다. "저런 게 자연이죠, 그렇죠?"

---

* Humans of New York(HONY), 2010년 사진작가 브랜던 스탠턴이 뉴요커들의 모습과 짧은 인터뷰를 온라인에 연재해 뜨거운 관심을 받았다. 책으로도 출간되었다.

"엄밀히 말하자면. 자연의 일부죠. 하지만 제 말은……."

"세상은 아름다워요." 그녀는 진지하다. 시선을 고정한 채, 흔들리지 않는 목소리로 말한다. 그리고 우리의 눈이 마주친다. "그 사실을 잊지 말아요." 그녀는 앞으로 기대며 그릇의 빈 곳에 담배를 쑤셔 넣는다. "놓치지도 말고요."

나는 주머니를 뒤져 휴대전화를 찾아낸다. 그리고 창밖에 초점을 맞추고 사진을 찍는다. 그리고 제인을 바라본다.

"잘했어요." 강아지를 어르는 듯한 말투다.

19

6시가 조금 지난 시각, 제인을 현관까지 배웅한다. "꼭 해야 할 일이 있어서요." 제인은 자리를 뜨는 이유를 굳이 내게 알린다.

"나도 마찬가지예요."

두 시간 반. 누군가와 두 시간 반이나 대화한 게 언제였지? 낚싯줄을 끌어올리듯, 기억을 되짚어본다. 몇 달, 몇 분기. 전무. 아무도 없다. 지난겨울 필딩 박사와 처음 만났던 날을 제외하면. 당시에는 그렇게 오래 말할 수밖에 없었다. 기관지가 회복되지 않은 상태였으니까.

다시 젊어진 기분이다. 아찔할 정도로. 와인 때문인지도 모른다. 하지만 그게 이유는 아닌 것 같다. 일기장에 써야지. '오늘 친구가 생겼다.'

그 일이 있고 〈레베카〉를 보는 사이, 초인종 소리가 졸음을 깨운다.

나는 담요를 두르고 문 쪽으로 주섬주섬 걸어간다. "당신이 가지 그래?" 주디스 앤더슨이 뒤에서 비웃는다. "왜 맨덜리를 떠나지 않는 거야?"

나는 인터폰을 확인한다. 키가 크고 어깨가 벌어졌지만 하체가 부실한, M자 탈모가 시작된 남자. 가만 있자, 화면이 아닌 총천연색으로 보는 게 더 익숙한데…… 곧, 나는 그 남자가 알리스타 러셀이라는 사실을 깨닫는다.

"뭘 쫓고 계신가요?" 나는 말한다. 아니, 생각한다. 말했다고 생각한다. 아직도 안 깬 것임에 틀림없다. 약을 먹어선 안 되는 거였다.

나는 버저를 누른다. 걸쇠가 딸깍 소리를 내자, 문이 신음한다. 나는 그 문이 다시 닫히길 기다린다.

현관문을 열자, 그가 어둠 속에서 창백한 빛을 뿜으며 서 있다. 웃으면서. 단단한 잇몸에서 나온 단단한 치아. 또렷한 눈빛, 눈가에 자리잡은 주름.

"알리스타 러셀이라고 합니다." 그가 말한다. "207번지에 살아요. 공원 건너편이죠."

"들어오세요." 나는 손으로 안내한다. "애나 폭스예요."

그는 손사래를 치며 제자리에 서 있다.

"방해하고 싶진 않은데, 혹시 뭘 하고 계셨다면요. 영화 보던 중이신가요?"

나는 고개를 끄덕인다.

그가 미소를 짓는다. 크리스마스 상점가처럼 환한 미소다. "저는 단지, 오늘 저녁 누가 다녀갔는지 알고 싶을 뿐입니다."

나는 인상을 찌푸린다. 내가 미처 대답하기도 전에, 등 뒤에서 폭발음이 들린다.—조난사고 장면이다. "해변으로!" 연안 정기선이 울부짖는다. "모두 선실로 내려가!" 큰 소동이다.

나는 소파로 돌아가 영화를 일시 정지한다. 그리고 다시 알리스타 쪽으로 고개를 돌리자, 그가 집 안으로 한 걸음 들어와 있다. 하얀 빛을 받은 뺨에 그림자가 진다. 마치 시체 같은 모습이다. 알리스타 뒤로 열린 문은 어둠 속에서 입을 벌리고 있다.

"그 문 좀 닫아주시겠어요?" 그는 그렇게 했다. "감사합니다." 말이 혀에서 제멋대로 흘러나온다. 나는 버벅대는 중이다.

"불편을 끼쳤나 보군요."

"아니에요. 괜찮습니다. 마실 것 좀 드릴까요?"

"네, 감사합니다. 사양할게요."

"물 말예요." 내가 다시 정리해준다.

그는 정중하게 고개를 젓는다. "오늘 다녀간 사람이 있었나요?" 그는 질문을 반복한다.

흐음, 제인이 나에게 경고했었다. 반짝거리는 눈과 얇은 입술만 놓고 보면, 그는 통제가 심한 타입 같아 보이진 않았다. 오히려 쾌활한 가을 사자 같은 타입이다. 거친 턱수염과 빠른 속도로 넘어가고 있는 헤어라인을 가진. 나는 이 남자와 에드가 함께 어울리는 모습을 상상해본다. 겉으로만 친한 척, 남자답게 위스키를 들이켜며, 무용담을 나누는. 하지만 외모는 둘 다…… 더 이상의 말은 생략한다.

당연하게도, 그가 묻고 있는 것은 그가 상관할 일이 아니다. 하지만 나는 방어적으로 보이고 싶지 않다. "내내 혼자 있었어요." 내가 대답한다. "영화를 연이어 보던 중이거든요."

"저건 뭐요?"

"〈레베카〉예요. 가장 좋아하는 영화 중 하나죠. 당신도……."

그때, 나는 그가 내 뒤편을 보고 있다는 사실을 깨닫는다. 짙은 눈썹 사이로 골이 생긴다. 나는 뒤를 돌아본다.

체스판.

잔들은 모두 식기세척기에 가지런히 들어가 있고, 재떨이는 깨끗이 닦았지만, 체스판은 거기 그대로 있다. 살아 있는 말과 죽은 말들이 고스란히 얹힌 채로. 제인의 킹이 나뒹굴고 있다.

나는 알리스타 쪽을 돌아본다.

"아, 세입자가 체스를 좋아하거든요." 나는 아무렇지 않게 덧붙인다.

그는 눈을 가늘게 뜨고 나를 응시한다. 그가 무슨 생각을 하는지 읽을 수 없다. 십육 년이 넘도록 다른 사람들의 머릿속에서 살아온 나에게는 이 정도쯤 식은 죽 먹기다. 물론 평상시에는. 혹은 감이 떨어진 거거나. 아니면 술이 문제다. 약도.

"체스 두세요?"

그는 잠시 아무 대답이 없다. "오래전에요." 그가 대답한다. "여기 사는 사람은 당신과 세입자 둘뿐인가요?"

"아니요, 네. 남편과 별거 중이에요. 딸은 남편과 함께 있고요."

"그렇군요." 그는 마지막으로 체스판과 텔레비전 화면을 바라본다. 그리고 현관으로 향한다. "시간 내주셔서 감사합니다. 방해해서 죄송해요."

"괜찮아요." 걸어 나가는 그에게 대답한다. "그리고 부인께 양초 감사하다고 전해주세요."

알리스타는 그 자리에서 뒤돌아 나를 바라본다.

"이선이 가져왔더라고요."

"그게 언제죠?" 그가 묻는다.

"며칠 전요. 일요일에." 잠깐, 오늘이 무슨 요일이더라? "토요일일 수도 있어요." 짜증이 난다. 저 남자는 그게 언제인지가 왜 중요한 걸까? "무슨 문제라도?"

그는 잠시 뜸을 들이더니 입을 벌린다. 그러고는 공허한 미소를 살짝 띠더니 아무 말도 없이 떠난다.

침대에 눕기 전, 나는 창문을 통해 207번지를 들여다본다. 저기 있다. 러셀 가족이 응접실에 모여 있다. 제인과 이선은 소파에 앉아 있고, 알리스타는 그 반대편 암체어에 자리를 잡았다. 뭐라고 진지하게 이야기하는 중이다. **좋은 남자예요. 좋은 아빠고.**

가족 간의 일을 누가 알겠는가? 나는 이 사실을 대학원을 다닐 때 배웠다. "환자랑 몇 년을 알고 지내도, 그들은 자넬 또다시 놀래킬걸세." 우리가 첫 번째로 악수를 나눈 날, 웨즐리 교수가 한 말이다. 그의 손가락은 니코틴으로 노랬다.

"그래요?"

그는 책상에 앉으며 머리카락을 뒤로 쓸어넘겼다. "기억해두게. 자네가 듣는 환자의 비밀과 두려움과 욕망은 또 다른 사람의 비밀이자, 두려움이자 욕망이라는 사실을. 그들은 우리와 같은 공간에 살고 있지. 행복한 가정은 모두 똑같다는 말 들어본 적 있나?"

"〈전쟁과 평화〉네요."

"〈안나 카레니나〉일세. 하지만 그게 중요한 게 아니야. 중요한 것은 그게 틀린 말이라는 거네. 행복하건 행복하지 않건, 세상에 똑같은 가족은 없어. 톨스토이는 똥멍청이야. 그것만 기억하면 된다네."

부드럽게 카메라 초점을 맞추며 그들의 모습을 사진에 담는 나는 박사님의 말을 아주 잘 기억하고 있는 듯하다. 가족의 초상.

하지만 그 순간 나는, 카메라를 내려놓는다.

11월 3일
수요일

20

웨즐리 박사의 말과 함께 아침을 맞는다.

그리고 힘겹게 이룩한 숙취와 함께. 안개를 뚫고 나가듯 간신히 서재로 내려왔다가, 욕실로 달음질쳐서 결국 토한다. 천국의 황홀경.

지금까지 발견한 바에 따르면, 나는 매우 정확하게 토한다. 에드의 말을 빌리자면 프로로 전향해도 될 판이다. 물을 내리면 모든 잔해가 한 방에 쓸려 내려간다. 그리고 나는 입을 헹구고, 생기를 되찾으려고 뺨을 두드리며 서재로 돌아온다.

공원 건너 러셀 씨네 창은 텅 비어 있다. 방 안은 흐릿하다. 나는 그 집을 응시한다. 집도 나를 응시한다. 나는 내가 그들을 그리워하고 있음을 깨닫는다.

남쪽을 바라본다. 쿵쾅거리는 비트를 흘리며 택시가 길을 따라 내려간다. 한 여자가 멀어지는 택시를 뒤따르고 있다. 한 손에는 커피컵을 든 채 목줄을 한 골든두들*을 이끌며. 나는 시계를 확인

* 골든리트리버와 푸들의 잡종.

한다. 오전 10:28. 왜 이렇게 일찍 일어난 거지?

그렇다. 테마제팜을 잊었다. 수면제를 떠올리기도 전에 졸도했으니까. 그걸 먹으면 의식이 흐릿해지면서 바위처럼 가라앉는다.

그리고 지난밤이 머릿속에서 소용돌이친다. 〈열차 안의 낯선 자들〉에 나오는 회전목마처럼 조명을 번쩍이면서. 진짜 있었던 일이 맞나? 그렇다. 우리는 제인이 가져온 와인을 땄다. 요트에 대해 이야기했고, 초콜릿을 먹었다. 사진을 찍었다. 가족 얘기를 나눴다. 그리고 나는 테이블 위에서 약을 정리했다. 그러고 나서 우리는 조금 더 마셨다. 이 순서가 아닐지도 모른다.

와인 세 병, 아니면 네 병? 설사 그랬다 해도 나는 더 마실 수 있었다. 늘 더 마셔왔고. "약이로구나."

나는 탐정이 증거를 발견했을 때처럼 소리를 지른다. "유레카!" 용량 문제로군. 어제 두 번 먹었지. 과다복용한 사실이 기억난다. 약 때문이다. "나중에 난리 날 텐데." 한 움큼이나 되는 약을 와인 한 모금으로 넘기는 모습을 보며 제인은 낄낄댔다.

머리가 지끈거리고 손이 떨린다. 나는 책상 서랍 깊이 숨어 있던 여행용 애드빌을 끄집어낸다. 세 알을 목구멍 아래로 밀어 넣는다. 유통기한은 이미 아홉 달 전에 지났다. 아이가 잉태되고 세상 밖으로 나올 수 있을 만큼 긴 시간. 나는 되뇐다. 그사이 태어났을 모든 생명들도.

나는 네 번째 알약을 삼킨다. 혹시 모르니까.

그리고…… 그리고 무슨 일이 있었지? 그래. 알리스타가 찾아왔다. 아내의 뒤를 캐려고.

창문 너머 움직임이 느껴져 고개를 든다. 밀러 박사가 출근하기 위해 집을 나선다. "그럼 이따 3시 15분에 만나요." 나는 그에게 인사를 건넨다. "늦지 말아요."

늦지 말아요. 그것은 웨즐리 박사의 황금률이었다. "누군가에게 이 오십 분은 일주일 중 가장 중요한 시간일 수 있으니 말이야." 그가 나에게 주지시킨다. "그러니 일을 잘하든 말아먹든, 절대 늦지는 말게."

웨즐리 브릴리언트. 그의 안부를 확인한 지도 석 달이 지났다. 나는 마우스를 쥐고 구글로 들어간다. 검색창의 커서가 심장박동처럼 깜빡인다.

그는 여전히 자신의 지정석을 차지하고 있다. 여전히 〈타임〉과 학회지에 글을 기고하고, 상담도 하던 대로다. 지난여름 사무실을 요크빌로 옮겼지만. 사무실이라고 해봐야, 웨즐리 박사와 접수원 피비, 그녀의 카드 리더기가 전부다. 아, 그에겐 안락의자가 있군. 박사는 자신의 안락의자를 무척 사랑한다.

그가 사랑하는 것은 안락의자뿐이었다. 그는 절대 결혼할 사람이 아니다. 강의와 환자들, 그를 만나러 오는 어린아이들만이 그의 사랑의 대상이다. "가여운 브릴 박사라며 나를 동정할 필요는 없네, 폭스." 그는 그렇게 명심시켰다. 그날의 대화가 생생히 떠오른다. 센트럴 공원이었다. 물음표 모양의 기다란 목을 한 백조들, 늘어진 느릅나무 너머로 높이 뜬 태양. 나에게 사업 파트너 자리를 막 제안한 다음이었다. "내 삶은 지나칠 정도로 꽉 차 있어." 그가 말했다. "그게 바로 자네가 필요한 이유야. 혹은 자네 같은 사람. 우리가 함께라면 더 많은 아이들을 도울 수 있을걸세."

늘 그랬듯, 그의 말은 옳았다.

나는 구글 이미지를 클릭한다. 검색엔진은 작은 사진 갤러리를 보여준다. 최신 사진도, 매력적으로 보이는 사진도 딱히 없다. "나는 사진을 잘 찍지 않네." 박사는 딱 한 번 그렇게 말했다. 불평하는 소리는 아니었지만, 머리 위로는 흐린 담배 연기가 공기를 휘저었고 얼룩진 손톱은 피가 날 정도로 뜯겨나갔다.

"그런 편이시죠." 나는 그의 말에 동의했다.

그는 신경질적으로 한쪽 눈썹을 치켜세웠다. "진실 혹은 거짓, 둘 중에 골라보게. 자네는 남편에게도 이렇게 빡빡하나?"

"엄격히 말해서 진실은 아니네요."

그는 코웃음을 쳤다. "엄격히 말해서 진실인 것은 없어." 그가 말한다. "그저 진실이거나 그렇지 않은 것 둘 중 하나지. 사실이거나 사실이 아니거나."

"그렇다면 꽤나 진실인 쪽에 가깝네요." 나는 그렇게 대답했다.

21

"누구게?" 에드가 말한다.

나는 의자에 앉은 채 자세를 바꾼다. "그건 내 대사잖아."

"목소리가 너무 안 좋은데."

"속도 안 좋아."

"어디 아픈 거야?"

"그랬지." 어젯밤 일에 대해서 입을 다물어야 하지만, 나도 알지만, 그러기에 나는 너무나 유약하다. 그리고 에드에게는 솔직하고 싶다. 그럴 자격이 있는 사람이다.

그는 반색한다. "그러면 안 돼, 애나. 특히나 약을 복용할 땐."

"알아." 나는 벌써 에드에게 털어놓은 것을 후회한다.

"정말 그래."

"안다니까. 안다고 이미 말했잖아."

다시 입을 뗀 에드의 말투는 한층 더 부드러워져 있다. "최근에 방문자들이 좀 많네." 그가 말한다. "자극이 많아." 그리고 잠시 말을 멈춘다. "공원 건너편 사람들 말이야……."

"러셀 씨네야."

"……당분간 당신을 그대로 내버려뒀으면 좋겠는데."

"내가 집 밖에서 기절하지 않는 한 그럴 거야. 분명."

"어차피 그 사람들이 상관할 문제가 아니야. **그 사람들 역시 당신이 상관할 바가 아니고.** 분명 에드는 그렇게 생각했을 것이다.

"필딩 박사는 뭐래?" 에드가 계속한다.

할 말이 없을 때마다 이 질문을 하는 게 아닌가 하는 의심이 들었다. "박사님은 당신과의 관계에 더 주목하고 있어."

"나와의 관계?"

"당신과 올리비아."

"아."

"에드, 보고 싶어."

그 말은 하지 말았어야 했다. 내가 그런 생각을 하고 있었다는 것조차 깨닫지 못하고 있었지만. 여과되지 않은 무의식. "미안해. 이드(id)의 소리였어." 나는 설명을 덧붙인다.

그는 한동안 말이 없다.

마침내. "그래, 이제 에드의 소리를 들을 차례군." 그가 입을 연다.

나는 이조차도 그리워하고 있었다. 멍청한 말장난들. 그는 나를 곧잘 "사이코 '애나'리스트*"라고 불렀다. "진짜 별로다." 나는 웩웩거렸다. "좋으면서 저러네." 그게 에드의 반응이었고, 그의 말은 사실이었다.

에드는 다시 침묵에 빠진다.

"……나의 어떤 점이 보고 싶은데?"

그런 말을 하리라고는 예상하지 못했다. "그게……" 나는 문장

---

* 사이코애널리스트(Psychoanalyst, 정신분석가)를 응용한 말장난.

이 자동으로 완성되길 바라며 운을 뗀다.

그러자 문장들이 급류를 타고 뿜어져 나온다. 하수구에서 역류하는 물처럼, 터진 댐처럼. "당신이 볼링 치던 모습." 내 입에서 나온 말이다. 왜냐하면 혀끝에서 처음으로 떨어진 말들이 이 멍청한 소리들이니까. "당신이 보라인*을 제대로 못 묶던 거. 면도날에 베인 흉터. 당신 눈썹."

그렇게 말하며 계단을 오르는 나 자신을 발견한다. 층계참을 지나 침실로 향하고 있다. "당신 신발. 나더러 모닝커피 달라고 부탁하던 거. 내 마스카라를 바르고 나갔는데 사람들에게 된통 걸렸던 일. 나한테 바느질 부탁하던 거. 웨이터에게 예의 바르게 대하던 모습."

이제 침대다. 우리가 쓰던 침대. "당신이 만들어준 달걀." 스크램블드에그, 서니사이드업도 좋았다. "침대에서 해주던 이야기들." 여자 주인공들은 늘 왕자님에게 퇴짜를 놓았다. 대신 박사학위를 따는 데 매진했다. "니콜라스 케이지를 닮은 인상." 그는 2006년에 개봉한 영화 〈위커 맨〉의 날카로운 니콜라스 케이지를 닮았다. "아주 오랫동안 '호도하다'를 호두하다로 잘못 발음했던 것."

"단어에 혼선이 있었지. 날 호두했다고."

나는 축축한 웃음을 짓는다. 그러고 보니, 나는 울고 있다. "그 멍청하고도 멍청한 농담이 그립다. 망할 놈의 초콜릿 바 하나도 그냥 씹어서 쪼개지 않고, 먹기 전에 손으로 바스러뜨리던 모습도."

"말조심."

"미안."

* Bowline, 돛의 양 끝을 당기는 줄.

"그러면 더 맛있다고."

"당신 심장 소리." 내가 말을 이어간다.

정적이 흐른다.

"나도 무척이나 보고 싶어."

또다시 정적.

"사랑해. 아주 많이." 나는 불규칙적인 숨을 고른다. "두 사람 모두."

패턴이 없다. 적어도 내가 알아챌 수 있는 패턴은 존재하지 않는다. 나는 그것조차 알아챌 수 있도록 훈련받은 사람이다. 그냥 그가 그리울 뿐이다. 그가 보고 싶고, 그를 사랑한다. 두 사람 모두를 사랑한다.

정적이 흐른다. 길고도 깊은 정적이다. 나는 숨을 내쉰다.

"하지만 애나." 그가 나에게 부드럽게 말한다. "만약……."

아래층에서 소리가 들린다.

무언가가 조용하고 낮게 굴러가는 소리. 아마 집 안에서 나는 소리일 것이다.

"잠시만." 나는 에드의 말을 끊는다.

뒤이어, 분명하고 건조한 기침 소리, 끙끙대는 소리가 난다.

누가 내 주방에 있다.

"가봐야 할 것 같아." 내가 에드에게 말한다.

"이게 무슨……."

나는 휴대전화를 손에 쥔 채 침실을 나선다. 잽싸게 911을 화면에 띄워놓고 엄지손가락을 통화버튼 위에 대기시킨다. 나는 마지막으로 911에 전화했던 때를 기억한다. 사실 한 차례가 아니라, 여러 차례 전화했거나 전화하려고 했었다. 이번에도 누군가가 응답할 것이다.

나는 계단을 내려가 난간을 잡고 보이지 않는 어둠 속에서 걸음을 멈춘다.

코너를 돌자, 불빛이 층계참으로 꺾여 들어온다. 나는 부엌으로 살금살금 들어간다. 손 안의 휴대전화가 몸을 떤다.

식기세척기 옆, 넓은 등이 보인다. 남자 하나가 서 있다.

그가 돌아서자, 나는 통화버튼을 누른다.

22

"안녕하세요." 데이비드가 인사를 건넨다.

제기랄. 나는 숨을 내쉬며 통화를 종료한다. 휴대전화를 주머니에 쑤셔 넣는다.

"미안해요. 삼십 분 전에 초인종을 눌렀어요. 주무시는 줄 알고."

"샤워 중이었나 봐요."

그는 내 말에 딱히 반응하지 않는다. 아마 당황했으리라. 내 머리카락은 젖어 있지 않았으니까. "그래서 지하실 문으로 올라왔어요. 그래도 괜찮겠다 싶어서."

"물론 괜찮죠." 나는 그에게 그 사실을 주지시킨다. "당신은 아무 때고 올라와도 돼요." 나는 개수대로 다가가 물을 따른다. 무척 놀랐다. "그런데 웬일이에요?"

"작토*가 필요해서요."

"작토?"

"작토 칼요."

---

* X-acto. 미국의 칼 브랜드.

"커터 같은 거 말이죠?"

"정확히요."

"칼같이요." 내 입에서 나온 말이다. 도대체 뭐가 잘못됐지?

"개수대 아래에서 찾아보고 있었어요." 고맙게도 그는 아무렇지 않게 말을 이어간다. "그리고 전화기 옆 서랍도요. 전화선이 빠져 있던데요. 죽은 거 같아요."

유선전화를 마지막으로 사용한 것이 언제인지 기억조차 나지 않았다. "아마 그럴 거예요."

"고쳐볼까요."

필요 없어요, 라고 나는 생각한다.

나는 층계 쪽으로 움직인다. "아마 커터는 이쪽 벽장에 둔 거 같아요." 그는 내가 말을 꺼내기도 전에 이미 나를 따라오고 있었다.

층계참에 멈춰 서서 벽장 문을 열었다. 안은 타고 남은 성냥개비처럼 검다. 나는 전등에 달린 줄을 홱 잡아당긴다. 좁고 깊은 다락방 같은 공간이 나타났다. 한쪽에는 접힌 비치체어가 주저앉아 있고, 바닥에는 화분처럼 작은 페인트 통들이 줄지어 있다. 아주 요상한, 양치기 소녀와 귀족처럼 보이는 이상한 소년이 그려진 벽지도 보인다. 에드의 공구함은 선반 위에, 개봉 전 그대로 놓여 있다. "난 손재주가 없어." 에드는 늘 그렇게 말했다. "나 같은 몸을 가진 사람은 그럴 필요가 없어."

나는 박스를 열어 안을 샅샅이 뒤진다.

"저기 있네요." 데이비드가 칼날이 삐져나온 은색 플라스틱 칼집을 가리킨다. 나는 그것을 손으로 움켜쥔다. "조심하세요."

"당신을 찌르진 않을게요." 나는 칼날이 내 쪽으로 향하게, 조심스럽게 칼을 건넨다.

"다치지 않았으면 하는 건 당신이에요."

작은 불꽃이 일듯, 마음속에서 기쁨이 피어오른다.

"그런데 이걸로 뭘 하려고요?" 나는 다시 줄을 잡아당긴다. 다시 어둠이 찾아온다. 데이비드는 움직이지 않은 채 서 있다.

불현듯 우리가 어둠 속에 있다는 생각이 불어닥친다. 가운만 걸친 나와 칼을 든 데이비드. 그와 이렇게 가까이 있었던 적이 있었나. 그는 나에게 키스할 수도, 나를 죽일 수도 있다.

"이웃집 사는 남자가 일을 부탁해서요. 짐 좀 치워달라더군요."

"이웃집 사는 누구요?"

"공원 건너 사는 러셀 씨요."

그는 걸어 나가며 층계로 향한다.

"그 사람이 당신을 어떻게 알고요?" 나는 그의 뒤를 따라가며 묻는다.

"제가 광고지를 붙였거든요. 커피숍이나 어딘가에서 봤겠죠." 그는 뒤돌아 나를 바라본다. "그 사람을 아세요?"

"아니요." 내가 대답한다. "어제 찾아왔더군요, 그게 다예요."

다시 부엌이다. "아직도 풀 짐이 있나 보더라고요. 지하실에 정리할 가구도 있고. 점심쯤에 돌아올 거예요."

"지금 집에 없는 것 같은데."

그는 눈을 가늘게 뜨고 나를 바라본다. "그걸 어떻게?"

왜냐하면 나는 그 집을 주시하고 있으니까요. "집에 아무도 없는 것처럼 보이잖아요." 나는 부엌 창 너머로 보이는 207번지를 가리킨다. 그러자 거실 등이 깜빡, 하고 켜진다. 침대에서 갓 빠져나온 듯한 머리로 뺨과 어깨 사이에 휴대전화를 끼운 알리스타가 거기 서 있다.

160

"저 사람이에요." 데이비드가 현관으로 향하며 말한다. "나중에 다시 들를게요. 칼 고마워요."

23

다시 에드에게 말을 건다.

"누구게?"

이번엔 내 차례다. 하지만 또다시 현관을 두드리는 소리가 들린다. 데이비드일까. 이번엔 뭐가 필요하다고 하려나.

문밖에 한 여자가 서 있다. 큰 눈에 날렵한 체형. 비나였다. 나는 휴대전화를 체크한다. 정확히 12시다. 세상에, 정말이지 '칼 같다'.

"데이비드가 열어줬어요." 그녀가 설명한다. "그 사람은 어째 볼 때마다 잘생겨지는 것 같네요. 도대체 끝이 어디야?"

"아무래도 당신이 손을 좀 봐줘야 하지 않을까요?" 농담이다.

"아무래도 당신은 운동 준비 좀 해줘야 하지 않을까요. 가서 옷이나 갈아입고 오시죠."

나는 시키는 대로 한다. 우리는 바로 그 자리, 거실 바닥에 매트를 깔고 운동을 시작한다. 비나를 만난 지도 벌써 열 달이 되어간다. 척추가 망가진 채 병원에서 퇴원한 지 열 달이 다 된 것이다. 당시에는 인후도 상해 있었다. 어쨌든 그동안 우리는 서로를 신뢰하게 되었다. 친구라고 부를 수 있을 만큼. 필딩 박사의 말에 따르면 그랬다.

"오늘은 날이 따뜻해요." 그녀가 내 등의 패인 곳에 무게를 싣자 팔꿈치가 부르르 떨린다. "창문 좀 열면 어때요?"

"그럴 일은 없을 거예요." 나는 앓는 소리를 내며 대답한다.

"좋은 날씨를 놓칠 텐데요."

"이미 아주 많은 걸 놓치고 있죠."

한 시간 뒤, 나의 티셔츠는 땀으로 범벅되어 피부에 찰싹 달라붙었다. 비나는 나를 녹초가 될 때까지 몰아붙인다. "우산 쓰고 나가는 재주는 다시 부릴 수 있겠어요?" 그녀가 묻는다.

나는 고개를 젓는다. 머리카락이 목에 들러붙는다. "오늘은 말고요. 그리고 그건 재주 부리는 게 아니에요."

"오늘이야말로 적당한 날이죠. 날씨 좋고 따뜻하고."

"아니에요. 나는…… 안 돼요."

"숙취가 있군요."

"그것도 그렇고."

작은 한숨이 이어진다. "이번 주에 필딩 박사와 시도해봤어요?"

"그럼요." 거짓말이다.

"어땠어요?"

"괜찮은 편이었죠."

"어디까지 나갔는데요?"

"열세 걸음."

비나는 나를 뚫어져라 본다. "좋아요. 나이를 고려하면 나쁘지 않죠."

"늙어가는 중이기도 하고요."

"무슨 말씀을요. 생일이 언제였죠?"

"다음 주, 11일요. 11월 11일."

"이제 노약자 할인이라도 해드려야 하는 건가요." 비나는 무릎을 꿇고 앉아 도구들을 상자에 집어넣는다. "뭐 좀 먹을까요?"

나는 요리를 해본 적이 없다. 우리 집의 요리사는 늘 에드였다. 요즘에는 '프레시 다이렉트' 서비스가 식료품을 문 앞까지 배달해준다. 냉동식품부터 전자레인지에 데워 먹을 수 있는 요리, 아이스크림, 와인까지. (물론 벌크와인이다.) 그리고 고단백 저칼로리 요리와 과일도 배달된다. 물론 비나를 위해서다. 비나는 나 역시 같은 식단을 먹어야 한다고 주장하지만.

점심시간은 계산에 포함되지 않는다. 비나 역시 나와 함께 점심 먹는 걸 즐기는 것 같다.

"이 시간은 정말 안 쳐줘도 되겠어요?" 예전에 이렇게 물어본 적이 있다.

"이미 저에게 요리를 해주고 계시잖아요." 그녀의 대답이었다.

"그 요리라는 게 지금 이걸 말하는 거라면⋯⋯." 그날 내가 비나의 접시에 낸 것은 시커먼 치킨 한 조각이었다.

오늘은 꿀에 절인 멜론과 베이컨이다.

"무염 확실하죠?" 비나가 묻는다.

"확실해요."

"고마워요." 그녀는 과일을 한입 물고, 입술로 꿀을 핥는다. "벌이 화분花粉을 찾아 벌집에서 6마일이나 떨어진 거리를 여행한다는 기사를 봤어요."

"어디에서요?"

"〈이코노미스트〉요."

"오, 〈이코노미스트〉라."

"놀랍지 않아요?"

"우울한 얘기네요. 나는 집 밖도 못 나가는데."

"당신에 대한 기사가 아니잖아요."

"그렇죠."

"춤도 춘대요. 뭐라더라…….'

"왜글 댄스*."

비나는 베이컨을 가른다. "어떻게 아셨어요?"

"옥스퍼드에 있을 때 피트 리버스에서 꿀벌에 관한 전시가 있었 거든요. 자연사박물관요."

"오, 옥스퍼드."

"왜글 댄스가 특히 기억에 남았어요. 그걸 따라 하려고 했었거 든요. 수많은 실패와 좌절이 있었죠. 지금 운동하는 거랑 비슷하게 요."

"혹시 술 마셨었어요?"

"제정신은 아니었죠."

"기사를 읽은 후로 벌에 관한 꿈을 꾸고 있어요." 그녀가 말한다. "그게 무슨 의미일까요?"

"나는 프로이트파가 아니라서요. 꿈을 해석하지 않아요."

"그래도 해석한다면?"

"그래도 해석한다면, 벌들은 당신의 꿈에 대해 나한테 묻는 걸 당장 중단하라는 급박한 요구를 나타낸다고 할 수 있죠."

그녀는 베이컨을 잘근잘근 씹는다. "다음 수업에 내가 어떻게 하

* Waggle Dance, 정찰벌들이 8자 모양으로 날며 정보를 전하는 모습을 춤에 빗댄 것.

나 두고 보세요."

우리는 조용히 식사를 이어간다.

"오늘 약 먹었죠?"

"그럼요." 먹지 않았다. 비나가 가면 먹을 것이다.

잠시 후, 파이프를 타고 물이 내려가는 소리가 들린다. 비나는 계단 쪽을 본다. "화장실 소리인가요?"

"맞아요."

"여기 누가 또 있어요?"

나는 고개를 저으며 먹던 걸 삼킨다. "데이비드가 친구를 데리고 왔겠죠."

"난잡하구만."

"천사는 아니겠죠."

"누군지 봤어요?"

"난 그런 짓 안 해요. 혹시 질투 나요?"

"절대."

"설마 데이비드랑 왜글 댄스라도 추고 싶은 건 아니죠?"

비나는 나를 향해 베이컨 쪼가리를 던진다. "다음 주에 시간이 겹치는 걸 깜빡했네요. 지난주처럼요."

"동생이 왔나 봐요."

"네. 좀 더 있다 간대요. 목요일에 해도 괜찮죠?"

"그럴 가능성이 매우 높죠."

"만세!" 비나는 음식을 씹으며 물잔을 빙글빙글 돌린다. "피곤해 보여요, 애나. 이제 쉴 건가요?"

나는 고개를 끄덕이다가 가로젓는다. "아니요. 나는, 내 말은, 네. 그런데 요즘 생각할 게 많아서. 그렇게 되면 정말 힘들어요, 당신도 알다시피. 이 모든 게……." 나는 팔을 이리저리 휘젓는다.

"알고 있어요. 충분히."

"운동도 힘들고."

"정말 잘하고 있어요. 내가 장담해요."

"상담도 힘들어요. 늘 있던 자리의 반대편에 앉는다는 게 쉽지 않네요."

"상상이 가요."

나는 숨을 고른다. 흥분하고 싶지 않다.

마지막으로 한마디만 더. "리비와 에드가 너무 보고 싶어요."

비나는 포크를 내려놓는다. "그건 너무나 당연한 일이에요." 그렇게 말하는 그녀의 미소가 너무나 따뜻해서 눈물이 날 것만 같다.

24

리지할머니: 안녕하세요, 애나 선생!

알림음과 함께 메시지가 나타난다. 나는 잔을 한쪽으로 밀어둔다. 체스 게임도 잠시 멈춘다. 비나가 돌아간 후, 3-0으로 내리 이기고 있다. 기념비적인 날이다.

진료중: 안녕하세요, 리지! 좀 어때요?

리지할머니: 나아지고 있어요. 고마워요.

진료중: 다행이네요.

리지할머니: 리처드의 옷을 교회에 기증했어요.

진료중: 교회에서도 반가워했겠어요.

리지할머니: 그렇죠. 리처드가 원했을 법한 일이기도 하고요.

리지할머니: 그리고 3학년 아이들이 커다란 카드를 만들어서 가져왔답니다. 엄청 거대한 카드요. 온갖 반짝이와 솜뭉치로 장식되어 있죠.

진료중: 귀엽기도 해라.

리지할머니: 솔직히 말하면, C+를 줄 만한 작품이지만, 중요한 건 마음

이니까요.

나는 크게 웃으며 'LOL*'이라고 입력했다가 이내 다시 지운다.

진료중: 저도 아이들이랑 일했었죠.
리지할머니: 그랬어요?
진료중: 아동심리요.
리지할머니: 어떨 때는 내 직업도 그거라고 느껴지죠…….

나는 다시 웃음을 터트린다.

리지할머니: 우와 우와 우와! 완전 까먹었었네!
리지할머니: 오늘 아침에 밖에 나가서 산책을 좀 했어요! 예전에 가르쳤던 학생이 와서 나를 집 밖으로 데리고 나가줬거든요.
리지할머니: 아주 잠깐이었지만, 충분하죠.
진료중: 엄청난 발전이네요. 이제부터는 쉬울 거예요.

그 말은 사실이 아닐지 모른다. 하지만 리지는 다르길 바란다.

진료중: 학생들이 당신을 정말 좋아하나 봐요. 대단해요.
리지할머니: 샘이라고. 예술적 재능은 전혀 없는 아이인데, 정말 착한 아이였죠. 지금은 착한 청년이 되었고.
리지할머니: 그런데 집 열쇠를 깜빡했지 뭐예요.

* laugh out loud(크게 소리내어 웃다)의 줄임말.

진료중: 알 만하네요!

리지할머니: 잠깐이지만 집 안으로 못 들어갔어요.

진료중: 너무 놀라시지 않았어야 할 텐데요.

리지할머니: 살짝 겁이 났지만, 늘 화분 밑에 열쇠를 놔둬서. 바이올렛이 아주 예쁘게 피었어요.

진료중: 여기 뉴욕에서는 꿈도 못 꿀 사치로군요!

리지할머니: L-크게, O-소리 내서, L-웃는 중!!

나는 미소 짓는다. 리지가 채팅에 익숙해지려면 아직 좀 더 시간이 필요한 것 같았다.

리지할머니: 가서 점심 만들어야겠어요. 친구가 놀러오거든요.

진료중: 그러세요. 친구가 온다니 다행이에요.

리지할머니: 고마버요!

리지할머니: :)

'리지할머니'가 로그아웃했다. 순간, 세상이 환해지는 느낌이다. "죽기 전에 좋은 일 하나는 했군."《비운의 주드》6부, 제1장.

5시. 모든 것이 완벽하다. 나는 체스 경기를 마쳤다. (무려 4-0으로!) 마지막 와인을 비우고 텔레비전이 있는 아래층으로 내려간다. DVD 캐비닛을 열며, 오늘은 히치콕 영화 두 편을 봐야겠다고 생각한다. 아마도 〈로프〉(저평가되어 있다)와 〈열차 안의 낯선 자들〉(평이 갈린다!)을 보지 않을까. 두 작품 다 게이 배우들이 나온다. 혹시 그 이유 때문에 두 편을 묶어서 보려는 건 아닐까 생각해본다. 아직도 분석가 노릇을 하고 있다니. "평이 엇갈리는군." 혼잣말이다. 혼잣말이 늘었다. 적어뒀다가 필딩 박사에게 말해야지.

아니면 〈북북서로 진로를 돌려라〉.

그것도 아니면 〈숙녀 사라지다〉는 어떨까.

갑작스러운 비명.

목구멍을 찢고 나오는 듯, 겁에 질린 생생한 비명.

나는 부엌 창문으로 향한다.

집 안은 조용하다. 심장이 요동친다.

어디에서 난 소리일까?

바깥에는 저녁 불빛이 일렁이고, 바람이 나무를 스친다. 길에서 난 소리인가, 아니면…….

다시 한 번 비명.

깊은 곳에서 나오는, 대기를 찢는, 핏빛의, 광적인 비명. 207번지다. 열린 응접실 창문으로 커튼이 바람에 날린다. **'오늘은 날이 따뜻해요.'** 비나가 그렇게 말했었지. **'창문 좀 열면 어때요?'**

나는 건너편 집을 바라본다. 나의 눈은 부엌과 응접실을 훑다가 갑자기 이선의 침실로, 다시 부엌으로, 갑작스레 방향을 틀며 움직인다.

그 남자가 제인을 공격한 걸까? **'그는 통제가 심한 편이죠.'**

전화번호가 없다. 나는 주머니에서 휴대전화를 급히 꺼내려다 바닥에 떨어뜨린다. 제기랄. 그리고 전화번호 안내 서비스에 전화한다.

"주소를 말씀해주시겠어요?" 무뚝뚝한 말투다. 나는 대답한다. 잠시 후, 기계음이 열 자리 번호를 불러주고, 스페인어로도 같은 말을 반복한다. 나는 전화를 끊고 화면에 번호를 두드린다.

신호음이 귓가에 울린다.

또 한 번.

세 번째 신호음.

그리고 네 번째…….

"여보세요?"

이선이다. 낮고 떨리는 음성. 나는 건너편을 확인한다. 하지만 아이는 보이지 않는다.

"애나야. 공원 맞은편에 사는."

이어지는 훌쩍거림. "안녕하세요."

"무슨 일 있니? 비명을 들었어."

"아, 아무것도 아니에요. 아무것도." 기침 소리. "괜찮아요."

"누군가 소리치는 걸 들었어. 혹시 어머니니?"

"괜찮아요." 같은 대답이다. "아버지가 화가 나셔서."

"도움이 필요하니?"

이어지는 정적. "아뇨."

두 사람의 언성이 귓전을 더듬는다. 이선은 전화를 끊었다.

그 집이 나를 바라보고 있다. 아무 기색도 없이.

데이비드, 데이비드가 오늘 저기에 간다고 했는데. 돌아왔나? 나는 지하층으로 통하는 문을 두드리며 그의 이름을 부른다. 잠시 동안 웬 모르는 사람이 문을 열고 데이비드가 잠깐 나갔다고 잠결에 설명하면서, '괜찮으시다면 이만 다시 자러가도 될까요, 감사합니다'라고 말하지 않을까, 두려움에 떨었다.

대답이 없다.

데이비드도 들었을까? 봤을까? 나는 그의 번호로 전화를 건다.

172

느긋한 신호음이 네 번 울리고, 특유의 기계음이 인사를 한다. "죄송합니다. 지금은 전화를 받을 수……." 여자의 음성이다. 늘 여자다. 여자 목소리가 미안함을 표현하기에 더 적합한 걸까.

취소 버튼을 누른다. 그리고 휴대전화 패드를 두드린다. 마치 그것이 요술램프이고, 지니가 튀어나와 지혜를 나눠주고 내 소원을 들어주기라도 할 것처럼.

제인이 비명을 질렀다. 두 번. 그의 아들은 괜찮다고 둘러댔다. 경찰을 부를 수는 없다. 나한테도 털어놓지 않을 이야기를 제복 입은 경찰에게 털어놓을 리 없다.

손톱이 손바닥에 초승달 모양으로 박힌다.

아니야. 아이와 다시 얘기해봐야겠어. 제인과 통화가 되면 더 좋고. 나는 최근통화 목록을 열어 러셀 씨의 번호를 누른다. 첫 번째 신호음이 끝나기도 전에 누군가 전화를 받는다.

"네." 상냥한 목소리의 알리스타.

나는 숨을 참는다.

고개를 든다. 저기 그가 있다. 부엌에, 전화기를 귀에 대고. 다른 한 손에는 망치가 들려 있다. 이쪽을 확인하지는 않는다.

"애나 폭스예요. 213번지에 사는. 지난번에……."

"네, 기억합니다. 안녕하세요."

"안녕하세요." 안녕하지 못하다. "방금 비명을 들었어요. 그래서 확인 좀 하려고……."

그는 이쪽으로 등을 돌린 채, 망치를 조리대에 내려놓는다. 망치라니. 저것 때문에 제인이 놀란 걸까? 알리스타는 목덜미를 움켜쥔다. 마치 휴식을 취하는 사람처럼. "죄송합니다. 뭘 들으셨다고요?" 그가 묻는다.

내가 기대한 질문은 아니었다. "비명을……" 나는 대답한다. 아니야. 좀 더 믿음직하게 말해야지. "비명요. 방금 전에요."

"비명요?" 마치 외국어를 들었다는 듯한 대답이다. 스페레차투라, 샤덴프로이데*, 그리고 비명.

"네."

"어디서요?"

"그쪽 집에서요." 그의 얼굴을 확인하고 싶어서 몸을 돌린다.

"그게…… 우리 집에서는 비명이 난 적이 없는데요. 장담할 수 있습니다." 알리스타가 웃는 소리가 들린다. 나는 그가 벽에 몸을 기대는 모습을 지켜본다.

"제가 들었다니까요." **그리고 당신 아들이 확인해줬지.** 그렇게 생각만 하고 말하지는 않았다. 그를 도발하거나 화나게 할 수도 있기 때문이다.

"다른 소리를 들으신 것 같습니다. 다른 데서 난 소리이거나요."

"아니요. 똑똑히 당신 집에서 나는 걸 들었어요."

"여기는 아들과 나, 둘뿐입니다. 나는 비명을 지르지 않았고, 아들도 안 지른 것 같은데요."

"하지만……."

"폭스 부인, 죄송하지만 이만 끊어야 할 것 같네요. 다른 전화가 오는 중이라. 여하튼 저희 집은 괜찮습니다. 비명을 지른 사람도 없고요. 그건 제가 보장하죠!"

"당신이……."

"그럼 좋은 하루 보내세요. 날씨가 아주 좋네요."

* 어려운 일을 쉽게 처리하는 태도를 일컫는 이탈리아어 sperezzaturra와 남의 불행을 즐기는 마음을 뜻하는 독일어 schadenfreude 둘 다 20세기 이후 영어에 편입된 외래어이다.

나는 그가 전화를 끊는 모습을 지켜본다. 전화가 끊기고 신호음이 들린다. 그는 조리대에서 망치를 집어 들고, 멀리 있는 문을 통해 나간다.

　나는 이 상황을 받아들이지 못한 채, 멍하니 휴대전화를 바라본다. 마치 전화기가 나에게 무언가를 설명해줄 거라는 듯이.

　그러다 다시, 러셀 가를 내다본다. 현관으로 나오는 제인이 보인다. 포식자를 찾는 미어캣처럼 가만히 현관 앞에 서 있다가 계단을 내려온다. 머리를 이리저리 돌리며 서쪽으로 방향을 잡는다. 길을 나서는 그녀의 머리 위로 석양의 띠가 왕관처럼 둘러져 있다.

25

데이비드가 문간에 기댄다. 셔츠는 땀으로 어둡게 물들었고, 머리는 헝클어졌다. 한쪽 귀에 여전히 이어폰이 꽂혀 있다.

"뭐라고요?"

"러셀 씨 집에서 비명 들었어요?" 방금 돌아온 데이비드에게 나는 질문을 반복한다. 제인이 현관에 모습을 드러낸 지, 채 삼십 분도 지나지 않았다. 그사이 나의 니콘 카메라는 러셀 가의 창들을 맴돌았다. 여우굴을 킁킁거리는 개처럼.

"아니요. 그 집에서는 삼십 분쯤 전에 나왔는걸요." 데이비드가 대답한다. "그런 다음 샌드위치를 먹으러 커피숍에 들렀고요." 그는 셔츠 아랫단으로 얼굴에 난 땀을 훔친다. 배가 납작하게 주름져 있다. "무슨 비명이라도 들으셨어요?"

"두 번이나요. 크고 분명했어요. 6시쯤?"

그는 시계를 들여다본다. "그럼 제가 거기 있었을 땐데, 저는 아무 소리도 못 들었어요." 그가 이어폰을 가리키며 말한다. 다른 한쪽은 허벅지 근처에서 달랑거리고 있다. "스프링스틴만 들었죠."

데이비드와 처음으로 나눈 개인적 취향에 관한 대화였지만, 타이밍이 좋지 않았다. 나는 한발 나아갔다. "러셀 씨는 당신이 거기 있다고 하지 않았어요. 자기랑 아들뿐이라고 했거든요."

"그럼 제가 나간 다음이겠죠."

"내가 전화했었잖아요." 나는 애원하다시피 말한다.

그는 인상을 찌푸리며 주머니에서 휴대전화를 꺼내 확인한다. 주름살이 깊어진다. 마치 휴대전화가 자신을 실망시키기라도 한 것처럼. "아, 뭐가 필요하셨나 봐요?"

"어쨌든 아무 소리도 못 들었다는 거죠?"

"비명은 못 들었습니다."

나는 이쯤에서 돌아선다. "뭐 필요하신 거라도 있으세요?" 그는 재차 묻는다. 하지만 나는 또다시 카메라를 들고, 창으로 다가간다.

이선이 집을 나서는 걸 지켜본다. 문이 열리고, 다시 닫히고, 저기 그 아이가 있다. 그는 층계를 빠르게 내려와, 왼쪽으로 돌아서서, 보도를 따라 내려온다. 우리 집을 향해.

잠시 후 초인종이 울린다. 나는 이미 버저 옆에 서 있다. 대문을 열어주고 아이가 현관으로 들어오는 소리를 듣는다. 딸깍, 문이 닫히는 소리도. 나는 현관문을 열고, 어둠 속에 서 있는 이선을 발견한다. 벌겋게 달아오른 눈동자의 핏줄이 바짝 곤두서 있다.

"죄송해요." 이선이 문턱을 넘어서며 입을 연다.

"괜찮아. 들어오렴."

그는 마치 집으로 날아든 연처럼 소파로 가서 털썩 주저앉는 듯하더니, 다시금 부엌으로 옮겨간다.

"뭐 좀 먹을래?"

"아뇨, 오래 못 있어요."

이선이 고개를 흔들자, 눈물이 얼굴을 타고 흐른다. 아이가 우리 집에 발을 들인 것이 두 번, 운 것도 두 번이다.

물론, 나는 곤경에 처한 아이들에게 매우 익숙하다. 울고, 소리 지르고, 인형을 두들겨 패고, 책 표지를 뜯는 아이들. 그중 내가 끌어안을 수 있던 아이는 올리비아뿐이었다. 하지만 지금 나는 이선을 향해 두 팔을 벌린다. 두 팔을 커다란 날개처럼 벌리고 어색하게 아이에게 걸어가 마치 부딪히듯 끌어안는다.

잠시 동안, 그리고 또 잠깐 동안. 나는 내 딸을 다시 안은 것만 같다. 처음 등교하기 전에 안았던 것처럼, 휴가 때 놀러갔던 바베이도스의 수영장에서처럼, 적막한 폭설 속에서 끌어안았던 것처럼. 올리비아의 심장이 나의 심장 반대편에서 뛰고 있다. 조금 떨어진 곳에서 끊임없이 울리는 드럼 소리. 우리 두 사람을 관통하는 혈액의 흐름.

이선은 내 어깨에다 대고 뭐라고 웅얼거린다.

"뭐라고?"

"정말 죄송하다고 말했어요." 이선은 소매로 코를 닦으며 얼굴을 든다. "죄송해요."

"정말 괜찮아. 그런 말은 안 해도 돼. 정말 괜찮으니까." 나는 눈을 덮은 머리카락을 쓸어넘기고, 이선에게도 똑같이 해준다. "무슨 일이니?"

"아버지가……." 아이는 말을 멈추고 창문 너머로 자기 집을 노려본다. 어둠 속의 건물은 마치 빛나는 해골 같다. "아버지가 소리를 질러댔어요. 그래서 도망 나온 거예요."

"엄마는 어디 계시니?"

"몰라요."

아이는 훌쩍이며 다시 코를 훔친다. 두어 번 심호흡하고 내 눈을 바라본다. "죄송해요. 어디 있는지 저도 몰라요. 아마 괜찮으실 거예요."

"그럴까?"

이선은 재채기를 하며 발밑을 내려다본다. 펀치가 다리 사이를 훑고 지나가며 자기 몸뚱이를 이선의 정강이에 부비는 중이다. 이선은 다시 재채기를 해댄다.

"죄송해요. 고양이가……." 다시 훌쩍. 그는 갑자기 놀란 듯 주변을 둘러본다. 자신이 우리 집 부엌에 있다는 사실에 놀란 것처럼. "이제 가야 해요. 아버지가 화내실 거예요."

"화는 이미 나신 것 같은데." 나는 테이블에서 의자를 꺼내 앉으라는 시늉을 한다.

이선은 의자를 바라보며 생각에 잠긴다. 눈은 다시 창으로 향한다. "가야 해요. 여기 오면 안 되는 거였어요. 저는 그냥……."

"도망 나온 거라며." 내가 잘라 말한다. "이해해. 하지만 돌아가도 괜찮겠니?"

놀랍게도, 심술궂고 짤막한 미소가 이선의 얼굴에 번진다. "목소리만 크지. 그게 다예요. 안 무서워요."

"하지만 엄마는?"

이선은 아무 말이 없다.

나는 이선에게서 아동학대의 뚜렷한 흔적을 느끼지 못했다. 얼굴과 팔에 상흔이 없고, 표정도 밝고 외향적이다. (비록 두 번이나 울었지만, 그 부분은 일단 접어두자.) 위생 상태도 양호하다. 하지만 이건 그저 인상에 불과하다. 겉핥기일 뿐이다. 아이는 여기 내 부엌에, 불안한 표정으로 자신의 집을 쏘아보며 서 있다.

나는 의자를 제자리로 돌려놓는다. "내 번호를 가지고 가렴."

이선은 고개를 끄덕인다. 마지못해 받아가는 거라도 도움이 될 거라고 나는 생각했다.

"어디다 좀 적어주실래요?"

"넌 휴대전화가 없니?"

부정의 도리질. "그 사람이, 아버지가 사주지 않을 거예요." 이선은 훌쩍인다. "이메일도 없는걸요."

놀랍지 않다. 나는 부엌 서랍에서 오래된 영수증을 꺼내 번호를 적어준다. 그러다 일할 때 쓰던 네 자리 번호를 쓰고 있음을 깨닫는다. 환자들을 위해 사용하던 비상연락 번호다. "1-800-애나에게 지금 전화주세요." 에드는 그 번호를 가지고 놀리곤 했다.

"미안해. 잘못 썼네." 나는 그 위에다 줄을 긋고 새 번호를 적는다. 고개를 들자 아이는 이미 부엌 문가에 서 있다. 건너편 자기 집을 바라보면서.

"꼭 돌아가지 않아도 돼."

아이는 몸을 돌린다. 주저한다. 고개를 젓는다. "집에 가야죠."

나는 고개를 끄덕이며 쪽지를 건넨다. 이선은 그 쪽지를 주머니에 넣는다.

"아무 때고 전화하렴." 아이에게 단단히 일러둔다. "엄마에게도 내 번호 알려드리고, 꼭."

"네." 이선은 문으로 향하며 어깨를 곧게 편다. 마치 전투에 나가는 것 같다.

"이선?"

그는 문고리를 잡은 채 뒤돌아본다.

"정말이야. 아무 때나 전화하렴."

이선은 고개를 끄덕인다. 그리고 문을 열고 밖으로 나간다.

나는 창으로 돌아와 아이가 공원을 지나, 층계를 오르고, 열쇠를 꽂는 모습을 지켜본다. 그는 잠시 멈추고 숨을 들이쉰다. 그리고 집 안으로 사라진다.

26

두 시간 뒤, 나는 마지막 와인 한 모금을 목 뒤로 흘려보내고, 커피 테이블에 와인병을 세워둔다. 아주 천천히 손을 짚고 몸을 일으킨다. 그리고 시계 초침처럼 다른 손으로 바꿔 짚는다.

안 돼. 침실로 가. 욕실로 가.

물줄기를 맞는 동안 지난 며칠이 머릿속에 차오르기 시작한다. 머릿속의 틈을 메우고, 빈 곳이 채워진다. 소파에서 울던 이선. 필딩 박사와 그의 두터운 안경. 자신의 다리 사이에 내 척추를 두고 옥죄던 비나. 제인이 왔던 날 밤의 소용돌이. 귓가에 들리는 에드의 목소리. 칼을 든 데이비드. 알리스타. 좋은 남자이자 좋은 아버지인 사람. 그리고 비명.

나는 한 손에 샴푸를 짜서 머리에 대고 아무렇게나 비빈다. 물이 발목까지 차오른다.

그리고 약. 세상에, 약.

"이번 약은 강력한 향정신성 의약품입니다. 반응을 봐가면서 쓰세요."

필딩 박사는 처음부터 나에게 그렇게 말했다. 물론, 나는 진통제에 취해 있었지만.

나는 손바닥으로 벽을 짚고 수도꼭지에 머리를 기댄다. 내 얼굴은 머리카락이 만드는 어두운 동굴에 갇힌다. 무슨 일이 일어나고 있어. 나에게, 나를 통해, 위험하고 새로운 일이. 독나무가 뿌리를 내린다. 자라서 사방으로 뻗어간다. 덩굴은 나의 장기와 폐와 심장을 옥죈다.

"약."

나는 포효하고 있었지만 입술 사이로 새어 나온 내 목소리는 부드럽고 낮았다. 마치 물속에서 말하는 것처럼.

나는 유리에 상형문자를 그린다. 그리고 시선을 똑바로 들어 내가 쓴 것을 읽는다. 나는 유리문 한가득, 제인 러셀의 이름을 쓰고 또 썼다.

11월 4일
목요일

  그는 천장을 보고 드러눕는다. 나의 손가락이 배꼽부터 흉곽까지, 그의 몸통을 가른 어두운 체모의 울타리를 따라 움직인다.

  "난 당신 몸이 좋아." 그에게 말한다.

  그는 한숨을 내쉬며 미소 짓는다.

  "하지 마."

  그러면서 목덜미 주변을 훑는 내 손을 잡고 자신의 결점을 훑기 시작한다. 대리석처럼 갈라진 건조한 등판. 날갯죽지에 있는 점 하나는 마치 얼음에 갇힌 에스키모 동굴 같다. 휘어진 엄지손가락과 혹이 난 손목, 작고 하얀 흉터가 가로지른 콧부리.

  나는 상처를 손가락으로 어루만진다. 새끼손가락이 콧속으로 들어가자 그는 재채기를 한다. "어떻게 생긴 흉터야?" 내가 묻는다.

  그는 손가락으로 머리를 배배 꼰다. "사촌."

  "사촌이 있는 줄은 몰랐네."

  "둘이 있지. 이건 로빈이라는 사촌 짓이고. 내 코에 면도날을 대고 내 콧구멍을 자르겠다더라고. 그냥 흉터가 하나 있었으면 좋겠다면서. 내가 안 된다고 고개를 젓는데, 칼날이 스치고 지나갔어."

"세상에."

그는 숨을 내쉰다. "끔찍하지. 고개를 끄덕였으면, 아무 일도 없었을 텐데."

나는 미소 짓는다. "몇 살 때 일이야?"

"이거? 지난주 화요일에 그런 거야."

나는 웃음을 터트린다. 그도 함께 웃는다.

수면 위로 올라오자, 물이 빠져나가듯 꿈이 흘러간다. 추억. 나는 손을 휘적이며 그것을 건져 올리려 하지만, 이미 사라지고 없다.

나는 숙취가 사라지길 빌면서 손으로 이마를 짚는다. 이불을 한쪽으로 걷어내고, 잠옷을 벗어젖히며 옷장으로 간다. 벽에 걸린 시계가 10시 10분을 가리키는 걸 확인한다. 잘 정돈된 콧수염 같군. 열두 시간이나 잤다.

어제는 누렇게 시든 꽃처럼 바래졌다. 유쾌하지 않지만 그렇다고 드물지도 않은 부부싸움이었다. 내가 들은 것은, 내가 엿들은 것은, 엄밀히 말하자면, 내가 상관할 일이 아니었다. 나는 서재로 걸음을 옮기며 되뇌어본다. 아마 에드의 말이 옳을 거라고.

물론 그의 말이 옳다. **자극이 많아.** 그랬다. 정말로. 실로 너무 많았다. 나는 너무 많이 자고, 너무 많이 마시고, 너무 많이 생각하고 있다. **너무 많이, 너무 많이.** De trop. 8월에 밀러 부부가 이사 왔을 때도 이렇게 심취했던가? 그들은 이 집에 온 적이 없다. 단 한 번도. 하지만 나는 여전히 그들의 일상을 관찰하고 있으며, 그들의 움직임을 따라가고, 야생의 상어처럼 그들을 물고 늘어진다. 그렇다고 러셀 가족이 특별히 흥미로운 것도 아니다. 그저, 조금 더 가까이 있을 뿐.

나는 제인이 걱정되었다. 자연스러운 일이다. 이선은 특히 더. **아버지가 화가 나셔서.** 그 화 한번 대단하군. 하지만 나는 아동 보호 서비스에 연락해 이 사실을 말할 수 없다. 아무 일도 일어나고 있지 않으니까. 더구나 지금 그러는 것은 득보다 실이 클 것이다. 그 사실을 나는 잘 알고 있다.

전화벨이 울린다.

너무 오랜만의 일이어서 잠시 혼란스럽다. 혹여 새가 짝짓기하는 소리가 아닌가 하고, 밖을 내다본다. 휴대전화는 가운 주머니에 없다. 어딘가 위에서 들리는 것 같다. 내가 침실에 들어와 이불 틈에서 휴대전화를 끄집어냈을 때, 전화는 이미 잠잠해진 뒤였다.

화면에는 '줄리언 필딩'이라고 떠 있다. 나는 재다이얼을 누른다.

"여보세요?"

"안녕하세요, 박사님. 방금 전화를 못 받았어요."

"애나, 안녕하세요."

"네, 안녕하죠." 축원이 오가는 동안에도 머리가 지끈거린다.

"다름이 아니라, 잠시만요……." 목소리가 갑자기 작아졌다 커지기를 반복한다. 귀가 아프다. "엘리베이터 안이라서요. 처방전을 제대로 입력했는지 확인하려고 전화해봤어요."

무슨 처방전을 말하는 거지? 아, 제인이 대신 받아준 그 약들 말이로군. "네, 제대로 입력했어요."

"그럼 약효가 꽤나 빠르게 느껴질 텐데요."

발아래에서 등나무로 만든 계단이 삐걱거린다. "신속한 결과를 원하시는군요."

"결과라기보다는 효과라고 해두죠."

역시 샤워 중에 오줌 누는 인간형은 아니었다, 그는. "달라진 게

느껴지면 바로 연락드릴게요." 나는 서재로 내려가며 그를 안심시
킨다.

"지난번 상담 이후로 걱정이 좀 돼서요."

나는 멈춰 선다. "저는……." 무슨 말을 해야 할지 모르겠다.

"이번 약이 잘 듣기를 바랄 뿐입니다."

여전히 아무 말도 나오지 않는다.

"애나?"

"그럼요. 저도 그러길 바라고 있어요."

그의 목소리가 다시 작아진다.

"뭐라고요?"

잠시 후 그의 목소리가 최대치로 돌아온다. "이 약들은!" 그는
소리를 지르고 있다. "절대 술이랑 같이 먹어선 안 돼요!"

부엌에서 나는 메를로 와인과 함께 알약을 넘긴다. 필딩 박사의 우려는 충분히 이해한다. 나도 걱정스러우니까. 알코올은 신경기능저하제이고, 그런 이유로 우울증 환자에게는 부적절하다. 나도 알고 있다. 그에 대해 논문을 쓴 적도 있으니까. 〈청소년 우울증과 알코올 남용(소아심리학 저널 제37권, 4번째)〉 공동저자, 웨즐리 브릴. 필요하다면 내가 쓴 결론을 인용해보도록 하겠다. 버나드 쇼의 말처럼, 나는 종종 내가 쓴 글을 인용한다. 대화에 묘미를 더해주니까. 쇼의 말처럼, 알코올은 인생이라는 수술을 견딜 수 있도록 돕는 마취제이다. 대단한 양반 같으니.

그러니 박사님, 제발, 항생제도 아니잖아요. 게다가 이렇게 먹은 지 일 년은 됐을 거예요. 지금 내 상태를 보세요.

랩톱이 부엌 테이블을 비추는 햇살 속에 놓여 있다. 나는 뚜껑을 열고, 아고라로 들어간다. 신참 몇 명에게 가이드를 해준 뒤, 약물 복용에 대한 토론에도 뛰어든다. ("어떤 약물도 술과 함께 복용해서는 안됩니다"라고 설교를 늘어놓는다.) 한 번, 딱 한 번, 나는 러셀 씨네를 힐끗거린다. 책상을 두드리는 이선이 보인다. 아마 게임을 하고 있을 것이다. 혹은 과제를 하고 있거나. 어쨌든 인터넷 서핑 중인 것 같지는 않다. 응접실에는 알리스타가 태블릿을 무릎에 펼쳐놓은 채 앉아 있다. 21세기 가족이로군. 제인은 보이지 않는다. 하지만 괜찮을 것이다. 내가 상관할 바가 아니다. 지나친 자극이다.

"안녕, 러셀." 나는 그렇게 말하고 텔레비전에 집중한다. 〈가스 등〉. 잉그리드 버그먼. 천천히 미쳐간, 더 섹시할 수 없는 그녀.

 점심을 먹고 다시 랩톱을 켜니 리지할머니가 아고라에 접속해 있다. 이름 옆에 달린 작은 아이콘이 웃는 얼굴로 바뀌었다. 이 포럼이 즐거움과 기쁨이라는 걸 보여주려는 듯. 나는 먼저 선수를 치기로 결심한다.

진료중: 안녕하세요, 리지!
리지할머니: 안녕하세요, 애나!
진료중: 몬태나 날씨는 어때요?
리지할머니: 밖에 비가 오고 있어요. 저처럼 집에만 박혀 있는 사람에게는 완벽한 날씨죠!
리지할머니: 뉴욕 시의 날씨는요?
리지할머니: 이렇게 말하면 촌뜨기 같나요? 그냥 NYC라고 해야 하나?
진료중: 둘 다 좋아요! 여기는 맑네요. 잘 지내시죠?
리지할머니: 오늘은 어제보다 조금 더 힘드네요. 솔직히, 그냥 그래요.

나는 와인을 한 모금 입에 물고 굴린다.

진료중: 무슨 일이 있군요. 과정이 늘 순탄치만은 않죠.
리지할머니: 정말 그러네요! 이웃 사람들이 식료품을 가져다주고 있어요.
진료중: 그렇게 좋은 이웃을 두다니 얼마나 다행이에요.

와인 두 잔 이상에 오타 두 개. 이 정도면 괜찮은 타율이라고 생각한다. "엄청 괜찮고말고." 나는 한 모금 더 마시며 혼잣말을 늘어놓는다.

리지할머니: 하지만 문제는…… 아들이 토요일에 온다는 거예요. 애들이랑 밖에 나가고 싶어요. 정말정말!
진료중: 안 될 것 같은 때에는 자신을 너무 몰아붙이지 마세요.

정적이 흐른다.

리지할머니: 심한 말인지 모르겠지만, 이럴 때는 정말 나 자신이 '괴물'처럼 느껴져요.

심한 말 맞다. 그 말이 바늘이 되어 내 심장을 찌른다. 나는 잔을 비우고, 소매를 끌어당겨 키보드를 두드리기 시작한다.

진료중: 당신은 괴물이 아니에요. 상황의 희생양일 뿐이지. 앞으로 헤쳐나갈 일들도 지금처럼 힘들 거예요. 저는 열 달이나 집에서 못 나갔어

요. 그래서 이게 어ᄅ마나 힘든 일인지 누구보다 잘 알죠. 그러니 제발 자신을 패배자나 괴물이라고 생각하지 마세요. 당신은 도움을 요청할 정도로 용기가 있고 기지가 있는 강한 사람이에요. 아드님도 당신을 자랑스러워 할 거ᄇ니다. 그러니 당신도 자신을 자랑스럽게 생각하세요.

끝, 이라고 할 수는 없었다. 하다못해 괜찮은 문장도 못되었다. 내 손가락은 키보드를 아무렇게나 두드렸지만, 그중 틀린 말은 없었다. 엄격히 말해, 전부 맞는 말이다.

리지할머니: 멋져요!
리지할머니: 고맙습니다.
리지할머니: 정말 상담하시는 분이 맞나 보네요. 무슨 말을 어떻게 해야 할지 정확히 알아요, 당신은.

입가에 미소가 번지는 게 느껴진다.

리지할머니: 당신에게도 가족이 있나요?

미소가 얼어붙는다.
대답하기 전, 와인을 좀 더 따른다. 그득하게 따른다. 나는 고개를 숙여 넘칠 것 같은 술을 후루룩 들이마신다. 입술을 따라 흐른 한 방울이 턱을 지나 가운으로 떨어진다. 나는 와인이 섬유에 스며들도록 내버려둔다. 에드가 안 봐서 다행이었다. 실로 다행이다. 아무도 보지 않아서.

진료중: 그럼요. 하지만 같이 살진 않아요.

리지할머니: 왜요?

그런데 왜 정말 같이 살지 않는 거지? 왜 함께하지 않는 거야, 애나? 나는 잔을 입술까지 들어 올렸다가 다시 내려놓는다. 일본식 부채처럼 어떤 장면이 내 눈앞에 펼쳐진다. 눈 덮인 광대한 설원. 초콜릿 박스 같은 호텔. 아주 오래된 아이스 메이커.

놀랍게도, 나는 그녀에게 털어놓기 시작한다.

우리는 예정보다 열흘 일찍 별거에 들어가기로 했다. 그것이 이 이야기의 시작이다. '옛날 옛적에'로 시작되는. 어쩌면 에드가 그렇게 하기로 결심했다고 하는 편이, 꽤나, 엄격하게 말해, 진실에 가까울지 모른다. 나는 원칙적으로 동의했을 뿐이다. 물론 그런 일이 일어나리라고는 생각하지 못했다. 그 부분은 인정한다. 에드가 중개인을 내세울 때까지도 말이다. 나를 얼마나 비웃었을까.

나는 생각한다. '왜' 리지는 스스로에 대해 걱정하지 않는 것일까. 걱정해야 할 대상은 정작 자신이 아니라는 사실에 대해 '왜' 걱정하지 않는 것일까. 문법을 중시했으며, 여전히 중시할 웨슬리 박사의 말을 빌리자면 그렇다. 하지만 틀렸다. '왜'는 중요하지 않다, 적어도 여기에서는. 언제, 어디서라는 정보가 바로 내가 줄 수 있는 정보다.

그에 대한 답은 각기 이러하다. 지난 12월, 버몬트. 우리는 올리비아를 아우디에 태우고 9번 도로를 따라 헨리 허드슨 브릿지를 건너 맨해튼을 빠져나갔다. 두 시간 뒤, 뉴욕 주 북부를 지나던 우리는 에드가 뒷길이라고 부르길 좋아하는 지점에 도착했다.

"우리를 위한 수만 가지 저녁 메뉴와 팬케이크 가게가 기다리고 있는 곳이지." 에드는 그렇게 올리비아에게 약속했다.

"엄마는 팬케이크 싫어하는걸." 올리비아가 말했다.

"엄마는 공예품 가게에 가면 되지."

"엄마는 공예품도 싫어하잖아." 내가 끼어들었다.

그리고 팬케이크와 공예품 가게에 관한 한, 뒷길이라 불리는 그 지역은 정말 형편없는 것으로 밝혀졌다. 우리는 뉴욕 주의 머나먼 동쪽 끄트머리에 외롭게 서 있는 아이홉*을 발견해냈고, 거기서 올리비아는 지역 특산품이라 주장하는 메이플 시럽에 와플을 적셔 먹었다. 나와 에드는 테이블 양쪽 끝에 앉아 서로를 노려보았다. 밖에는 가벼운 눈발이 날리기 시작했고, 작고 바스라지기 쉬운 가미카제 눈발들이 창문에 투신했다. 올리비아는 꽥꽥 소리를 지르며 그 모습을 포크로 가리켰다.

나는 내 포크로 올리비아의 포크를 조용히 제압했다. "블루 리버에 가면 저런 눈은 훨씬 많단다." 나는 그렇게 정리했다. 올리비아의 친구, 아니 같은 반 아이가 다녀갔다는 버몬트 중부의 스키 리조트. 그곳이 우리의 최종 목적지였다.

차로 돌아와, 다시 달리기 시작했다. 전반적으로 여행길은 조용했다. 우리는 올리비아에게 아무 언질도 주지 않았다. 아이의 방학을 망치고 싶지 않다는 내 의견에 에드도 고개를 끄덕였으니까. 우리는 아이를 위해 앞으로 나아가고 있었다.

정적 속에서 그렇게 우리는 넓은 들판을 지나고, 얼음으로 덮인 작은 개천을 지나고, 잊힌 마을을 지나, 버몬트 경계의 눈 폭풍 속

---

* 미국의 브런치 레스토랑, 팬케이크를 리필해준다.

으로 들어갔다. 어느 지점에서부터인가, 올리비아는 "초원 너머 숲을 지나"를 부르기 시작했고, 나는 화음을 쌓았지만 음이 맞지 않았다.

"아빠, 같이 부를래요?" 올리비아가 애원했다. 아이는 항상 그랬다. 떼를 쓰기보다는 부탁했다. 어린아이답지 않게. 사실, 나는 그냥 드문 아이일 뿐이라고 생각했다.

에드는 목청을 가다듬고 노래를 불렀다.

그렇게 땅에서 불쑥 솟은 그린마운틴에 도착했을 때쯤, 에드는 적이 누그러져 있었다. 올리비아는 숨이 찼다. "그런 것은 본 적이 없어요오~" 아이는 씩씩거렸고, 나는 얘가 대체 어디서 이런 말들을 들은 걸까 궁금해졌다.

"산이 좋으니?"

"산은 구겨진 담요 같잖아."

"그렇지."

"거인의 침대 같아."

"거인의 침대?" 에드가 올리비아의 말을 따라 했다.

"응. 꼭 거인이 이불을 덮은 것 같아. 그래서 혹이 많은 거야."

"내일은 이 산등성이 어딘가에서 스키를 타자." 에드는 급선회를 하며 아이에게 약속했다. "리프트를 타고 끝까지 쭉쭉 올라가서 쭉쭉 내려오자."

"쭉, 쭉, 쭉." 올리비아가 따라 했다. 말들이 아이의 입에서 마구 튀어나왔다.

"그렇지."

"쭉, 쭉, 쭉."

"그렇지."

"저건 말같이 생겼어. 저기가 귀고." 올리비아는 멀리 보이는 봉우리 한 쌍을 가리켰다. 자신이 본 모든 것에서 말을 떠올릴 나이였다.

에드는 미소 지었다. "말을 가지고 있다면 뭐라고 부를 것 같아, 리비?"

"우리는 말 안 키울 거야." 내가 덧붙였다.

"빅센이라고 불러야지."

"빅센은 여우잖아." 에드가 말했다. "암컷 여우."

"아마 여우처럼 빠를 테니까."

우리는 이 문제에 대해 생각해본다.

"어머니께서는 뭐라고 지으시겠나요?"

"그냥 엄마라고 불러주시면 안 될까요?"

"좋아요."

"좋아요?"

"네, 엄마."

"나라면 '물론'이라고 짓겠어, 물론." 나는 에드를 바라본다. 무반응.

"왜?" 올리비아가 묻는다.

"텔레비전에서 그런 노래가 나오거든."

"무슨 노래?"

"말하는 말에 대한 오래된 프로야."

"말하는 말?" 올리비아는 코를 찡그린다. "이상한데."

"나도 그렇게 생각해."

"아빠, 아빠는 뭐라고 지을 건데?"

에드는 백미러를 통해 바라본다. "나도 빅센이 좋아."

"우와." 올리비아가 숨을 몰아쉰다. 나는 돌아앉는다.

우리가 지나가고 있는 곳은, 정확히 광대한 벼랑 위였다. 지면에서 아주 멀리 떨어진, 아무것도 들어 있지 않은 커다란 그릇 같은 곳. 지면에는 건초더미가 뒹굴고 허공을 얼룩덜룩한 안개가 메우고 있었다. 차가 도로 가장자리에 바짝 붙어서 달리니 마치 허공을 부유하는 느낌이었다. 세상의 근원을 들여다볼 수 있을 것 같았다.

"이제 얼마나 남았어?" 올리비아가 묻는다.

"아직 멀었어." 나는 에드를 바라보며 대답한다. "덜 천천히 갈 수 없어?"

"덜 천천히?"

"더 천천히 가라고, 좀 아무렇게나 말하면 어때? 더 천천히 가지?"

그는 살짝 브레이크를 밟는다.

"더는 안 돼?"

"괜찮아." 에드가 대답한다.

"무서워." 올리비아의 목소리는 잔뜩 움츠러들어 있었다. 아이는 손으로 눈을 가렸다. 그러자 에드는 속도를 늦췄다.

"밑을 보지마, 꼬마 아가씨." 나는 몸을 비틀며 말했다. "엄마만 봐."

올리비아는 눈을 크게 뜨며 내 말대로 몸을 돌렸다. 나는 아이의 손을 잡고 그 손가락을 내 손바닥 위에 모았다. "다 잘될 거야." 나는 그렇게 말했다. "엄마만 보고 있으면 돼."

우리는 투 파인스 리조트 근처에 겨우 숙소를 잡았다. 리조트로부터 삼십 분이나 걸리지만, 피셔 암스는 '중부 버몬트에서 가장 유서 깊은 여관'이라고 웹사이트에 떠벌여놓았다. 활활 타오르는 난로와 눈발이 서린 창문을 콜라주한 사진을 걸어두고서.

우리는 작은 주차장에 차를 댔다. 현관 처마에는 송곳니 같은 고드름이 매달려 있고, 실내는 투박한 뉴잉글랜드풍으로 장식되어 있었다. 가파르고 경사진 천장, 낡고 고풍스러운 가구, 사진이 잘 나올 것 같은 벽난로에서 피어오르는 불꽃. 메리라는 이름표를 달고 있는, 통통하고 젊은 금발 접수원은 고객 명부를 작성하기 위해 우리를 한쪽으로 안내했다. 그리고 우리가 명부를 작성하는 동안 탁자에 놓인 아이리스의 모양을 바로잡았다. 나는 그녀가 우리를 '식솔들'이라고 부를지 궁금했다.

"식솔분들이 다 스키 타러 오셨나 봐요?"

"네. 블루 리버요."

"잘 선택하셨네요." 메리는 올리비아를 보고 활짝 웃었다. "폭풍이 몰려와요."

"북동풍?" 에드는 괜히 이 동네 사람인 척을 했다.

그녀는 그런 에드를 향해 억지로라도 웃어 보이려고 노력했다. "북동풍은 바다에서부터 올라오는 거고요, 선생님."

에드는 움찔했다. "아."

"이건 그냥 폭풍이에요. 하지만 이번에는 엄청 클 것 같네요. 식솔분들께서는 창문을 단단히 잠그고 주무셔야 할 겁니다."

나는 크리스마스도 아닌데 굳이 왜 창문을 열겠느냐고* 묻고 싶었다. 하지만 메리는 내 손에 열쇠를 떨구더니 즐거운 시간을 보내

---

* 크리스마스이브에 창에 초를 켜고 창문을 조금씩 열어두는 풍습이 있다.

라며 인사하고 떠나버렸다.

　우리는 복도를 따라 낑낑대며 짐을 끌었다. 피셔 암스가 자랑하는 '홀륭한 부대시설'에는 벨보이 서비스가 포함되어 있지 않은 모양이었다. 방으로 들어가자 꿩 그림이 벽난로 옆을 장식하고 있었다. 침대 가장자리에는 겹겹이 쌓인 담요가 놓여 있었다. 올리비아는 화장실로 직행했다. 낯선 화장실을 무서워하기 때문에 문을 살짝 열어두고 볼일을 보았다.

　"괜찮네." 나는 중얼거렸다.

　"올리비아!" 에드가 불렀다. "화장실은 어떠니?"

　"추워."

　"어느 침대 쓸 거야?" 이번엔 나에게 물었다. 휴가를 가면 우리는 침대를 따로 썼다. 그래야 올리비아가 불가피하게 들어와도 편하게 잘 수 있으니까. 어떤 날에는 에드의 침대에서 내 침대로 왔다가 다시 돌아가는 날도 있었다. 그는 이걸 '퐁'이라고 불렀다. 게임회사인 '아타리'에서 만든 4비트 핀볼게임의 이름과 같았다.

　"당신이 창문 쪽에서 자." 나는 다른 침대의 가장자리에 앉아 짐가방을 풀었다. "창이 단단히 잠겼나 확인도 해야 하고."

　에드는 매트리스 위로 자신의 가방을 획 하고 던졌다. 우리는 아무 말 없이 짐을 풀기 시작했다. 창문 너머에는 황혼의 빛을 흡수한 눈의 장막이 잿빛으로 또는 흰빛으로 흩날렸다.

　잠시 후, 그는 한쪽 소매를 걷어 올리고 팔뚝을 긁기 시작했다. "저기……." 에드가 입을 뗐다. 나는 그를 돌아본다.

　화장실 물 내려가는 소리가 들리고 올리비아가 깡충깡충 튀어나왔다. "스키는 언제 타지?"

저녁식사는 미리 싸온 피넛버터와 잼을 바른 샌드위치였다. 스웨터 사이에 넣어 가져온 쇼비뇽 블랑도 있었다. 와인이 미지근해졌을 법한 시간이었다. 에드는 화이트와인을 마실 때마다 '정말 차갑고 드라이하게' 해달라고 종업원들에게 부탁했다. 나는 프론트 데스크에 전화를 걸어 얼음을 청했다. "방에서 복도로 나가시면 아이스 메이커가 있습니다." 메리가 말해주었다. "뚜껑을 정말 힘줘서 꽉 누르셔야 열려요."

나는 텔레비전 아래 미니바에서 꺼낸 아이스 버킷을 들고 복도로 나갔다. 몇 걸음 가지 않아 오래된 루마컴포트 모델이 보였다. "아이스 메이커에서 매트리스 소리가 나네." 나는 그 사실을 루마컴포트에게 알려주었다. 그리고 정말 힘줘서 누르자 뚜껑이 열리고 기계는 차가운 냉기를 내 얼굴에 쏟아냈다. 스피아민트 껌 광고에 나오는 사람들의 날숨 같았다.

얼음을 퍼낼 만한 것이 없어서 손을 집어넣어 뒤적거렸다. 차가움으로 손이 불타버릴 때쯤, 얼음이 버킷으로 쏟아졌다. 내 손에 잔뜩 달라붙은 채로. 루마컴포트와는 이것으로 끝이다.

얼음에 손목을 묻고 있던 그때, 에드가 나를 찾아 나왔다.

그는 내 옆으로 다가와 벽에 기댔다. 나는 잠시 동안 그를 못 본 척했다. 기계를 노려보며 마치 그 안의 내용물이 나를 사로잡은 것처럼, 계속해서 얼음만 퍼냈다. 제발 자리를 피해주기를 빌면서, 동시에 나를 잡아주기를 소원하면서.

"재미있어?"

나는 부러 놀란 척하며 에드 쪽으로 고개를 돌렸다.

"저……." 에드가 입을 열었다. 나는 머릿속으로 그가 말할 문장을 선수쳤다. '우리, 다시 생각해보자.' 아마도 그 말이 아닐까. 어쩌면 '내가 너무 예민하게 굴었어'일 수도 있었다.

대신, 그는 기침을 해댔다. 파티가 있던 날 밤 이후로 에드는 며칠간 감기와 사투를 벌였다. 나는 기다렸다.

이내 에드가 입을 열었다. "이러고 싶지 않아."

나는 손에 쥔 얼음을 쥐어짰다. "뭘?" 심장이 아득한 곳으로 떨어지는 것 같았다. "뭘 말하는 거야?" 나는 같은 말을 반복했다.

"지금 이러는 거 말이야." 그는 바람 소리가 날 정도로 한쪽 팔을 허공으로 휘두르며 대답했다. "행복한 가족이 보내는 이 휴가 말이야. 더구나 크리스마스 다음 날……."

심장박동이 느려졌다. 손가락은 타들어갔다. "그래서 하고 싶은 게 뭐야, 지금 말하자고?"

그는 아무 대답이 없었다.

나는 기계에서 손을 끄집어낸 다음 뚜껑을 닫았다. 이번에는 '정말 힘줘서' 누르지 못했다. 뚜껑이 어정쩡하게 끼여버렸고, 나는 버킷을 옆구리에 낀 채 뚜껑을 세게 잡아당겼다. 에드도 끼어들어 확 잡아당겼다.

딸깍 소리를 내며 빠져나온 버킷이 내 옆구리에서 빠져나와 바닥을 나뒹굴었다. 얼음이 후두두 떨어졌다.

"망할."

"내버려둬." 에드가 말했다. "어차피 뭘 마시고 싶은 기분도 아니니까."

"난 마실 거야." 나는 무릎을 꿇고 얼음을 버킷에 쓸어 담았다. 에드는 그런 나를 지켜보았다.

"그걸로 뭘 하려고 그래?" 그가 물었다.

"그럼 그냥 둬?"

"어."

나는 일어서서 버킷을 기계 위에다 잠시 올려두었다. "정말 지금 이러고 싶어?"

에드는 한숨을 내쉬었다.

"우리가 왜 이래야 하는지 모르겠어……."

"왜냐하면 우리는 이미 여기 와 있으니까." 나는 숙소 방문을 손가락으로 가리켰다.

그는 고개를 끄덕였다. "나도 생각했어."

"최근에 생각을 아주 많이 하시네."

"나도 생각했다고." 에드는 말을 이어나갔다. "그게……."

그리고 말이 없어졌다. 나는 등 뒤에서 문이 딸깍 하고 열리는 소리를 들었다. 고개를 돌려 보니 중년 여자가 복도를 따라 우리 쪽으로 내려오고 있었다. 그녀는 수줍은 미소를 지어 보이고는 시선을 피해, 그리고 얼음을 피해 로비로 걸음을 재촉했다.

"당신이 당장 치료를 시작하고 싶어한다고 생각했어. 당신은 환자에게 그렇게 말했을 사람이니까."

"그러지 마. 제발 내가 무슨 말을 할지, 무슨 말을 하지 않을지 그런 식으로 말하지 말라고."

그는 아무 말이 없었다.

"그리고 참고로 나는 아이들한테 그런 식으로 말하지 않아."

"부모에게 그런 식으로 말하겠지."

"나한테 내가 어떻게 얘기하는지까지 알려주지 않아도 돼."

그러자 그는 더 할 말이 없어졌다.

"그리고 올리비아는 치료고 뭐고 알지 못한다고."

그는 다시 한숨을 내쉬며 버킷에 묻은 자국을 문질러댔다. "사실은, 애나." 에드가 입을 열었다. 그의 눈빛에서 무게가 느껴졌다. 눈썹이 만들어내는 넓은 절벽이 곧 무너지려 하고 있었다. "내가 이제 더 못 견디겠어."

나는 고개를 숙이고 바닥에서 녹는 얼음 조각들을 노려보았다.

두 사람 다 아무 말도 하지 않았다. 움직이지도 않았다. 무슨 말을 해야 할지, 나는 알지 못했다.

잠시 후, 내 입에서 부드럽고 낮은 목소리가 흘러나왔다. "올리비아가 화를 내도 내 탓이 아니야."

정적. 뒤를 잇는 에드의 목소리도 부드러웠다. "나는 이미 당신 탓을 하고 있어." 에드가 숨을 들이쉬었다. 그리고 다시 내쉬었다. "당신은 나에게 옆집 소녀 같은 사람이었는데."

나는 간신히 버티고 있었다.

"하지만 지금은 당신을 바라보지도 못하겠어."

나는 질끈 눈을 감고 얼음과도 같은 차가운 공기를 들이마셨다. 그 순간 머릿속에 떠오른 것은 결혼식 날도, 올리비아가 태어난 날도 아니었다. 내가 떠올린 것은 뉴저지에서 크랜베리를 따던 아침이었다. 자외선차단제를 떡칠한 채, 장화를 신고 웃으며 소리를 지르는 올리비아. 머리 위로 천천히 흘러가던 하늘, 우리를 흠뻑 적시던 9월의 햇살, 지천에 널린, 장미처럼 붉은 열매. 양손 가득 크랜베리를 딴 에드의 눈빛이 밝게 빛났고, 나는 끈적해진 딸아이의 손을 꼭 움켜쥐었다. 엉덩이까지 차올랐던 습지의 물이 심장으로 밀려들어, 정맥을 타고 눈에 고였다.

나는 고개를 들어 에드의 눈을 바라보았다. 어두운 갈색 눈동자. "너무 평범한 눈이야." 에드는 두 번째 데이트에서 그렇게 투덜댔지만, 내게 그의 눈동자는 너무나 아름다웠다. 그리고 그 사실에는 아직도 변함이 없다.

에드도 나를 바라보았다. 옆에 있는 기계에서 얼음이 똑똑 떨어졌다.

그리고 우리는 함께 올리비아에게 갔다.

진료중: 그리고 우리는 함께 올리비아에게 얘기하러 갔어요.

나는 여기서 잠시 멈춘다. 그녀는 어디까지 알고 싶은 것일까? 나는 그녀에게 털어놓는 것을 어디까지 견딜 수 있을까? 심장이 아려오고, 가슴팍이 저릿하다.

잠시 후에도 아무런 기척이 없다. 돌아가기에는 너무 멀리 온 것이 아닐까. 돌이킬 수 없는 상실을 마주한 미망인에게 나는 우리의 헤어짐에 대해 이야기하고 있다. 나는 생각한다. 혹시……

리지할머니 님이 대화방을 나갔습니다.

나는 화면을 그대로 응시한다.
나머지 이야기는 혼자만의 것으로 간직해야 할 것이다.

"혼자 있으면 외롭지 않소?"

잠에서 깨려는 찰나, 남자의 낮은 목소리가 나에게 질문한다. 나는 재빨리 눈꺼풀을 들어 올린다.

"나는 태어나길 외롭게 태어났나 봐요." 이번엔 여자다. 부드러운 저음의 여자 목소리.

빛과 어둠이 시야에서 깜빡거린다. 〈다크패시지〉의 한 장면. 험프리 보가트와 로런 바콜이 커피 테이블을 사이에 두고 욕정 가득한 시선을 주고받는다.

"그래서 살인자의 재판에 찾아온 건가요?"

내 커피 테이블에는 먹다 만 저녁식사가 놓여 있다. 메를로 와인 두 병과 약통 네 개.

"아니요. 당신 사건이 우리 아버지와 똑같았죠."

나는 리모컨을 더듬어 찾는다. 하지만 찾지 못한다.

"아버지가 죽인 게 아니에요. 내가 알아요. 새엄마는……." 텔레비전 화면이 어두워지고 동시에 거실도 어둠에 잠긴다.

얼마나 마셨지? 그래. 두 병은 족히 되겠지. 점심에 마신 것까지 합하면. 와인을 너무 많이 마셨다. 그 점은 인정한다.

게다가 약까지. 오늘 아침 복용량을 지켰던가? 제대로 된 약을 먹었던가? 요즘 너무 대충 살고 있다, 알고 있다. 필딩 박사는 분명 내가 악화되고 있다고 생각하겠지. "상태가 안 좋아요." 나는 나 자신을 꾸짖는다.

약통을 들여다본다. 하나는 거의 비었다. 알약 두 알이 남았고, 하얗고 작은 알갱이가 붙어 있다. 와인병도 마찬가지로 비었다.

세상에, 취했군.

나는 고개를 들어 창문을 바라본다. 밖은 어둡다. 밤이 늦었다. 나는 휴대전화를 찾지만 찾을 수가 없다. 괘종시계. 구석에 어렴풋이 자리한 괘종시계가 내 주의를 끌어보려 째깍 소리를 낸다. 9시 50분. "9시 50분이라니." 기분이 별로다. 10시 십 분 전이라고 생각해볼까. "십 분 전 10시." 훨씬 낫다. 나는 시계를 향해 고개를 끄덕인다. "고마워." 그렇게 말하자, 시계가 나를 점잖게 바라본다.

이제 휘청거리며 부엌으로 향한다. 휘청거리며. 문밖에 쓰러져 있는 내 모습을 처음 본 제인이 나를 묘사했던 바로 그 단어 아닌가? 쬐그만 것들이 망할 계란을 던졌던 날? 휘청거리다(lurch). 〈아담스 패밀리〉에 나왔던 집사 이름도 러치(Lurch)였지, 아마. 그 호리호리한 집사. 올리비아가 그 주제곡을 좋아했었다. '빠바바밤, 딱, 딱!'

나는 수도꼭지 아래에 머리를 밀어 넣고 손잡이를 돌린다. 흰 거품을 몰고 쏟아지는 물줄기. 나는 하마처럼 입을 열고 게걸스럽게 물을 삼킨다.

얼굴을 한 손에 파묻은 채, 나는 비틀거리며 거실로 돌아온다. 눈은 러셀 가 어디쯤을 찾아 헤매고 있다. 이선의 컴퓨터 조명을 받은 허연 유령이 책상 위에 엎드려 있다. 부엌은 비어 있다. 응접실은 환하다. 그곳에는 제인이 눈처럼 하얀 블라우스를 입은 채, 2인용 소파에 앉아 있다. 나는 그녀를 향해 손을 흔든다. 그녀는 이쪽을 보고 있지 않다. 나는 다시 손을 흔든다.

그녀는 이쪽을 보지 않는다.

한 발, 다른 발, 또 한 발. 그리고 또 다른 발. 나는 다른 발을 잊지 않는다. 나는 소파에 몸을 맡긴 채 고개를 어깨 위로 축 늘어뜨린다. 그리고 눈을 감는다.

리지할머니에게 무슨 일이 일어난 것일까? 내가 이상한 말을 한 걸까? 올리비아의 손이 내 손을 낚아챈다.

아이스 버킷이 바닥에 나뒹군다.

영화 뒷부분이나 마저 봐야겠다. 나는 눈을 뜨고 아래 깔린 리모컨을 찾는다. 스피커는 오르간 음악을 뱉어내고, 숨바꼭질하는 바콜의 모습이 보인다. "괜찮을 거예요." 그녀가 단언한다. "숨을 참아보세요. 행운을 빌어요." 수술 장면이다. 보가트는 약에 취해 있다. 망령들이 그 주위를 맴돈다. 불경한 회전목마. "이제 혈관으로 들어갑니다." 오르간이 낮은 음을 낸다. "날 들여보내줘." 아그네스 무어헤드가 카메라 렌즈를 향해 성난 목소리로 말한다. 불꽃이 일어난다. "불 필요하세요?" 택시 운전사가 말한다.

불. 나는 고개를 돌려 러셀 가를 바라본다. 제인은 여전히 거실이다. 이번에는 일어서서 조용히 언성을 높이는 듯하다. 나는 자리에서 몸을 비튼다. 현악기, 파트 전체가 등장, 오르간이 낮게 깔린다. 누구를 향해 언성을 높이고 있는지는 확인할 수 없었다. 벽이 시야를 가로막았다.

"숨을 참아보세요. 행운을 빌어요."

그녀는 이제 정말로 시뻘게져서 소리를 지르고 있다. 나는 부엌 조리대에서 니콘을 켜고 활동을 시작한다.

"이제 혈관으로 들어갑니다."

나는 소파에서 일어나 부엌을 가로질러 카메라를 손으로 받쳐 든다. 그리고 창문으로 이동한다.

"날 들여보내줘. 날 들여보내줘. **날 들여보내줘.**"

나는 창유리에 기대어 카메라를 눈으로 가져간다. 흐릿한 어둠 속에서 제인이 튀어오른다. 초점이 잘 맞지 않는다. 렌즈를 돌리자 그녀가 선명해진다. 또렷하다. 목걸이가 반짝거린다. 가늘게 뜬 눈과 벌어진 입. 그녀는 손가락으로 허공을 찔러댄다. "불 필요하세요?" 다시 찌르기. 머리카락이 풀리며 뺨 위로 흘러내린다.

줌을 더 당기자, 그녀가 왼쪽으로 돌진하며 시야에서 사라진다.

"숨을 참아보세요." 나는 텔레비전 쪽을 돌아본다. 그리고 다시 창문을 마주보며 니콘을 눈으로 가져간다.

제인이 다시 프레임 안으로 들어온다. 하지만 걷는 게 아주 느리고 이상하다. 비틀거린다. 블라우스가 적갈색으로 물들어 있다. 내가 지켜보는 동안, 적갈색은 배까지 번진다. 그녀의 손이 허우적거리며 가슴을 더듬는다. 가느다랗고 반짝이는 무언가가 거기에 꽂혀 있다. 마치 칼자루처럼.

칼자루.

피가 목구멍으로 올라온다. 붉은색이 입을 메운다. 턱이 힘없이 늘어지고 이마에 주름이 생긴다. 그녀는 혼란스러운 표정이다. 그녀는 한 손으로 칼자루를 잡고 흐느적거린다. 다른 한 손은 앞으로 뻗어 창문을 가리키려 한다.

그리고 그 손가락은 정확히 나를 향한다.

나는 카메라를 떨어뜨린다. 다리 아래로 떨어진 카메라가 줄에 매달린 채 덜렁거린다.

제인의 팔은 창문에서 멈춘다. 부릅뜬 눈은 애원하고 있다. 입은 무언가를 말하고 있지만 들을 수 없다. 읽을 수 없다. 그리고 시간이 멈출 정도로 느려진 어느 순간, 그녀는 창문에 손을 짚으며 한쪽으로 쓰러진다. 유리에 선명한 핏자국이 남는다.

나는 서 있는 그 상태 그대로 그 장면에 압도당한다.

움직일 수가 없다.

공간이 그대로 정지한다. 세상이 그대로 멈춘다.

시간만이 앞으로 휘청거리며 나아간다. 그제야 나는 움직인다.

나는 뒤돌아 카메라 줄을 팽개치고 방을 가로지른다. 엉덩이가 부엌 테이블에 부딪힌다. 나는 온몸을 떨며 조리대로 달려가 유선전화를 집어 들고 전원을 누른다.

무반응. 먹통.

언젠가 데이비드가 한 말이 기억난다. **'꽂혀 있지도 않은데요.'**

데이비드.

나는 전화기를 버리고 지하실로 질주한다. 그의 이름을 부르고, 부르고, 부른다. 문손잡이를 움켜쥐고, 세차게 당긴다.

아무도 없다.

계단으로 달려간다. 올라가, 쭉, 쭉. 벽에 부딪힌다. 한 번. 두 번. 층계참 근처의 마지막 계단에서 나는 서재로 거의 기어 들어간다.

책상을 확인한다. 휴대전화가 없다. 분명 여기다 뒀는데.

스카이프.

손이 날뛰고 있다. 나는 마우스를 찾아 책상으로 질주한다. 스카이프 더블클릭, 다시 또 더블클릭. 안내 메시지가 들린다. 다이얼에

911을 때려 넣는다.

붉은 삼각형이 화면에 등장한다. 비상 전화 연결 불가. 스카이프는 전화를 대체하지 않습니다.

"망할, 스카이프." 나는 포효한다.

서재에서 벗어나 계단을 내려간다. 모퉁이를 돌아 침실 문을 통과한다.

이쪽 협탁, 와인병과 액자뿐이다. 저쪽 협탁에는 책 두 권과 독서용 안경.

침대, 침대에 있나? 나는 양손으로 이불을 낚아 올려 탈탈 털어낸다.

휴대전화가 미사일처럼 허공으로 발사된다.

나는 휴대전화가 바닥에 떨어지기 전에, 안락의자 밑으로 처박히기 전에 튀어오른다. 손을 뻗어 단단히 낚아챈다. 그리고 잠금을 해제하고 비밀번호를 누른다. 흔들린다. 잘못 입력. 다시 누른다. 손가락이 미끄러진다.

시작화면이 나타난다. 나는 전화 아이콘을 누른다. 키패드를 누른다. 그리고 911에 전화한다.

"911입니다. 무슨 일이신가요?"

"이웃이." 나는 입을 열지만 제동이 걸린다. 구십 초 만에 처음으로 움직임을 멈춘다. "이웃이 칼에 찔렸어요. 이런, 세상에! 도와주세요."

"알았습니다. 진정하세요." 그는 마치 실제상황이 아닌 것처럼, 아주 느릿느릿한 조지아 말투로 대답한다. 귀에 거슬리는 말투다. "주소가 어떻게 되시죠?"

나는 머리를 쥐어짠다. 그다음에는 목을 쥐어짜서 더듬거린다.

창을 통해 러셀 가의 밝은 거실이 보인다. 인디언들이 전투를 준비할 때 바르는 물감처럼 창문을 가로지른 핏자국도.

그는 주소를 확인한다.

"맞아요. 맞아요."

"이웃이 칼에 찔리는 걸 목격하셨다고 했죠?"

"맞아요. 도와줘요. 피를 흘리고 있어요."

"뭐라고요?"

"도와달라고요." 이 사람은 왜 도와주지 않는 걸까? 나는 숨을 크게 들이쉬고, 기침을 내뱉고, 다시금 들이쉰다.

"지금 출동 중입니다. 부인. 진정하세요. 이름을 알려주시겠어요?"

"애나 폭스."

"좋아요, 애나. 이웃분 이름이 뭐죠?"

"제인 러셀. 이런, 세상에!"

"지금 같이 계신가요?"

"아니요. 건너편. 공원 건너편 자기 집에 있어요."

"애나, 혹시……."

그는 내 귀에다 대고 엿가락 늘어지듯 천천히 말한다. 도대체 어떤 긴급구조전화가 이렇게 천천히 말하는 인간을 고용한단 말인가. 발목에서 기척이 느껴지자 나는 아래를 내려다본다. 펀치가 옆구리를 문지르고 있다.

"뭐요?"

"혹시 당신이 찌른 건가요?"

어두워진 창문으로 입이 떡 벌어진 내 모습이 비친다. "아니요."

"알았습니다."

"창을 통해 봤어요. 그녀가 찔리는 걸."

"알았습니다. 누가 찔렸는지 알고 계시나요?"

나는 눈을 가늘게 뜨고 창밖을 바라본다. 러셀의 응접실을. 상황이 창틀 아래에서 벌어지고 있어서 아무것도 보이지 않는다. 꽃무늬 러그 외에는. 발꿈치를 들어보고 목을 길게 뽑아본다.

아무것도 보이지 않는다.

그리고 그때 보인다. 창턱에 걸쳐진 손 하나가.

참호 밖으로 머리를 내미는 군인처럼, 손 하나가 기어오르고 있다. 손가락이 유리창을 문지른다. 핏자국을 남긴다.

제인은 아직 살아 있다.

"부인? 혹시 누가……."

하지만 나는 이미 방을 뛰쳐나가고 있다. 휴대전화를 떨어뜨린 채, 가냘프게 울고 있는 고양이를 뒤에 남긴 채.

33

우산은 모퉁이에, 몸을 잔뜩 웅크린 채 벽에 기대어 서 있다. 마치 다가올 위협에 겁을 먹은 것처럼. 나는 갈고리 모양 손잡이를 움켜쥔다. 축축한 내 손바닥과 달리 차갑고 부드럽다.

구급차는 아직 도착하지 않았다. 하지만 내가 있지 않은가. 몇 걸음 너머에. 벽을 넘어, 문 두 개만 통과하면 나는 그녀를 도울 수 있다. 도움이 될 수 있다. 지금 제인의 가슴에는 칼날이 꽂혀 있다. 히포크라테스 선서. **나는 누구에게도 해를 끼치지 않겠습니다. 나는 환자의 치료와 안녕을 증진시킬 것입니다. 나 개인의 이익보다 타인의 이익을 우선시하겠습니다.**

제인이 공원 건너편에 있다. 피 묻은 그녀의 손이 헤매고 있다.

나는 현관문을 밀어낸다.

대문까지 짙은 어둠이 깔렸다. 나는 걸쇠를 열어젖히고 우산의 버튼을 누른다. 검은색 우산이 펼쳐지자, 출렁이는 공기의 흐름이 느껴진다. 우산살이 작은 발톱처럼 벽을 긁는다.

하나, 둘.

나는 문손잡이에 손을 올린다.

셋.

그리고 돌린다.

넷.

나는 차가운 문고리를 손에 쥔 채, 거기 서 있다.

움직일 수가 없어.

세상이 이 안으로 들어오려 하고 있다. 리지할머니가 이런 기분이었을까?

문밖에서 안달이 나서, 몸집을 잔뜩 부풀리고, 문을 부수려 하고 있다. 그것의 숨소리가 느껴진다. 콧김을 내뿜는 콧구멍. 으르렁대는 이빨까지. 그것은 나를 짓밟고, 나를 찢어놓고, 나를 집어삼킬 것이다.

나는 문에다 머리를 짓누른 채, 숨을 내쉰다. 하나, 둘, 셋, 넷.

거리는 깊고 광활한 협곡이다. 너무 노출되어 있어. 나는 절대로 못 견딜 거야.

그녀는 몇 발짝 내에 있어. 공원 건너편에.

공원 건너편에.

나는 현관에서 후퇴해, 우산을 끌고 부엌으로 간다. 그래, 바로 저기. 식기세척기 바로 옆에 뒷문이 있다. 공원으로 연결되는 문. 빗장을 걸어 잠근 지 족히 일 년은 된 듯하다. 앞에 재활용 수거함을 놓아두었다. 와인병이 부러진 이처럼 주둥이를 내밀고 있다.

나는 수거함을 한쪽으로 치운다. 안에 있는 유리병들이 쨍그랑 소리를 낸다. 잠금장치를 풀고 빗장을 열어젖힌다.

하지만 문이 닫혀버리면 어떡하지? 다시 들어오지 못하면? 나는 문설주 옆에 걸려 있는 열쇠를 잽싸게 낚아채 주머니에 쑤셔 넣는다.

그러고는 우산으로 정면을 가린 채 빙그르르 돌린다. 나의 비밀 무기, 나의 칼, 나의 방패. 이제 손잡이에 힘을 싣는다. 그리고 돌린다.

그리고 밀어낸다.

공기가 밀려 들어온다. 차갑고 날카롭다. 나는 눈을 감는다.

정적. 어둠.

하나. 둘.

셋.

넷.

나는 밖으로 걸음을 내디딘다.

34

처음으로 내디딘 걸음이 어긋나고, 두 번째 역시 발이 미끄러지는 바람에 나는 어둠 속에서 뒤뚱거린다. 앞서 나갔던 우산도 뒤뚱댄다. 다음 걸음이 뒤를 잇고, 그다음은 생각보다 빠르게 내디딘다. 종아리 뒷심으로 간신히 몇 걸음 더 나아간다. 그리고 잔디 위로 쓰러진다.

나는 눈을 감은 채 넘어진다. 머리가 우산의 차양을 휩쓸고 지나간다. 우산이 마치 텐트처럼 나를 감싼다.

그 안에 옹송그린 채, 나는 팔을 뒤로 뻗어 층계를 더듬는다. 위로, 더 위로, 위로. 손끝에 맨 위의 층계가 느껴질 때까지. 나는 밖을 내다본다. 문이 거칠게 열려 있다. 부엌은 황금빛으로 빛나고 있다. 나는 손을 뻗는다. 마치 빛을 잡아채서 이쪽으로 끌고 올 것처럼.

그녀가 저기에서 죽어가고 있어.

나는 다시 한 번 우산 쪽으로 고개를 돌린다. 검은 줄 네 개, 흰 줄 네 개.

단단한 층계에 손을 짚은 채, 혼자 일어서보려고 노력한다. 위로,

더 위로, 위로.

머리 위에서 나뭇가지 흔들리는 소리가 들린다. 차가운 공기를 한껏 들이마시고 있으리라. 나는 차가운 공기를 잊은 지 오래다.

그리고 하나, 둘, 셋, 넷. 나는 걷기 시작한다. 술 취한 사람처럼 휘청거리면서. 그러고 보니 나는 취해 있었다.

하나, 둘, 셋, 넷······.

레지던트 삼 년차 시절에, 아이 하나를 만났었다. 간질 수술을 한 아이였는데, 흥미로운 행동을 보였다. 뇌엽 절제술을 하기 전, 아이는 전적으로 행복한 열 살 꼬마였다. 굉장히 심각한 발작을 한 번 겪었지만 말이다(누군가는 이를 두고 '지랄병'이 났다고 농담조로 말한다). 그런데 그 후에 아이는 가족으로부터 떨어지려고 하고, 남동생을 무시했다. 부모가 건드리면 몸을 움츠렸다.

선생님들은 아동학대를 의심했지만, 아이가 자신이 잘 모르거나 아예 모르는 사람에게는 다정하게 대하는 것이 관찰되었다. 담당 의사의 목에 팔을 두른다든가, 지나가는 사람들의 손을 잡는다든가, 나이 든 방문판매원들과도 수다를 떨었다. 동시에 아이가 사랑한 사람들은, 예전에 사랑했던 사람들이라고 해야 정확한 표현이 겠지만, 냉대에 떨어야 했다.

우리는 원인을 찾을 수 없었다. 하지만 그 현상을 **선택적 정서분리**라는 용어로 정의했다. 나는 지금 아이가 어디 있는지 궁금했다. 가족들이 어떻게 지내는지도.

나는 그 작은 소녀를 떠올린다. 타인을 대하던 따스함. 모르는 사람에게 나타내던 친밀감. 겨우 두 번 만난 여자를 구하기 위해 공원을 가로지르며 나는 그 아이를 떠올린다.

그리고 내가 미처 그런 생각을 정리하기도 전에, 우산이 무언가에 가서 부딪힌다. 나는 그 자리에 멈춰 선다.

벤치.

벤치다, 공원에 딱 하나 있는 벤치. 등받이에 명판이 달리고, 소용돌이 모양의 손잡이 장식이 있는 허름하고 작은 나무 벤치. 나는 종종 에드와 올리비아가 그곳에 앉아 있는 모습을 바라보곤 했다. 옥상에 있는 나만의 공간에서. 에드는 태블릿을 보고, 올리비아는 책장을 넘겼다. 그러다 두 사람은 보던 것을 바꿔치기했다. "아동문학에 취미를 붙였나 봐?" 나중에 물었더니, "엑스펠리아무스*"라고 에드가 대답했다.

우산 끝이 널빤지 사이에 끼어버렸다. 나는 조심스럽게 끄트머리를 빼내다 깨닫는다. 아니 기억해낸다.

공원에는 러셀 씨네 집 쪽으로 난 입구가 없다. 그 집은 거리에서밖에 접근할 수 없다.

미처 생각하지 못한 지점이었다.

하나, 둘, 셋, 넷.

나는 작은 공원 한가운데에 서 있다. 나일론과 무명천으로 만든 무기 하나를 들고 칼에 찔린 여성의 집을 향하고 있다.

밤이 울부짖는 소리가 들린다. 가슴이 옥죄어온다. 놈이 입맛을 다시는 소리가 들린다.

해낼 수 있다. 다리에 힘이 빠지기 시작하자 나는 그렇게 생각한다. 할 수 있어. 위로, 더 위로, 위로. 하나, 둘, 셋, 넷.

나는 머뭇거리며 앞으로 나아간다. 작은 발걸음. 하지만 나는 그

---

* Expelliarmus, J. K. 롤링의 '해리 포터' 시리즈에 나오는 마법 주문. 무장해제 마법이다.

걸음을 내디딘다. 나는 내 발을 바라본다. 잔디가 슬리퍼 주위를 감싸고 있다. **나는 환자의 치료와 안녕을 증진시킬 것입니다.**

이제 밤의 발톱이 나의 심장을 그러쥐었다. 놈은 손아귀를 비튼다. 나는 터져버리고 말 것이다. 터져버리고 말 것이다.

나 개인의 이익보다 타인의 이익을 우선시하겠습니다.

제인, 내가 가요. 나는 다른 쪽 다리를 앞으로 끌어온다. 몸이 가라앉기 시작한다. 아래로 가라앉는다. 하나, 둘, 셋, 넷.

멀리 사이렌 소리가 들린다. 경야의 문상객처럼. 피처럼 붉은 불빛이 우산에 넘실댄다. 어떻게 해볼 새도 없이, 나는 소리가 나는 쪽으로 몸을 튼다.

바람이 울부짖는다. 헤드라이트에 눈이 먼다.

하나, 둘, 셋…….

11월 5일
금요일

"문을 잠가뒀어야 했는데." 올리비아가 복도로 뛰쳐나간 뒤, 에드가 중얼거렸다.

나는 그쪽으로 돌아섰다. "그럼 뭘 기대한 거야?"

"나는 그저……"

"무슨 일이 일어나길 기대한 거야? 내가 무슨 일이 일어날 거라고 했었지?"

나는 대답을 듣지 않은 채, 방을 나섰다. 뒤따라오는 에드의 발소리가 카펫 위로 부드럽게 스친다.

로비에는 벌써 안내데스크에서 튀어나온 메리가 서성대고 있었다. "괜찮으신가요?" 그녀가 얼굴을 찌푸리며 물었다.

"아니요." 내 대답과 동시에, 에드가 대답한다. "그럼요."

올리비아는 난로 옆 안락의자에 자리를 잡고 있었다. 얼굴은 눈물범벅이 되어 불빛에 반짝였다. 에드와 나는 양쪽에 쭈그리고 앉았다. 불길이 내 등을 공격했다.

"리비." 에드가 말문을 열었다.

"싫어." 올리비아가 머리를 좌우로 흔들며 대답했다.

그는 좀 더 부드러운 말투로 아이에게 말을 걸었다. "리비."

"싫다고, 망할." 올리비아가 악을 쓰며 말했다.

우리는 둘 다 움찔했다. 나는 난로까지 나뒹굴다시피 했다. 메리는 안내데스크 뒤, 자기 자리로 돌아가, 우리 식솔들을 무시하기 위해 노력하고 있었다.

"그런 말은 어디서 들었니?" 내가 물었다.

"애나." 에드가 저지했다.

"나는 그런 말을 쓴 적이 없는데."

"지금 그게 중요한 게 아니잖아."

그가 옳았다. "우리 꼬마 아가씨." 나는 아이의 머리를 부드럽게 쓸어올리며 말했다. 올리비아는 다시 고개를 흔들며 쿠션에 얼굴을 파묻었다. "우리 꼬마 아가씨."

에드는 올리비아의 손에 자신의 손을 올려놓았다. 그러자 올리비아는 그 손을 찰싹 때린다.

에드가 나를 바라보았다. 무력한 눈빛으로.

아이가 당신 사무실에서 울고 있다. 당신은 무엇을 할 것인가? 첫 번째 소아 정신 상담. 첫날, 첫 십 분 동안에. 정답. 그냥 울도록 내버려둔다. 그리고 들어준다. 최선을 다해 이해해보려고 노력한다. 위로해준다. 그리고 깊게 심호흡하도록 지도한다. 하지만 그 무엇보다 그냥 울도록 내버려둔다.

"숨 쉬어봐, 애야." 나는 아이의 머리를 손바닥으로 받치고 중얼댄다.

아이는 목이 멘 채로 더듬거리며 입을 연다.

불길이 내 등 뒤에서 타올랐음에도 시간이 흐르자 한기가 느껴졌다. 그때, 올리비아가 쿠션에 얼굴을 묻은 채 말했다.

"뭐라고?" 에드가 물었다.

아이가 고개를 들자, 마구 문지른 빨간 볼이 보였다. 올리비아는 창문을 가리켰다. "집에 갈래."

나는 올리비아의 얼굴과 떨리는 입술을 바라보았다. 콧김이 나고 있었다. 그리고 나는 에드를 쳐다보았다. 그의 주름 잡힌 이마와 푹 꺼진 눈밑.

내가 이렇게 만든 거야?

창 너머로 눈이 내렸다. 나는 눈이 내리는 것을 바라보며, 한데 모여 있는 우리 세 사람이 유리에 반사된 모습을 바라보았다. 남편과 딸아이와 나의 모습을. 불가에 한데 모여 있는 모습을.

길지 않은 정적이 흘렀다.

나는 일어서서 데스크로 다가갔다. 메리가 고개를 들어 딱딱한 미소를 지어 보였다. 나도 미소를 지었다.

"눈폭풍 말예요." 내가 먼저 운을 뗐다.

"네, 부인."

"얼마나 온 거죠? 운전해도 될까요?"

그녀는 인상을 찌푸리며 키보드를 두드렸다. "앞으로 몇 시간 동안은 괜찮겠네요. 눈이 얼마 오지 않겠어요. 하지만……."

"그럼 저희가……." 나는 말을 자르고 끼어들었다. "죄송합니다."

"그냥, 겨울 폭풍은 예측이 힘들다고 말씀드리려던 참이었어요." 그녀는 어깨 너머를 힐끔거렸다. "지금 떠나시게요?"

나는 의자에 앉아 있는 올리비아를 돌아보았다. 그 옆에 쭈그리고 있는 에드도. "아마도요."

"그렇다면, 지금 바로 떠나셔야 할걸요."

나는 고개를 끄덕였다. "영수증 좀 주시겠어요?"

그녀가 무슨 말을 하는 것 같았지만, 찢어질 것 같은 바람 소리
와 타들어가는 불꽃 소리 이외에는 아무 말도 듣지 못했다.

36

과하게 풀 먹인 베갯잇이 바스락거리는 소리.

주변의 발소리.

그리고 적막. 이상할 정도로 조용한, 낯선 적막.

나는 눈을 번쩍 뜬다.

나는 옆으로 누워 있다. 라디에이터가 보인다.

라디에이터 위로 창이 보인다.

창문 밖으로는 벽돌로 된 벽면과 지그재그 모양의 비상계단, 상자 모양의 에어컨 실외기가 보인다.

다른 건물.

나는 단정하게 정리된 침대에 누워 있다. 몸을 비틀어 자리에서 일어난다.

그리고 다시 드러누워 방을 둘러본다. 작고, 가구가 거의 없다. 아예 없다고 봐도 무방하다. 벽에 기댄 플라스틱 의자 하나, 침대 옆 월넛 테이블 하나, 테이블 위의 티슈 상자 하나. 테이블 램프. 비어 있는 가느다란 화병. 칙칙한 리놀륨 바닥. 맞은편의 문은 닫혀 있다. 윤이 나는 금속 문이다. 천장은 벽토로 마감되어 있고 형광

등이 달려 있다.

　손가락으로 침구를 긁어본다.

　이제 시작이다.

　멀리 있는 벽이 물러난다. 문이 쭈그러든다. 나는 양쪽 벽을 바라본다. 서로 멀어져 간다. 천장이 마구 흔들리고, 쪼개져서, 청어리 통조림처럼 날아다닌다. 마치 허리케인을 맞은 지붕처럼. 그와 함께 공기가 들어오고, 내 폐를 훑고 지나간다. 바닥이 소리를 내며, 침대가 흔들린다.

　나는 여기 이렇게 누워 있다. 숨 쉴 공기조차 없는, 노출된 방 안의, 들썩거리는 매트리스 위에서, 침대에서 익사하고 있다. 낯선 침대에서 죽어가고 있다.

　"살려주세요." 나는 소리를 지른다. 하지만 내 목구멍을 살금살금 기어 나와 혀끝에 맴도는 말은 작은 속삭임일 뿐이다. "살려……줘요." 다시 시도해본다. 이번에는 이를 꽉 깨문다. 전기가 통하는 전선을 씹은 것처럼 입안에 전기가 흐른다. 도화선에 불이 붙듯 목소리가 잡힌다. 폭발이 이어진다.

　나는 비명을 지른다.

　웅성거리는 소리가 들린다. 난투를 벌이는 그림자들이 멀찍이 물러난 문으로 몰려온다. 말도 안 되는 걸음걸이로 나를 향해 전진한다. 끝없이, 끝없이 이어지는 방을 가로질러.

　"살려주……어." 나는 몸에 남은 마지막 호흡을 짜내 애원한다.

　그러자 바늘이 내 팔뚝에 와서 꽂힌다. 아주 훌륭한 솜씨다. 아무것도 느껴지지 않을 정도로.

　머리 위로 소리 없는 파도가 부드럽게 밀려든다. 나는 깊고 빛나는, 멋진 심연 어딘가를 부유한다. 단어들이 내 주위를 물고기처럼 날아다닌다.

"이제 정신이 드나 봐." 누군가가 중얼댄다.

"……안정 상태야." 또 다른 누군가가 얘기한다.

그리고 또 누군가의 목소리가 선명하게 들린다. 마치 물 밖으로 빠져나온 것처럼, 귀에 들어갔던 물이 빠진 것처럼. "시간을 잘 맞췄군."

나는 고개를 홱 돌린다. 머리는 베개 위에서 까딱도 하지 않는다.

"막 나가려던 참이었습니다."

이제 보인다. 대부분을 알아볼 수 있다. 이쪽에서 저쪽까지 훑는 데 시간이 좀 걸린다. 약에 취했기 때문이다(아직 그 정도는 충분히 알 수 있다). 또 다른 이유는, 남자가 빌어먹게 커다란 몸집을 가졌기 때문이다. 푸른빛이 도는 검은 피부, 바위 같은 어깨, 넓은 가슴팍, 풍성하고 짙은 머리카락. 산 같은 남자다. 그의 수트는, 역부족이었지만 최선을 다하며 절박한 모양새로 그의 몸뚱이에 매달려 있다.

"안녕하세요." 그가 말을 건다. 낮고 달콤한 목소리다. "형사 리틀입니다."

나는 눈을 깜빡인다. 그의 팔꿈치쯤, 정확히 말하자면 바로 그 위쯤에, 노란색 간호사복을 입은 어여쁜 아가씨 모습이 어른거린다.

"제 말 알아들으실 수 있겠어요?" 그녀가 묻는다.

나는 다시 눈을 깜빡이며 고개를 끄덕인다. 공기의 흐름이 느껴진다. 마치 여전히 물속에 있는 것처럼 그 흐름이 느껴진다.

"여기는 모닝사이드 병원입니다." 간호사가 설명한다. "경찰이 아침 내내 회복하시길 기다리고 있었어요." 현관문을 늦게 열어줘서 화를 내는 듯한 말투다.

"이름이 어떻게 되시죠? 이름을 대실 수 있겠어요?" 형사가 묻는다.

나는 입을 연다. 쩍쩍거리는 소리가 난다. 목이 말라붙었다. 방금 먼지뭉치를 토해낸 것 같은 느낌이다.

간호사는 침대를 돌아 테이블에 집중한다. 나의 시선은 그녀를 좇는다. 머리가 천천히 회전한다. 그녀가 내 손에 컵을 쥐어준다. 나는 한 모금 들이켠다. 미지근한 물. "진정제 투약 중이에요." 간호사가 알려준다. 이번에는 미안해하는 말투다. "좀 전에 소란을 피우셨거든요."

형사가 했던 질문은 답변을 듣지도 못한 채 허공을 맴돌고 있다. 나는 산과 같은 리틀 형사에게 눈을 돌린다.

"애나." 내가 대답한다. 음절이 입속에서 맴돈다. 혀가 과속방지 턱처럼 느껴진다. 내 몸에 뭘 집어넣고 있는 거야?

"성은 어떻게 되시죠, 애나?" 형사가 묻는다.

나는 물을 한 모금 더 들이켠다. "폭스." 소리가 귓전에서 길게 늘어진다.

"네, 네." 그는 가슴팍에서 수첩을 꺼내 들여다본다. "어디 사시는지 말씀하실 수 있으시겠어요?"

집 주소를 댄다.

리틀이 고개를 끄덕인다. "어젯밤 어디서 발견됐는지 알고 계시나요, 폭스 부인?"

"박사."

간호사가 뒤에서 실룩거린다. "박사님은 잠시 후에 오실 겁니다."

"아니요." 나는 고개를 젓는다. "내가 박사라고요."

리틀이 나를 뚫어져라 본다.

"폭스 박사."

여명이 열리듯 그의 얼굴에 미소가 번진다. 치아가 인광을 내며 하얗게 빛난다. "폭스 박사님." 그는 손가락으로 수첩을 두드리며 질문을 이어간다. "어젯밤 어디서 발견되셨는지 기억하시나요?"

나는 물을 한 모금 마시고 그를 바라본다. 간호사가 옆에서 안절부절못한다. "누가 발견했죠?" 내가 말한다. 그래, 나도 물어볼 말이 있다. 어떻게든 그 질문을 해야겠다.

"구급대원들이죠." 그리고 내가 뭐라고 묻기도 전에 답이 이어진다. "하노버 공원에서 발견했어요. 의식이 없으셨다고."

"의식이 없었어요." 내가 못 들었을 경우에 대비해, 간호사가 앵무새처럼 따라 한다.

"10시 반을 조금 넘긴 시각에 전화를 주셨죠. 목욕 가운을 걸친 채 발견되셨습니다. 주머니에는 이게 들어 있었고요." 그가 거대한 손바닥을 펼치자 우리 집 열쇠가 반짝거렸다. "옆에는 이게 놓여 있었어요." 형사는 발치에 꽉 잠긴 우산을 내려놓는다.

그리고 내장 어딘가에서 시작되어, 폐를 관통하고, 심장을 거쳐, 목구멍으로 올라와, 이에 부딪히며 흩어지는 한마디.

제인.

"뭐라고요?" 형사가 찡그린다.

"제인." 나는 같은 말을 반복한다.

간호사가 형사를 바라본다. "'제인'이라는데요." 그녀가 통역을 맡는다. 처음으로 도움이 되는 순간이다.

"이웃에 사는, 칼에 찔리는 걸 봤어요." 그 말을 뱉기까지, 입이 풀리는 데 빙하기만큼의 시간이 걸리는 것 같다.

"그래요. 911 전화 기록을 들었어요." 리틀 형사가 말했다.

911. 그랬다. 남부 억양을 가진 상황실 직원. 그리고 뒷문으로 나갔더랬지. 공원으로. 머리 위에서 춤추던 나뭇가지. 불경한 물약처럼 우산 속에서 소용돌이치던 조명. 시야가 빙글빙글 도는 것 같다. 숨을 쉬기가 힘들다.

"진정하세요." 간호사가 지시한다.

나는 다시 숨을 쉬며 캑캑댄다.

"괜찮아요." 간호사가 걱정한다. 나는 리틀 형사에게 시선을 고정한다.

"괜찮아요." 그가 말한다.

나는 떨리는 목소리로 형사를 향해 쌕쌕거린다. 베개에서 고개를 들자, 목이 아파온다. 입으로 얕은 숨을 내쉰다. 폐가 쪼그라드는 것 같다. 갑자기 화가 난다. 이 사람이 내가 괜찮은지 어떻게 알지? 방금 만난 형사 따위가. 경찰. 지금껏 경찰을 만난 적이 있던가? 딱지를 뗴일 때?

눈앞에 희미한 섬광이 번뜩이고, 어두운 호랑이 줄무늬가 시야를 긁는다. 그의 눈은 나를 벗어나지 않는다. 심지어 나의 시선이 고군분투하는 등반가처럼 그의 얼굴을 타고 올라갔다 미끄러졌다를 반복한다 할지라도. 형사의 눈동자는 터무니없이 컸다. 입술은 도톰하고 상냥해 보인다.

그를 바라보며 손가락으로 이불을 긁어대는 사이에 나는 안정을 되찾는다. 몸이 편안해지고, 가슴은 다시 부풀고, 시야가 환해진다. 무슨 약을 썼건, 그들이 이겼다. 이제 정말로 괜찮았다.

"괜찮아요." 리틀 형사가 다시 말한다. 간호사가 내 손가락을 다독여준다. 좋은 사람이군.

"이웃이 칼에 찔렸어요." 나는 속삭인다. "이름은 제인 러셀이고요."

리틀 형사가 앞으로 몸을 기울이자 의자가 삐걱거린다. "누가 공격했는지도 보셨나요?"

"아뇨." 나는 애써 눈을 뜬다. 눈꺼풀이 꼭 녹슨 차고 문 같다. 리틀은 수첩을 들여다본다. 눈썹이 주름으로 일렁인다. 그는 얼굴을 찌푸리는 동시에 고개를 끄덕인다. 복합적 메시지다.

"피를 흘리는 걸 보셨다면서요?"

"네." 이 웅얼거림 좀 어떻게 하고 싶다. 이 남자가 나를 심문하는 것도.

"술을 마셨었나요?"

많이. "조금요." 나는 일단 인정한다. "하지만……." 숨을 들이쉬자 생생한 공포가 나를 엄습한다. "그녀를 도와야 해요. 죽었을 수도 있어요."

"의사를 모셔올게요." 간호사가 문 쪽으로 이동한다.

그녀가 떠나자 리틀 형사가 다시 고개를 끄덕인다. "누가 당신의 이웃을 해치고 싶어하는지 알고 계신가요?"

나는 침을 삼킨다. "그 집 남편요."

그는 다시 고개를 끄덕이고 또다시 인상을 찌푸린다. 손목을 흔들며 수첩을 닫는다. "그게 말이죠, 애나 폭스 씨." 형사의 태도가 갑자기 사무적으로 바뀐다. "오늘 아침 러셀 씨 댁을 찾아갔었어요."

"그녀는 괜찮은가요?"

"저와 함께 가서 진술을 해주셨으면 합니다."

의사는 어려 보이는 히스패닉계 여자였다. 너무 아름다워서 다시 숨을 쉴 수 없을 것 같았지만, 그게 그녀가 로라제팜을 주사한 이유는 아니었을 것이다.

"저희가 연락을 드려야 하는 분이 있나요?" 그녀가 묻는다.

나는 에드의 이름을 댈 뻔했지만, 정신줄을 다잡는다. 의미 없다. "의미 없네요." 나는 그렇게 대답한다.

"무슨 뜻이죠?"

"아무도 없다고요." 나는 그녀에게 말한다. "아무도 없…… 괜찮아요." 종이접기하듯 단어 하나하나를 조심스럽게 조각한다. "하지만……."

"가족이 없나요?" 그녀는 나의 결혼반지를 본다.

"없어요." 나는 그렇게 말하며 오른손으로 왼손을 감춘다. "남편이…… 나는 같이…… 우리는 같이 안 살아요. 이제는."

"친구는요?" 나는 고개를 젓는다. 누구한테 전화해야 할까? 데이비드는 아니고, 웨즐리 박사도 아니고. 아마 비나? 그렇지만 나는 정말 괜찮다. 그리고 제인은 친구가 아니었다.

"주치의는요?"

"줄리언 필딩이에요." 나는 생각하지도 않고 반사적으로 덧붙인다. "아니요, 연락하지 말아요."

나는 그녀가 간호사와 눈빛을 교환하는 걸 본다. 그러더니 리틀 형사와도 눈빛을 교환한다. 그리고 형사도 그녀에게 신호를 보낸다. 무승부로군. 갑자기 낄낄대고 싶어진다. 하지만 그러지 않는다. 제인이 있으니까.

"아시다시피, 공원에서 의식을 잃으셨어요." 의사가 설명을 진행한다. "그리고 구급대원들은 환자분이 누구인지 알지 못한 채로 이

238

곳, 모닝사이드로 데려왔죠. 다시 의식을 차렸을 때, 공황발작을 일
으켰고요."

"아주 심했죠." 간호사가 끼어든다.

의사는 고개를 끄덕인다. "심각한 케이스였죠." 그녀는 진료 차
트를 확인한다. "그리고 오늘 아침, 발작이 다시 일어났어요. 의사
시라고요?"

"일반 의사는 아니에요."

"그럼 어떤 의사?"

"정신과 상담의입니다. 아이들을 상담하죠."

"혹시 전에도……."

"여자가 칼에 찔렸어요." 목소리가 높아진다. 간호사는 내가 주
먹을 휘두르기라도 한 것처럼 뒤로 물러선다. "왜 아무 조치도 취
하지 않는 거죠?"

의사가 리틀 형사를 본다. "전에도 공황발작이 있었나요?"

그렇게, 의자에 온화하게 앉아 있는 리틀 형사와 벌새처럼 떨
고 있는 간호사 앞에서, 나는 의사에게, 그리고 그들 모두에게, 나
의 광장공포증, 우울증, 그리고 공황장애에 대해 설명한다. 나의 약
물요법과 열 달간의 생활, 필딩 박사와 그의 혐오요법에 대해서도.
메마르지만 평온한 목소리로, 매번 목을 축여 가며, 입술 위로 흘
러내리는 한마디 한마디를 조심스레 흘려 보내느라 꽤나 긴 시간
이 걸렸다.

일단 이 과정이 끝나자, 나는 다시 베개로 축 늘어졌다. 의사는
잠시 차트를 보며 연구한다. 천천히 고개를 끄덕인다. "좋아요." 그
녀는 조금 더 빨리 고개를 끄덕이며 말한다. "알았습니다." 그녀가
고개를 든다. "형사님과 잠시 얘기할 수 있을까요. 형사님, 저쪽으

로……." 그녀는 문을 가리킨다.

리틀 형사가 몸을 일으키자 의자에서 삐그덕거리는 소리가 난다. 그는 나에게 웃어주고 의사를 따라 방에서 나간다.

그의 부재는 커다란 공허함을 남긴다. 이제 간호사와 나 둘뿐이다. "물 좀 드시죠." 그녀가 말을 건다.

두 사람은 얼마 지나지 않아 돌아온다. 내 생각보다 길 수도 있겠지. 이곳에는 시계가 없다.

"형사님께서 집까지 모셔다드린답니다." 의사가 말한다. 나는 리틀 형사를 바라본다. 그가 활짝 웃어 보인다. "나중에 드실 수 있도록 신경안정제를 좀 처방해드릴게요. 하지만 도착하시기 전에 발작이 안 일어나야 해요. 가장 빠른 방법은……."

나는 가장 빠른 방법을 알고 있다. 간호사는 이미 주사를 놓는 중이다.

37

"우리는 장난전화라고 생각했어요." 그가 설명한다. "정말 그랬어요. 그냥 우리라고 할게요. 어차피 다 같이 일하는 거니까, 우리라고 해야 맞겠죠. 어차피 공익을 위해 일한다는 점에선 한 팀이니까. 그게 뭐든지 간에요." 그는 속도를 높인다. "하지만 저는 장난전화가 아니라고 생각했죠. 사실 잘 몰랐어요. 계속 들어보세요."

나는 듣고 있지 않았다.

우리는 그의 위장순찰차를 타고 거리를 따라 내려가고 있다. 흐릿한 오후 햇살이 창문으로 깜빡인다. 연못 위로 돌이 날아가듯. 내가 머리를 박고 있는 유리창에 내 얼굴과 입고 있는 가운이 반사된다. 리틀 형사는 공간이 부족해 팔꿈치로 나를 툭툭 건드리고 있었다.

기분이, 몸과 머리가 감속하는 게 느껴진다.

"물론, 바로 잔디에 쓰러진 당신을 발견했어요. 딱 그렇게 말했죠. 쓰러져 있었다고. 그리고 그쪽 집 문이 열려 있는 걸 발견하고, 거기서 사건이 일어났다고 생각했죠. 하지만 안으로 들어갔을 때 집은 비어 있었어요. 알다시피, 안에 들어가서 확인해야 했죠. 전화로 들은 바가 있으니까."

나는 고개를 끄덕인다. 사실 전화로 무슨 말을 했었는지 기억이
나지 않는다.

"아이가 있나요?" 나는 고개를 끄덕인다. "몇 명이나?" 나는 손
가락 하나를 펼친다. "외동이군요? 저는 넷이나 있어요. 다음 1월
이 되어야 넷이지만. 하나가 배송 중이죠." 그가 큰 소리로 웃음을
터트린다. 나는 웃지 않는다. 입술조차 움직일 수 없다. "마흔네 살
에 아이 넷이라니. 아무래도 4가 내 행운의 숫자인 것 같아요."

하나, 둘, 셋, 넷. 나는 생각한다. 들이쉬고, 내쉬고. 로라제팜이
한 무리의 새처럼 혈관을 타고 날아오른다.

리틀 형사가 경적을 울리자 앞서가던 차가 서둘러 달려간다. "점
심시간이라 길이 막히는군요."

나는 눈을 들어 창문을 본다. 길거리에, 아니 차에, 아니 차를 타
고 길거리에 나오는 건 열 달 만이다. 시내에 나온 지 열 달 만이
다. 마치 외계 행성을 탐험하는 것처럼, 미래 문명을 관통하는 것
처럼 비현실적인 기분이 든다. 불가능할 정도로 높은 빌딩들이 손
가락으로 하늘을 찌르듯 파란 하늘로 아득하게 솟아 있다. 간판과
가게들이 눈부신 색을 뿜내며 스쳐 지나간다. 피자, 99센트! 스타
벅스, 홀푸드(저 가게가 언제 생겼지?), 고급아파트로 리모델링된 소
방서 건물(최저가 1.99밀리언달러). 으슥하고 멋진 골목골목. 햇빛을
받아 반짝이는 창문. 뒤에서 사이렌 소리가 들리자, 리틀 형사는
응급차가 지나가도록 차를 한쪽으로 빼준다.

교차로에 다다르자, 우리는 정지선에서 속도를 늦췄다. 나는 악
마의 눈동자처럼 빛나는 신호등 불빛을 탐구한다. 흘러가듯 길을
건너는 보행자들을 바라본다. 유아차를 밀며 지나가는, 청바지를

입은 아기 엄마 둘, 허리가 굽어 지팡이를 짚은 노신사, 핫핑크 백
팩을 짊어지고 가는 10대 아이들, 청록색 부르카로 몸을 휘감은 여
자……. 프레첼 가판대에 매달린 초록색 풍선이 눈을 어지럽힌다.
소음이 차 안을 습격한다. 비명, 자동차들이 만들어내는 바다 밑바
닥을 기어가는 소리, 귓가를 울리는 자전거 종소리. 넘쳐나는 색,
지끈거리는 소음. 마치 산호초 안에 숨어 있는 기분이다.

"출발!" 리틀 형사가 중얼거리며 차를 출발시킨다.

이게 지금의 내 모습일까? 나는 수족관의 담수어 같은 표정으로
일상적인 점심시간의 풍경을 얼빠진 듯 바라보는 여자일까? 새로
생긴 식료품점이라는 기적에 놀라는, 다른 세계로부터 온 방문객
일까? 얼어붙은 머릿속 깊은 곳이 지끈거린다. 화가 난다. 완패한
기분이다. 얼굴이 붉게 달아오른다. 이게 바로 나다. 이게 바로 지
금의 나다.

약의 도움이 없었더라면, 창문이 부서져라 비명을 지르고 있었
겠지.

38

"다 왔습니다." 리틀 형사가 말한다. "여기서 돌기만 하면 돼요."

우리는 우리 집이 있는 거리를 천천히 따라 내려간다. 내가 살고 있는 거리.

그 길을 본 지도 일 년이 다 되어간다. 모퉁이 커피 가게. 아직도 그대로다. 여전히 쓴맛이 강한 커피를 만들겠지. 그 옆집은 늘 그렇듯 타는 듯한 붉은색이다. 국화로 가득한 화분을 내놓았다. 맞은편에는 골동품점이 있다. 어둡고 음산한 분위기를 풍기는 곳으로, 지금은 '임대' 팻말이 붙어 있다. 세인트 딤프나 스쿨은 줄곧 황량한 모습 그대로 버려져 있다.

집 앞 거리가 눈앞에 펼쳐지고, 헐벗은 나뭇가지들이 만드는 터널을 지나 서쪽으로 차를 몰고 내려가던 그 순간, 눈물이 흐를 것만 같다. 계절이 네 번이나 바뀌고서야 내가 사는 거리를 다시 보다니. **낯설다**, 그 생각이 든다.

"뭐가 낯설어요?" 리틀 형사가 묻는다.

내가 생각을 소리 내어 말했음이 틀림없다.

길 끝에 가까워지자, 나는 숨을 참는다. 우리 집이다. 나의 집. 검은 현관, 2-1-3이라고 노커 위에 황동으로 쓰인 글자, 납땜으로 마감한 판유리. 그 옆으로 오렌지색 전구를 끼워놓은 쌍둥이 랜턴 두 개. 4층까지 나 있는 창문은 칙칙한 눈빛으로 정면을 응시한다. 건물 벽은 내가 기억하는 것보다 윤기가 덜했다. 창문 아래로는 빗물 자국이 말라붙은 눈물처럼 흘러 있고, 지붕 위로 썩은 구조물의 일부가 보인다. 창문은 청소가 시급해 보인다. 멀리서 보아도 때가 낀 곳을 찾아낼 수 있을 정도다. "이 블럭에서 가장 아름다운 집이야." 에드는 그렇게 말하곤 했다. 나 역시 그 말에 동의했었다.

우리는 함께 나이가 들었다. 집과 나. 우리는 퇴락했다.

우리는 집을 그대로 지나치고, 공원을 지나친다.

"저기예요." 나는 손으로 뒷좌석을 가리키며 말한다. "우리 집은."

"그보다 먼저, 이웃집부터 함께 가보려고요." 커브 길에 차를 대고 시동을 끄며 그가 이유를 설명한다.

"못 가요." 나는 고개를 저었다. 알아들은 걸까? "집에 가야 해요." 나는 안전벨트를 더듬거린다. 그리고 이내 아무 일도 아니라는 것을 깨닫는다.

리틀 형사가 나를 바라보며 핸들을 어루만진다. "어떻게 해야 할까요?" 나한테 묻기보다는 자기 자신에게 묻는 말이다.

나는 상관없어. 상관없다고. 집으로 갈 거야. 그 사람들을 우리 집으로 데리고 오면 되잖아. 우리 집으로 밀어 넣으라고. 반상회라도 하지 뭐. 어쨌든 나를 당장 집에 데려다줘. 당장. 제발.

형사는 나에게서 눈을 떼지 못한다. 나는 이내, 또다시 생각을 입 밖으로 내뱉었다는 사실을 깨닫는다. 나는 그대로 찌그러진다.

누가 유리에 대고 말을 한다. 빠르고 경쾌하다. 나는 고개를 든

다. 여자다. 날렵한 콧대, 올리브색 피부, 긴 코트와 터틀넥. "잠시
만." 리틀 형사는 그렇게 말하고, 내가 앉은 쪽 창문을 내린다. 하
지만 내가 움찔거리며 끙끙대자, 그는 창문을 다시 올리고 운전석
에서 일어나 거리로 내려선다. 그 뒤로 문이 조심스레 닫힌다.

형사와 여자는 차 지붕을 가운데 두고 대화를 나눈다. 조수석에
둥지를 틀고 앉아, 눈을 감은 채 침잠하는 동안, 내 귀는 찌르다, 혼
란스러운, 의사와 같은 단어들을 걸러낸다. 주변 공기는 고요하고
적막하다. 많은 말들이 지나간다. 상담사, 집, 가족, 혼자. 나는 줄행
랑을 친다. 한 손으로 다른 쪽 소매를 부질없이 쓰다듬는다. 가운
을 타고 내려가던 손가락은 불룩한 뱃살 한 움큼을 집어 올린다.

나는 내 살들을 만지작거리며 경찰차 안에 갇힌 신세다. 최악 중
에서도 가장 최악의 날이다.

잠시 후, 아니면 한 시간쯤 지났을까? 목소리가 가라앉는다. 나
는 한쪽 눈을 뜬다. 여자가 나를 내려다보고 있다. 거의 노려보고
있다. 나는 다시 눈을 질끈 감는다.

리틀 형사가 문을 열자 운전석 문이 덜그럭 소리를 낸다. 차가운
공기가 차 안으로 퍼지며 내 다리를 핥고, 자리를 잡는다.

"제 파트너 노렐리 형사입니다." 암흑처럼 어두운 형사의 목소
리에 작은 부싯돌이 번쩍이는 것 같다. "당신에게 일어난 일을 설
명해주었습니다. 노렐리 형사가 사람들을 데리고 당신 집으로 올
거예요. 괜찮겠어요?"

나는 고개를 숙였다가 든다.

"좋아요." 그가 운전석에 앉자 차가 출렁인다. 나는 그의 몸무게
가 궁금해졌다. 내 몸무게가 얼마인지도.

"눈을 떠보시겠어요?" 그가 제안한다. "아니면 이대로가 괜찮은

가요?"

나는 다시 고개를 숙인다.

문이 닫히고, 그는 다시 시동을 켠다. 기어를 후진으로 놓고, 뒤로 또 뒤로 이동한다. 차는 숨을 고르고 차도와 인도 사이의 턱을 넘는다. 우리가 멈출 때까지. 마침내 리틀 형사가 시동을 끄는 소리가 났다.

"다 왔습니다." 그가 말하는 동시에, 나는 눈을 뜨고 창밖을 내다본다.

다 왔다. 우리 집이 내 눈앞에 있다. 현관에서 내려오는 층계는 검은 입이 내민 혓바닥 같다. 창문 위쪽 처마는 눈썹처럼 보인다. 올리비아는 브라운스톤을 볼 때마다 사람 얼굴 같다고 했는데, 이렇게 보니 그 이유를 알 수 있을 것 같다.

"좋은 집이네요." 리틀 형사가 말한다. "큰 집이로군요. 4층인가요? 지하층이 딸린?"

나는 고개를 끄덕인다.

"그럼 총 5층이로군요." 정적이 이어진다. 나뭇잎 하나가 창문에 부딪혔다가 어디론가 날아간다. "여기 혼자 사신다고요?"

"세입자가 있어요." 내가 대답한다.

"그 사람은 어디 살아요? 지하층? 아니면 꼭대기층?"

"지하층요."

"이 시간에 세입자가 있을까요?"

나는 어깨를 으쓱한다. "뭐, 가끔요."

침묵이 흐른다. 리틀의 손가락이 계기판 위에서 춤춘다. 나는 그를 돌아본다. 형사는 내가 보고 있다는 사실을 깨닫고, 활짝 웃어 보인다.

"저기가 당신이 발견된 곳이에요." 그는 공원을 향해 턱을 내밀며 내게 상기시킨다.

"알아요." 나는 웅얼거린다.

"작지만 멋진 공원이로군요."

"그렇죠."

"멋진 거리예요."

"그래요. 멋지죠."

그는 다시 웃어 보인다. "좋습니다." 그는 그렇게 말하며, 내 뒤쪽, 어깨 너머, 우리 집 입구를 바라본다. "이걸로 현관도 열 수 있나요? 아니면 어제 구급대원들이 진입했던 문만 되나요?" 그는 우리 집 열쇠 꾸러미를 손가락에 걸고 달랑거린다.

"열려요." 내가 대답한다.

"좋습니다, 그럼." 그는 손가락으로 열쇠를 빙그르 돌린다. "제가 안아서 옮겨드려야 할까요?"

39

그는 나를 안아서 옮기진 않았지만, 나를 자리에서 일으켜야 했다. 그리고 현관을 지나 계단을 올라갈 수 있도록 부축한다. 내 팔은 운동장 같은 등짝을 가로질러 내던져졌고, 두 발은 뒤로 질질 끌리는 중이다. 우산은 한쪽 팔에 걸려 있었는데, 그 모습이 우리를 산책 나온 사람처럼 보이도록 만들었다. 약에 취한 산책.

햇살은 내 눈꺼풀 앞에서 무릎을 꿇었다. 리틀 형사는 층계참에 서서 열쇠를 꽂는다. 문이 활짝 열렸다가 창문이 부서질 정도로 세게 닫힌다.

이웃들이 지켜보고 있을지 너무나 궁금하다. 바서먼 부인이 이코노미 사이즈의 흑인 남자가 나를 집으로 끌고 들어가는 모습을 지켜보고 있을지 궁금하다. 지금쯤 경찰에 신고하고 있을지도 모르지.

현관에는 우리 두 사람이 설 공간이 없다. 나는 한쪽으로 찌그러져서 옴짝달싹할 수 없다. 어깨가 벽에 짓눌린다. 리틀 형사가 문을 박차고 들어가자 갑자기 어둠이 깔린다. 나는 눈을 감고 머리를 그의 팔 반대 방향으로 돌린다. 열쇠가 두 번째 자물쇠를 여는 중이다.

이제 느낄 수 있다. 거실의 따스함을.

이제 맡을 수 있다. 내 집의 퀴퀴한 향기를.

그리고 들을 수 있다. 고양이가 낑낑대는 소리를.

고양이. 펀치를 완전히 잊고 있었다.

나는 눈을 뜬다. 모든 것이, 밖으로 나갔을 때 그대로다. 식기세척기가 입을 벌렸고, 담요 뭉치가 소파 위에 널려 있고, 텔레비전이 켜져 있다. 〈다크패시지〉 DVD 메뉴가 화면에 떠 있다. 그리고 커피 테이블 위에는 고갈된 와인병 두 개가 햇빛을 받아 빛나고 있다. 그리고 네 개의 약통. 하나는 술 취한 사람처럼 넘어져 있다.

집이다. 심장이 터질 것만 같다. 안도감에 울음이 터질 것만 같다.

리틀 형사는 나를 데리고 부엌으로 가려는 것 같았지만, 나는 왼편으로 손을 젓는다. 마치 자동차 운전자처럼. 우리는 경로를 이탈해 소파로 향한다. 펀치가 베개 뒤에 자리를 잡고 있다.

"여기 앉으세요." 리틀 형사가 쿠션 위에 나를 내려놓으며 숨을 몰아쉰다. 고양이가 우리 두 사람을 관찰한다. 리틀 형사가 물러나자, 펀치가 나를 향해 옆으로 움직인다. 담요 사이를 비집고 들어와 나를 향해 낮은 목소리로 그르렁거린다.

"너도 안녕?" 리틀 형사가 인사한다.

나는 소파로 파고든다. 심장이 다시 천천히 뛰고, 혈액이 혈관을 따라 부드럽게 흐르는 소리를 듣는다. 시간이 흐른다. 나는 손으로 가운을 부여잡고, 정신을 차린다. 집이다. 안전하다. 안전하다. 집이다.

공포가 물처럼 배어난다.

"사람들이 내 집에 왜 들어왔다고 했죠?" 나는 리틀 형사에게 묻는다.

"뭐라고요?"

"구급대원들이 집에 들어왔었다고 했잖아요."

그의 눈썹이 위로 올라간다. "공원에서 당신을 발견하고, 부엌문이 열린 것을 본 거죠. 무슨 일이 있는지 확인하러 들어왔던 거고요."

내가 미처 반응을 보이기도 전에, 형사는 테이블 위에 놓인 올리비아의 사진 쪽으로 돌아선다. "딸인가요?"

나는 고개를 끄덕인다.

"여기 살아요?"

나는 고개를 젓는다. "아빠랑 있어요." 나는 중얼거린다.

그가 고개를 끄덕일 차례다.

그는 뒤돌아서서 잠시 멈추더니, 커피 테이블을 훑어본다. "파티라도 있었나 보죠?"

나는 숨을 들이쉬고, 내쉰다. "고양이예요." **도대체 무슨 소리야? 세상에! 도대체 왜, 그게 무슨 소리람? 침묵하라, 그것은 고양이일지니.** 셰익스피어야? 나는 얼굴을 구긴다. 셰익스피어가 될 수 없다. 너무 귀엽다.

지나치게 귀여웠음이 분명하다. 리틀 형사조차 웃지 않고 있다. "전부 당신이 마신 건가요?" 형사가 와인병을 들여다보며 묻는다. "좋은 메를로 와인이로군요."

나는 자세를 바꿔 앉는다. 못된 꼬마가 된 기분이다. "네." 나는 인정한다. "하지만……." 실제보다 안 좋아 보이는 걸까? 보이는 것보다 실제로 더 안 좋을까?

리틀은 주머니에서 젊고 사랑스러운 의사가 처방해준 아티반*
약통을 끄집어낸다. 그리고 커피 테이블에 내려놓는다. 나는 고맙
다고 중얼거린다.

그러자 강바닥 같은 나의 머릿속 깊은 곳에서 무언가가 분리되
어 나온다. 수면 아래를 구르던 그 존재가 수면 위로 떠오른다.

시체.

제인.

입이 벌어진다.

그제야 나는 리틀 형사의 허리춤에 있는 권총을 발견한다. 미드
타운에서 말을 타고 지나가는 자치경찰을 넋놓고 바라보던 올리비
아가 떠오른다. 정말 딱 십 초 동안 그를 자세히도 바라보았는데,
나중에 보니 말이 아닌 무기를 보고 있었다. 당시에는 미소를 지으
며 아이를 놀렸지만, 이제 손만 뻗으면 닿을 거리에 그 물건이 다
시 보이자 나는 더는 웃을 수가 없다.

리틀 형사가 무언가를 눈치챈다. 그는 코트를 여미며 총을 가린
다. 마치 내가 자신의 셔츠 안쪽을 들여다보기라도 한 것처럼.

"이웃 사람들은 어떻게 된 거죠?" 내가 묻는다.

그는 주머니에서 휴대전화를 끄집어내 눈 가까이로 가져간다.
그가 근시인지 궁금해진다. 잠금화면만 열고, 휴대전화를 잡고 있
던 손은 다시 제자리로 돌아간다.

"이 집 전체에 혼자라는 말씀이시죠, 네?" 그는 부엌으로 걸어가
며 묻는다. "세입자랑." 그는 내가 덧붙이기 전에 이어 말한다. "저
리로 가면 아래로 연결되나요?" 그는 손가락으로 지하실 문을 가

---

* 항불안제인 로라제팜의 상표명.

리킨다.

"네. 이웃 사람들은요?"

그는 휴대전화를 다시 확인한다. 그러더니 그 자리에 멈춰 서서 허리를 구부린다. 족히 100야드는 되어 보이는 상체를 펼치며 일어선 그의 오른손에는 고양이 물그릇이, 왼손에는 유선전화가 들려 있다. 그는 한쪽을 그리고 다른 쪽을 번갈아 바라본다. 마치 너무 무겁다는 듯이. "얘도 목이 마르겠어요." 그는 그렇게 말하며 개수대로 향한다.

나는 텔레비전 화면에 반사된 그의 모습을 바라보며 수도꼭지에서 물이 흐르는 소리를 듣는다. 병 하나에 메를로 와인이 아주 조금 남아 있는 게 보인다. 그가 보지 않는 틈을 타 저걸 마실 수 있을지 궁금해진다.

물그릇을 다시 바닥에 내려놓고, 부엌 전화를 제자리에 놓은 다음, 그는 화면을 노려본다.

"전화기가 꺼졌어요."

"알고 있어요."

"그냥 말씀드린 겁니다." 그는 지하실 문으로 다가선다. "두드려봐도 될까요?" 그가 나에게 묻는다. 나는 고개를 끄덕인다.

그는 손가락 마디로 나무 문을 두드리고 기다린다. 쌤 빠바 밤빠 쌤쌤. "세입자 이름이 뭐죠?"

"데이비드."

리틀은 다시 노크한다. 그러나 인기척이 없다.

그는 이쪽으로 돌아선다. "전화기는 어디에 있나요. 폭스 박사?"

나는 눈을 깜빡인다. "전화기요?"

"휴대전화요." 그는 자신의 휴대전화를 나에게 흔들어 보인다.

"가지고 계시죠?"

나는 고개를 끄덕인다.

"대원들이 발견할 때는 없었다는군요. 대부분의 사람들은 밤새 나갔다 오면 전화부터 찾거든요."

"모르겠네요?" 어디 있는 걸까? "저는 휴대전화를 잘 안 써서."

그는 아무 말도 하지 않는다.

이 정도면 충분하다. 나는 카펫을 디디고 간신히 몸을 일으킨다. 방이 내 주변으로 휘청거린다. 접시가 날아간다. 하지만 잠시 후, 나는 리틀 형사에게 시선을 고정한다.

펀치가 작은 울음소리로 나에게 격려를 보내준다.

"괜찮으세요?" 리틀 형사가 이쪽으로 걸어오며 묻는다. "괜찮아요?"

"네." 가운이 열린 채로 펄럭거린다. 나는 다시 매무새를 가다듬고 단단히 매듭을 짓는다. "이웃에서 무슨 일이 일어나고 있는 거죠?"

하지만 그는 우두커니 서서 휴대전화만 보고 있다.

나는 다시 반복한다. "도대체 무슨……."

"좋아요. 됐어요. 이쪽으로 오고 있답니다." 그는 갑자기 커다란 파도처럼 부엌으로 들이닥치더니, 그 안을 휘휘 둘러본다. "이게 당신이 이웃을 봤다는 창문인가요?" 그가 창을 가리킨다.

"맞아요."

그는 긴 다리로 개수대를 향해 성큼성큼 걸어가, 한 손으로 조리대를 짚은 채, 밖을 훑어본다. 나는 창문을 정통으로 가린 그의 등을 연구한다. 그리고 커피 테이블을 치우기 시작한다.

그가 뒤돌아보며 말한다. "그냥 두세요. 텔레비전도 그대로 켜두

시고요. 저건 무슨 영화죠?"

"고전 스릴러예요."

"스릴러를 좋아하세요?"

가만히 있기가 힘들다. 로라제팜이 그 약효를 다하고 있다. "그럼요. 그런데 왜 치우면 안 되는 거죠?"

"이웃이 공격당하는 걸 목격하셨던 그 순간, 무슨 일이 일어나고 있었는지 그대로 봤으면 해서."

"그 여자에게 무슨 일이 있었는지가 더 중요한 거 아닌가요?"

리틀은 나의 말을 무시한다. "저 고양이는 어딘가로 보내는 편이 좋겠군요." 그가 나에게 말한다. "성질 있어 보여요. 아무나 긁어놓으면 안 되잖아요." 그는 개수대를 향해 빙그르 돌아, 잔에 물을 채운다. "이것도 드세요. 수분 섭취를 해야 하니까. 어쨌든 충격을 받은 상태잖아요." 그는 방을 가로질러 잔을 내 손에 쥐여준다. 그 행동에는 다정다감함과도 같은 무언가가 내재되어 있다. 나는 그가 내 뺨을 어루만져주기를 반쯤 기대한다.

나는 잔을 입술로 가져간다.

초인종이 울린다.

40

"러셀 씨를 모시고 왔습니다." 노렐리 형사는 불필요한 사실을 군이 공표한다.

그녀의 목소리는 어딘지 모르게 가냘픈 소녀 같았다. 자라목 스웨터와 독재자가 입을 법한 가죽 코트는 그녀에게 어울리지 않는다. 그녀는 방 안을 한눈에 훑고 날카로운 시선으로 나를 바라본다. 자기소개만은 하지 말아주세요. 그녀는 나쁜 경찰 역할을 맡은 듯하다. 의심의 여지가 없다. 실망스럽게도, 리틀 형사의 수줍은 유머가 연막일 수도 있겠다는 생각이 든다.

알리스타가 그녀를 뒤따라 들어온다. 카키색 바지와 스웨터를 갓 갈아입은 산뜻한 모습이다. 목에 힘이 바짝 들어가 팽팽한 활시위처럼 피부가 당겨지긴 했지만. 아마도 원래 그럴 것이다. 그는 나를 바라보며 미소 지어 보인다. "안녕하세요." 그는 부러 놀란 척, 인사를 건넨다.

이걸 기대한 게 아니었다.

나는 동요한다. 불편해진다. 설탕이 눌어붙은 엔진처럼, 나의 시스템은 느려지고 있다. 게다가 저 인간은 미소를 지으며 발뺌을 하고 있었다.

"괜찮으세요?" 리틀 형사가 알리스타 뒤로 현관문을 닫은 뒤, 이쪽으로 다가온다.

나는 머리를 내젓는다. 괜찮아요. 아니요.

그가 내 팔꿈치를 부축한다. "제가……."

"부인, 괜찮으신가요?" 노렐리가 인상을 찌푸린다.

리틀은 손을 들어 제지한다. "괜찮은 것 같군요. 괜찮습니다. 진정제를 맞았으니까요."

얼굴이 벌겋게 달아오른다.

그는 나를 데리고 부엌 귀퉁이로 향한다. 그리고 테이블 앞에 나를 앉힌다. 제인이 성냥 한 통을 다 태운 바로 그 자리. 체스를 두는 둥 마는 둥 아이들에 대해 이야기를 나누고, 나에게 석양을 찍으라고 말하던 바로 그 자리. 알리스타와 자신의 과거에 대해 털어놓았던 그 테이블이다.

노렐리는 부엌 창으로 다가간다. 손에 휴대전화가 들려 있다. "폭스 부인." 그녀가 나를 부른다.

리틀 형사가 끼어든다. "폭스 박사."

그녀는 멈칫하더니, 다시 시작한다. "폭스 박사님, 어젯밤 목격하신 것에 대해서는 리틀 형사에게 들었습니다."

나는 알리스타를 힐끗거린다. 그는 여전히 현관에 혼자 서 있다.

"이웃이 찔리는 걸 봤어요."

"이웃 누구를 말씀하시는 거죠?"

"제인 러셀요."

"그 장면을 창문을 통해서 보셨다는 거고요?"

"네."

"어느 창문이죠?"

나는 그녀의 뒤편을 가리킨다. "저 창문이에요."

노렐리의 시선은 내 손가락을 따라간다. 그녀의 눈동자는 새카 맸다. 아무것도 섞이지 않은 까만 눈동자였다. 나는 그 눈이 러셀 가를 훑는 모습을 지켜본다. 왼쪽에서 오른쪽으로. 마치 글로 쓰인 무언가를 읽듯.

"누가 찌른 건지도 보셨나요?" 그녀는 계속 밖을 내다보며 얘기 한다.

"아니요. 하지만 피를 흘리는 걸 봤어요. 가슴께에 무언가가 박 혀 있었고요."

"가슴에 뭐가 있었죠?"

나는 자세를 고쳐 앉는다. "반짝이는 거였어요." **그게 중요한가 요, 지금?**

"반짝이는 거요?"

나는 고개를 끄덕인다.

노렐리도 고개를 끄덕인다. 그리고 몸을 돌려 나를 바라본다. 그 리고 그 뒤, 거실 쪽을 바라본다. "어젯밤 누구와 함께 있었나요?"

"혼자 있었어요."

"테이블 위에 있는 것들은 전부 혼자 드신 거네요?"

나는 다시 자세를 고쳐 앉는다. "네."

"좋습니다, 박사님." 하지만 그녀는 리틀을 본다. "저는 이제……."

"저 사람 부인이에요……." 알리스타가 이쪽으로 걸어오자, 나는 손을 들며 설명을 시작한다.

"잠시만요." 노렐리 형사가 앞으로 걸어 나오며 휴대전화를 내 앞에 있는 테이블에 내려놓는다. "어젯밤 10시 33분에 걸려왔던

911 신고 기록을 들려드리죠."

"저 사람 부인이……."

"이 기록이 많은 의문을 해소해주리라 생각합니다." 그녀는 화면을 기다란 손가락으로 밀어낸다. 음성이 내 귀에 꽂힌다. 스피커폰 특유의 웅웅거리는 소리가 난다. "911입니다. 무슨……."

노렐리가 볼륨 버튼을 조정해 소리를 낮춘다.

"무슨 일이신가요?"

"이웃이." 날카로운 목소리다. "이웃이 칼에 찔렸어요. 이런, 세상에! 도와주세요." 내가 한 말이다. 그건 나도 알고 있다. 하지만 말만 내 것이었다. 목소리는 아니었다. 곤드레만드레 취한 불분명한 목소리다.

"알았습니다. 진정하세요." 그 천천히 말하는 사람이다. 다시 들어도 미칠 것 같다. "주소가 어떻게 되시죠?"

나는 알리스타와 리틀 형사를 바라본다. 그들은 노렐리의 휴대전화를 바라보고 있다.

노렐리는 나를 보고 있다.

"이웃이 칼에 찔리는 걸 목격하셨다고 했죠?"

"맞아요. 도와줘요. 피를 흘리고 있어요." 나는 움찔한다. 거의 알아들을 수 없는 지경이다.

"뭐라고요?"

"도와달라고요." 기침이 이어진다. 목소리는 울먹이며 캑캑거린다. 눈물을 쏟기 직전이다.

"지금 출동 중입니다. 부인. 진정하세요. 이름을 알려주시겠어요?"

"애나 폭스."

"좋아요, 애나. 이웃분 이름이 뭐죠?"

"제인 러셀. 이런, 세상에!" 목소리는 이제 꺽꺽거린다.

"지금 같이 계신가요?"

"아니요. 건너편. 공원 건너편 자기 집에 있어요."

알리스타의 시선이 느껴진다. 나는 그 눈빛을 피하지 않고 맞받는다. 무승부.

"혹시 당신이 찌른 건가요?"

정적이 이어진다. "뭐라고요?"

"혹시 당신이 찌른 건가요?"

"아니요."

이번에는 리틀 형사까지 나에게 시선을 돌린다. 그렇게 세 사람 모두가 나를 내려다보고 있다. 나는 몸을 구부려 노렐리의 휴대전화에 집중한다. 검은색 화면에서 목소리가 계속 흘러나온다.

"알았습니다."

"창을 통해 봤어요. 그녀가 찔리는 걸."

"알았습니다. 누가 찔렀는지 알고 계시나요?"

또다시 정적이 흐른다. 이번에는 조금 더 길다.

"부인? 혹시 누가……."

거친 숨소리와 웅웅거리는 소리가 이어진다. 전화기가 바닥으로 떨어진다. 서재 카펫 어딘가인 것 같았다. 아마 휴대전화는 그곳에 있을 것이다. 버려진 사체처럼.

"부인?"

침묵이 이어진다.

나는 목을 길게 빼서 리틀 형사를 바라본다. 그는 이제 나를 보고 있지 않다.

노렐리는 테이블 위로 몸을 숙여 손가락으로 화면을 드래그한다. "상황실 직원은 그 이후로 육 분간 대기했습니다." 그녀가 설명을 이어간다. "구급대원들이 현장에 도착할 때까지요."

현장. 그들은 그 **현장**에서 무엇을 찾아냈을까? 제인에게 무슨 일이 일어난 걸까?

"잘 모르겠네요." 갑자기 피로가 몰려온다. 완전히 지쳐버렸다. 나는 천천히 부엌을 둘러본다. 식기세척기 밖으로 삐져나온 식기류와 쓰레기통에 버려진 깨진 유리병들. "무슨 일이⋯⋯."

"아무 일도 일어나지 않았습니다. 폭스 박사님." 리틀 형사가 부드러운 목소리로 말한다. "아무에게도요."

나는 그를 바라본다. "무슨 말이죠?"

그는 허벅지 부근의 바지를 끌어올리며 내 옆으로 와서 쪼그리고 앉는다. "제 생각에는" 그가 말한다. "박사님께서 마신 메를로 와인과 복용하신 약, 그리고 보고 계셨던 영화 때문에 조금 흥분하셔서 일어나지 않은 무언가를 목격하신 것 같군요."

나는 그를 노려본다.

그는 눈을 껌뻑인다.

"내가 다 지어냈다는 거예요?" 파리한 목소리가 새어 나온다.

형사는 거대한 머리를 흔들어댄다. "아뇨, 부인. 자극제가 너무 많았고, 전부 머리에 작용했다는 겁니다."

입이 떡 벌어진다.

"부작용은 없는 약물입니까?" 형사가 나를 압박한다.

"있어요." 나는 대답한다. "하지만⋯⋯."

"환각이죠, 아마?"

"모르겠어요." 나는 알고 있다. 그의 말이 사실이다.

"병원 의사 말로는 복용 중인 약물의 부작용이 환각이라던데요."

"환각이 아니었어요. 실제로 봤다고요."

나는 간신히 몸을 일으킨다. 고양이가 의자에서 일어나더니 전속력으로 거실을 가로지른다.

리틀은 손을 들어 올린다. 그의 넓고 평평한 손바닥. "전화 기록을 들으셨잖아요. 말하는 것조차 힘들어 하시더군요."

노렐리가 앞으로 나선다. "병원에서 체크했을 때, 혈중 알코올 수치가 0.22였어요." 그녀가 그렇게 못을 박는다. "법적 허용치의 세 배나 돼요."

"그래서요?"

뒤에 서 있는 알리스타의 눈동자는 우리 두 사람 사이를 왔다갔다 하고 있다.

"**환각**을 본 게 아니라니까." 나는 쉿소리를 낸다. 목소리가 떨리고 있었다. 내 입에서 바닥으로 몸을 던지는 것 같은 느낌. "**상상**이 아니에요. 나는 **미치지** 않았어요."

"가족들과 함께 사시는 게 아니로군요, 부인?" 노렐리가 말한다.

"질문인가요?"

"질문이에요."

알리스타가 끼어든다. "아들 말에 따르면 이혼했다고 하더군요."

"별거 중입니다." 나는 반사적으로 그의 말을 정정한다.

"그리고 러셀 씨가 저희에게 진술한 바에 따르면……" 노렐리가 말을 이어간다. "동네 사람 누구도 당신을 보지 못했다더군요. 밖으로 나오질 않는다고."

나는 아무 말도 하지 않는다. 아무것도 하지 않는다.

"그렇다면 다른 이론이 하나 더 성립되죠." 그녀가 계속한다. "혹시 관심을 끌려고 그랬던 것이 아닌가 하는."

나는 뒤로 물러서다 부엌 조리대에 부딪힌다. 풀어진 가운이 펄럭거린다.

"친구도 없고, 가족도 도대체 어디 있는지 모르고. 만취한 나머지 소란을 일으키기로 마음먹었을 수도 있고요."

"내가 다 **지어낸** 거라고요?" 나는 소리를 지르며 한발 나아간다.

"그냥 제 생각입니다." 그녀가 자기 생각을 확인해준다.

리틀 형사는 목을 가다듬는다. "제 생각에는." 그가 부드러운 목소리로 말한다. "안에만 있다 보니, 머리가 살짝 혼란스러워졌던 게 아닌가…… 절대로 일부러 그랬다는 게 아니라……."

"이야기를 지어내고 있는 건 당신들이야." 나는 떨리는 손가락으로 그들을 가리키며 마법 지팡이처럼 휘두른다. "상상은 당신들이 하고 있다고. 저 창문을 통해서 피범벅이 된 제인을 봤어."

노렐리는 두 눈을 감으며 한숨을 내쉬었다. "부인, 러셀 씨 말에 따르면 자기 부인은 당시 시내에 나가고 없었답니다. 러셀 부인과 당신이 서로 만난 적도 없다고 했고요."

침묵이 흐른다. 방 전체가 감전된 것 같다.

"여기 왔었어요." 나는 아주 천천히 분명하게 말한다. "두 번이나."

"저, 그게……."

"거리로 나갔던 나를 구해주면서 처음 왔고, 두 번째에는 그냥 놀러왔어요. 그리고." 나는 알리스타를 노려본다. "저 사람도 자기 부인을 찾으러 왔었고요."

그가 고개를 끄덕인다. "나는 아들을 찾고 있었어요. 부인이 아니라." 그가 침을 삼킨다. "그리고 그때 당신은 아무도 안 왔었다고 했잖아."

"거짓말이었죠. 그녀는 저 테이블에 앉았어요. 함께 체스를 뒀고요."

그는 노렐리를 곤란한 표정으로 바라본다.

"그리고 당신 때문에 제인이 비명을 질렀지." 내가 말한다.

이제 노렐리는 알리스타 쪽으로 돌아선다.

"자기 혼자 비명을 들었다더군요." 알리스타가 설명한다.

"들었어요. 사흘 전에." 날짜가 정확한가? 아마 틀렸을 것이다. "이선도 엄마가 지른 거라고 말했고요." 엄격히 말해 사실은 아니지만, 그에 가깝다.

"이선은 여기서 빼도록 하죠." 리틀 형사가 말한다.

나는 나를 둘러싸고 있는 세 사람을 노려본다. 계란을 던지던 그 망할 자식들과 마찬가지다. 망할 인간들.

놈들을 때려눕히고 말 것이다.

"그럼 그녀는 지금 어디 있나요?" 나는 가슴 앞에 팔짱을 끼며 묻는다. "제인은 어디 있나요? 괜찮다면, 여기 데려오면 되겠네요."

세 사람은 눈빛을 교환한다.

"어서요." 나는 가운을 여미며 다시 팔짱을 낀다. "어서 데려와 보시라고요."

노렐리는 알리스타 쪽으로 돌아선다. "가서……." 그녀가 웅얼거리자, 알리스타가 고개를 끄덕인다. 그러고는 거실로 자리를 옮겨 휴대전화를 끄집어낸다.

"그리고요." 나는 리틀 형사에게 말한다. "이제 그만 제 집에서 나가주셨으면 합니다. 세 분 다 제가 망상에 사로잡혔다고 생각하시잖아요." 그는 움찔한다. "제가 거짓말하고 있다고 생각하시고요." 노렐리는 아무 반응도 보이지 않는다. "그리고 저 사람은 내가 두 번이나 만난 사람을 만난 적이 없다고 하고요." 알리스타가 전화기에 대고 뭐라고 중얼거린다. "저는 누가 여기에 언제, 어디를, 어디를 언제⋯⋯." 화가 나서 아무 말이나 뱉고 있었다. 나는 잠시 멈추고 정신을 가다듬는다. "또 누가 여기에 들어왔었는지 알아야겠어요."

알리스타가 이쪽으로 걸어온다. "잠시면 됩니다." 그가 휴대전화를 주머니에 넣으며 말한다.

나는 그에게 시선을 고정한다. "아주 긴 시간이 되겠군요."

아무도 입을 열지 않는다. 나의 눈은 천천히 방 안을 훑는다. 알리스타는 시계를 쏘아보고 있다. 노렐리는 차분히 고양이를 관찰하고 있다. 리틀 형사만이 나를 보고 있다.

이십 초가 지나간다.

또 이십 초.

나는 팔짱을 풀며 한숨을 내쉰다.

바보 같은 상황이다. 그 여자는⋯⋯.

초인종이 울린다.

고개가 노렐리, 리틀 쪽으로 돌아간다.

"제가 나갈게요." 알리스타가 문 쪽으로 일어서며 말한다.

나는 그가 버저를 누르고, 문고리를 돌리고, 현관문을 열고, 한쪽으로 비켜서는 것을 꼼짝도 하지 않고 지켜본다.

그리고 잠시 후, 이선이 방으로 들어온다. 시선은 아래를 보고 있다.

"아들을 만났다고 하셨죠." 알리스타가 말한다. "제 부인도요."

그는 따라 들어오는 여자 뒤로 문을 닫으며 말을 덧붙인다.

나는 그를 바라본다. 그녀를 바라본다.

처음 보는 여자다.

41

여자는 키가 크지만 호리호리한 체형이다. 윤이 나는 머릿결은 각진 얼굴을 돋보이게 했다. 가늘고 날카로운 눈썹이 회색빛 푸른 눈 위로 아치를 그리고 있다. 그녀는 나에게 쌀쌀맞게 인사한 뒤 부엌을 가로질러 손을 내민다.

"우리가 만난 적이 있던가요." 그녀가 말한다.

낮고 멋진 목소리다. 영화배우 로런 바콜과 비슷하다. 귀에 와서 달라붙는 목소리.

나는 움직이지 않는다. 움직일 수가 없다.

그녀의 손은 그곳에 그대로 머문다. 내 가슴팍 앞에. 잠시 후 나는 손을 흔들어 그 손을 치워버린다.

"이 사람은 누구죠?"

"이웃분이시잖아요." 리틀의 목소리는 이제 슬프게 들릴 지경이다.

"제인 러셀 씨예요." 노렐리 형사가 덧붙인다.

나는 노렐리를, 리틀을 바라본다. 그리고 그 여자도.

"아니야, 당신이 아니야." 나는 그녀에게 말한다.

그녀는 손을 거둬들인다.

나는 다시 형사에게 돌아간다. "아니에요. 저 여자가 아니라고요. 도대체 무슨 소리를 하고 있는 거죠? 저 여자는 제인이 아니에요."

"약속드리죠." 알리스타가 입을 연다. "이 사람은……."

"약속하실 필요 없습니다, 러셀 씨." 노렐리가 끼어든다.

"제가 약속드리면 좀 달라질까요?" 여자가 물어본다.

나는 한발 다가서서 그녀를 둘러보며 묻는다. "누구시죠?" 노골적이고 들쑥날쑥한 목소리다. 나는 그녀와 알리스타 두 사람이, 마치 발목이 한데 묶인 사람들처럼, 뒤로 종종걸음하는 걸 보게 되서 신이 났다.

"폭스 박사님, 진정하시죠." 리틀이 내 팔에 손을 올리고 나를 저지한다.

그러자 정신이 번쩍 든다. 나는 리틀과 노렐리로부터 빠져나와 부엌 한가운데로 간다. 두 형사는 창문 근처를 어슬렁거리고, 알리스타와 그 여자는 거실로 물러난다.

나는 그쪽으로 돌아서며 미리 선수친다. "제인 러셀을 두 번 만났죠." 나는 천천히 아무렇지 않게 얘기한다. "당신은 제인이 아니야."

이번에는 그녀도 주장을 굽히지 않는다. "운전면허증을 보여드릴까요." 그녀는 주머니를 뒤적이며 제안한다.

나는 고개를 흔든다. 천천히, 아무렇지 않게. "당신 면허증은 필요 없어요."

"부인." 노렐리의 부름에 나는 고개를 젖힌다. 그녀가 다가와 우리 두 사람 사이에 선다. "그만하시죠."

알리스타는 눈을 둥그렇게 뜨고 나를 바라본다. 여자의 손은 여전히 주머니를 뒤적이고 있다. 그 뒤로 이선이 긴 의자에 앉아 있다. 펀치가 아이의 다리를 휘감는다.

"이선." 나의 부름에 아이가 나를 올려다본다. 마치 부름을 기다려온 것처럼. "이선." 나는 알리스타와 여자 사이를 비집고 들어간다. "무슨 일이 일어나고 있는 거니?"

아이는 나를 바라보다 고개를 돌린다.

"이 여자는 네 엄마가 아니야." 나는 아이의 어깨에 손을 올린다. "형사님들께 말씀드려."

이선은 고개를 들고, 눈을 왼쪽으로 돌린다. 턱을 앙다물고 침을 삼킨다. 그리고 손가락을 뜯기 시작한다. "저희 엄마를 만난 적이 없으시잖아요." 이선이 중얼거린다.

나는 손을 치운다.

그리고 돌아선다. 천천히, 멍한 채로.

그러자 사람들이 한데 목소리를 높인다. 노렐리가 "그럼 여기까지 하겠습니다"라고 선언하자, 알리스타가 현관 쪽으로 고개를 까딱거린다. "그럼 저희는 이만……." 리틀 형사는 내게 다가와 낮은 목소리로 말한다. "좀 쉬시죠."

나는 그들을 멍하니 바라본다.

"그럼 저희는 이만……." 알리스타가 재촉한다.

"감사합니다, 러셀 씨." 노렐리가 대답한다. "감사합니다, 러셀 부인."

알리스타와 여자는, 마치 진정제를 맞은 동물을 바라보듯 조심스러운 눈빛으로 나를 주시하며, 문으로 걸어 나간다.

"얼른 와." 알리스타가 날카로운 목소리로 말하자, 이선이 일어선다. 여전히 시선을 바닥에 떨군 채, 고양이를 넘어간다.

세 사람이 빠져나가자, 노렐리도 그 뒤를 따른다. "폭스 박사님, 잘못된 진술을 하시면 처벌받으실 수 있습니다." 그녀는 나에게 고지한다. "무슨 의미인지 아시죠?"

나는 그녀를 노려본다. 나는 고개를 끄덕인다. 아마 그랬을 것이다.

"좋습니다." 그녀는 옷깃을 여민다. "이상입니다."

문이 열렸다 닫힌다. 그리고 바깥 현관문이 열리는 소리가 들린다.

이제 나와 리틀뿐이다. 나는 그의 검은색 윙팁 슈즈를 바라본다. 끝이 뾰족하다. 그리고 오늘 이브 선생님과의 프랑스어 수업을 놓쳤다는 사실을 기억해낸다. (도대체 왜?)

아직도 나와 리틀뿐이다. **Les Deux. 두 사람.**

문이 닫히는 소리.

"혼자 계셔도 괜찮으시겠어요?" 형사가 묻는다.

나는 멍하니 고개를 끄덕인다.

"연락할 사람이 있나요?"

나는 다시 고개를 끄덕인다.

"여기요." 그는 가슴팍에서 명함을 꺼내 내 손에 쥐어준다. 나는 그것을 확인한다. 얇은 종이. 콘래드 리틀 형사. NYPD. 전화번호 두 개. 이메일 주소 하나.

"필요한 게 있으시면 전화하세요. 네?" 나는 위를 올려다본다. "전화하시라고요."

나는 고개를 끄덕인다.

"네?"

270

대답이 혓바닥 위를 질주하며, 다른 말들을 제치고 입 밖으로 나온다. "알았어요."

"그럼, 쉬세요." 그는 휴대전화를 한 손에서 다른 손으로 획 던진다. "저는 애들 때문에 잠을 못 잔답니다." 그리고 다른 손으로 또다시 획. 리틀은 내 시선을 깨닫고는 그대로 멈춘다.

우리는 서로를 바라본다.

"잘 지내요, 폭스 박사님." 리틀은 현관문으로 다가가, 문을 열고, 밖으로 나간 다음, 조심스레 닫는다.

그리고 바깥문이 또 한번 신음하며 열린다. 그리고 다시 닫힌다.

42

갑작스럽고 강렬한 고요. 세상이 멈춰버렸다.

나는 혼자다. 오늘 처음으로.

방 안을 둘러본다. 와인병이 기우는 햇빛을 받아 밝게 빛난다. 부엌 테이블 옆에 비스듬히 놓인 의자. 소파를 어슬렁대는 고양이.

먼지 부스러기가 공기 중에 부유한다.

나는 현관으로 가서 문을 걸어 잠그고, 빗장을 채운다.

그리고 실내를 향해 돌아선다.

무슨 사건이 일어났나?

방금 무슨 일이 있었나?

나는 부엌으로 돌아온다. 그리고 와인을 발견한다. 스크루를 찔러넣고 코르크를 빼낸다. 콸콸 따라 입으로 가져간다.

제인을 떠올린다.

잔을 비운다. 그리고 병째 입으로 가져간다. 기울인다. 더 기울인다. 깊숙한 곳까지 채워지도록 길게 마신다.

그 여자를 떠올린다.

거실을 향해 비틀거리며 걷는다. 속도가 좀 난다. 알약 두 개를 손바닥 위에 끄집어낸다. 알약이 목구멍을 타고 내려가며 춤춘다.

알리스타를 떠올린다. **이 사람이 제 부인입니다.**

나는 그 자리에서 숨이 막힐 때까지 꿀꺽꿀꺽 마신다.

병을 내려놓자, 이선이 떠오른다. 나에게서 눈길을 돌리던 모습, 고개를 어떻게 돌렸는지를 떠올린다. 내 질문에 대답하기 전 침을 삼키던 모습도. 손가락을 잡아 뜯던 모습도. 중얼거리던 모습까지.

그 아이가 어떻게 거짓말했는지도.

왜냐하면 이선은 거짓말을 했기 때문이다. 눈을 마주치지 못하고, 왼쪽으로 향하는 시선, 지연되는 대답, 손장난. 모든 행동 하나하나가 거짓말하는 사람의 행동이다. 아이가 입을 열기 전부터 나는 이미 알고 있었다.

하지만 앙다문 턱. 그것만은 조금 다른 무언가를 나타낸다.

공포. 그것은 공포의 표식이다.

43

휴대전화는 서재 바닥에 있다. 내가 떨어뜨린 바로 그 장소에. 나는 욕실 약장에 약통을 가져다놓으며 화면을 두드린다. 필딩 박사는 의학박사 학위와 처방전을 써줄 수 있는 유일한 사람이었지만, 이 시점에서 나를 도와주지는 못할 것이다. 나는 그 사실을 아주 잘 알고 있다.

"지금 좀 와주면 안 돼요?" 나는 그녀가 전화를 받자마자 그렇게 얘기한다.

"지금 당장이요? 지금은……."

"제발요, 비나."

잠시 정적이 흐른다. "9시, 아니 9시 반까지 갈 수 있을 것 같아요. 저녁 약속이 있어서." 그녀가 덧붙인다.

상관없다. "좋아요." 드러눕자 베개가 귓가에서 보글거린다. 창문 너머로 가지가 흔들린다. 타다 남은 불꽃이 떨어지듯 나뭇잎들이 떨어진다. 불꽃은 창문으로 와서 번쩍거리다가 다른 곳으로 날아간다.

"으므 믄제 음는 거죠?"

"뭐라고요?" 테마제팜이 나의 귀와 뇌를 차단하고 있다. 의식이 흐려지는 게 느껴진다.

"아무 문제 없는 거냐고 물었어요."

"없어요. 괜찮아요. 오면 말해줄게요." 눈꺼풀이 내려온다. 아래로, 아래로.

"좋아요. 이따 봐요."

나는 이미 깊은 잠 속으로 무너지고 있다.

잠, 그것은 어둡고 깊은 망각이다. 아래층에서 초인종이 시끄럽게 울렸을 때, 나는 녹초가 된 채로 깨어났다.

44

비나는 입을 벌린 채, 나를 바라본다.

마침내 그녀가 벌어졌던 입을 다문다. 천천히 하지만 단호하게. 마치 파리지옥처럼. 그리고 아무 말이 없다.

우리는 에드의 서재에 있다. 나는 윙백에 몸을 둥글게 말고 앉아 있다. 비나는 클럽체어 한끝에 엉덩이를 걸치고 앉았다. 필딩 박사가 앉는 곳이다. 그녀의 홀쭉한 다리가 의자 밑으로 들어가 있다. 펀치는 마치 연기처럼 그녀의 발목을 휘감는다.

벽난로에는 낮은 불꽃이 일렁인다.

비나는 시선을 옮겨, 이번에는 불꽃이 일으키는 작은 파도를 바라본다.

"얼마나 마셨던 거예요?" 비나는 그렇게 묻더니 움찔한다. 마치 내가 자기를 때리려고 한 것처럼.

"**환각**을 볼 정도는 아네요."

그녀는 고개를 끄덕인다. "좋아요. 그럼 약은……."

나는 무릎에 있던 담요를 잡고 비튼다. "나는 제인을 만났다고요. 두 번이나, 다른 날에."

"그래요."

"집에서 다른 가족들이랑 같이 있는 것도 봤고. 그것도 여러 번."

"그래요."

"제인이 피를 흘리는 것도 봤어요. 가슴에 칼이 꽂힌 채로."

"칼이 확실해요?"

"설마 브로치였겠어요?"

"나는 그냥…… 좋아요. 알았어요."

"카메라를 통해서 봤다고요. 아주 분명하게."

"하지만 사진은 찍지 않았고요."

"안 찍었죠. 도와주려고 했던 거지, 기록하려던 게 아니었으니까……."

"그래요." 비나는 머리카락을 나른하게 어루만진다. "그런데 이제 와서 찔린 사람이 없다고 하는 상황인 거고."

"게다가 다른 사람을 제인이라고 하고 있어요. 제인이 다른 사람이라고."

그녀는 긴 손가락에 머리카락을 말아 올린다.

"확실하죠?" 그녀가 운을 떼자, 나는 긴장한다. 무슨 말을 할지 알기 때문이다. "이 모든 게 오해일 가능성은 없는 게 확실한거……."

나는 몸을 앞으로 숙인다. "봤으니까요, 내가."

비나는 손을 내린다. "할 말이 없군요."

나는 바닥에 깔린 유리를 피하며 걷는 사람처럼, 조심스럽게 천천히 말한다. "그들은 제인에게 무슨 일이 일어났다는 사실을 믿지 않을 거예요." 나는 내가 알고 있는 모든 것을 비나에게 말한다. "자신들이 제인이라고 믿고 있는 여자가 실은 제인이 아니라는 사실을 알기 전까진."

난제였다. 하지만 비나는 고개를 끄덕인다.

"그런데, 경찰이 그 사람한테 신분증 같은 것을 요구하지 않았나요?"

"아니요. 아니요. 그냥 남편 것만 확인했지. 그 남편 말만 듣고. 그렇지 않겠어요? 그런데 도대체 왜?" 고양이는 카펫을 가로질러 내달린다. 그리고 내 의자 밑으로 살금살금 기어든다. "그 여자를 전에 본 사람이 없어요. 아무도. 이사 온 지 일주일도 안 됐거든요. 아무나 데려와서 그러는 걸지도 몰라요. 친척일 수도 있고. 정부일지도. 아니면 돈을 주고 고용했을 수도 있겠다." 음료수를 마시려다가 증거물이 아무것도 없다는 사실을 깨닫는다. "하지만 나는 제인이 **가족과 함께 있는 걸** 봤어요. 이선의 사진이 들어 있는 펜던트 목걸이도 봤고. 이선을 시켜서 양초를 가져다주라고 한 사람도 제인이라고. 돌아버리겠네, 정말."

비나는 연신 고개를 끄덕인다.

"남편이 연기를 하던 중이었다거나……."

"사람을 찌르는 시늉을 했다고요? 절대."

"그럼 그 사람이 누군가……."

"누군가 뭐?"

비나는 말을 비튼다. "제인을 찌른 누군가네요."

"그럼 누가 있겠어요. 이선은 천사 같은 아이인데. 만약 그런 짓을 했다면, 혹은 한다면 그 장본인은 그 아버지가 되겠죠." 나는 허공을 가로질러 잔을 집어 든다. "게다가 일이 있기 바로 직전에 이선이 컴퓨터 앞에 앉아 있는 걸 봤어요. 아래층으로 달려와 엄마를 찌른 게 아니라면, 이선에게는 혐의가 없어요."

"이 사실을 다른 사람에게 말한 적이 있나요?"

"아직."

"주치의에게는요?"

"할 거예요." 에드에게도. 나중에.

이제야 조금 조용해진다. 난로 불꽃만이 조용히 잔물결을 일으킨다.

그녀를 바라본다. 불빛을 받아 구릿빛으로 달아오른 비나의 피부를 본다. 그냥 내게 장단을 맞춰주는 걸까? 나를 믿고 있을까? 나는 그 사실이 궁금해진다. 분명 불가능한 이야기였다. 그렇지 않은가? **이웃이 부인을 칼로 찌르고, 다른 여자를 데려와서 자기 부인 노릇을 하게 한다. 그리고 그 아들은 너무 무서워서 진실을 입밖으로 꺼내지 못한다.**

"그럼 제인은 지금 어디 있다고 생각하세요?" 비나가 부드러운 목소리로 묻는다.

다시 정적.

"이렇게 미인일 줄은 몰랐네요." 비나가 내 어깨에 손을 짚으며 말한다. 그녀의 머리카락이 나와 테이블 램프 사이에 장막처럼 드리워진다.

"1950년대에 잘나가는 핀업걸이었으니." 나는 중얼거린다. "그 이후에는 극렬한 임신중절 반대론자가 되었지만."

"그렇군요."

"낙태에 실패했거든요."

"아."

우리는 내 책상에 앉아 제인 러셀이 나온 스물두 장의 사진을 꼼

279

꼼히 훑는다. 보석을 주렁주렁 걸친 사진(《신사는 금발을 좋아한다》), 건초더미 위에서 옷을 풀어헤친 사진(《무법자》), 집시 스커트를 휘두르는 사진까지(《열정》). 핀터레스트를 훑고 인스타그램을 샅샅이 뒤졌다. 보스턴 지역 신문과 웹사이트까지 털었다. 심지어는 패트릭 맥뮬런*의 사진 갤러리까지. 하지만 아무것도 없다.

"놀랍지 않아요?" 비나가 말한다. "인터넷에 따르면, 어떤 사람들은 존재하지 않는 거나 마찬가지라는 게?"

알리스타를 찾기는 조금 더 쉬웠다. 꽉 끼는 정장을 입은 그의 사진이 〈컨설팅매거진〉에 이 년 전 기사로 올라와 있다. '러셀, 앳킨슨으로 옮긴다.' 헤드라인이었다. 링크드인 프로필에도 같은 사진이 떠 있다. 다트머스 대학 소식지에는 기부금 모금 파티에서 잔을 든 그의 사진이 있다.

하지만 제인은 없다.

더 이상한 점은 이선도 찾을 수 없다는 사실이다. 페이스북에도, 포스퀘어에도, 어디에서도. 구글은 동명이인인 사진작가와 관련된 링크 외에 어떤 것도 내놓지 못한다.

"요즘 아이들은 다 페이스북을 하지 않나요?" 비나가 묻는다.

"아버지가 못하게 할걸요. 휴대전화도 없어요." 나는 늘어진 소매를 걷어붙인다. "게다가 홈스쿨링을 한다고요. 아마 이쪽에 아는 사람이 많지 않을 거예요. 아무도 모를 수도 있고."

"엄마를 아는 사람은 반드시 있을 텐데요." 비나가 말한다. "보스턴에든…… 어쨌든 누구든." 그녀는 창가로 걸어간다. "사진이 없을까요? 경찰이 오늘 저 집에 찾아갔으려나?"

---

* Patrick McMullan, 미국의 사진작가.

나도 그 생각을 해본다. "모르긴 해도 다른 사진을 보여주겠죠. 알리스타가 아무 사진이나 보여주면서 아무 말이나 둘러댔을 거예요. 집 안을 수색하진 않았을 것 같고. 그건 확실해요."

고개를 끄덕이던 비나는 방향을 돌려 러셀 가를 바라본다. "블라인드가 내려와 있네요."

"뭐라고요?" 나는 그쪽으로 합류한다. 그리고 내 눈으로 그 사실을 확인한다. 부엌과 응접실, 이선의 방까지. 모두 닫혀 있다.

집은 눈을 감았다. 질끈.

"봤죠?" 내가 말한다. "이제 내가 보지 않았으면 하는 거예요."

"당연하죠."

"더 조심스러워졌다, 이거죠. 그것만 봐도 이상하지 않아요?"

"이상하긴 하네요, 네." 비나는 목을 뒤로 젖힌다. "블라인드를 자주 쳤나요?"

"절대. 한 번도. 마치 어항 같았죠."

비나가 주춤거린다. "혹시…… 그럼 혹시…… 지금 당신이 위험에 처한 걸지도 모른다는 거, 알고 계세요?"

그 생각은 하지 못했다. "왜죠?" 나는 천천히 묻는다.

"왜냐하면, 만약 당신이 본 일이 정말로 일어났다면……."

나는 발끈한다. "일어났어요."

"그렇다면, 당신이 목격자인 거잖아요."

나는 숨을 들이쉰다. 그리고 또 한 번.

"오늘 밤에 자고 갈래요?"

비나는 눈썹을 올린다. "이건 꼬시는 건데."

"지불은 할게요."

그녀는 눈을 반쯤 감은 채로 나를 쳐다본다. "그런 문제가 아니에요. 내일 일찍부터 일정이 있어요. 그리고 물건도 전부⋯⋯."

"제발." 나는 그녀의 눈 깊숙한 곳을 응시한다. "제발."

비나는 한숨을 내쉰다.

45

어둠. 짙고 두터운. 방공호처럼 어두운. 우주 저편만큼 어두운.

그런데 저 멀리, 멀리 있는 별과 같은, 불빛 한 점.

점점 다가온다.

불빛은 몸을 떨다가 툭, 불거져 나와 깜빡인다.

심장이다. 작은 심장. 빛을 내며 뛰는.

주변의 어둠을 걷어내자, 명주실처럼 얇은 목걸이가 보이기 시작한다. 유령처럼 하얀 블라우스도. 어깨가 빛을 받아 반짝인다. 목덜미. 손. 두근거리는 작은 심장을 어루만지는 손가락.

그리고 그 위로 얼굴이 보인다. 제인이다. 진짜 제인. 빛이 난다. 나를 바라보고 있다. 웃으면서.

나도 미소를 지어 보인다.

그리고 판유리 한 장이 그녀를 가로막는다. 그녀는 그 위에다 손을 올린다. 작은 지문을 남긴다.

그 뒤로, 갑자기 어둠이 걷힌다. 하얀 줄과 빨간 줄이 교차하는 2인용 소파, 쌍둥이 램프. 갑자기 램프에 불이 들어온다. 카펫. 꽃이 핀 정원이 수놓인 카펫.

제인은 펜던트를 내려다보며 부드럽게 매만진다. 어둠 속에서 빛나는 그녀의 셔츠 위로, 혈흔이 번진다. 그리고 옷깃까지 영역을 넓혀 그녀의 피부를 빨갛게 물들인다.

그리고 제인이 다시 고개를 들어 나를 바라본다. 거기에는 다른 여자의 얼굴이 있다.

11월 6일
토요일

아침 7시가 조금 넘었을 무렵 비나가 집을 나선다. 아침 햇살이 커튼을 들추기 시작한 지 얼마 지나지 않았다. 나는 그녀가 코를 곤다는 사실을 알았다. 멀리서 치는 파도 소리처럼 낮게 코를 훌쩍인다는 사실도. 예상치 못한 일이다.

나는 그녀에게 고맙다고 인사하고, 베개에 얼굴을 묻는다. 그리고 다시 잠에 빠져든다. 잠에서 깼을 때, 나는 휴대전화를 확인한다. 11시가 다 되었다.

나는 화면을 잠시 노려본다. 그리고 일 분 후, 에드에게 전화를 한다. 이번에는 "누구게?" 같은 건 없다.

"믿을 수 없는 일이네." 아무 말도 없던 에드가 입을 뗀다.

"하지만 그 일이 일어났어."

그는 다시 아무 말도 없다. "그런 일이 일어나지 않았다는 게 아니야. 하지만……." 나는 마음을 굳게 먹는다. "최근 들어 당신이 약에 취해 산 것도 사실이라……."

"그래서 내 말을 못 믿으시겠다? 당신마저?"

한숨이 이어진다. "아니, 그건 내가 당신을 믿고, 못 믿고의 문제가 아니야. 단지…….”

“당신이 이러는 게 얼마나 짜증나는지 알아?” 나는 그에게 소리를 지른다.

그는 다시 조용해진다. 나는 멈추지 않는다.

“내가 직접 목격했어. 맞아, 약에 취해 있었어. 술도 마셨지. 맞아. 하지만 지어낸 얘기가 아니야. 약을 한 움큼 집어먹고 그런 이야기를 꾸며낼 사람은 없어.” 나는 숨을 들이쉰다. “나는 폭력적인 비디오 게임을 하다 학교에 가서 총기난사를 하는 고등학생이 아니라고. 나는 내가 뭘 봤는지 정도는 아는 사람이야.”

에드는 여전히 아무 말이 없다.

그때.

“그럼 한 가지만 묻자. 원론적인 거야. 그 사람인 건 확실해?”

“그 사람이라니, 누굴 말하는 거야?”

“그 남편 말이야. 그…… 찔렀다는.”

“비나도 같은 소릴 하더군. 당연히 확신하지.”

“그…… 다른 여자 짓일 수도 있잖아?”

나는 그대로 굳어버린다.

에드의 목소리가 거만해진다. 자기 생각을 말할 때면 늘 그렇게 된다. “만약 그 여자가 남편의 정부라면, 당신이 말한 대로. 보스턴에서 왔건 어디서 왔건 말이야. 두 사람이 싸웠고 칼이 등장했어. 칼이 아닌 다른 것일 수도 있지만. 어쨌든 찔렀어. 남편은 빠져 있을 수도 있겠다 싶어서.”

나는 생각한다. 그리고 어깃장을 부려본다. 하지만 가능성이 있는 얘기다. 다음과 같은 사실만 제외하면. “지금으로선 누가 찔렀는가는 중요하지 않아. 지금 중요한 건, 그런 일이 있었다는 것과 아무도 나를 믿지 않는다는 거지. 비나조차도 나를 믿는 것 같지 않아. 당신조차도."

침묵이 흐른다. 나는 계단을 달음질쳐 올리비아의 방으로 들어가는 나 자신을 발견한다.

"리비한테는 말하지 마." 내가 덧붙인다.

에드가 실제로 '허!' 소리를 내며 웃음을 터트린다. "말하지 않을게요." 그는 기침까지 해댄다. "필딩 박사는 뭐래?"

"아직 말 안 했어." 말해야 한다.

"말해야 해."

"할 거야."

또 정적.

"동네 사람들은 다들 어쩌고 있어?"

모르겠다. 나는 내가 그걸 모르고 있다는 걸 깨닫는다. 다케다 가족, 밀러 부부, 바서먼 일가. 지난 일주일 동안 그들은 내 레이더에 잡히지 않았다. 거리 쪽 커튼은 쳐져 있었다. 길 건너 집들은 베일에 싸인 채 사라졌다. 지금 존재하는 것은 우리 집과 러셀 가, 그리고 그 중간에 있는 공원뿐이다. 나는 리타와 중개인이 어떻게 되었을지 궁금해진다. 그레이 부인이 이번 주 독서클럽 주제로 무슨 책을 선정했는지도. 나는 그들의 모든 활동을 기록했고, 이웃이 드나드는 것을 모조리 연대순으로 정리했다. 그들의 삶의 모든 페이지가 내 메모리카드에 저장되어 있다. 하지만 지금은…….

"몰라." 나는 상황을 인정한다.

"그것 참." 에드가 말한다. "그거 하나는 잘된 일이네."

전화를 끊고 나서 나는 시계를 확인한다. 11시 11분. 내 생일. 그리고 제인의 생일.

47

어제 이후로 부엌은 피하고 있다. 아예 1층 자체를 피하는 중이다. 그럼에도 나는 또다시 창문을, 공원 건너편의 집을 내려다본다. 와인을 줄줄 따른다.

나는 보았다. 피를 흘리는, 애원하는 모습.

이대로 끝이 아니야.

나는 와인을 들이켠다.

48

블라인드가, 올라가 있다.

집은 입을 벌리고 나를 바라본다. 마주보는 나를 발견하고 놀란 것처럼, 동그란 눈을 뜬 채. 나는 카메라를 당긴다. 그리고 창문을 따라 그대로 패닝. 응접실에 초점을 맞춘다.

흔적조차 없다. 아무것도. 2인용 소파. 경호원 같은 램프.

창가에서 이동해서, 나는 이선의 방으로 렌즈를 들어 올린다. 그는 책상에 세워놓은 괴물 석상 같다. 컴퓨터를 하고 있다.

좀 더 당긴다. 화면의 글자까지 보인다.

거리에서 움직임이 느껴진다. 상어처럼 미끈한 차 한 대가 러셀 가 앞으로 들어와 주차한다. 운전석 문이 부채처럼 열리고, 겨울 코트를 입은 알리스타가 등장한다.

그는 집으로 성큼성큼 걸어간다.

나는 사진을 찍는다.

그가 현관에 도달하자, 한 장 더 찍는다.

나는 아무 계획도 없었다. (계획이라는 게 필요한가? 나는 궁금해졌다.) 피 묻은 그의 손을 내 눈으로 확인하겠다든가 하는 작정은 아니다. 저 사람이 나를 찾아와 자백하는 일은 없을 테니.

하지만 나는 지켜볼 수 있다.

그는 집으로 들어간다. 렌즈는 부엌으로 이동한다. 그가 잠시 후 그곳에 모습을 드러낸다. 조리대에 열쇠를 던지고 코트를 벗는다. 밖으로 나간다.

돌아오지 않는다.

나는 카메라로 2층 응접실을 잡는다.

그사이, 그녀가 나타난다. 초록색 풀오버를 화사하게 걸친 채로.

"제인이로군."

나는 렌즈 초점을 맞춘다. 그녀는 상쾌하고 날렵하다. 램프로 다가가서 하나를 켜더니, 다른 하나를 더 켠다. 나는 그녀의 가느다란 손을 주시한다. 그녀의 긴 목과 뺨으로 흘러내리는 머리칼을 바라본다.

거짓말쟁이.

그녀는 방에서 나간다. 문을 지나는 엉덩이가 씰룩거린다.

아무도 없다. 응접실은 텅 비었다. 부엌도, 2층도. 이선의 의자도 비어 있다. 컴퓨터 화면은 검은 상자일 뿐이다.

전화벨이 울린다.

고개가 홱 돌아간다. 올빼미처럼 뒤통수가 앞으로 돌아갈 뻔했다. 카메라가 무릎 위로 떨어진다.

뒤에서 나는 소리다. 휴대전화는 내 손 안에 있는데.

유선전화다.

아래층에서 썩고 있는 부엌 전화가 아니다. 에드의 서재에 있는 전화가 울리고 있다. 그게 있었다는 사실조차 까맣게 잊고 있었다.

전화벨이 연거푸 울린다. 멀리서, 끊기지 않고 계속된다.

나는 움직이지 않는다. 나는 숨을 쉬지 않는다.

누굴까? 유선전화로 이 집에 전화를 걸 사람은 없다. 그것도 에드의 서재에 있는…… 내가 기억하는 한, 단 한 명도 없다. 이 번호를 아는 사람이 누굴까? 나조차도 기억나지 않는데.

다시 한 번 울린다.

그리고 또 한 번.

나는 유리창을 사이에 두고 작아진다. 그대로 풀이 죽는다. 나는 이 집의 방 하나하나를 떠올린다. 소리에 시달리면서.

다시 한 번 울린다.

나는 공원 건너편을 바라본다.

그녀가 서 있다. 응접실 창가에, 전화를 귀에 가져다 댄 채로.

이쪽을 본다, 정면으로 유심히도.

나는 자리에서 내려와 카메라를 집었다가 내려놓는다. 그녀는 시선을 고정한 채, 입을 꾹 다물고 있다.

이 번호를 어떻게 알았지?

하지만 나는 어떻게 저 집 번호를 알아냈던가? 전화번호 안내 서비스였다. 나는 그녀가 전화를 걸어 내 이름을 말하고, 연결해 달라고 부탁하는 모습을 상상한다. 그녀는 나에게 연결된다. 우리 집을 침공한다. 내 머릿속을 침공한다.

거짓말쟁이.

나는 그녀를 바라본다. 아니 노려본다.

그녀도 나를 노려본다.

전화벨이 한 번 더 울린다.

다음에 이어지는 소리는 다른 소리다. 에드의 목소리다.

"애나와 에드입니다." 그는 낮고 거친 목소리로 말한다. 영화 예고편의 성우 목소리 같다. 나는 메시지를 녹음하던 에드에게 말했었다. "빈 디젤 같아." 그러자 그가 웃으며 더 낮은 목소리로 말했다.

"지금은 부재중입니다. 하지만 메시지를 남겨주시면 바로 연락드리죠." 그 말을 끝내자마자, 정지버튼을 누르자마자, 에드는 코크니 액센트로 다음과 같이 덧붙였다. "우리가 하고 싶으면."

잠깐이지만, 나는 눈을 감고 나에게 메시지를 남기는 에드의 모습을 그려본다.

하지만 곧이어 여자의 목소리가 허공을, 집 안을 메운다.

"누군지는 당신도 아시겠죠." 그리고 이어지는 정적. 나는 눈을 떠서, 나를 바라보고 있는 그녀를 발견한다. 그녀의 입술은 나를 향해 '썩 재밌진 않네요'라고 입모양으로 말한다. 그 효과는 실로 어마어마하다. "촬영을 멈추세요. 아니면 경찰에 신고하겠어요."

그녀는 귀에서 휴대전화를 내리고 주머니에 밀어 넣는다. 그리고 나를 노려본다. 나도 그녀를 노려본다.

침묵이 이어진다.

그러다 내가 먼저 자리에서 일어난다.

49

걸풀 님께서 도전장을 내셨습니다!

체스 게임. 나는 화면을 향해 가운뎃손가락을 들어 보인다. 이어서 휴대전화를 들어 올린다. 죽은 나뭇잎처럼 곧 사그라들 것 같은 필딩 박사의 음성이 메시지를 남기라고 말한다. 나는 그렇게 하기로 한다. 최대한 또박또박.

나는 에드의 서재에 있다. 랩톱은 내 허벅지를 덥히고, 오후의 햇살은 카펫에 빛의 웅덩이를 만든다. 메를로 와인 한 잔이 옆 테이블에 놓여 있다. 한 잔 더하기 한 병.

술을 마시고 싶지 않다. 또렷한 정신으로, 생각을 좀 하고 싶다. 분석을 좀 해야겠다. 벌써 6시 30분이 지났다. 시간이 안개처럼 증발한다. 집이 기지개를 펴며 바깥세상을 떨쳐내는 시간, 나는 그걸 느낄 수 있다.

술이 필요하다.

걸풀. 얼마나 이상한 이름인가. 걸풀. 월풀. 소용돌이. 티어니. 바콜. **이제 혈관으로 들어갑니다.**

이제 혈관으로 들어온다. 나는 잔을 입술로 가져간다. 와인이 목구멍을 타고 흘러, 내 혈관으로 스며든다.

숨을 참아보세요, 행운을 빌어요.

날 들여보내줘!

괜찮아질 거예요.

괜찮아질 거예요. 나는 코웃음을 친다.

나의 마음은 늪과 같다. 깊고 불쾌한. 진실과 거짓이 뒤섞인. 무겁게 내려앉은 습지대에서 자라는 저 나무들은 뭐지? 뿌리가 드러난 놈들은? 맨…… 뭐였더라, 맨드레이크*인가. 그게 틀림없다.

데이비드.

손 안에서 잔이 흔들린다.

정신이 없어서 데이비드를 잊고 있었다.

러셀 가에 갔던 사람. 제인을 만났던, 만날 수밖에 없었던 사람.

잔을 테이블에 내려놓고 일어서서 복도로 향한다. 계단을 내려와 부엌으로 들어간다. 그리고 러셀 가를 바라본다. 이쪽에서 보이는 사람도, 이쪽을 보는 사람도 없다. 나는 지하실 문을 두드린다. 부드럽게, 그리고 세차게. 데이비드의 이름을 부른다.

반응이 없다. 잠이 든 건가. 하지만 대낮이다.

그러다 머릿속에 문득 생각 하나가 떠오른다.

안 돼, 나는 생각한다. 하지만 여기는 내 집이야. 게다가 지금은 응급상황이다. 아주 절박한.

나는 거실 책상으로 가서 서랍을 연다. 그리고 우둘투둘한 이를 드러낸, 먼지 낀 금속붙이를 찾아낸다. 열쇠다.

---

* 마취제에 쓰이는 물질.

나는 지하실로 통하는 문으로 돌아온다. 그리고 다시 한 번 문을 두드린다. 반응이 없다. 나는 열쇠를 밀어 넣고, 돌린다.

문이 열린다.

끼익 소리를 낸다. 안을 들여다본다.

아래로 내려가는 동안, 아무 소리도 들리지 않는다. 나는 어둠 속을 내려간다. 슬리퍼를 신은 발을 조심스럽게 내디딘다. 한 손으로 회반죽이 입혀진 거친 벽면을 지지한다.

그리고 바닥에 도착한다. 암막이 드리워져 있다. 이 밑은 밤이다. 손가락이 스위치를 찾아 벽을 훑는다. 탁 하고 불이 켜진다. 방이 갑자기 환해진다.

밑에 내려와본 지도 두 달이 다 되었다. 데이비드가 처음 온 날 안내한 것이 마지막이다. 그는 암적색 눈으로 방을 둘러보았다. 에드가 쓰던 제도 테이블이 거실에 놓여 있었고, 가운데에는 잠을 잘 수 있는 좁은 벙커 같은 공간이 있다. 크롬과 월넛으로 만들어진 작은 부엌, 그리고 욕실. 그는 고개를 한번 끄덕였다.

공간에 특별한 변화를 준 것 같지는 않다. 사실 아무것도 하지 않았다. 에드의 소파는 있던 자리에 그대로 놓여 있다. 기울기는 달라졌지만 제도 테이블도 그대로다. 그 위로 접시가 자리하고, 플라스틱 포크와 나이프가 X자 모양으로 포개져 있다. 마치 가문의 문장처럼. 밖으로 나가는 문 옆으로 공구상자가 놓여 있다. 맨 위에 있는 박스에는 전에 빌려주었던 칼, 작은 혓바닥 같은 칼날이 머리 선반 아래서 반짝인다. 그 옆으로는 구겨진 책 한 권이 보인다. 헤르만 헤세의 《싯다르타》.

가느다란 검은색 액자에 들어 있는 사진 한 장이 맞은편 벽에 걸려 있다. 나와 다섯 살의 올리비아다. 현관 앞에서 찍은 사진이다.

내 팔이 올리비아의 어깨를 감싸고 있다. 두 사람 모두 활짝 웃고 있다. 올리비아의 앞니가 빠져 있다. "여기도 빠져, 저기도 빠져." 에드는 그렇게 놀리기를 좋아했다.

그 사진에 대해서는 까맣게 잊고 있었다. 심장이 조금 저릿하다. 저게 왜 아직도 저기 걸려 있는 거지.

매트리스 끄트머리에는 종이뭉치가 구르고 있다. 베개는 다리 사이에 끼고 잔 것처럼 가운데가 푹 꺼졌다. 베갯잇은 말라비틀어진 라면 면발로 아름답게 장식되어 있다. 준비성 있게 미리 삶아서 양념을 해두었다. 침대 머리맡과 벽면 사이 기둥에는 아스피린 통이 놓여 있다. 이불 커버에는 상형문자가 아로새겨져 있다. 말라비틀어진 땀이거나 정액이리라. 발치에는 랩톱이 놓여 있다. 램프 주변으로 콘돔 띠가 둘러져 있다. 협탁 위에 귀걸이 한 짝이 반짝인다.

나는 욕실을 들여다본다. 세면대는 수염으로 얼룩져 있고, 변기는 입을 벌리고 있다. 샤워부스에는 다 쓴 샴푸와 비누조각이 나뒹군다.

나는 뒤로 돌아 거실로 돌아온다. 제도 테이블을 손으로 쓰다듬는다.

무언가가 내 뇌를 갉는다.

나는 그것을 붙잡았다가 놓아준다.

방 안을 다시 한 번 둘러본다. 앨범 한 권 없다. 하긴, 요즘 누가 앨범을 쓰겠어. (제인은 가지고 있었다. 내가 기억한다.) CD 보관함이나 DVD 꽂이도 없다. 하긴 그것들도 오래전에 멸종했지. 놀랍지 **않아요? 인터넷에 따르면, 어떤 사람들은 존재하지 않는 거나 마찬가지라는 게?** 비나가 그렇게 물었었지. 데이비드의 기억, 그가

298

듣던 음악, 그에 대해 말할 수 있는 모든 것이 사라졌다. 혹은 보이지 않을 뿐, 내 주변 어딘가를 떠다니고 있다. 각종 파일과 아이콘으로, 0과 1의 조합으로. 현실에서 확인할 수 있는 것은 남아 있지 않다. 어떤 표식도 어떤 실마리도 없다. **놀랍지 않은가?**

나는 벽에 걸린 사진을 다시 들여다본다. 거실에 있는 캐비닛과 DVD 케이스들을 떠올린다. 유물이 되어버리고 말았어. 뒤처지고야 말았군.

나는 몸을 돌려 나간다.

그 순간, 뒤에서 긁는 소리가 들린다. 밖으로 난 문이다.

순간, 문이 열리며 데이비드가 거기 서 있다. 내 앞에. 나를 노려보면서.

50

"쌍, 도대체 여기서 뭘 하시는 거죠?"

나는 움찔한다. 데이비드가 욕을 하는 건 처음 듣는다. 그가 말하는 것조차 거의 듣지 못했으니까.

"망할, 여기서 뭘 하는 거냐고요!"

나는 뒷걸음질치며 입을 연다.

"나는 그냥……."

"그냥 내려와도 괜찮겠다는 생각을 어떻게 하시게 된 거죠?"

나는 한 걸음 더 뒤로 물러서다 발을 헛디딘다. "정말 미안해요……."

그는 문을 활짝 열어둔 채로 다가온다. 시야가 흔들린다.

"정말 미안해요." 나는 깊게 숨을 들이쉰다. "뭐 좀 찾고 있었어요."

"뭘요?"

다시 숨을 들이쉰다. "당신을요."

그는 손을 들었다가 옆으로 떨군다. 손가락에 걸린 열쇠가 마구 흔들린다. "여기 대령했습니다." 그는 머리를 흔든다. "어쩐 일로 찾으신 건지?"

"그게······."

"전화를 하시면 되잖아요."

"그 생각은 미처······."

"아니요. 여기에 마음대로 내려와도 된다고 생각하신 거겠죠."

나는 고개를 끄덕이다가 재빨리 멈춘다. 우리가 지금껏 나눈 대화 중 가장 긴 대화가 이어진다.

"저 문 좀 닫아주겠어요?" 내가 부탁한다.

그는 나를 노려보더니, 뒤돌아 문짝을 밀어붙인다. 문이 쿵 소리를 내며 닫힌다.

다시 이쪽을 향한 데이비드의 얼굴은 방금보다 많이 누그러져 있다. 하지만 목소리는 여전히 딱딱하다. "필요하신 게 뭐라고요?"

어지럽다. "좀 앉아도 될까요?"

그는 꼼짝도 하지 않는다.

나는 소파로 가서 주저앉는다. 그는 석상처럼 서 있다가 열쇠를 뒤적인다. 그러더니 주머니에 열쇠꾸러미를 쑤셔넣고, 재킷을 벗어 침실로 내던진다. 침대 위에 안착했다가 바닥으로 미끄러지는 소리가 들린다.

"이러시는 거 정말 별로예요."

나는 고개를 젓는다. "그래요. 나도 알아요."

"부르시지도 않았는데, 제가 만약 올라갔다고 생각해보세요. 싫어하실 거잖아요."

"그럼요. 그래요."

"열 받아서 뚜껑이 열릴걸요."

"그래요."

"제가 누구랑 같이 있었으면 어쩔 뻔했어요?"

"노크했어요."

"그러면 뭐가 좀 달라져요?"

나는 대답하지 않았다.

그는 한동안 나를 응시하다가 부엌으로 걸어가서 부츠를 벗는다. 냉장고 문을 열고 롤링록 맥주 한 병을 집는다. 조리대 가장자리에 올려놓고 뚜껑을 딴다. 분리된 뚜껑이 날아가 라디에이터 밑으로 굴러 들어간다.

나이가 더 어렸다면, 깊은 인상을 받을 법한 장면이었다.

그는 병을 들어 올려 한 모금 들이켠다. 그리고 천천히 이쪽으로 걸어온다. 제도 테이블에 몸을 기댄 채, 그는 한 모금 더 마신다.

"좋아요." 그가 말한다. "저는 여기 있어요."

나는 그를 올려다보며 고개를 끄덕인다. "혹시 공원 건너편에 사는 여자를 만난 적 있나요?"

데이비드의 눈썹이 치켜 올라간다. "누구요?"

"제인 러셀요. 공원 건너편에 사는. 번지수가……."

"아니요."

수평선처럼 평이한 말투.

"그 집에 가서 일을 봐줬잖아요."

"네."

"그래서 혹시……."

"남편분만 만났죠. 부인은 못 봤어요. 아내가 있는지도 몰랐어요."

"아들도 있어요."

"혼자 사는 남자도 아이를 기를 수 있어요." 그는 맥주를 꿀꺽꿀꺽 들이켠다. "물론 거기까지 생각해보지도 않았지만. 그걸 물어보려던 건가요?"

나는 고개를 끄덕인다. 나는 아주 작아진다. 손을 들여다본다.

"그걸 물어보려고 여기까지 왔다고요?"

나는 다시 고개를 끄덕인다.

"그럼, 이제 대답이 됐겠네요."

나는 여전히 그 자리에 앉아 있다.

"그런데 그게 왜 궁금하신 건가요?"

그를 올려다본다. 데이비드도 내 말을 믿어주지 않을 것이다.

"그냥요." 그렇게 대답하고, 나는 일어나려고 팔걸이를 잡은 손에 힘을 준다.

그가 손을 내밀어 내 손을 잡는다. 손에 닿는 감촉이 거칠다. 그는 나를 부드럽게 이끈다. 팔 근육의 움직임이 눈에 들어온다.

"오늘 정말 미안했어요." 나는 사과한다.

그는 고개를 끄덕인다.

"다시는 이런 일 없을 거예요."

그는 다시 고개를 끄덕인다.

나는 계단 쪽으로 움직인다. 내 뒷모습을 바라보는 그의 시선이 느껴진다.

세 계단쯤 올라가는데, 무언가가 떠올랐다.

"혹시, 그 집에 가서 작업했던 날, 비명을 들었나요?" 뒤로 돌아서며 벽에 어깨를 기댄다.

"그건 이미 물어보셨잖아요. 비명은 못 들었는데? 스프링스틴은 들었죠."

그랬던가? 요즘 기억력이 떨어지는 느낌이다.

51

부엌으로 들어서자, 지하실 문이 잠기는 소리가 들린다. 필딩 박사로부터 전화가 온다.

"음성 메시지를 남기셨더군요. 목소리가 석연찮아서요."

나는 입술을 벌린다. 모든 이야기를 털어놓을 준비가 되어 있었는데, 나 자신을 다 쏟아부으려고 했는데, 그게 다 무슨 소용이란 말인가? 의미가 있을까? 모든 것에 대해, 항상 걱정하는 사람은 오히려 필딩 박사 쪽이다. 저 사람이야말로 내 처방전에 요술을 부리는 사람이다. 내가 이 지경이 되도록……. "아무것도 아니에요." 나는 그렇게 대답한다.

그는 아무 말도 하지 않는다. "아무것도 아니라고요?"

"정말이에요. 물어볼 게 있었는데……." 나는 숨을 들이마신다. "일반의약품을 쓰는 것에 대해서요."

여전히 아무 말이 없다.

내가 먼저 선수를 친다. "몇 개만 일반의약품으로 바꿔보면 어떨까 해서요. 약 말이에요."

"의약품요." 그는 기계적으로 단어를 수정해준다.

"의약품요, 저도 그 얘기였어요."

"글쎄요, 그러죠." 목소리에 확신이 없다.

"좋아요. 비용이 걱정되기 시작해서요."

"그런 문제가 있었나요?"

"아니요, 아니요. 앞으로 문제가 되지 않길 바라는 차원에서."

"알았습니다." 그는 알지 못한다.

침묵이 이어진다. 나는 냉장고 옆 캐비닛을 연다.

"그럼." 박사가 대화를 마무리한다. "이번 주 화요일에 다시 얘기하는 걸로 하죠."

"좋아요." 나는 메를로 한 병을 꺼내며 대답한다.

"그때 얘기해도 되는 거죠?"

"그럼요. 물론이에요." 나는 병을 돌려 뚜껑을 연다.

"컨디션 괜찮은 거죠?"

"완전." 나는 개수대에서 유리잔을 끄집어낸다.

"술이랑 섞어 먹으면 안 되는 거 알죠?"

"당연하죠." 술을 따른다.

"좋아요. 그럼 그날 봅시다."

"그래요."

전화가 끊어지고 나자 나는 술을 마신다.

52

나는 위로 올라간다. 에드의 서재에서 이십 분 전 버려두었던 메를로 한 잔과 남은 한 병을 발견한다. 햇빛을 받아 빛나고 있다. 나는 병을 모아서 전부 내 서재로 끌고 간다.

책상에 앉아 생각한다.

화면 가득 체스판이 펼쳐진다. 이미 세팅된 체스 말은 밤이고 낮이고 대기 중이다. 화이트 퀸. 제인의 말을 쓸어버리던 게 떠오른다. 눈처럼 하얀 블라우스를 입은 제인이 피로 물들었다.

제인. 화이트 퀸.

컴퓨터가 지직거린다.

나는 러셀 가를 바라본다. 그곳에는 사람의 흔적이 없다.

리지할머니: 안녕하세요. 애나 선생님.

대화가 시작된다. 나는 가만히 대화창을 바라본다.

어디까지 얘기했더라? 언제가 마지막이었지? 나는 대화창을 확대해 스크롤을 위로 올린다. 리지할머니 님이 대화방을 나갔습니다.

오후 4:46. 11월 4일, 목요일.

그랬다. 에드와 내가 그 소식을 올리비아에게 말한 데까지. 당시의 두근거림이 기억난다.

그리고 여섯 시간 후, 나는 911에 전화를 걸었다.

그리고 그 이후에…… 나는 밖으로 나갔다. 그리고 병원에서의 하룻밤. 리틀 형사와의 인터뷰. 의사와의 면담. 주사. 할렘 드라이브. 눈이 부시던 햇살. 내적 갈등. 무릎 위에서 꼼지락대던 펀치. 주위를 맴돌던 노렐리 형사. 우리 집에 온 알리스타. 이선.

그리고 그 여자.

비나도 있었지. 인터넷 검색. 밤새 이어진 비나의 규칙적인 코골이. 그리고 오늘. 나를 믿지 않는 에드. '제인'으로부터 온 전화. 데이비드의 집. 그리고 그의 분노. 귓전을 때리는 필딩 박사의 쉰 목소리.

이 모든 게 고작 이틀 사이에 일어났다고?

진료중: 안녕하세요! 좀 어때요?

그녀는 나를 버리고 갑자기 나가버렸지만, 나는 그녀와의 대화에 최선을 다해본다.

리지할머니: 좋아요. 지난번에 말하다가 그렇게 갑자기 나가버려서 정말 미안했어요. 우선 사과부터 해야 할 것 같아서.

고마워요.

진료중: 괜찮아요! 다들 바쁘니까요!

리지할머니: 그래서 그런 게 아니에요. 정말이에요. 인터넷이 끊겨버렸지 뭐예요! 완전 고(故) 인터넷이지 뭐예요.

리지할머니: 정말 미안해요. 나를 뭐라고 생각했을까 상상하기도 싫었다니까요.

나는 와인잔을 입으로 가져간다. 그리고 그 잔을 내려놓고 다른 잔을 들어 또 한 모금 마신다. 리지가 내 이야기를 듣기 싫어하는 줄 알았다. 나란 인간. 믿음이 없는 인간.

진료중: 사과하지 않으셔도 돼요! 종종 있는 일인걸요!

리지할머니: 나 자신이 진짜 망할 년처럼 느껴졌어요!

진료중: 진짜 괜찮아요.

리지할머니: 용서해주는 건가요?

진료중: 용서할 게 뭐 있나요! 그냥 잘 지내시길 바라고 있었는걸요.

리지할머니: 저야 잘 지내죠. 아들들이 와 있어요. :-)

진료중: 그렇군요! 잘됐네요!

리지할머니: 같이 있으니 좋아요.

진료중: 이름이 뭐예요?

리지할머니: 한 놈은 보.

리지할머니: 다른 한 놈은 윌리엄이에요.

진료중: 멋진 이름이네요.

리지할머니: 멋진 아이들이에요. 정말 큰 도움이 되고 있어요. 특히 리처드가 아팠을 때. 우리가 잘 키웠죠!

진료중: 그런 것 같네요!

리지할머니: 윌리엄은 플로리다에서 매일 전화를 해요. 큰 소리로 '엄마, 안녕!'이라고. 매번 웃음이 나고 매번 뭉클하다니까요.

내 입가에도 미소가 걸린다.

진료중: 우리 가족은 늘 이거예요. '누구게?'
리지할머니: 오! 그거 괜찮네요.

나는 올리비아와 에드를 떠올린다. 머릿속에 목소리가 들린다. 목이 멘다. 와인 몇 모금을 얼른 삼킨다.

진료중: 아드님들이 와 있어서 정말 다행이에요.
리지할머니: 애나, 정말 좋아요. 다들 자기 방에 들어가서 자는데, 꼭 '예전으로' 돌아간 것 같았어요.

오늘 처음으로, 할 일을 한 기분이 들면서 마음이 편안해진다. 심지어 유능한 느낌까지 든다. 이스트 88번지, 내 사무실로 돌아가 환자를 보는 기분이다. **단지 연결하라.**
어쩌면 그 일은 리지보다 내게 더 필요한지도 모른다.
그렇게, 해가 기울고 방 안에 어둠이 드리우는 동안, 나는 수천 마일 떨어진 곳에 사는 외로운 할머니와 대화를 나눈다. 리지는 요리를 좋아한다. 아들들이 제일 좋아하는 음식은 팟로스트*라고 했다. 아들들의 칭송이 이어지지만 그리 명성이 자자할 만큼의 요리

* Pot roast, 쇠고기찜 요리.

309

는 아니라고. 매년 소방대원들을 위해 크림치즈 브라우니를 굽는다고. 고양이를 키운 적이 있으며—나도 여기 펀치라는 녀석을 키운다고 말한다— 지금은 토끼를 키운다고. 페투니아라는 이름의 갈색 토끼. 영화광은 아니었지만, 요리 프로그램과 〈왕좌의 게임〉을 즐겨 본다고. 후자는 조금 놀라운 선택이었다. 꽤나 대담한 드라마인데.

그녀는 리처드에 대해서도 얘기한다. **모두 그이를 그리워하고 있어요.** 선생님이자 감리교 집사였던 리처드는 기차 마니아이자 (창고에 커다란 모델을 보관해놓을 만큼), 애정 넘치는 부모였다고. 좋은 사람이었다고.

좋은 남자예요. 좋은 아빠고. 갑자기 알리스타가 머릿속을 비집고 들어온다. 나는 몸을 떨며 와인잔 속으로 더 깊이 들어간다.

리지할머니: 내 이야기가 지루하지 않았어야 할 텐데……
진료중: 전혀요.

나는 리처드가 품위 있을 뿐 아니라, 책임감 있는 사람이었다는 사실도 알게 되었다. 그는 집안일을 도맡아 했다. 유지보수, 전기 관련 작업들(윌리엄이 애플TV라는 걸 사줬는데 어떻게 쓰는 건지 모르겠다며 리지는 심장을 졸인다), 조경, 세금납부. 그의 미망인은 그의 부재를 '벅차다'라고 표현한다. '늙은 할망구가 되어버린 느낌'이라고.

나는 손가락으로 마우스를 두드린다. 딱히 코타르 증후군은 아니지만, 잘 듣는 요법 몇 가지를 제안해줄 수 있을 것이다. '이 문제를 같이 풀어가도록 하죠.' 나는 그녀에게 말한다. 순간적으로 피가 뜨거워지는 것이 느껴진다. 환자들과 함께 문제를 해결해나

갈 때 느꼈던 그대로다.

나는 서랍에서 연필을 꺼내 포스트잇에다 몇 자 적는다. 사무실에서는 몰스킨과 만년필을 썼었지. 별 차이는 없다.

유지보수 작업 : 매주 방문할 수 있는 수리공이 근처에 있는지 알아볼 것.

그녀가 이걸 해낼 수 있을까?

리지할머니: 교회에서 일하는 마틴이라는 사람이 있어요.
진료중: 좋아요!

전기 관련 : 젊은이들은 대부분 컴퓨터와 텔레비전을 잘 다룬답니다.

리지가 얼마나 많은 청소년들을 알고 있는지 나는 모른다. 하지만……

리지할머니: 우리 동네 로버트 씨에게 아들이 하나 있어요. 아이패드를 가지고 있던데요.
진료중: 그럼 됐어요!

세금 관련(특히나 힘든 부분으로 보인다. 온라인 납부는 어렵다. 사용자 이름이 각기 다르고, 비밀번호도 다르니까.) : 외우기 쉽고 계속 쓸 수 있는 ID와 비밀번호를 만든다. 본명이라든가, 아이들의 이름도 괜찮다. 사랑하는 사람의 생일이나…… **하지만 몇 글자는 숫자나 특수문자로 바꿔야 한다.** 예를 들어, w1ll1@m처럼.

이번에는 답이 없다.

리지할머니: 이름 정했어요. L1221E로요.

다시 미소가 번진다.

진료중: 기억하기 쉽네요!
리지할머니: 크게 소리내서 웃는 중.
리지할머니: 뉴스를 보니까 해킹당할 수 있다던데, 그런 걱정 안 해도 될까요?
진료중: 리지 비밀번호를 뚫을 사람은 아마 없을 거예요!

제발 아무도 그러지 말아주길 바라는 수밖에. 어찌됐든 그녀는 몬태나에 사는 70대 노인이 아닌가.

이제 마지막이다.
바깥일 : 여기 겨울은 아주 아주 아주 추워요. 리지는 이렇게 강조했다. 지붕의 눈을 치워주고, 현관에 소금을 뿌리고, 홈통의 고드름을 따줄 사람이 간절할 것이다. **설사 밖에 나다닐 수 있는 사람이라 하더라도, 월동 준비를 혼자 하는 것은 엄청난 일이겠지.**

진료중: 그때쯤엔 다시 밖에 나갈 수 있길 빌어보자고요. 하지만 어찌됐든, 교회에 다닌다는 마틴이 도와줄 거예요. 아니면 동네 아이들이나. 어린 학생들을 시켜도 되고요. 시간당 10달러 이상으로만 쳐주면 돼요!
리지할머니: 알겠어요. 좋은 생각이에요.

리지할머니: 정말 고마워요. 애나. 기분이 훨씬 나아졌어요.

문제는 해결됐고, 환자는 적절한 도움을 받았다. 나는 반짝이는 기분이 든다. 와인을 홀짝인다.

이야기는 다시 팻로스트와 토끼, 윌리엄과 보로 돌아온다.

러셀 가의 응접실에 불이 켜진다. 나는 데스크톱 화면 사이로 훔쳐본다. 여자가 방으로 걸어 들어오는 모습이 보인다. 한 시간 동안이나 저 여자에 대해 생각하지 않았다는 사실을 깨닫는다. 리지와의 세션은 내게도 도움이 되었다.

리지할머니: 윌리엄이 쇼핑에서 돌아왔어요. 내가 부탁한 도넛을 사왔다네요!

리지할머니: 다 먹어치우기 전에 얼른 가서 먹어야겠어요.

진료중: 그러세요!

리지할머니: BTW*, 아직도 밖에 못 나가고 계신가요?

BTW. 그녀는 인터넷 용어를 익히는 중이다.

나는 손가락을 펴서 키보드 위로 쫘악 펼친다. 사실, 밖에 나갔다 왔어요. 두 번이나.

진료중: 운이 안 따라 주네요. 아직 무서워요.

---

* by the way(그나저나)의 줄임말.

313

다시 돌아오려는 수고를 할 필요도 없었고요.

리지할머니: 곧 나갈 수 있길······
진료중: 우리 둘 다 그렇게 되면 좋겠네요!

그녀는 대화창에서 빠져나간다. 나는 잔을 비운다. 그리고 책상 위에 내려놓는다.

바닥에다 대고 발을 밀자 의자가 천천히 돌기 시작한다. 빙글빙글. 벽이 내 주위를 돈다.

나는 환자의 치료와 안녕을 증진시킬 것입니다. 내가 오늘 한 일이다.

나는 눈을 감는다. 리지가 삶을 잘 꾸려나갈 수 있도록 도와주었다. 조금 더 꽉찬 삶을 살 수 있도록, 안정을 찾을 수 있도록.

나 개인의 이익보다 타인의 이익을 우선시하겠습니다. 그랬다. 하지만 나에게도 이득은 있었다. 거의 구십 분 간, 러셀 가의 사람들은 내 머릿속에서 떠나 있었다. 알리스타, 그 여자, 이선까지.

심지어 제인마저도.

의자가 멈춘다. 그리고 눈을 떴을 때, 나는 문을 통해, 복도를 지나 에드의 서재를 바라본다.

그리고 내가 리지에게 말한 것과 말하지 않은 것들이 무엇이었는지 떠올린다.

53

올리비아는 방으로 돌아가기 싫다고 했다. 내가 짐을 싸는 동안 에드가 함께 있기로 했다. 심장이 터질 것 같았다. 나는 터덜터덜 로비로 돌아왔다. 난로에서 불꽃이 일렁이고, 메리가 내 신용카드를 긁었던 곳. 놀란 눈으로 밝게 웃으며 우리 가족에게 즐거운 시간을 빌던 그녀의 모습은 꽤나 모순적이었다.

올리비아가 다가왔다. 나는 에드를 바라보았다. 그는 가방을 받아들고 하나는 어깨에 걸쳤다. 나는 아이의 달아오른 작은 손을 잡았다.

주차장 맨 안쪽에 차를 댔었다. 차에 도착했을 때쯤, 우리는 거의 눈사람이 되어 있었다. 에드가 트렁크를 열고 짐을 쑤셔넣는 동안, 나는 팔로 앞유리를 쓸어냈고, 올리비아는 뒷좌석에 기어올라 쾅, 하고 문을 닫아버렸다.

에드와 나는 그곳에 서 있었다. 차를 사이에 두고. 우리 두 사람 위로 눈이 내렸다. 두 사람 사이에도.

에드의 입술이 움직였다. "뭐라고?" 내가 되물었다.

에드가 다시 큰 소리로 말했다. "당신이 운전하라고!"

나는 운전을 했다.

쌓인 눈을 밟는 타이어 소리와 함께 차는 주차장을 빠져나와 도로로 진입했다. 눈이 앞유리를 무서울 정도로 때렸다. 그렇게 우리는 고속도로를 달려, 하얀 밤으로 진입했다.

모든 것이 고요했다. 엔진만이 웅웅거렸다. 내 옆으로는 에드가 잘 보이지도 않는 정면을 응시하고 있었다. 나는 거울을 확인했다. 올리비아는 고개를 기울인 채 기우뚱거리며 그 자리에 쓰러져 있었다. 자고 있지는 않았지만, 눈은 반쯤 감겨 있었다.

굽은 길로 미끄러져 들어갔다. 나는 운전대를 더 꽉 잡았다.

그리고 갑자기 깊은 골짜기가 열렸다. 지표면에서 도려낸 듯한 광대한 구멍. 달빛을 받은 나무들이 그 아래에서 유령처럼 반짝였다. 어두운 눈꽃들이 하얗게 반짝이며 협곡 아래로 떨어졌다. 아래로, 아래로. 심연으로 들어가는 잠수부들처럼 영원히 잠겼다.

나는 페달에서 발을 뗐다.

백미러로 창밖을 내다보는 올리비아를 확인했다. 아이의 얼굴이 빛나고 있었다. 또다시 조용히 울고 있었다.

심장이 찢어졌다.

그때 내 휴대전화가 웅웅거렸다.

***

그로부터 2주 전, 나와 에드는 파티에 참석했다. 공원 건너 사는 로드 씨 가족이 여는 칵테일 파티였다. 그럴싸해 보이는 음료와 겨우살이 장식이 넘쳐났다. 다케다 가족과 그레이 부부(바서먼 가족은 초대를 거절했다고 한다)가 참석했고, 장성한 로드 씨네 아이들 중

하나가 여자친구와 함께 깜짝 등장했다. 그리고 버트의 직장, 은행에서 아주 많은 동료들이 왔다. 집은 전쟁터였다. 지뢰밭이나 다름없었다. 한 걸음 움직일 때마다 연신 누군가와 인사하며 볼에 입을 맞추었고, 대포 같은 웃음이 터졌다. 포탄이 떨어지듯, 누군가가 등을 툭 치며 인사를 건넸다.

파티 중반, 네 번째 잔을 비울 때쯤 조시 로드가 다가왔다.

"애나!"

"조시!"

우리는 포옹을 나눴다. 그녀의 손은 내 등을 어루만졌다.

"옷이 정말 멋져요." 내가 말했다.

"그래?"

어떻게 반응해야 할지 알 수 없었다. "그래요."

"자기 바지도 멋진데 뭘!"

나는 바지를 매만졌다. "그런가."

"방금 전에 숄을 벗었지 뭐야. 버트가 뭘 쏟아서…… 어, 고마워, 애나." 나는 그녀의 장갑에 붙은 긴 머리카락을 떼어내던 중이었다. "버트가 와인을 쏟았어, 내 어깨에."

"이런!" 나는 와인을 한 모금 들이켰다.

"나중에 두고보자고 해뒀지. 벌써 두 번째라니까…… 어, 고마워." 이번에는 드레스에서 삐져나온 실밥을 뽑아주었다. 에드는 이런 나를 실천하는 주정뱅이라고 부르곤 했지. "숄이 두 번이나 테러에 당첨됐지."

"같은 숄에 엎지른 거예요?"

"아니, 아니."

그녀의 치아는 둥글고 누르스름했다. 얼마 전 자연 다큐멘터리에서 보았던 웨델 바다표범을 연상시켰다. 그들은 송곳니로 북극 얼음에 구멍을 낸다고 했다. "그럴 때면 그들의 이빨은……" 해설자가 말한다. "심한 손상을 입게 됩니다." 눈밭에 턱을 박고 허우적 대는 장면이 이어졌다. "웨델 표범은 일찍 죽습니다." 해설자가 불길한 톤으로 덧붙였다.

"누가 그렇게 내내 전화를 거는 거야?" 내 앞의 웨델 바다표범이 물었다.

나는 그대로 굳어버렸다. 내 휴대전화는 그날 저녁 내 엉덩이 뒤에서 끊임없이 웅웅거리고 있었다. 나는 전화기를 꺼내 화면을 확인하고 엄지손가락으로 통화버튼을 눌렀다. 지나치게 조심스러워 보였을까, 나는 생각했다.

"그냥 일 관련이에요." 나는 그렇게 설명했다.

"어린애들이 이 시간에 무슨 도움이 필요해서?" 조시가 물었다.

나는 미소를 지어 보였다. "환자의 일은 극비사항입니다. 이해해 주세요."

"그럼, 그럼. 역시 자기는 프로라니까."

하지만 함성 소리가 높아지는 와중에도, 피상적인 질문을 주고받는 동안에도, 심지어 와인이 목을 타고 내려가고 캐럴이 울려 퍼지는 순간에도, 나는 그를 생각하고 있었다.

***

다시 휴대전화가 울렸다.

잠시 운전대에서 손을 떼고, 전화기를 운전석 옆 컵홀더에 넣었다. 그러자 이제는 플라스틱이 진동하기 시작했다.

나는 에드를 바라보았다. 그는 내 휴대전화를 보고 있었다.

전화가 또다시 진동했다. 나는 잽싸게 거울을 확인했다. 올리비아는 여전히 창밖을 응시하고 있었다.

이내 고요함이 찾아왔다. 우리는 그대로 차를 몰았다.

이어지는 웅웅거림.

"누구게?" 에드가 말했다.

나는 반응하지 않았다.

"그 사람이로군."

나는 굳이 말싸움을 하지 않았다.

에드가 휴대전화를 집어 들고 화면을 들여다보았다. 한숨을 내쉬었다.

우리는 길을 따라 내려갔다. 그리고 바짝 붙어 크게 돌았다.

"받을 거야?"

나는 에드를 바라볼 수 없었다. 그저 앞유리만 뚫어져라 응시하며 고개를 저었다.

"그럼 내가 받지 뭐."

"안 돼." 나는 휴대전화를 낚아챘다. 그러나 에드가 도로 가져갔다.

전화는 계속 울리고 있었다. "내가 받고 싶어." 에드가 말했다. "할 말이 있어."

"안 돼." 나는 에드의 손에서 전화를 빼앗아, 발밑으로 던져버렸다.

"그만해." 올리비아가 소리쳤다.

나는 발밑을 내려다보았다. 바닥에서 울리는 화면에 그의 이름이 떠 있었다.

"애나." 에드가 숨을 죽이며 말했다.

나는 고개를 들었다. 길이 사라지고 없었다.

우리는 협곡 가장자리로 부상하고 있었다. 어둠 속으로 미끄러지듯 날고 있었다.

54

문 두드리는 소리.

깜빡 졸았나 보다. 나는 자리에서 일어난다. 정신이 혼미하다. 방
에는 어둠이 내렸고, 창밖에 밤이 찾아왔다.

다시 두드리는 소리. 아래층이다. 현관은 아니다. 지하층에서 나
는 소리.

나는 계단으로 걸어간다. 데이비드는 주로 현관을 통해 드나든
다. 데이비드를 찾아온 손님이 아닌가 싶었다.

하지만 부엌등을 켜고 지하층으로 통하는 문을 열자, 반대편에
서 있는 것은 바로 데이비드였다. 두 계단 아래에서 나를 올려다
본다.

"이제부터 이쪽으로 다녀야겠다고 생각했어요."

나는 잠시 멈칫하다가 농담이었다는 사실을 깨닫는다. "이 정도
면 충분하군요." 나는 한쪽으로 물러난다. 데이비드가 나를 지나쳐
부엌으로 들어간다.

나는 문을 닫는다. 우리는 눈을 마주친다. 그가 무슨 말을 하려
는지 알 것 같다. 제인에 대해 말하려는 것이다.

"저는, 저는 그냥 사과를 드리고 싶어서요." 데이비드가 입을 열었다.

나는 얼어붙는다.

"아까 일 말예요."

내가 고개를 홱 돌리자 머리카락이 어깨 위로 늘어진다. "사과해야 할 사람은 나잖아요."

"이미 하셨잖아요."

"또 할 수도 있어요."

"아니에요. 그걸 바라는 게 아니에요. 저도 죄송하다고 말씀드리려고요. 소리 지른 것에 대해서." 그는 고개를 끄덕인다. "그리고 문을 열어둔 것도요. 그럼 힘들어하신다는 걸 알면서 그랬어요."

나는 말을 아낀다. 적어도 그 정도는 해줄 수 있다. "괜찮아요." 이제 제인에 대해 듣고 싶다. 다시 물어봐도 될까?

"저는 그냥……." 그는 부엌 조리대를 한 손으로 짚고 기댄다. "좀 제 영역을 중요시해서. 이 부분에 대해서는 제가 먼저 말씀드렸어야 했어요. 하지만."

문장은 거기서 끝난다. 데이비드는 한쪽 발을 다른 쪽 발 위로 휘적인다.

"하지만요?" 내가 말을 이어간다.

그는 짙은 눈썹 아래 자리 잡은 두 눈을 치켜뜬다. 요동치다 가라앉는 눈빛. 준비가 된 듯하다. "혹시 맥주 있어요?"

"와인이 있어요." 위층 책상에 있는 와인 두 병과 잔 두 개가 머릿속을 스친다. 그것부터 비워야 할 텐데. "한 병 딸까요?"

"좋아요."

나는 데이비드를 지나 캐비닛으로 간다. 그에게서 아이보리 비누 냄새가 난다. 그리고 레드와인 한 병을 꺼낸다. "메를로, 괜찮죠?"

"그게 뭔지도 모르는걸요."

"괜찮은 레드와인이에요."

"괜찮겠네요."

나는 다른 캐비닛을 연다. 비어 있다. 식기세척기 위를 연다. 와인잔 두 개가 손 안에서 부딪힌다. 나는 잔을 조리대에 올려놓고, 코르크를 따서 잔에 따른다.

데이비드는 잔을 당겨 이쪽으로 기울인다.

"건배." 나는 그렇게 말하고 한 모금 들이켠다.

"그게 말이죠." 그가 손에서 와인잔을 굴리며 말한다. "제가 좀 살다 나왔거든요."

여전히 고개를 끄덕이고 있었지만, 나도 모르게 눈동자가 커지는 걸 느꼈다. 누가 실제로 그 말을 하는 건 처음 듣는다. 영화 속 인물들을 제외하고는.

"감옥요?" 내가 듣기에도 멍청한 소리다.

그는 미소 짓는다. "감옥요."

나는 고개를 끄덕인다. "거긴 무슨 일로…… 왜?"

그는 차분한 눈빛으로 나를 바라본다. "폭행요." 그리고 잠시 후, "남자였어요."

나는 그를 응시한다.

"불안해지셨군요."

"아니에요."

거짓말이다.

"그냥 좀 놀랐을 뿐이에요."

"미리 말씀드렸어야 하는 건데." 그는 턱을 긁적인다. "제 말은, 이사 들어오기 전에요. 방 빼라고 하셔도 이해합니다."

진짜 그러겠다는 말인지 모르겠다. 데이비드는 정말 이 집에서 나가고 싶은 걸까? "무슨…… 일이 있었던 거죠?" 내가 묻는다.

그는 조용히 한숨을 내쉰다. "바에서 싸움이 붙었죠. 별 볼 일 없는 얘기예요." 그는 어깨를 으쓱한다. "물론 제가 선방을 날렸죠. 그게 그거지만. 그게 상황을 안 좋게 만들었어요."

"그러면 끝 아닌가요."

"당신이 누구냐에 따라 다르죠."

"으음." 나는 그 말이 의심할 여지 없는 상식인 양 행동한다.

"게다가 내 담당 국변이 주정뱅이였거든요."

"으음." 나는 국변이 무슨 말일까 생각하며 같은 반응을 유지한다. 국선변호인이구나.

"십사 개월을 살았죠."

"어디서 있었어요?"

"싸움요? 아니면 감옥요?"

"둘 다요."

"둘 다 매사추세츠였어요."

"오."

"더 자세히 알고 싶으신가요?"

그랬다. "아니에요."

"멍청한 짓이었죠. 술에 취해서 그만."

"그렇군요."

"그리고 그곳에서 배웠다고 해야겠죠. 자기 영역을 지키는 법 말이에요. 아시잖아요."

"알아요."

우리는 그 자리에서 눈을 내리깔고 서 있다. 이제 막 춤을 추려는 10대 아이들처럼.

나는 무게중심을 이동한다. "살다가 언제 나왔어요?" **적재적소에 상대방의 언어를 사용하라.**

"4월에 나왔죠. 여름 내내 보스턴에 있다가 이쪽으로 넘어온 거예요."

"그렇군요."

"그 말을 반복하시네요." 데이비드가 지적한다. 말투는 여전히 상냥하다.

나는 미소를 지어 보인다. "그러게요." 목을 가다듬는다. "내가 당신 공간을 침범했잖아요. 그러지 말았어야 했고요. 계속 지내셔도 좋아요." 나는 진심일까? 진심이다. 그렇게 생각한다.

그는 와인을 한 모금 홀짝인다. "말씀드리고 싶었어요. 그리고." 데이비드는 잔을 내 쪽으로 기울이며 덧붙인다. "이거 참 괜찮네요, 맛이. 천장도 까먹지 않고 있어요."

우리는 소파에 나란히 앉았다. 벌써 석 잔째다. 데이비드의 석 잔은 내 넉 잔 분량은 되니 총 일곱 잔이라고 해야 할까. 굳이 세고 있지는 않다. 어차피 순식간에 따라잡을 것이다.

"무슨 천장요?"

그가 위를 가리킨다. "지붕 말예요."

"맞다." 마치 건물 골조를 꿰뚫어 보는 사람처럼 나는 위를 올려다본다. "맞다, 그걸 어떻게 기억하고 있어요?"

"방금 말했잖아요. 밖에 나갈 수만 있다면 거기 올라가보고 싶다고. 눈으로 확인해보고 싶다고."

내가 그랬나? "당분간 그런 일은 없을 거예요." 나는 일부러 활기차게 말한다. "정원에 나가지도 못하는걸요."

옅은 미소, 살짝 기울인 고개. "언젠가 그런 날이 오겠죠." 그는 잔을 커피 테이블에 내려놓고 일어선다. "화장실이 어디죠?"

나는 앉은 채로 몸을 비튼다. "저쪽요."

"고맙습니다." 그는 레드룸으로 조용히 사라진다.

나는 다시 소파에 드러눕는다. 머리가 좌우로 흔들린다. 쿠션이 귀에 대고 속삭인다. **이웃이 칼에 찔리는 걸 봤어. 너는 만난 적도 없는 여자잖아. 그 여자를 봤다는 사람이 없는걸. 제발 나를 좀 믿어.**

소변 줄기가 변기를 뚫을 듯한 소리가 들린다. 에드가 저러곤 했는데, 오줌을 너무 세게 눠서 문을 닫아도 밖에서 다 들릴 지경이었다. 도기에 구멍을 내고야 말겠다는 것처럼.

물 내리는 소리가 들리고 수도꼭지에서 물이 쏟아져 나온다.

저 집에 누가 있어. 그녀인 척하는 사람이.

욕실 문이 열렸다가 닫힌다.

그 아들과 남편은 거짓말을 하고 있어. 죄다 거짓말이야! 나는 쿠션에 더 깊이 몸을 묻는다.

그리고 천장을 노려본다. 보조개처럼 빛나는 조명을 노려본다. 눈을 감는다.

그녀를 찾을 수 있게 도와줘.

문이 끼긱거리고 어디선가 경첩 소리가 들린다. 데이비드가 돌아간 것일지도 모른다. 나는 한쪽으로 몸을 기댄다.

그녀를 찾을 수 있게 도와줘.

하지만 다시 눈을 떴을 때, 데이비드는 자리로 돌아와 털썩 주저앉는다. 나는 몸을 일으켜 미소 짓는다. 그도 미소 짓는다. 내가 아닌, 내 뒤를 보면서. "귀여운 꼬마로군요."

나는 뒤를 돌아본다. 올리비아가 반짝이는 액자 속에서 반짝이고 있다. "아래층에도 사진이 있던데." 기억이 난다. "벽에 걸려 있죠."

"네."

"왜 그냥 뒀어요?"

데이비드는 어깨를 으쓱한다. "글쎄요. 대체할 만한 게 없었다고나 할까." 그는 잔을 비운다. "지금 어디 있어요?"

"아빠랑요." 나는 와인을 벌컥인다.

정적.

"보고 싶나요?"

"그럼요."

"남편은요?"

"보고 싶죠. 속마음은."

"자주 통화하세요?"

"항상 하는 편이죠. 어제도 했고."

"다음에 언제 보는데요?"

"한동안 보지 못할 거예요. 하지만 곧 봐야죠."

이 문제에 대해 이야기하고 싶지 않다. 내가 얘기하고 싶은 것은 공원 건너편에 사는 여자에 관한 것이다. "천장, 확인해볼까요?"

계단이 어둠 속으로 말려 올라가 있다. 내가 앞장서고 데이비드가 뒤따른다.

서재를 지나갈 때, 무언가가 다리를 스친다. 펀치. 녀석이 아래층으로 내뺀다.

"고양이예요?" 데이비드가 묻는다.

"고양이였어요." 내가 대답한다.

우리는 불이 꺼진 침실을 지나 맨 위층 층계참까지 올라간다. 나는 손바닥으로 벽을 더듬어 스위치를 찾는다. 갑자기 주변이 환해지자, 나를 보고 있던 데이비드와 눈이 마주친다.

"더 나빠진 것 같진 않네요." 나는 위쪽에 생긴 얼룩을 가리키며 말한다. 지붕으로 난 문 전체에 마치 멍든 자국처럼 퍼져 있다.

"그러네요." 데이비드가 동의한다. "하지만 더 나빠질 것 같은데요. 이번 주 내로 손을 봐야겠어요."

침묵이 이어진다.

"바쁜가 봐요? 일이 많이 들어오나 보죠?"

무반응.

데이비드에게 제인에 대해 말한 적이 있었던가. 나는 생각한다. 지금껏 있었던 일을 얘기하면 그는 뭐라고 말할까.

하지만 그 답을 찾기도 전에, 그가 나에게 키스했다.

55

우리는 층계참 바닥을 뒹군다. 카펫이 내 살갗을 거칠게 쓸고 지나간다. 그때 데이비드가 나를 들어 가장 가까운 침대로 데려간다.

그의 입이 내 입 위에 있다. 까칠하게 자란 수염이 내 볼과 턱을 거칠게 쓸고 지나간다. 한 손은 내 머리를 거칠게 쓸어넘긴다. 다른 한 손은 내 허리끈을 풀어헤친다. 가운이 벗겨지자 나는 배에 힘을 준다. 그는 나에게 더 강렬하게 키스를 퍼붓는다. 내 목과 내 어깨에.

> 흘러나온 옷감, 저 멀리 떠가네.
> 거울은 이리저리 갈라지고 부서지네.
> "그림자 때문에 병이 들겠어." 울부짖는,
> 샬롯의 아가씨.*

왜 지금? 왜 테니슨의 시가?

* The Lady of Shalott, 영국의 시인 앨프리드 테니슨이 1833년 발표한 시. 아서 왕 이야기 중 랜슬롯과 일레인의 일화를 노래하는 작품.

오랫동안 느껴보지 못한 감정이었다. 아주 오랫동안.

나는 지금 이 순간을 느끼고 싶다. 그저 느끼고 싶다. 나는 그림자 때문에 병이 들었다.

잠시 후, 어둠 속 나의 손가락은 그의 가슴과 배, 그리고 배꼽을 따라 난, 마치 도화선과도 같은 털을 쓰다듬는다.

그는 조용히 숨을 내쉰다. 나는 반쯤 잠들어 일몰과 제인의 꿈을 꾼다. 얼마 지나지 않아, 층계참을 디디고 지나가는 부드러운 발소리가 들린다. 놀랍게도, 나는 그가 다시 침대로 돌아오길 희망한다.

11월 7일
일요일

눈을 떴을 때, 머릿속이 복잡했다. 데이비드는 가고 없었고, 그의 베개는 차가웠다. 나는 그 베개에 얼굴을 묻고 그의 땀 냄새를 맡는다.

창가 반대쪽으로, 빛을 피해 옆으로 구른다.

도대체 무슨 일이 있었지?

술을 마시고 있었다. 물론. 술을 마시고 있었다. 나는 두 눈을 질끈 감는다. 그러다가 맨 위층으로 갔다. 그리고 지붕으로 난 문 아래에 서 있었다. 그리고 침대로 향했다. 아니다. 시작은 층계참이었다. 그리고 침대로 향했다.

올리비아의 침대.

눈이 번쩍 떠진다.

나는 지금 아이의 이불로 나의 나신을 둘둘 만 채, 아이의 침대에 누워 있다. 잘 알지도 못하는 남자의 땀이 밴, 아이의 베개를 베고. 세상에, 올리비아, 엄마가 미안해.

나는 어둑한 복도로 이어지는 문간을 슬쩍 본다. 그리고 일어나서 이불로 가슴을 가린다. 올리비아의 이불. 작은 말들이 그려진 올리비아의 이불. 아이가 가장 좋아하던 것이다. 정신이 번쩍 들어 더는 잠을 이룰 수 없다.

나는 창밖으로 시선을 돌린다. 밖은 온통 회색빛이다. 11월의 보슬비가 잎사귀에서 처마에서 떨어진다.

공원 건너편을 바라본다. 이 방에서는 이선의 방이 정면으로 들여다보인다. 이선은 거기 없다.

가운이 타이어마크처럼 아무렇게나 바닥에 널브러져 있다. 나는 침대에서 일어나 가운을 집는다. 왜 손이 떨리지? 그리고 단단히 동여맨다. 슬리퍼 한 짝은 침대 아래, 다른 한 짝은 층계참에서 뒹굴고 있다.

계단 끝에서 숨을 들이쉰다. 공기가 탁하다. 데이비드의 말이 맞았다. 환기를 좀 시켜야 한다. 그러지 않을 거지만, 시켜야 하는 것만은 맞다.

계단을 내려간다. 다음 층계참에서, 나는 길을 건너는 사람처럼 이편, 저편을 확인한다. 침실은 모두 고요하다. 비나가 자고 간 날 어질러진 침실은 여전히 그대로다. **비나가 자고 간 날.** 어쩐지 저속하게 들린다.

지독한 숙취.

한 층 더 내려와서 서재로 들어간다. 자료실로. 러셀의 집이 나를 노려본다. 내 집 안에서 움직일 때조차 그 시선이 나를 따라다니는 것처럼 느껴진다.

소리가 들린다. 그는 아직 모습을 드러내지 않았다.

그가 모습을 드러낸 것은 부엌에서였다. 잔을 들고 물을 들이켜는 중이다. 공간은 어둠과 물건으로 가득 차 있다. 창문 밖 세상만큼이나 흐릿하다.

나는 그의 목에서 꿀렁대는 목젖을 바라본다. 뒷목에는 꾀죄죄한 머리카락이 들러붙어 있고, 접힌 셔츠 아래로 보잘것없는 엉덩이가 보인다. 나는 잠시 눈을 감고 손에 움켜쥐었던 엉덩이와 입술에 느껴지던 목덜미를 회상한다.

다시 눈을 뜨자, 회색빛을 받아 한층 어두워진 눈으로 나를 지켜보는 그가 있다. "사과를 드려야겠죠?" 그가 말한다.

얼굴이 달아오른다.

"깨우고 싶지 않아서요." 그는 잔을 들어 올린다. "한 잔 더 마시려고요. 이제 나갈게요." 그는 나머지를 한 번에 들이켜더니, 잔을 내려놓는다. 손으로 입술을 훔친다.

무슨 말을 해야 할지 모르겠다.

그가 이 상황을 눈치챈 것 같다. "이제 가볼게요." 그는 그렇게 말하며 이쪽으로 다가온다. 나는 긴장하지만, 그는 지하실 문으로 향할 뿐이다. 나는 한쪽으로 비켜서 그가 지나갈 수 있도록 해준다. 어깨가 부딪히려는 찰나, 그는 고개를 돌려 낮은 목소리로 말한다.

"고맙다고 해야 할지, 미안하다고 해야 할지 확신이 서지 않더군요."

나는 그의 눈을 들여다보며 아무 말이나 짜내본다. "아무것도 아니에요." 목소리가 갈라진다. 내 귀에도 그렇게 들린다. "그 부분에 대해서는 걱정하지 않아도 돼요."

그는 가만히 생각하더니 고개를 끄덕인다. "미안하다고 해야겠군요."

나는 시선을 떨군다. 그는 나를 지나쳐 문을 연다. "오늘 밤에는 집에 없을 거예요. 코네티컷에서 일이 들어왔거든요. 내일쯤 돌아옵니다."

나는 아무 대꾸도 하지 않는다.

문이 닫히는 소리가 들리자, 참았던 숨을 내쉰다. 나는 그가 내려놓았던 잔에 물을 따르고, 입술을 가져다 댄다. 그를 다시 느낄 수 있으리라 생각하면서.

57

그냥 그렇게 됐어.

나는 그 표현을 좋아하지 않았다. 너무 가볍다고 해야 하나. 하지만 지금 나와 내가 처한 상황이 그랬다.

그렇게 됐다.

잔을 들고 소파로 간다. 펀치가 꼬리를 앞뒤로 흔들며 쿠션에 웅크리고 앉아 있다. 나는 그 옆에 앉아 허벅지 사이에 잔을 끼우고 고개를 젖힌다.

일단 도덕은 한쪽으로 제쳐두자. 사실, 도덕적인 문제도 아니지 않은가? 세입자와의 섹스 말이다. 믿을 수 없는 건 그 짓을 내 딸 침대에서 했다는 것이다. 에드가 알면 뭐라고 할까? 나는 몸을 움츠린다. 물론 알 길이 없겠지만 그래도. 저 이불을 불태워버리고 싶다. 작은 말이고 뭐고 간에.

집이 나를 둘러싸고 호흡한다. 괘종시계의 가짜 심박 소리가 째깍거린다. 방 전체가 어둠 속에 잠겼다. 흐릿한 어둠. 나는 나 자신과 텔레비전 화면에 비친 내 유령을 바라본다.

만약 저 화면에 등장하는 영화 캐릭터 중 하나였다면 어떻게 했을까? 〈의혹의 그림자〉에 나오는 테레사 라이트처럼 수사를 위해 집을 나섰을까. 〈이창〉의 제임스 스튜어트처럼 친구를 불렀을까. 다음번에는 어느 쪽으로 돌아볼까 고민하면서, 가운을 입은 채 늘 어져 있진 않았겠지.

락트인 증후군*의 원인으로는 뇌졸중, 뇌간 손상, 다발성경화증, 독극물 등이 있다. 신경학적 증상이다. 정확히 말하자면 정신과적 증상이 아니다. 하지만 나는 완전히, 말 그대로 감금되었다. 문은 잠겼고, 창문은 닫혀 있다. 빛이 무서워서 웅크리고 있는 동안, 공 원 건너편에서 한 여자가 칼에 찔렸다. 아무도 눈치채지 못하고 아 무도 그 사실을 모른다. 나를 제외하고는. 가족과 별거 중인 데다, 술에 절어 세입자와 섹스를 해대는 나를 제외하고는 말이다. 이웃 사람들에게는 내가 이상해 보이겠지. 형사들은 농담하는 줄 안다. 의사는 특이한 경우라고 생각한다. 물리치료사는 나를 그저 가여 운 사람으로 여긴다. 갇혀 있는 여자. 영웅도, 탐정도 아니다.

나는 갇혀 있다. 세상 밖에.

나도 모르게 몸을 일으켜, 계단으로 간다. 한쪽 발을 다른 쪽 발 앞에 둔다. 무언가를 알아챈 것은 층계참에서 서재로 들어가려는 순간이다.

벽장이 열려 있다. 아주 살짝. 하지만 열려 있다.

심장이 일순간 정지한다.

하지만 왜? 열 수 있는 문이다. 며칠 전에도 내 손으로 직접 열었 다. 데이비드 때문에.

---

* 감금증후군, 의식은 있지만 전신마비로 인해 외부자극에 반응하지 못하는 상태.

그때 다시 꽉 닫아두었다는 점만 제외하면. 계속 열려 있었다면 진작 눈치챘을 텐데.

나는 거기 서서 불꽃처럼 흔들린다. 나 자신을 믿는가?

나는 나 자신을 믿는다. 어떤 일이 있어도.

나는 벽장으로 걸어간다. 손잡이를 움켜쥐고 조심조심, 멀찍이 돌린다. 그리고 이쪽으로 잡아당긴다.

안은 깊은 어둠이다. 나는 손을 휘저어 다 떨어진 줄을 잡아당긴다. 벽장 안에 불이 켜지면서, 순간 하얗게 눈이 부시다. 마치 전구 속에 들어와 있는 것 같다.

안을 살핀다. 새로운 것도 사라진 것도 없다. 페인트 깡통, 비치 체어.

그리고 저기 선반 위에 에드의 공구상자가 놓여 있다.

어째서인지 모르겠지만, 그 안에 무엇이 들어 있는지 나는 알고 있다.

나는 다가가 그쪽으로 손을 뻗는다. 한쪽 걸쇠를 풀고, 다른 쪽도 푼다. 뚜껑을 들어 올린다, 천천히.

처음 눈에 들어오는 것은 바로 그것이다. 커터가 제자리에 놓여 있다. 빛을 받아, 칼날을 반짝이며.

58

서재 윙백에 틀어박힌 채, 나는 머릿속 생각들을 건조기에 넣고 돌린다. 먼저 자리를 잡은 것은 나였지만, 그 여자가 제인의 부엌에 나타났다. 나는 황급히 서재에서 빠져나갔다. 내 집에 금지구역이 생긴 셈이다.

나는 벽난로 위에 놓인 시계를 바라본다. 12시가 다 되었다. 오늘은 아무것도 마시지 않았다. 잘한 일이라고 생각한다.

나는 움직일 수 없는지도 모른다. 실제로 움직일 수 없다. 하지만 이 상황을 타개할 방법을 생각해낼 수 있다. 체스판. 나는 체스를 잘 둔다. 집중하고, 생각하고, 움직인다.

그림자가 카펫을 따라 길게 뻗어나간다. 마치 나에게서 멀어지려는 듯이.

데이비드는 제인을 만난 적이 없다고 했다. 제인 역시 데이비드에 대해 언급한 적이 없다. 그렇다면 만난 적이 없을 것이다. 그러나 네 병의 와인을 마신 다음이라면? 데이비드가 커터를 빌려간 게 언제였지? 제인이 비명을 질렀던 그날이던가? 아니었던가? 데이비드가 그걸로 제인을 위협했을까? 아니면 그보다 더한 일을 저

질렀을까?

나는 엄지손톱을 잘근잘근 씹었다. 내 머리도 한때는 잘 정리된 문서 보관함이었다. 하지만 지금은 낱장의 종이들이 이리저리 떠다닌다.

아니야. 멈춰. 이미 통제가 안 될 정도로 너무 많이 돌렸어.

그렇다면 여기서 멈추자.

나는 데이비드에 대해서 무엇을 알고 있을까? 폭행으로 구속되어 한때 '살았다는' 것. 상습범이라는 것. 커터를 가지고 있었다는 것.

나는 내가 목격한 것을 목격했다. 경찰이 뭐라고 하든 상관없다. 비나가 뭐라고 하든, 이선이 뭐라고 하든.

아래층 문이 닫히는 소리가 들린다. 나는 몸을 일으켜, 층계참을 살금살금 지나, 서재로 간다. 러셀 가에는 아무도 보이지 않는다.

나는 창가로 다가가, 아래를 내다본다. 저기 그가 있다. 보도에. 느릿한 걸음이다. 청바지는 허리선에서 한참 내려와 있고, 한쪽 어깨에는 백팩을 맸다. 그는 동쪽으로 간다. 나는 그가 사라지는 걸 지켜본다.

나는 창틀에서 떨어진 다음에도 한동안 가만히 서서, 흐릿한 오후 햇살로 몸을 씻는다. 그리고 공원 건너편을 바라본다. 아무것도 없다. 방이 비었다. 하지만 나는 긴장한 채, 그녀가 나타나길 기다린다. 여기를 봐주길 기다린다.

가운이 풀어졌다. 풀려난다. **그녀는 풀려났다.** 그런 책 제목이 있었는데. 읽은 적은 없지만.

세상에, 정신이 소용돌이치고 있다. 나는 양손으로 머리를 부여잡고 쥐어짠다. 생각해.

그러자 갑자기, 깜짝 상자처럼 무언가가 튀어나온다. 갑자기 튀어올라 놀란 나는 뒤로 물러선다. 귀걸이.

어제 나를 잡고 놔주지 않던 생각이 바로 이거였다. 귀걸이. 데이비드의 협탁 위에서 빛나던 귀걸이. 어두운 나무 위에서 선명히 빛나던.

작은 진주 세 알이 달려 있었다. 분명히 봤다.

확실하다.

제인의 것이었을까?

그날 밤, 위험했던 그날 밤. **전 남자친구가 준 선물이에요.** 손가락으로 귓불을 매만지던 그녀. **알리스타가 알고 있는지 모르겠네요.** 레드와인이 목을 타고 빠져나간다. 작은 진주 세 알, 바로 그것이다.

제인의 것이었을까?

아니면 머리가 너무 과열돼서 나온 생각일까? 다른 귀걸이일 수도 있다. 같지만 다른 누군가의 것일 수도 있다. 하지만 나는 이미고개를 젓고 있다. 머리카락이 뺨을 때린다.

제인의 것이 맞아.

나는 가운 주머니에 손을 넣는다. 뻣뻣한 종이 한 장이 닿는다. 콘래드 리틀 형사, NYPD.

아니다. 넣어두자.

나는 뒤로 돌아서서 방을 나간다. 어둠 속에서 층계를 더듬더듬내려간다. 술에 취하지 않았는데도, 두 발로 서 있기가 불안정하다. 부엌에서 지하실 문으로 다가간다. 안쪽으로 밀자, 경첩이 끼긱 소리를 낸다.

나는 뒤로 물러서서 문을 관찰한다. 그리고 뒤로 돌아 계단을 달음질친다. 한 층을 뛰어올라, 벽장문을 열고 전구 줄을 잡아당긴다.

그리고 한쪽 벽면에 기대어 있는 그것을 찾아낸다. 사다리.

다시 부엌으로 내려와, 나는 지하실로 통하는 문에 사다리를 기대어놓는다. 손잡이 아래에 단단히 고정한다. 그리고 움직이지 않을 때까지 슬리퍼를 신은 발로 다리 부분을 찬다. 움직이지 않게 된 다음에도 조금 더. 그러다 발가락을 찧었다.

나는 뒤로 물러선다. 이제 문은 막혔다. 들어오는 길이 하나 줄어든 셈이다.

물론, 나가는 길도 하나 줄었지만.

59

혈관이 말라붙었다. 불이 옮겨붙을 정도로. 나는 마실 것이 필요하다.

문간에서 빙그르 돌다가 펀치의 밥그릇에 걸려버리고 만다. 나는 바닥으로 미끄러지고 그릇의 물이 흘러넘친다. 나는 욕을 퍼붓고 자리에서 일어난다. 집중해야 한다. 생각해야 한다. 메를로 한 잔이 도움이 될 것이다.

깨끗하고 고급스러운 벨벳 한 줄기가 목을 타고 넘어간다. 잔을 내려놓을 때쯤, 와인이 내 피를 식혀주고 있음을 느낀다. 나는 방을 둘러본다. 시야는 또렷하고 뇌에는 기름칠이 되어 있다. 나는 기계다. 생각하는 기계. 수세기 전에 나온 탐정소설 속 캐릭터의 애칭 아니던가, 자크 아무개가 쓴. 추리를 통해 미스터리를 해결하던, 냉혹하고 논리적인 박사님이었지. 내가 기억하는 바로는, 작가는 타이타닉에 탔다가 아내를 구명보트에 태워 보내고 죽었다고 한다. 목격자에 따르면 그는 침몰하는 배 위에서, 동료 작가인 잭 애스터와 담배를 나눠 피웠다고 한다. 기우는 달을 등지고 연기를 들이마시면서. 열심히 생각해서 지어낸 이야기는 아닌 것 같다.

어쨌든 나도 박사다. 그리고 나 또한 냉혹하고 논리적이 될 수 있다.

그렇다면 다음은.

누군가, 벌어진 일을 확인해줄 수 있는 누군가가 반드시 존재한다. 혹은 적어도 누구에게 무슨 일이 일어났는가를 확인해줄 사람은 있을 것이다. 제인에게서 시작하는 것이 곤란하다면, 알리스타에게서 시작하면 된다. 깊은 발자국을 남긴 사람이니까. 그는 과거를 가진 인물이다.

나는 서재로 올라간다. 한 걸음 옮길 때마다 앞으로의 계획이 머릿속에 수립된다. 공원 건너편으로 시선을 돌렸을 때, 거기 그녀가 다시 등장한다. 응접실이다. 은색 휴대전화를 한쪽 귀에 대고 있다. 나는 책상 앞에 앉으려던 찰나에, 움찔거린다. 나에게는 준비된 원고와 전략이 있다. 게다가 컨디션도 좋다(나는 그렇게 말하며 자리에 앉는다).

마우스. 키보드. 구글. 전화. 나의 장비들이다. 나는 다시 러셀 가로 시선을 돌린다. 이제 그녀는 캐시미어를 입은 등판을 이쪽으로 돌리고 앉아 있다. 좋아. 계속 그렇게만 해줘. 여긴 우리 집이고, 이게 내 생각이다.

나는 데스크톱 화면에 비밀번호를 입력한다. 잠시 후, 내가 찾던 것을 온라인에서 발견한다. 하지만 휴대전화 비밀번호를 입력하기 전, 나는 잠시 멈칫한다. 전화번호 추적이 가능할까?

나는 인상을 찌푸리며 전화기를 내려놓는다. 그리고 마우스를 잡는다. 커서가 화면에서 깜빡이다 스카이프 아이콘 쪽으로 이동한다.

잠시 후, 산뜻한 알토 톤의 목소리가 나에게 인사를 건넨다. "앳 킨슨입니다."

"안녕하세요." 나는 목을 가다듬고 인사한다. "알리스타 러셀 씨의 사무실을 찾고 있는데요." 나는 얘기를 이어간다. "러셀 씨가 아니라 밑에 직원과 통화하기만 하면 됩니다." 반대편에서는 말이 없다. "깜짝 놀래켜드릴 일이 있어서요." 나는 설명을 덧붙인다.

또 말이 없다. 키보드를 두드리는 소리가 들린다. 잠시 후. "알리스타 러셀 씨는 지난달에 해고되셨습니다."

"해고됐다고요?"

"그렇습니다." 그녀는 훈련받은 말투였다. 마지못해 하는 소리처럼 들린다.

"무슨 이유로?"

"저도 잘 모르겠습니다. 부인."

"그의 사무실로 연결해주실 수 있나요?"

"말씀드렸다시피, 그는……."

"그러니까 전 사무실요."

"전 사무실은 보스턴 지점에 있습니다." 그녀는 문장 끝을 말아 올리는 젊은 여자의 목소리를 가졌다. 질문인지 대답인지 분간할 수 없다.

"그렇군요. 보스턴……."

"지금 연결해드리겠습니다." 음악이 시작된다. 쇼팽의 야상곡. 일 년 전이었다면 어느 곡인지 정확히 알아맞힐 수 있었을 텐데. 아니다. 산만해지지 말자. 생각해야 해. 술을 마시는 편이 더 나을 것 같다.

공원 건너편. 그녀가 시야에서 사라졌다. 알리스타에게 말하고 있을지 궁금해진다. 무슨 말을 하는지 입술을 읽을 수 있으면 좋으련만…….

"앳킨슨입니다." 이번에는 남자다.

"알리스타 러셀 씨의 사무실로 연결 부탁드립니다."

말이 끝나기 무섭게, "안타깝게도 러셀 씨는……."

"이제 근무하지 않는다는 거 압니다. 하지만 저는 그 밑에 직원과 통화하고 싶은 거라. 예전 직원 말이죠. 개인적인 일로요."

잠시 후, 그가 응대한다. "그쪽으로 연결해드리죠."

"그게……." 이번에도 피아노 곡이다. 음표가 여울진다. no.17, B장조인가? 아니면 no.3? no.9? 예전엔 다 알았는데.

집중하자. 나는 물 묻은 개처럼 머리와 어깨를 털어낸다.

"여보세요. 알렉스입니다." 또 남자라고 생각했지만, 목소리가 워낙 가볍고 특징이 없어서 확신할 수 없었다. 그 이름만으로는 알 수가 없다.

"저는……." 나에게도 이름이 필요하다. 그 지점을 깜빡했다. "알렉스예요. 저도 알렉스라고 합니다." 맙소사. 하지만 이게 최선이다.

수많은 알렉스들 사이에 비밀스러운 악수가 오간다면, 이 알렉스는 손을 내밀지 않을 것이다. "뭘 도와드리면 될까요?"

"저기, 저는 알리스타의 친구인데요. 러셀 씨 말입니다. 뉴욕 지점으로 전화를 했더니 이직한 것 같더라고요."

"맞습니다." 알렉스가 쿵쿵거린다. 그 혹은 그녀는 코맹맹이 소리를 낸다.

"당신은 그의…… 비서였나요? 부하직원?"

"부하직원이었습니다."

"아. 그렇군요. 실은 몇 가지 궁금한 게 있어서요. 회사를 관둔

게 언제죠?"

또 다른 쿵쿵거림이 이어진다. "4주 전요. 아니, 5주로군요."

"그거 참 이상하네요." 내가 말한다. "우리는 녀석이 뉴욕으로 오게 된다고 해서 신이 났었거든요."

"알고 있습니다." 알렉스가 말한다. 그 혹은 그녀의 목소리에서 열이 오르는 게 느껴진다. 떠들고 싶은 가십이 있는 눈치다. "어쨌든 뉴욕으로 이사를 가긴 했죠. 하지만 옮긴 건 아니에요. 사실 이 회사와 함께하려고 모든 걸 준비해둔 상태였으니까요. 집이랑 모든 걸요."

"그랬나요?"

"네. 할렘에 큰 집을 샀어요. 온라인으로 찾아봤는걸요. 인터넷으로 스토킹 좀 했죠." 남자들이 뒷말을 이 정도로 즐기던가? 여자일지도 모르겠다는 생각이 들었다. 대단한 성차별주의자 납셨군. "하지만 무슨 일이 있었는지는 저도 몰라요. 다른 데로 옮긴 것 같진 않아요. 직접 물어보면 더 자세히 말해주겠죠." 쿵쿵. "죄송해요. 감기에 걸려서요. 어떻게 아시는 사이라고요?"

"알리스타와요?"

"네."

"아, 대학 동기예요."

"다트머스 출신이신가 보죠?"

"맞아요." 그 사실은 깜빡했다. "그래서, 계속 물어봐서 죄송하지만, 알리스타는 다른 데로 간 건가요, 아니면 잘린 건가요?"

"저도 모른다니까요. 무슨 일이 있었는지 직접 알아보셔야겠네요. 정말 대단히 이해하기 힘든 일이었거든요."

"그렇다면 직접 물어보도록 하죠."

"여기서 정말 인기 있는 분이셨거든요." 알렉스가 말한다. "정말 좋은 사람이었어요. 그런 사람을 자르거나 그러진 않았을 것 같아요."

나는 안타까운 목소리로 말한다. "그 아내분에 대해 한 가지만 여쭤봐도 될까요."

쿵쿵. "제인 말씀이시죠."

"한 번도 만난 적이 없어서요. 알리스타가 선을 긋는 느낌이었다고나 할까." 목소리가 움츠러든다. 제발 알렉스가 눈치채지 말아야 할 텐데. "그런데 이사 선물을 주려니까, 어떤 걸 좋아하는지 알 수가 있어야죠."

쿵쿵.

"스카프가 어떨까 생각 중이었는데요. 어떤 색이 어울릴지 몰라서." 나는 침을 삼킨다. 설득력 없는 이야기다. "이상한 이야기죠. 저도 알아요."

"사실……." 알렉스가 목소리를 낮추며 이야기한다. "저도 만난 적이 없어요."

좋아, 그렇다면 알리스타는 정말로 선을 긋고 있는 것인지도 모른다. 나라는 상담사는 참으로 훌륭하다.

"그는 선을 딱 그어버리거든요!" 알렉스가 계속한다. "정말 정확한 표현이에요."

"그러니까요!" 나는 맞장구를 친다.

"육 개월이 넘도록 같이 일했는데, 그녀를 한 번도 본 적이 없어요. 제인요. 아이만 한 번 봤었죠."

"이선 말이죠."

"착한 아이예요. 좀 수줍긴 하지만. 만나보셨어요?"

"네, 몇 년 전에."

"착한 아이죠. 사무실에서 딱 한 번 봤었어요. 둘이서 브루인스 팀의 아이스하키 경기를 보러갔죠."

"그럼 제인에 대해서는 말씀해주실 수 있는 게 없겠네요." 나는 다시 한 번 알렉스를 환기시킨다.

"아니, 잠시만요. 지금 어떻게 생겼는지 알고 싶으신 거잖아요, 그렇죠?"

"맞아요."

"사무실 어딘가에 사진이 있을 텐데."

"사진요?"

"뉴욕으로 보내려던 잡동사니 상자가 있었거든요. 저기 있네요. 그렇잖아도 저걸 어떻게 해야 할지 고민 중이었죠." 쿵쿵. 콜록콜록. "확인해볼게요."

알렉스가 수화기를 내려놓자, 전화기가 책상에 부딪히는 소리가 들린다. 이번에는 쇼팽이 아니다. 나는 입술을 씹으며 창문을 내다본다. 여자가 부엌에서 냉장고 안을 들여다보고 있다. 아주 잠깐 동안, 나는 저 안에 들어 있는 제인을 상상한다. 서리로 뒤덮인 그녀의 몸과 꽁꽁 얼어버린 채 빛나는 눈동자.

수화기에서 부스럭거리는 소리가 들린다. "한 장 찾았네요." 알렉스가 말한다. "사진요."

나는 숨을 고른다.

"머리카락은 검고요, 피부색은 밝네요."

나는 숨을 내쉰다. 두 사람 모두 검은 머리카락과 밝은 피부색을 가졌다. 진짜 제인과 가짜 제인 모두. 도움이 되지 않았다. 하지만 체중에 대해서는 아직 물어보지 않았다. "그렇군요. 좋아요." 내가 말한다. "다른 건 뭐 없나요? 혹시 사진을 스캔해서 이쪽으로 보내주실 수 있나요?"

정적이 흐른다. 나는 공원 건너편에서 냉장고 문을 닫는 여자를 바라본다. 그녀는 이내 방을 나선다.

"이메일 주소를 드릴게요."

아무 말이 없다. 그렇다면.

"친구분이라고 하셨죠?"

"알리스타의 친구요. 맞아요."

"아시다시피, 개인 정보는 아무하고나 공유하지 못하도록 되어 있어요. 본인에게 직접 물어보시는 게 좋을 듯하네요." 이번에는 쿵쿵거리지 않는다. "이름이 알렉스라고 하셨나요?"

"맞아요."

"성이?"

나는 입을 벌리고 통화종료 버튼을 누른다.

실내는 고요하다. 복도 맞은편 에드의 자료실에서 시계가 째깍거리는 소리가 들린다. 나는 숨을 참는 중이다.

알렉스가 알리스타에게 전화를 걸고 있을까? 그 혹은 그녀가 내 목소리가 어떤지 묘사할까? 그가 우리 집 전화나 휴대전화로 전화를 걸어올까? 나는 책상 위의 휴대전화를 노려본다. 마치 잠들어 있는 짐승을 바라보듯. 놈이 움찔하길 기다리는 동안, 흉곽 안의 심장이 미친 듯이 요동친다.

휴대전화는 저기, 움직임 없이 놓여 있다. 이동하지 않는 이동통신.

하아.

집중하자.

60

부엌으로 내려오자 빗방울이 창문에 점점이 찍힌다. 나는 잔에 메를로를 들이붓는다. 그리고 길게 들이켠다. 바로 이게 필요했다.

집중하자.

전에 몰랐다가 알게 된 게 뭐지? 알리스타가 공과 사를 뚜렷이 구분한다는 것. 많은 폭력 전과자들의 프로필과 상응하는 부분이다. 하지만 딱히 다른 정보는 없다. 계속해보자. 그는 회사의 뉴욕 지점에 발령이 나려던 상황이었다. 부동산을 구매했고, 가족들을 이사시켰다. 하지만 무언가 잘못되는 바람에, 아무 데도 자리잡지 못했다.

무슨 일이 있었던 걸까?

몸이 떨린다. 실내 공기가 쌀쌀하다. 나는 발을 질질 끌며 난로 옆으로 가서 손잡이를 돌린다. 작은 불꽃의 정원이 피어난다.

소파에, 쿠션에 몸을 맡긴 채, 와인을 기울인다. 가운이 몸에 달라붙는다. 빨아야 할 것 같다. 내 몸도 씻어야 할 것 같다.

주머니에는 여전히 리틀 형사의 명함이 있다. 하지만 그대로 둔다.

그리고 그대로 앉아 나 자신과 텔레비전 화면에 비친 나의 그림자를 바라본다. 쿠션에 파묻힌 채, 칙칙한 가운을 입은 모습이 마치 유령 같다.

아니다, 집중하자. 다음 단계. 나는 커피 테이블에 잔을 올려두고 무릎으로 팔꿈치를 받친다.

그러나 다음 단계가 존재하지 않음을 깨닫는다. 존재조차 증명할 수 없다. 그녀의 과거와 현재, 나의 제인, 진짜 제인의 실종 혹은 죽음은 더더욱 요원하다.

혹은 죽음은.

나는 집에 갇혀 있는 이선을 떠올린다. **착한 아이예요.**

나는 밭을 가는 사람처럼 머리카락을 쓸어올린다. 미로에 갇힌 생쥐가 된 기분이다. 또다시 실험 심리학이다. 작은 생명체들. 조그만 눈망울과 풍선 끈 같은 꼬리를 한 생명체들은 막다른 길로 갔다가, 또다시 다른 막다른 길에 이르러 종종걸음 친다. "잘 좀 해봐." 우리는 그들을 몰아가며 웃고, 내기를 걸 것이다.

나는 웃고 있지 않다. 리틀 형사에게 말해야 할 것인가에 대해 다시 한 번 생각한다.

하지만 대신, 나는 에드에게 말하기로 한다.

"이렇게 점점 정상이 아니게 되어가는구나, 당신?"

나는 한숨을 내쉬며 서재 카펫을 가로지른다. 블라인드를 내려 그 여자가 나를 볼 수 없도록 해두었기 때문에 방 안에는 희미한 빛만이 감돈다. 동물을 가둬둔 우리처럼.

"철저하게 무력해진 기분이야. 마치 영화를 보러 갔는데, 불이 켜지고 모두가 나가버린 뒤에도 나 혼자 거기 앉아서 무슨 일이 일어난 건지 알아내려고 애쓰는 것 같다고.”

에드는 숨죽여 낄낄거린다.

“뭐? 뭐가 그렇게 웃겨?”

“이 상황을 영화에 비유하는 게 너무 당신 같아서 그래.”

“그래?”

“그래.”

“그렇다면 근래의 내 평가 기준이 매우 제한적이 되었나 보군.”

“알았어, 알았어.”

어젯밤 일에 대해서는 한마디도 하지 않았다. 생각만으로도 움찔하고 놀랐다. 하지만 이야기가 영화 필름처럼 자연스레 이어진다. 제인을 사칭하는 여자로부터의 메시지, 데이비드의 집에 있던 귀걸이, 커터, 알렉스와의 전화통화.

“마치 영화에서 일어나는 일 같아.” 나는 같은 말을 반복한다. “당신이 이 말을 들으면 좀 더 놀랄 거라 생각했는데.”

“뭐에 놀라야 하는데?”

“우리 세입자의 침실에 죽은 여자의 귀걸이가 있다는 점.”

“그게 그 여자 것인지는 모르잖아.”

“맞아. 확실해.”

“아니. 그럴 수 없어. 당신은 그 여자가……”

“뭐라고?”

“알잖아.”

“뭘?”

이제 에드는 한숨을 내쉰다. “그 여자가 살아 있는지도 알지 못하잖아.”

“살아 있다고 생각하지 않아.”

"내 말은 애초에 존재했는가에 대한 문제도 확신할 수 없다는 거지. 혹은……."

"아니, 확신해. 확신할 수 있어. 나는 망상을 늘어놓는 게 아니야."

침묵이 흐른다. 나는 그의 숨소리에 집중한다.

"편집증 증상이 아니라고 생각하는 거야?"

에드가 그 말을 끝내기도 전에 나는 이미 그 질문에 대답한다. "실제로 일어나고 있는 일을 두고 편집증적 망상이라고 부르지는 않아."

또다시 침묵이 흐른다. 에드는 이제 대꾸가 없다.

다시 입을 열자, 나의 목소리는 매우 신경질적으로 들린다. "이런 질문을 받는 건 정말 짜증나는 일이야. 이렇게 갇혀 있는 것도." 나는 숨을 헐떡인다. "이 집 안에, 이……."

'고리'라고 말하려던 참이다. 하지만 내가 적절한 단어를 찾은 순간, 에드가 먼저 입을 연다.

"알아."

"당신은 몰라."

"그렇다면 상상할 수 있다고 치자. 진정해, 애나." 에드는 내가 끼어들 틈을 주지 않고 말을 이어나간다. "당신은 이틀이나 지나치게 빠른 속도로 달렸어. 주말 내내. 게다가 이제는 데이비드가 관련이 있다고 말하고 있고…… 뭐가 됐든." 그가 기침한다. "당신은 지금 너무 숨이 찬 상태야. 아무래도 오늘 밤에는 영화를 한 편 보거나 독서라도 해봐. 일찍 자는 것도 좋을 것 같고." 기침이 이어진다. "약은 제대로 먹고 있는 거야?"

아니. "당연하지."

"술이랑 같이 먹는 건 아니지?"

당연히 술이랑 같이 먹고 있지. "그럴 리가."

정적이 흐른다. 에드가 내 말을 믿어줄지 모르겠다.

"리비에게 전할 말 없어?"

나는 안도의 숨을 내쉰다. "있어." 나는 창문에 부딪히는 빗방울 소리를 듣는다. 그리고 잠시 후, 올리비아의 목소리가 들린다. 숨소리가 섞인 부드러운 목소리.

"엄마?"

나는 환하게 웃는다. "안녕, 우리 꼬마 아가씨."

"안녕."

"잘 지내?"

"응."

"보고 싶어."

"으응."

"그건 무슨 반응이야?"

"'으응'이라고 했어."

"'나도 보고 싶어요, 엄마'라는 뜻이니, 그건?"

"응. 거기 무슨 일 있어?"

"어디?"

"뉴욕에." 아이는 항상 그렇게 말한다. 너무 형식적이다.

"집을 말하는 거니?" 집. 감정이 복받친다.

"응, 집에."

"새로 이사 온 사람들한테 무슨 일이 좀 있나 봐. 건넛집에 이사 온 사람들 있잖아."

"무슨 일인데?"

"별일 아니야, 얘야. 무슨 오해가 있나 봐."

그때 에드의 목소리가 끼어든다. "저기, 애나. 끼어들어서 미안, 아가. 데이비드에 관해서 우려되는 부분이 있다면, 경찰에 연락해야 해. 그 사람이 이 사건에 연관이 있어서가 아니라…… 당신도 알다시피, 전과도 있고. 자기 세입자를 겁내서야 되겠어?"

나는 고개를 끄덕인다. "알았어."

"알아들은 거지?"

나는 다시 고개를 끄덕인다.

"그 형사 번호 있댔지?"

"리틀 형사. 번호 있어."

나는 블라인드를 통해 밖을 내다본다. 공원 건너편에서 작은 움직임이 포착된다. 러셀 가의 앞문이 활짝 열려 있다. 잿빛 보슬비 위로 하얀 빛이 쏟아진다.

"그래." 에드가 말하지만, 나는 그의 말을 듣고 있지 않다.

문이 닫히고, 그 여자가 현관 입구에 모습을 드러낸다. 무릎까지 오는, 불타는 횃불처럼 빨간 코트를 입고, 머리 위에 투명한 우산을 받치고 섰다. 나는 카메라를 집으려고 책상 위로 손을 뻗는다. 그리고 카메라를 눈으로 가져간다.

"뭐라고?" 나는 에드에게 되묻는다.

"당신이 자신을 좀 잘 돌봤으면 좋겠다고 말했어."

나는 뷰파인더를 통해 밖을 내다본다. 정맥류 같은 빗줄기가 우산을 타고 흐른다. 나는 렌즈를 낮춰 그녀의 얼굴을 줌인한다. 끝이 오똑한 콧망울, 우유 같은 피부. 눈 아래 어두운 구름이 드리워져 있다. 잠을 자지 못한 것 같다.

에드에게 작별인사를 할 때쯤, 그녀는 롱부츠를 신고 현관을 천천히 내려온다. 그리고 멈춰 서서 휴대전화를 주머니에서 꺼내 바라본다. 그리고 다시 집어넣더니 동쪽으로 향한다. 나를 향해 오고 있다. 우산 뒤로 보이는 그녀의 얼굴은 흐릿하다.

그녀와 할 말이 있다.

61

지금이다. 그 여자가 혼자 있는 동안. 알리스타가 끼어들 수 없는 순간. 지금이야. 피가 거꾸로 쏠린다.

지금이야.

나는 복도로 튀어나간다. 계단을 달음질친다. 생각으로 안 된다면, 행동하면 된다. 생각으로 안 되는 거라면, **생각하지 마.** 생각을 해봤지만, 여태 어떤 결론도 이끌어내지 못했다. "정신 이상의 정의는 말이야, 애나." 웨즐리 박사는 곧잘 아인슈타인을 언급하며 내게 상기시키곤 했다. "같은 행동을 하고, 또 하고, 또 하는 거야. 다른 결과를 바라면서." 그러니까 생각하는 걸 그만두고 행동을 개시해.

물론, 내가 행동을 개시한 것은 사흘밖에 되지 않았다. 이런 행동을 반복한 시간 말이다. 게다가 병원 침대에 드러누웠던 것까지 포함하면. 그 짓을 다시 하는 것은 미친 짓이다.

어찌 봐도, 나는 미쳤다. 좋다. 나도 알 필요가 있다. 게다가 내 집이 안전한지조차 더는 확신할 수 없게 되었다.

부엌 바닥을 가로지르는 와중에, 슬리퍼가 미끄러진다. 소파로 방향을 바꾼다. 신경안정제가 든 약통이 커피 테이블 위에 있다. 나는 약통을 뒤집어 손바닥에 아티반 세 알을 털어 입으로 가져간다. 건배. 마법의 물약을 마시는 앨리스가 된 기분이다.

문으로 달려간다. 무릎을 꿇고 우산을 집는다. 일어서서 빗장을 한쪽으로 밀친다. 문을 확 열어젖힌다. 이제 현관이다. 희미한 불빛이 유리를 뚫고 들어온다. 나는 숨을 쉰다. 하나, 둘. 버튼을 누른다. 갑자기 들이마시는 숨소리를 내며 어둠 속에서 우산이 펼쳐진다. 나는 우산을 눈높이로 들고, 다른 손으로 잠금장치를 더듬는다. 비결은 호흡을 계속하는 것이다. 멈추지 않는 것이다.

나는 멈추지 않는다.

잠금장치가 손 안에서 돌아간다. 다음은 문손잡이. 나는 눈을 질끈 감고 문손잡이를 당긴다. 차가운 공기가 헉 하고 들어온다. 우산이 문에 걸려 찌그러진다. 나는 조심조심 문간을 빠져나간다.

이제 차가움이 나를 에워싼다. 나를 껴안는다. 나는 계단 아래로 종종걸음한다. **하나, 둘, 셋, 넷.** 우산이 허공을 뚫고 나간다. 뱃머리가 앞장서듯, 공기를 가르고 지나간다. 두 눈을 단단히 감고 있지만, 나는 느낄 수 있다. 나를 감싼 날카로운 기류의 흐름을.

정강이가 멈춘다. 금속이다. 대문이구나. 나는 무언가가 잡힐 때까지 손을 휘휘 젓는다. 그리고 문을 열고 통과한다. 슬리퍼 바닥이 콘크리트에 부딪힌다. 나는 거리에 있다. 바늘 같은 빗방울이 내 머리카락과 피부에 꽂히는 것이 느껴진다.

이상하다. 터무니없는 우산 전술을 연마하는 몇 달 동안 나와 필딩 박사는 왜 그냥 눈을 감는 작전을 생각해내지 못했을까. 눈을 감고 밖을 나다니는 건 말도 안 되는 짓이니까, 나는 생각한다. 기압이 느껴진다. 신경이 곤두선다. 물론 나도 알고 있다. 하늘은 넓고도 깊으며, 마치 위아래가 뒤집힌 바다와도 같다……. 하지만 나는 눈을 질끈 감고 우리 집을 떠올린다. 나의 서재, 부엌, 그리고 소파, 고양이, 컴퓨터, 나의 사진들.

나는 왼쪽으로 회전한다. 동쪽으로.

나는 눈을 감은 채 보도를 걷고 있다. 내가 어디 있는지 알 필요가 있다. 나는 눈을 뜰 필요가 있다. 아주 천천히 나는 한쪽 눈꺼풀을 들어 올린다. 빛이 속눈썹 사이로 스며든다.

아주 잠깐, 나는 속도를 낮춰 거의 멈추다시피 한다. 나는 눈을 가늘게 뜨고 우산의 내부를 바라본다. 검은 줄 네 개, 흰 줄 네 개. 나는 그 선들이 심박측정기처럼 오르내리며 살아 움직이는 것을 상상한다. 나의 혈액의 흐름에 따라 오르내리는 선들. **집중해.** 하나, 둘, 셋, 넷.

나는 우산을 살짝 올린다. 그리고 거기서 몇 도 더. 저기 그녀가 있다. 스포트라이트처럼 환하고, 불처럼 붉은 그녀. 붉은 코트와 어두운 부츠. 머리 위에서 흔들리는 투명 비닐우산. 우리 사이에 있는 것은 빗줄기가 만들어내는 터널과 이 길뿐이다.

만약 그녀가 돌아본다면 나는 뭘 해야 할까?

하지만 그녀는 돌아보지 않는다. 나는 우산을 내리고, 다시 한번 두 눈을 감는다. 그리고 발을 앞으로 내디딘다.

두 번째 걸음. 그리고 세 번째. 그리고 네 번째. 보도에 난 틈에 걸려 발을 헛디뎠을 때, 슬리퍼는 다 젖고, 몸은 떨리고 있었다. 땀이 등줄기를 타고 흐른다. 나는 다시 눈을 뜨는 위험을 감수하기로 한다. 이번에는 다른 쪽 눈을 뜨기로 한다. 벌거벗은 화염과도 같은 그녀가 시야에 들어올 때까지 우산을 들어 올린다. 나는 왼편을 바라본다. 딥프나 스쿨이 보인다. 이제는 붉은 벽돌집이 되어버린 건물은 잠자코 창문을 덜컹이는 중이다. 나는 오른편을 바라본다. 길을 따라 내려오는 픽업트럭의 두 눈이 반짝인다. 헤드라이트가 어둠 속에서 시퍼렇게 빛을 내고 있다. 나는 그 자리에 얼어붙는다. 차가 유유히 지나간다. 나는 다시 눈을 쥐어짠다.

다시 눈을 떴을 때, 그것은 사라지고 없다. 나는 땅을 내려다보며 그녀가 사라졌는지 확인한다.

사라졌다. 보도에는 아무도 없다. 저 멀리 안개 너머로 교차로가 보이고, 한 무리의 차량이 보인다.

안개가 짙어진다. 동시에 시야가 선명해지고 되살아나는 게 느껴진다.

무릎이 갑자기 움찔하더니 그 자리에서 힘이 풀린다. 나는 바닥으로 가라앉는다. 그 순간, 현기증이 일고, 나는 나 자신을 위에서 내려다본다. 흠뻑 젖은 가운을 입은 채로 몸을 떨고 있다. 머리는 등에 달라붙고, 우산은 아무 쓸모 없이 앞을 향하고 있다. 외로운 거리에 서 있는 외로운 형상 하나.

나는 더 아래로 고꾸라진다. 콘크리트로 녹아내린다.

하지만…….

……그녀가 사라졌을 리 없다. 아직 블록 끝까지 가진 못했을 것이다. 나는 눈을 감고 그녀의 뒷모습을 그린다. 목덜미를 간질이는 머리카락. 그리고 나는 우리 집 조리대에 서 있던 제인을 떠올린다. 어깨 아래로 땋아 내린 긴 머리.

제인이 나를 돌아보자, 무릎이 바짝 긴장된다. 가운이 길에 질질 끌리는 걸 느낄 수 있다. 나는 아직 쓰러지지 않았다.

나는 똑바로 서서 다리에 힘을 준다.

그녀는 분명 사라졌다…… 나는 머릿속 지도를 훑는다. 빨간 집 너머에 뭐가 있더라? 길 반대편에는 지금은 비어 있는 골동품 가게가 있고, 옆으로는…….

커피숍이다. 그녀는 커피숍에 있다.

나는 고개를 젖히고 턱을 든다. 마치 하늘로 발사되려는 사람처럼. 발뒤꿈치가 피스톤 운동을 하고, 나의 평발은 힘차게 땅을 민다. 우산 손잡이가 손아귀에서 불안하게 흔들린다. 중심을 잡으려고 한쪽 팔을 휘두른다. 비가 들이치고, 멀리서 차들이 지나가는 소리가 들리는 이 순간, 나는 나 자신을 위로, 위로, 위로, 끌어올린다. 다시 일어설 수 있을 때까지.

신경이 타들어간다. 심장에 불이 붙는다. 혈관을 타고 흐르는 아티반이 느껴진다. 막힌 호스를 뚫고 지나가는 깨끗한 물처럼 내 혈관을 씻어낸다.

하나. 둘. 셋. 넷.

나는 한쪽 발을 내디딘다. 잠시 후, 다른 발이 뒤따른다. 나는 발을 질질 끌며 걸어간다. 내가 지금 걷고 있다는 사실을 믿을 수가 없다. 내가 지금 걷고 있다니.

차량들이 악을 쓰며 우는 소리가 더 가까이에서 들린다. 계속 걷자. 나는 우산 너머를 훔쳐본다. 시야가 가득 찬다. 나를 둘러싼다. 밖에는 아무것도 없다.

오른쪽을 부딪치기 전까지만 해도.

"이런, 미안해요."

나는 움찔한다. 무언가, 누군가 나와 부딪히면서 우산을 한쪽으로 밀어냈다. 옅은 청바지에 코트를 입은 그 사람이 지나간 다음, 뒤를 돌았을 때, 나는 유리에 비친 내 모습을 발견한다. 끔찍한 머리, 축축해진 피부, 거대한 꽃처럼 손에 들려 있는 격자무늬 우산.

반사된 모습 너머로, 유리창 안쪽에, 그녀가 보인다.

나는 커피숍에 와 있다.

그녀를 바라본다. 시야가 굴절된다. 머리 위 차양이 아래로 내려온다. 눈을 감는다. 그리고 다시 뜬다.

입구가 코앞이다. 팔을 뻗자 손가락이 부들부들 떨린다. 손잡이를 잡기 전, 문이 열리며 젊은 남자가 등장한다. 본 적이 있는 얼굴. 다케다 씨네 아들이다.

이렇게 가까이서 본 것이 일 년은 더 된 일 같다. 렌즈가 아닌, 이렇게 마주보는 것은. 키가 많이 자랐고 턱과 뺨에는 뭉툭한 털이 마구 돋아나 있었다. 하지만 아이는 여전히 예전과 똑같은, 형언할 수 없는 온순한 분위기를 뿜고 있다. 어린아이들 머리 위를 맴도는 비밀스러운 후광. 예전부터 나는 알아볼 수 있었다. 올리비아도 똑같은 것을 가지고 있었다. 이선도.

이 아이, 아니 젊은이는(왜 이름이 기억나지 않는 거지?) 문을 잡아주며 나에게 들어오라고 손짓한다. 그 손을 알아볼 수 있다. 첼리스트의 단단한 손. 부랑자 같은 꼴을 하고 있는 나를, 이 아이는 친절하게 대해주고 있다. 부모가 잘 키웠나 보군요, 리지할머니라면 그렇게 말할 것이다. 아이가 나를 알아보았는지 궁금해졌다. 나였다면 알아보지 못했으리라 생각한다.

아이를 지나 가게 안으로 들어서자, 기억이 되살아난다. 일주일에 몇 번씩 들르던 곳이다. 커피 내릴 시간조차 없는 아침마다 이곳에 왔다. 이 가게의 블랜드는 꽤나 쓴 편이었다. 아마 아직도 그럴 것이다. 하지만 이 가게의 분위기를 좋아했다. 금이 간 거울에 오늘의 메뉴를 매직 마커로 갈겨 써놓은 것. 오륜기 모양의 커피

얼룩이 남은 카운터. 흘러간 노래가 나오는 스피커. "가식 없는 미
장센으로 가득하군." 처음 그곳으로 데려간 날, 에드는 그렇게 평
했다.

"두 단어를 한 문장에 사용하는 것은 불가능해."

"그럼 그냥 가식이 없다고만 해두지."

여하튼 이곳은 그대로다. 병실은 충격으로 다가왔지만, 이 공간
은 다르다. 이곳은 신세계였다. 눈썹이 떨린다. 나는 눈을 들어 시
끌벅적한 손님들을 바라본다. 그리고 계산대에 압정으로 고정된
메뉴를 탐색한다. 이제 한 잔에 2.95달러다. 마지막으로 들렀을 때
보다 5센트 오른 가격이다. 망할 인플레이션.

우산을 아래로 휘두르면서 발목이 긁힌다.

너무 오랫동안 놓쳐버린 너무나 많은 것들. 내가 느끼지 못했던,
듣지 못했던, 냄새 맡지 못했던 수많은 것들. 사람의 몸에서 뿜어
져 나오는 은은한 온기, 십 년은 훌쩍 지난 팝송, 갈린 커피콩 향기.
황금빛을 받으며 슬로모션으로 펼쳐지는 장면. 나는 잠시 눈을 감
고, 숨을 들이쉬며, 기억을 더듬는다.

여느 사람들처럼 바람을 가르며 세상을 가로질렀던 것을 떠올
린다. 커피숍으로 성큼성큼 걸어 들어왔던 기억, 나를 휘감던 겨울
코트와 무릎 위로 올라오는 여름 원피스의 기억. 사람들을 스치며
미소 짓고, 대화하던 내 모습을 떠올린다.

다시 눈을 떴을 때, 빛은 사라지고 나는 어두운 방 안이다. 옆 창
문은 빗물에 씻겨나간다. 심장박동이 빨라진다.

붉은 불꽃이 페이스트리 계산대 옆에서 이글댄다. 그녀다. 대니
시 페이스트리를 탐색 중이다. 그녀는 고개를 들어 올려 거울에 비
친 자신의 모습을 확인한다. 그리고 머리를 쓸어올린다.

가까이 다가간다. 나를 바라보는 시선을 느낄 수 있다. 그녀의 시선이 아니라, 나를 바라보는 다른 고객들의 시선. 이 여자는 뭐지? 목욕 가운을 입고 우산 뒤에 몸을 숨기고 있잖아. 나는 사람들을 뚫고 지나간다. 소음을 뚫고 계산대를 향해 나아간다. 그러자, 가라앉는 사람을 에워싸는 물처럼 수다가 다시 시작된다.

이제 몇 걸음 앞에 있다. 한 걸음만 더 다가가면 손을 뻗어 그녀를 만질 수 있다. 손가락으로 그녀의 머리카락을 낚아채서 잡아당길 수 있다.

바로 그 순간, 그녀는 몸을 돌려 주머니에 손을 집어넣는다. 커다란 아이폰을 천천히 끄집어낸다. 거울에 비친, 화면을 가로지르는 손가락이 보인다. 얼굴이 찡룩거린다. 알리스타에게 연락하는 것일까, 하고 상상한다.

"저기요?" 바리스타가 묻는다.

그녀는 휴대전화를 두드리고 있다.

"저기요?"

나는 목을 가다듬는다. 그런데 나는 여기서 뭘 하고 있는 거지? "당신 차례예요." 나는 웅얼거린다.

"어머나." 그녀는 멈춰 서서 내 쪽으로 고개를 까딱거린다. 그러고는 계산대 뒤에 서 있는 남자 쪽으로 몸을 돌리며 말한다. "저지방 라테요, 미디엄 사이즈로."

그녀는 내게 눈길조차 주지 않는다. 나는 거울 속에 비친 내 모습을 바라본다. 복수의 사신처럼, 유령처럼, 그녀의 등 뒤에 서 있는 내 모습을 바라본다. 나는 그녀를 만나러 왔다.

"저지방 라테 한 잔, 미디엄 사이즈요. 다른 건 필요 없으신가요?"

나는 거울을 들여다본다. 그녀의 입을 바라본다. 정밀하게 잘려나간 작은 입술. 제인의 그것과는 다르다. 작은 분노가 샘솟는다. 분노는 내 안에 차올라 뇌의 바닥에서 굽이친다. "아니요." 그녀는 잠시 생각한 후 대답한다. 밝게 미소 지으면서. "필요 없어요."

우리 뒤로 의자가 들고나는 소리가 울려 퍼진다. 나는 어깨 너머를 훔쳐본다. 네 명의 사람들이 문으로 향하고 있다. 나는 몸을 돌린다.

바리스타의 목소리가 소란을 뚫고 울려 퍼진다. "이름은요?"

순간, 그녀와 나의 시선이 거울에 고정된다. 그녀는 어깨를 들썩인다. 미소가 사라진다.

잠시, 시간이 멈춘 듯하다. 길을 벗어나 협곡으로 날아오르는 그 순간의 숨죽임.

몸을 돌리지도, 시선을 피하지도 않은 채, 그녀는 분명한 목소리로 대답한다. "제인."

제인.

그 이름이 내 입술에 차올랐다 사그라든다. 그녀는 몸을 돌리며 시선으로 나를 난도질한다.

"여기서 뵙게 되다니 놀랍네요." 그녀의 목소리는 눈빛만큼이나 건조하다. 상어 같은 눈빛이라고 나는 생각한다. 차갑고 단단해. 나도 내가 이곳에 있다는 사실에 놀랐다고 콕 집어 말하고 싶다. 하지만 말이 나오지 않는다.

"당신은…… 장애가 있는 줄 알았는데." 그녀는 말을 이어간다. 기를 죽이려는 셈이다.

나는 고개를 젓는다. 그녀는 아무 말도 하지 않는다.

나는 목을 가다듬는다. **그녀는 어디 있어? 당신은 누구지?** 나는 묻고 싶다. **당신은 누구고 그녀는 어디 있지?** 목소리가 내 안에서 맴돈다. 머릿속의 말들과 뒤섞인다.

"뭐라고요?"

"당신은 누구야?" 됐다!

"제인." 그 여자의 목소리가 아니다. 바리스타의 목소리다. 계산대 너머로 몸을 숙여, 제인의 어깨를 톡톡 두드린다. "제인, 주문하신 저지방 라테 나왔습니다."

그녀는 나를 바라본다, 나를 계속 주시한다. 마치 내가 때리기라도 한 것처럼. **나는 인정받는 심리상담가야.** 그렇게 말할 수 있다. 그렇게 말해야 한다. **당신은 거짓말쟁이 사기꾼이야.**

"제인?" 바리스타는 그녀의 이름을 세 번째 부르고 있다. "라테 나왔습니다!"

그녀는 몸을 돌려 컵을 받아 들고 꼭 맞는 컵홀더를 끼운다. "내가 누군지 알잖아요."

나는 고개를 가로젓는다. "나는 제인을 알고 있죠. 그녀를 만난 적이 있어요. 그 집에 있는 것도 봤고요." 내 목소리는 떨렸지만 분명했다.

"거긴 내 집이에요. 다른 사람을 봤을 리가 없죠."

"봤어요."

"당신은 못 봤어요." 그 여자가 말한다.

"나는······."

"취했었다면서요. 약에 취한 상태였다고 들었어요." 이제 그녀는 움직이기 시작한다. 암사자처럼 내 주변을 맴돈다. 나도 그녀를 따라 돌기 시작한다. 어린아이처럼 느껴진다. 대화는 정지됐고, 불안한 적막이 그 자리를 대체한다. 커피숍 한쪽 구석에 다케다 씨네 아들이 보인다. 아이는 여전히 문 옆에 앉아 있다.

"당신은 우리 집을 들여다보고, 나를 따라다니고 있어."

나는 고개를 젓는다. 고개가 앞뒤로 흔들린다. 천천히, 멍청하게.

"당장 이 짓을 멈추세요. 이렇게는 못 살아요. 당신은 살 수 있을지 몰라도, 우리는 안 돼요."

"그녀가 어디 있는지만 말해." 나는 속삭인다.

우리는 다시 원점으로 돌아왔다.

"나는 당신이 누구에 대해 얘기하는지, 뭘 얘기하는 건지 모르겠어요. 경찰을 부를 거예요." 그녀는 어깨로 나를 밀치고 지나간다. 나는 거울로 그녀가 떠나는 걸 지켜본다. 떠 있는 부표 사이를 지나가듯 유유히 테이블을 뚫고 움직인다.

문이 열리자 종이 울리고, 그녀가 나가자 문이 닫힌다.

나는 그곳에 서 있다. 주변은 고요하다. 시선을 떨궈 우산을 바라본다. 두 눈을 감는다. **바깥세상이 안으로 밀려 들어오는 것만 같아.** 모든 것을 빼앗긴 느낌이다. 공허하다. 또다시, 나는 아무것도 알아내지 못했다.

이 사실을 제외하면. 그녀는 나와 싸우고 있지 않았다. 어찌됐든, 그녀는 나와 싸우고 있지 않았다. 그뿐만이 아니었다.

그녀는 나에게 애원하고 있었다.

62

"폭스 박사님?"

숨죽인 목소리가 바로 뒤에서 들려온다. 부드러운 손이 내 팔꿈치에 닿는다. 나는 뒤로 돌아 눈꺼풀을 들어 올린다.

다케다 씨네 아들이다.

여전히 이름이 기억나지 않는다. 나는 눈을 감는다.

"도움이 필요하신가요?"

내가 도움이 필요한가? 우리 집에서 불과 몇백 미터 떨어진 커피숍 한가운데에서, 두 눈을 질끈 감은 채, 목욕 가운을 입고 흔들리고 있다. 그렇다, 나는 도움이 필요하다. 나는 고개를 끄덕인다.

아이는 손에 힘을 준다. "이쪽이에요."

아이는 나를 이끌고 가게를 통과한다. 우산이 의자에, 무릎에 부딪힌다. 시각장애인용 지팡이처럼. 커피를 마시는 사람들이 수군거리는 소리가 우리를 에워싼다.

문에 달린 종이 울리고 바람이 우리를 향해 달려든다. 아이는 손을 내려 내 등을 받친다. 내가 문밖으로 나갈 수 있도록 살살 밀어준다.

바깥 공기는 고요했다. 비는 더 내리지 않는다. 아이가 조심스레 나에게서 우산을 가져간다. 하지만 나는 그 손을 멀리 치우며 막는다.

아이의 손은 다시 내 팔꿈치로 돌아온다. "집으로 모셔다드릴게요."

걸어가는 동안 아이는 내 팔을 단단히 잡는다. 마치 혈압측정기를 두른 것 같다. 나는 아이가 내 동맥이 뛰는 걸 느끼는 것을 상상한다. 이렇게 도움을 받는 것은 낯선 일이다. 늙은이가 되어버린 느낌. 눈을 떠서 아이의 얼굴을 보고 싶다. 하지만 그러지 않는다.

우리는 발작적으로 나아가고 있다. 다케다 씨 댁 아들은 나에게 보폭을 맞춰준다. 우리는 떨어진 나뭇잎을 밟는다. 왼편으로 한숨을 내쉬며 지나가는 자동차 소리가 들린다. 어디선가 위에서, 나뭇가지가 내 머리 위로, 어깨 위로 빗방울을 떨어뜨린다. 나는 여자가 우리 앞에 있을지 궁금해진다. 그녀가 우리를 돌아보며 내가 따라가는 것을 지켜보는 장면을 상상한다.

그때.

"무슨 일이 있었는지 부모님께서 말씀해주셨어요." 아이가 말한다. "정말 유감이에요."

나는 눈을 감을 채 고개를 끄덕인다. 우리는 계속 앞으로 나아간다.

"집 밖으로 나오신 게 정말 오랜만이죠?"

놀랍게도 최근에 자주 나오긴 했지만, 나는 고개를 끄덕인다.

"자, 이제 거의 다 왔어요. 저기 보이네요."

심장이 벅차오른다.

무언가 내 무릎을 치고 지나간다. 아이의 팔에 걸린 우산이다. "죄송해요." 아이가 사과한다. 나는 굳이 대꾸하지 않는다.

마지막으로 이 아이와 대화한 게 언제였더라? 핼러윈이었던 것 같다. 일 년도 더 지난 일이다. 에드와 나는 주말에 입는 옷을, 올리비아는 불자동차 옷을 입고 있었다. 우리는 그 집 문을 두드렸고 이 아이가 나왔다. 그는 올리비아의 의상을 칭찬해주며 가방에 사탕을 담아주었다. 우리에게 즐거운 시간 보내라면서. 정말 착한 소년이다.

그리고 열두 달이 지난 지금, 아이는 세상을 차단한 채 눈을 감은 나를, 목욕 가운을 질질 끌고 다니는 나를, 집으로 데려다주고 있다.

정말 착한 소년이다.

그리고 그 사실은 나를 상기시킨다.

"혹시 러셀 씨 가족을 아니?" 목소리가 들쑥날쑥했지만 갈라지지는 않았다.

아이는 잠시 멈칫한다. 아마도 내가 말을 했다는 사실에 놀란 것 같다. "러셀 씨네요?"

대답인 줄 알았다. 나는 다시 묻는다. "길 건너에 사는 분들 말이야."

"아." 아이가 대답한다. "새로 이사 오신 분들요. 아뇨. 엄마가 계속 가보려고는 하시는데, 아직도 못 가보셨을걸요."

또 헛발이다.

"다 왔어요." 그가 내가 있는 오른쪽을 바라보며 말한다.

나는 우산을 들어 올린다. 그리고 눈꺼풀을 열고 대문 앞에 도착한 것을 확인한다. 저 위에서 집이 흐릿한 빛을 발하고 있다. 몸이 떨린다.

아이가 다시 말을 한다. "문이 열려 있네요."

맞는 말이다. 당연한 일이다. 불이 켜져 있는 거실을 정면에서 보니 금니가 빛나는 것 같다. 나는 우산을 움켜쥐고 다시 눈을 감는다.

"열어두신 거예요?"

고개를 끄덕인다.

"그렇군요."

아이는 내 어깨에 손을 올려 가볍게 앞으로 밀어준다.

"여기서 뭐 하세요?"

그 아이의 목소리가 아니다. 다른 손이 나를 잡자 두 눈이 번쩍 뜨인다.

우리 옆으로, 어슴푸레한 빛을 받으며 헐렁한 스웨트셔츠를 입은 이선이 서 있다. 아직 올라오지 않은 여드름이 눈썹 주위에 있다. 손가락은 주머니에 늘어뜨렸다.

나는 그의 이름을 중얼거린다.

다케다 씨네 아들이 나를 향해 돌아선다. "서로 알아요?"

"뭐 하시는 거예요?" 이선이 다가오며 같은 말을 반복한다. "이렇게 밖에 돌아다니시면 안 돼요."

'네 '엄마'라는 사람이 다 말해줄 거야.' 나는 생각한다.

"괜찮은 거야?" 이선이 묻는다.

"그런 것 같아." 다케다 씨네 아들이 대답한다. 갑자기 아이가 닉이라고 불리던 것을 생각해낸다.

나의 시선은 천천히, 두 사람 사이를 오간다. 두 사람은 또래가 분명하지만, 닉은 이미 청년이었다. 체격만 보면 완전히 다 큰 어른이다. 반면 이선은 흐느적거리는 좁고 호리호리한 어깨를 가졌다. 갈라진 눈썹은 닉 옆의 이선을 어린아이로 만들어버린다. 이선은 아이가 맞아.

"내가 할게. 내가 모셔다드려도 될까?" 이선은 그렇게 물으며 나를 바라본다.

닉도 똑같이 나를 바라본다. 나는 고개를 끄덕인다. "그래." 닉이 동의한다.

이선은 한 발짝 더 다가와 내 등에 팔을 두른다. 아주 잠깐 동안 나는 두 소년에게 둘러싸여 날갯죽지를 포박당한다. "원하신다면." 이선이 덧붙인다.

나는 그와 눈을 마주친다. 맑고 푸른 눈동자. "그래 주렴." 나는 숨을 들이쉰다.

닉은 내 옆에서 물러난다. 나는 소리 내지 않고 입 모양으로만 인사한다.

"별말씀을요." 닉이 대답한다. 그리고 이선에게 말한다. "아무래도 쇼크를 받으신 것 같아. 물을 좀 드리도록 해." 그는 거리로 물러난다. "나중에 확인하러 들를까요?"

나는 고개를 젓는다. 이선이 어깨를 으쓱한다. "아마도. 일단 지켜보자."

"알았어." 닉이 손을 들어 작게 흔든다. "안녕히 들어가세요, 폭스 박사님."

닉이 멀어지는 사이, 빗방울이 떨어지며 머리를 적신다. 우산 위로도 후두둑 떨어진다. "안으로 들어가세요." 이선이 말한다.

63

불꽃은 여전히 난로 안에서 이글댄다. 이제야 불을 붙인 것처럼. 그냥 두고 나갔다니, 나도 참 무책임하다.

그래서인지, 11월의 바람이 문을 통해 불어닥치는데도, 집 안에는 온기가 감돈다. 거실로 들어선 후, 이선은 내 손에서 우산을 받아 고이 접는다. 그리고 구석에 세워둔다. 나는 나를 향해 손짓하는 난로를 향해 움직인다.

잠시, 나는 불이 타닥거리는 소리를 들으며 내 숨소리에 집중한다.

뒤에서 나를 보는 이선의 시선이 느껴진다.

괘종시계가 몸을 웅크렸다가, 세 번 울린다.

이선은 부엌으로 간다. 개수대에서 물잔을 채워 나에게 돌아온다.

이제 숨이 고르고 깊어졌다. 이선은 잔을 내 옆에 내려놓는다. 부딪힌 잔에 살짝 금이 간다.

"왜 거짓말했니?"

정적이 흐른다. 나는 불꽃을 바라보며 이선의 대답을 기다린다.

대답 대신 서 있던 자리에서 움직이는 소리가 들린다. 나는 무릎을 꿇은 채, 그쪽으로 몸을 돌린다. 이선이 내 뒤로 불쑥 솟아 있다. 깡마른 얼굴이 불빛을 받아 상기된다.

"무슨 거짓말요?" 마침내, 이선이 자기 발을 내려다보며 되묻는다.

나는 이미 고개를 흔들고 있다. "무슨 말인지 알잖니."

또다시 정적. 이선은 눈을 감는다. 눈썹이 볼 위로 부채처럼 펼쳐진다. 갑자기 아이가 너무나도 어려 보인다. 전보다 훨씬 더.

"그 여자는 누구야?" 나는 아이를 압박한다.

"우리 어머니요." 이선은 낮은 목소리로 대답한다.

"난 네 어머니를 만난 적이 있어."

"아니에요. 혼란스러우신 거예요." 이번에는 이선이 고개를 젓는다. "무슨 말씀을 하고 계신지도 모르잖아요. 그렇게……." 이선은 말을 하다가 만다. "우리 아버지가 그렇게 말했어요." 이선은 하던 말을 마친다.

우리 아버지. 나는 손바닥으로 마루를 짚고 일어선다. "모든 사람이 그렇게 얘기하지. 내 친구조차도." 나는 마른침을 삼킨다. "내 남편조차도. 하지만 나는 내가 본 것이 무엇인지 알고 있어."

"아버지 말이 아줌마는 미쳤대요."

나는 아무 말도 하지 않는다.

그는 뒤로 물러선다. "이제 가봐야겠어요. 저는 여기 오면 안 돼요."

그는 아무 말도 하지 않고 나를 바라본다. 두 눈을 동그랗게 뜬 채로. **가벼운 접촉을 시도하라.** 웨즐리는 학생들에게 항상 그렇게 조언했지만 나만 그게 잘 안 됐다.

"어머니는 돌아가셨니?"

아무 말이 없다. 나는 이선의 눈에 반사되는 난롯불을 바라본다.

아이의 동공이 작게 반짝인다.

　잠시 후 아이의 입술이 내가 알아들을 수 없는 말을 한다.

　"뭐라고?" 나는 앞으로 몸을 숙여 속삭임을 듣는다.

　"무서웠어요."

　내가 뭐라고 대답하기도 전에, 이선은 쏜살같이 문으로 달려가 거칠게 열어젖힌다. 현관문이 열렸다가 쾅 하고 닫히는 동안 안쪽 문이 왕복운동을 계속한다.

　나는 난롯가에 그대로 있다. 따뜻한 열기가 내 등을 덥히고, 앞에 있는 복도의 냉기를 덥힌다.

64

문을 닫은 뒤, 바닥에 있던 잔을 들고 개수대로 간다. 담겨 있던 것을 흘려보낸다. 와인을 따르는데, 메를로 병이 자꾸만 와인잔 가장자리에 부딪히며 소리를 낸다. 그리고 또 한 번. 손이 떨린다.

와인을 깊이 들이켠다. 그리고 깊이 생각한다. 엄청난 피로와 흥분이 동시에 몰려온다.

내가 밖으로 나갔다. 걸어서 밖으로 나갔다. 그리고 살아남았다. 필딩 박사가 뭐라고 할지 궁금하다. 뭐라고 말해야 할까. 아무 말도 하지 않겠지. 나는 인상을 찌푸린다.

이제 알 것 같다. 그 여자는 겁에 질린 것이다. 이선도 두려움에 떨고 있다. 제인은…… 잘 모르겠다. 제인에 대해서만큼은 아는 것이 없다. 하지만 전에 알던 것보다는 더 많은 것을 알게 되었다. 체스판에서 잡힌 폰이 된 기분이다. 나는 생각하는 기계다.

나는 더 깊숙이 와인을 들이켠다. 나는 술 마시는 기계다.

신경이 경련을 멈출 때까지 마신다. 아마도 한 시간 정도. 괘종시계가 시간을 알려준다. 분침이 얼굴을 닦고 지나간다. 혈관에 와인이 채워지는 것을 상상한다. 거침없이 선명하게. 내 안을 돌면서 나를 강하게 만든다. 나는 위층으로 올라간다. 층계참의 고양이를 염탐한다. 고양이가 나를 알아보고 서재로 들어간다. 나는 그 뒤를 따라간다.

책상 위에 놓인 휴대전화에 불이 켜져 있다. 모르는 번호다. 나는 책상 위에 있던 안경을 쓴다. 전화벨이 세 번 울리고 난 다음에야, 나는 화면을 잠금해제한다.

"폭스 박사님." 참호처럼 깊은 목소리다. "리틀 형사입니다. 금요일에 뵀죠. 기억하실지 모르겠지만."

나는 잠자코 책상 위에 걸터앉는다. 잔을 멀찌감치 치워둔다. "그럼요. 기억하지요."

"좋아요, 좋습니다." 기분이 좋은 목소리다. 나는 의자에 앉은 채 등을 곧게 펴는 그의 모습을 상상한다. 팔을 머리 뒤로 접는 모습도. "훌륭한 박사님은 어떻게 지내고 계신가요?"

"잘 지내요. 고마워요."

"저한테 하실 말씀이 있지 않을까 해서요."

나는 아무 말도 하지 않는다.

"모닝사이드 병원에서 전화번호를 받았잖아요. 그냥 안부를 확인하고 싶었어요. 괜찮은 거죠?"

방금 그렇다고 대답했는데. "잘 지내요. 고마워요."

"좋아요, 좋습니다." 이 대화는 어디로 흘러가는 것일까?

형사는 이내 목소리를 변속한다. "저…… 방금 전에 이웃분들로부터 신고전화가 들어왔어요."

그랬군. 망할 년. 뭐, 그러겠다고 경고했었으니까. 아주 믿을 만한 년이로구먼. 나는 팔을 뻗어 와인잔을 움켜쥔다.

"여자분 말이, 당신이 자기 뒤를 쫓아 커피숍까지 따라왔다더군요." 그는 내 반응을 기다린다. 나는 반응하지 않는다. "그런데 저는, 당신이 플랫 화이트를 마시려고 날을 잡고 거기까지 가진 않았을 것 같아서요. 거기서 우연히 그 여자분을 마주쳤을 리도 없고."

나는 정신줄을 놓고 거의 웃고 있다.

"힘든 시기라는 거 압니다. 지난주는 너무 힘들었죠." 고개를 끄덕이고 있는 나 자신을 발견한다. 아주 설득력 있는 말이다. 좋은 심리학자가 되겠군. "하지만 그런 행동은 누구에게도 도움이 되지 않아요. 당신을 포함해서요."

그는 아직 그녀의 이름을 입 밖에 내지 않았다. 과연 입 밖에 낼까? "금요일에 하셨던 말씀 때문에 많은 사람들이 날카로워져 있습니다. 우리 둘이 하는 얘기지만, 러셀 부인이……" 나왔다. "극도로 긴장하신 것 같습니다."

나는 생각한다. **극도로 긴장했을 거라는 데에 내 모든 걸 걸겠어.** 죽은 사람 흉내를 내고 있으니까.

"그 댁 아이도 이 상황이 달갑지만은 않은 모양입니다."

나는 입을 연다. "내가 말했어요……."

"그래서 제가……." 리틀이 끼어든다. "뭐라고요?"

나는 입술을 오므린다. "아무것도 아니에요."

"확실합니까?"

"네."

툴툴거리는 소리가 들린다. "당분간은 좀 여유를 가지는 편이 좋겠다고 말씀드리고 싶었어요. 밖에 나가셨다는 말을 들으니 좋네요." 농담하나?

"고양이는 잘 지내나요? 여전히 콧대가 높은지 궁금하네요."

나는 아무 반응도 보이지 않는다. 형사는 이것조차 알아채지 못하는 것 같다.

"세입자는요?"

나는 입술을 잘근거린다. 아래층, 지하실로 향하는 문에 사다리가 떡하니 버티고 있다. 아래층에서, 나는 죽은 여자의 귀걸이를 보았다. 데이비드의 침대 옆에서.

"형사님." 나는 휴대전화를 움켜쥔다. 나는 이 사실을 다시 한 번 확인할 필요가 있다. "형사님은 저를 믿으시나요?"

긴 침묵이 흐른다. 형사는 무겁고 깊은 한숨을 내쉰다. "죄송합니다. 박사님. 저는 당신이, 자신이 봤다고 말하는 것이 실재한다고 믿을 뿐이라고 생각합니다. 저는…… 당신을 믿지 않습니다."

그럴 거라고 예상했다. 좋아. 괜찮아.

"아시겠지만, 누군가에게 얘기하고 싶으실 때, 도움을 드릴 수 있는 훌륭한 상담가들이 많습니다. 그냥 듣기만 하기도 하고요."

"고맙습니다, 형사님." 나의 목소리는 경직되어 있다.

또다시 침묵이 흐른다. "그냥, 편하게 받아들이세요. 아시겠어요? 러셀 부인에게는 제가 따로 연락드리죠."

나는 움찔 놀란다. 나는 전화를 끊어버린다. 그가 그러기 전에.

65

나는 와인을 홀짝인다. 휴대전화를 손에 쥐고 복도로 성큼성큼 나간다. 리틀 형사에 관한 기억을 지우고 싶다. 러셀 가족에 관한 것들도.

아고라로 들어간다. 메시지를 확인해야지. 나는 아래층으로 내려가, 개수대에 잔을 놓아둔다. 그리고 거실로 돌아와, 휴대전화 화면에 비밀번호를 입력한다.

잘못된 비밀번호입니다.

나는 눈썹을 찡그린다. 손가락이 어설프게 움직인다. 나는 다시 두 번째 시도를 한다.

잘못된 비밀번호입니다.

"뭐라고?" 나는 전화를 노려보며 질문한다. 황혼이 깔리면서 거실에는 어둠이 몰려왔다. 램프를 찾아 스위치를 당긴다. 다시 한 번, 신중하게, 집중해서. 누른다. **0-2-1-4**.

잘못된 비밀번호입니다.

휴대전화가 경련한다. 이제 전화는 잠겼고 나는 완전히 차단되었다. 이해가 안 되는 상황이다.

비밀번호를 마지막으로 입력한 게 언제더라? 리틀 형사에게 걸려온 전화를 받을 때는 필요 없었다. 보스턴에 전화할 때는 스카이프를 사용했다. 정신이 아득해진다.

짜증이 나서 서재로 올라간다. 데스크톱을 확인한다. 이메일도 잠긴 건 아니겠지? 나는 컴퓨터 비밀번호를 누른다. G메일 홈페이지로 들어간다. 계정이 이미 주소창에 입력되어 있다. 나는 천천히 나머지 비밀번호를 입력한다.

된다. 로그인된다. 휴대전화를 복구하는 과정은 매우 간단하다. 일 분도 되지 않아, 메일로 복구 코드가 날아온다. 나는 전화기 화면에 코드를 입력한다. 그리고 설정을 다시 **0214**로 맞춘다.

무슨 이런 일이 다 있지? 코드가 만료됐던 모양이다. 그런 일도 있나? 내가 바꿨던가? 아니면 그냥 잘못 누르고 있는 건가? 나는 손톱을 잘근잘근 물어뜯는다. 기억이 예전 같지 않다. 아니면 하드웨어가 예전 같지 않던가. 나는 와인잔을 바라본다.

메시지들이 메일함에서 나를 기다리는 중이다. 나이지리아 왕자로부터의 애원, 아고라 관리자에게서 온 메일. 나는 한 시간을 들여 답장을 보낸다. 최근 들어 맨체스터에 사는 밋치는 불안장애 약을 바꿨다고 한다. 칼라88은 약혼을 했고, 리지할머니는 아들들 손에 이끌려, 밖으로 몇 발 나갔던 모양이다. 바로 오늘 오후에. **나도**

나갔다 왔어요. 그러나 그저 생각한다.

6시가 지나자, 갑자기 피로가 몰려와 나를 가라앉힌다. 나는 앞으로 푹 쓰러진다. 마치 베개가 넘어가듯, 책상에 이마를 기대고 휴식을 취한다. 잠을 자야 한다. 오늘 밤 신경안정제를 두 배로 먹어야지. 그래야 내일 이선에게 공을 들일 수 있다.

조숙했던 환자들 중 한 아이는 모든 상담을 이런 말로 시작했다. "이상한 일이죠. 하지만⋯⋯." 그러고 나서 아이는 완벽하게 평범한 경험을 묘사하기 시작한다. 하지만 지금은 내가 그와 똑같이 느끼고 있다. 이상한 일이다. 분명 이상한 일이다. 하지만 방금 전까지만 해도 중요했던 문제가, 지난 목요일부터 급박해 보였던 문제가 작게 쪼그라들어버린다. 그 다급함이 추위 속의 불꽃처럼 작아진다. 제인, 이선. 그 여자. 심지어는 알리스타까지도.

내 몸의 연료가 떨어지고 있다. 포도로 만든 연료. 나는 에드가 비웃는 소리를 듣는다. 하하.

에드에게도 말해야겠다. 내일. 에드. 리비.

11월 8일
월요일

66

"에드."

잠시 후, 어쩌면 한 시간 후였을지도 모른다.
"리비."
목소리가 숨을 헐떡인다. 보였다. 얼어붙은 공기 속에서 유령처럼 하얗게, 내 얼굴 앞을 떠다니는 작은 영혼을 나는 보았다.

어딘가에서 찍찍거리는 소리가 계속된다. 미친 새가 웃어대는 듯, 단음조의 울음이 무심하다.
그리고 울음이 멈췄다.

시야에 붉은 썰물이 넘실거렸다. 머리가 욱신거리고, 갈비뼈에 통증이 느껴졌다. 등은 어딘가 부러진 것 같았다. 목도 화끈거렸다.
얼굴 옆으로 에어백이 터졌다. 대시보드는 핏빛으로 반짝인다. 앞유리에는 구멍이 뚫린 채, 이쪽으로 늘어지고 금이 가 있었다.
나는 얼굴을 찡그렸다. 눈동자 뒤편 어딘가에서 리부팅 시도가 계속되고 있었지만, 기계 결함이었다. 기계에서 경보음이 울렸다.

나는 숨을 들이쉬었다. 숨이 막힐 것 같았다. 통증 때문에 끙끙대는 소리가 새어 나왔다. 고개를 돌리자, 정수리가 천장에 닿아 있는 느낌이 났다. 흔한 일은 아니었다. 그렇지 않은가? 입천장에 고이는 침의 맛을 느낄 수 있었다. 어떻게…….

경보음이 중단되었다.

우리는 거꾸로 매달려 있었다.

다시 숨이 막혔다. 양손을 빼내, 머리 근처의 천 조각 아래로 밀어 넣는다. 마치 차를 뒤집어 방향을 바꾸기라도 하려는 듯이. 내 입에서 끙끙거리다, 캑캑대는 소리가 흘러나왔다.

고개를 더 많이 돌려본다. 등을 돌린 채, 움직이지 않는 에드가 보였다. 귀에서 피가 뚝뚝 떨어졌다.

나는 그의 이름을 불렀다. 혹은 부르려고 애썼다. 겨우 한 음절이 숨소리에 섞여 차가운 공기 중으로 새어 나왔다. 작은 입김 구름을 만들며. 호흡기에 통증이 느껴졌다. 안전벨트가 목 주변을 조이고 있었다.

나는 입술을 핥았다. 혀가 윗잇몸에 패인 구멍을 감지했다. 이가 빠졌다.

안전벨트는 허리 부근에도 팽팽히 걸려 있었다. 오른손으로 버튼을 눌렀다. 꿈쩍도 하지 않아 더 강하게 눌렀다. 딸깍 소리를 내며 풀어질 때 숨이 턱 막혔다. 벨트는 내 몸에서 미끄러져 나갔다. 나는 지붕으로 고꾸라졌다.

같은 경보음이 울렸다. 안전벨트 알람이었다. 알람은 한동안 울리다가 이내 조용해졌다.

입에서 숨이 새어 나왔다. 대시보드 불빛을 받아 붉은 숨이. 손을 뻗어 천장을 짚고, 나는 머리를 돌렸다.

올리비아가 뒷좌석에 묶여 있었다. 아이의 포니테일이 달랑거렸다. 나는 목을 구부려, 어깨로 천장을 받치고 올리비아의 뺨에 손을 뻗는다. 손가락이 덜렁거렸다.

올리비아의 피부는 차가웠다.

팔꿈치가 접히면서 다리가 한쪽으로 미끄러졌다. 그러는 바람에 내 몸은 거미줄처럼 금이 간 선루프 유리에 세게 부딪혔다. 아래쪽에서 유리가 바스락거렸다. 나는 재빨리 옆으로 움직여 올리비아를 향해 무릎으로 기어갔다. 심장이 가슴을 요란하게 두드렸다. 올리비아의 어깨를 손으로 꽉 잡아 흔들었다.

소리쳐보았다.

몸부림쳤다. 아이는 나와 함께 요동쳤다. 머리가 흔들렸다.

"리비." 나는 소리를 질렀다. 목구멍에서 불이 뿜어져 나오는 것 같았다. 입에서, 입술에서 온통 피맛이 났다.

"리비." 아이의 이름을 부르자 눈물이 뺨을 타고 흘러내렸다.

"리비." 숨을 불어넣자 그제야 아이가 눈을 떴다.

잠깐이었지만 심장이 멎는 것 같았다.

아이가 나를 바라보았다. 내 안 깊은 곳을 바라보며, 한마디를 남겼다.

"엄마."

나는 손가락을 안전벨트 버튼에 밀어 넣었다. 벨트가 휙 소리를 내며 풀어졌다. 올리비아가 미끄러지자 나는 아이의 머리를 부드럽게 안았다. 내 팔에 작은 몸이 안겼다. 올리비아의 팔이 흘러내렸다. 마치 바람에 흔들리는 풍경처럼 팔다리가 달랑거렸다. 어깨 한쪽이 흔들거렸다.

나는 선루프 위로 아이를 눕혔다. "쉿." 올리비아는 다시 눈을 감은 채, 아무 소리도 내지 않았지만, 나는 아이에게 말을 했다. 올리비아는 마치 공주님 같았다.

"눈을 떠." 나는 아이의 어깨를 흔들었다. 올리비아가 다시 한 번 눈을 떠 나를 바라보았다. "눈을 떠." 나는 반복했다. 웃어 보이려고 애를 썼다. 얼굴에 감각이 없었다.

나는 문 쪽으로 기어가서 핸들을 움켜쥐고 잡아당겼다. 다시 잡아당겼다. 걸쇠 소리가 들렸다. 창문에 대고 힘을 주었다. 손가락을 유리에 대고 안간힘을 썼다. 어둠 속으로 미끄러지듯, 소리 없이 문이 열렸다.

나는 문밖으로 손을 뻗어 땅을 짚어 보았다. 손바닥에 타는 듯한 눈이 느껴졌다. 팔꿈치를 고정하고 무릎으로 균형을 잡으며 몸을 잡아당겼다. 몸통을 차 바깥으로 빼내고 눈밭에 털썩 주저앉는다. 쌓인 눈이 으스러지는 소리를 냈다. 나는 계속해서 몸을 빼냈다. 엉덩이와 허벅지, 무릎, 정강이, 발. 바짓단이 코트걸이에 걸렸다. 그 부분을 끌어올리고, 마침내 나는 차를 빠져나왔다.

등을 대고 누우니 척추에 전기가 흐르는 듯한 통증이 느껴졌다. 나는 공기를 들이마셨다. 움찔거림이 계속되었다. 목이 잘못된 것처럼 머리가 아무렇게나 돌아갔다.

시간이 없다. 시간이 없어. 나는 정신을 차리고 다리를 추슬러 움직일 수 있는 상태로 만들었다. 그리고 차 옆에 무릎을 꿇고 앉았다. 주변을 둘러보았다.

위를 올려다보았다. 시야가 바퀴처럼, 물레처럼 돌아갔다.

하늘은 우주와 별을 담는 그릇 같았다. 달은 코앞까지 다가와, 행성만큼이나 거대하고, 태양만큼이나 밝은 빛을 냈다. 아래 협곡은 빛과 어둠으로 이글거렸다. 잘라놓은 나무판처럼 선명하게. 눈발은 거의 그쳤지만, 길을 잃은 눈송이 몇 개가 허공을 떠다녔다. 모든 것이 신세계 같았다.

그리고 소리는⋯⋯.

고요했다. 완전한 적막. 고요의 끝. 바람의 숨소리도, 가지의 바스락거림도 없었다. 무성영화, 혹은 사진이 이럴까. 다른 쪽 무릎을 꿇으니 눈이 구겨지는 소리가 났다.

지구로 돌아가야 해. 차는 앞으로 굴러떨어졌다. 앞부분은 파묻혔고, 뒷유리가 살짝 위로 들린 채 위아래로 움직였다. 뒤집힌 곤충의 배처럼 차대가 노출되어 있었다. 나는 몸을 떨었다. 척추가 경련했다.

나는 다시 기어 들어가서 올리비아의 재킷 구멍에 손가락을 걸었다. 그리고 끌었다. 선루프 위로. 운전석 머리받침대 너머로, 차 밖으로 아이를 끌어냈다. 온 팔로 아이를 끌어안았다. 작은 몸이 내 팔 안에서 축 늘어졌다. 이름을 불렀다. 다시 또 불렀다. 올리비아가 눈을 떴다.

"안녕." 내가 말했다.

아이의 눈꺼풀이 파르르 떨리며 닫혔다.

나는 차 옆에 아이를 눕히고, 차가 넘어갈 경우에 대비해 이쪽으로 잡아당겼다. 머리가 어깨를 따라 끌려왔다. 나는 부드럽게, 아주 부드럽게 머리를 받쳐 들었다. 그리고 하늘을 보고 누울 수 있도록 자세를 다시 고쳐주었다.

나는 순간 정지했다. 그 와중에도 나의 폐는 풀무처럼 씩씩거렸다. 내 아기를 바라보았다. 올리비아는 눈 속에서 천사처럼 빛났다. 아이의 다친 팔에 손을 댔다. 아이는 반응하지 않는다. 나는 다시 손을 가져갔다. 이번에는 조금 더 강하게. 그러자 아이의 얼굴이 움찔거렸다.

이제 에드 차례다.

나는 다시 안으로 기어 들어간 후에야, 그를 꺼낼 방법이 뒷좌석뿐이라는 것을 깨달았다. 나는 몸을 뒤집어 정강이를 뒤로 밀어냈다. 일단 차에서 나가야 했다. 앞좌석 문고리를 향해 손을 뻗었다. 움켜쥐었다. 또 한번 꽉 움켜쥐었다. 걸쇠가 잡히며 딸깍 하고 소리를 냈다. 문이 펄럭거렸다.

저기 그가 있었다. 대시보드의 빨간 조명을 받은 피부가 따뜻한 붉은빛을 발했다. 갑자기 저 조명에 대해 궁금증이 일었다. 배터리는 그 충격에 어떻게 살아남았을까. 에드의 안전벨트를 풀며 나는 그렇게 생각했다. 그가 나를 향해 축 늘어졌다. 잡아당긴 매듭처럼 풀어져버렸다. 나는 그를 겨드랑이로 받쳤다.

그리고 머리를 기어에 부딪혀 가며 그를 끌어냈다. 에드의 몸뚱이가 천장을 훑으며 딸려 나왔다. 차에서 빠져나오고 나서야, 나는 에드 얼굴의 붉은 빛이 피라는 걸 알았다.

나는 자리에서 일어서서, 에드를 비틀비틀 끌어당기며 올리비아 옆으로 갔다. 그리고 아이 옆에 그를 눕혔다. 올리비아는 움찔거렸지만, 에드는 그렇지 않았다. 나는 그의 손을 꽉 잡고 손목에서 소매를 걷어 올렸다. 살갗에 손가락을 대자 맥박이 뛰고 있었다.

우리 세 사람은 모두 차에서 빠져나와, 난립한 별들을 올려다보며 우주의 밑바닥을 등지고 있다. 어디에선가 연신 기관차 소리가 났다. 내 숨소리였다. 나는 숨을 헐떡이고 있었다. 옆구리와 번들거리는 목덜미를 타고 땀이 흘러내렸다.

나는 뒤로 팔을 구부렸다. 그리고 척추를 타고 조심스럽게 손가락을 움직였다. 사다리를 타고 올라가는 사람처럼. 날개뼈와 척추 사이에서 통증이 느껴졌다.

나는 숨을 들이쉬고, 내쉬었다. 올리비아와 에드의 입에서 미약하게나마 입김이 피어오르는 것을 바라보았다.

나는 고개를 돌렸다.

두 눈은 족히 수백 미터는 되어 보이는 깎아지른 듯한 절벽과 덤불을 헤아렸다. 달빛을 받아 빌어먹게 아름다운 형광빛을 발하고 있었다. 길은 저 위 어딘가로 이어져 있겠지만 보이지 않았다. 올라가는 길이 없었다. 어디로도 올라가는 길이 없었다. 우리는 산중턱에 튀어나와 있는, 암벽으로 된 작은 선반 같은 곳에 불시착했다. 우리의 위, 아래에 존재하는 것은 망각과 별, 눈과 우주, 그리고 고요뿐이었다.

내 휴대전화.

나는 주머니를 더듬었다. 앞과 뒤, 코트 주머니까지. 그제서야 에드가 내 휴대전화를 가져간 것, 내가 빼앗지 못하도록 손을 내저은 것이 떠올랐다. 휴대전화가 바닥으로 나뒹굴던 모습과 내 발 사이에서 웅웅대며 춤추던 것, 화면에 떠 있던 그 이름까지.

나는 세 번째로 차로 들어갔다. 손바닥으로 천장을 훑으며, 앞유리 사이에 끼어 있던 그 물건을 마침내 찾아냈다. 화면은 온전했다. 완전히 새것 같은 휴대전화를 보는 것은 다소 충격적이었다. 내 남편은 피를 흘리고, 딸아이는 다쳤다. 내 몸도, 나의 SUV 차량도 손상을 입었다. 하지만 휴대전화는 아무렇지 않게 살아남았다. 다른 시대, 다른 지구에서 온 유물처럼. 오후 10:27. 화면이 말해주었다. 사고가 난 지 대략 삼십 분이 흘렀다.

차 안에 쭈그리고 앉아, 화면을 열고 911을 눌렀다. 휴대전화를 귀에 댄다. 떨림이 고스란히 볼에 전달되었다.

반응이 없었다. 나는 얼굴을 찌푸렸다.

전화를 끊고 차에서 나와 화면을 확인했다. 신호가 잡히지 않았다. 나는 눈밭에 무릎을 꿇고 다시 한 번 다이얼을 눌렀다.

반응이 없었다.

두 번 더 시도했다.

무응답, 무반응.

나는 일어서서, 스피커폰 버튼을 누르고, 팔을 허공 속으로 들어올렸다. 반응하지 않았다.

나는 비틀거리며 눈 속의 자동차를 빙빙 돌았다. 전화를 걸고 또 걸기를 네 번, 여덟 번, 열세 번을 반복했다. 그 이후로는 세지 않았다.

무반응.

무반응.

무반응.

나는 소리를 질렀다. 저 아래에서부터 터져 나온 비명은 내 목을 찢고, 밤에 균열을 일으키며 메아리로 사라졌다. 혀에 통증이 느껴지고 목소리가 더 나오지 않을 때까지 나는 계속 소리를 질렀다.

비명은 우리 주위를 맴돌다, 고스란히 우리에게 다시 쏟아졌다. 땅바닥으로 휴대전화를 내던졌다. 눈 속으로 가라앉았다. 휴대전화를 다시 줍는다. 화면에 이슬이 맺혔다. 나는 다시, 아까보다 훨씬 더 멀리 휴대전화를 집어던졌다. 내 안에서 샘솟은 분노가 나를 집어삼켰다. 나는 달려들어 눈밭을 파헤치기 시작했다. 손끝에 다시 휴대전화가 느껴졌다. 눈을 털어내고 다시 전화를 건다.

무반응.

나는 올리비아와 에드가 있는 곳으로 돌아갔다. 두 사람은 거기 꼼짝도 않고 나란히 누워, 달빛을 받으며 빛나고 있었다.

흐느낌이 흘러나왔다. 산소를 찾아 내 입술을 거칠게 밀치고 나오는 또 하나의 사람처럼. 나는 무릎을 꿇고 앉았다. 정강이가 잭나이프 칼날처럼 접혔다. 나는 그렇게 녹아내렸다. 딸아이와 남편 사이로 기어 들어가 눈물을 흘렸다.

다시 눈을 떴을 때, 손가락은 차갑고 푸르스름하게 변해 있었다. 아직 휴대전화를 손에 쥔 채였다. 오전 12:58. 배터리가 닳고 있었다. 11퍼센트 남았다. 상관없었다. 911에 전화할 수도, 누구에게 알릴 수도 없으니.

같은 시도를 반복했다. 무반응.

나는 머리를 왼쪽으로, 그리고 오른쪽으로 돌렸다. 나의 왼쪽과 오른쪽에는 에드와 리비가 얕은 숨을 끊이지 않고 내뱉고 있었다. 에드의 얼굴은 말라붙은 피로 물들었고, 올리비아의 볼에는 머리카락이 몇 가닥 들러붙어 있었다. 나는 손바닥으로 아이의 이마를 짚어 보았다. 차가웠다. 차 안에 있는 것이 나을까? 하지만 그러다 혹시라도…… 굴러떨어지기라도 한다면? 차가 폭발한다면?

나는 몸을 일으켜 자리에서 일어났다. 그리고 차의 몸통을 바라보았다. 그리고 이번에는 하늘을 살폈다. 잘 익은 달, 쏟아져 내리는 달빛. 나는 천천히 몸을 돌려 산 쪽으로 향했다.

이동하는 동안에도 나는 휴대전화를 손으로 고이 모셨다. 마치 마법 지팡이를 다루듯. 엄지로 화면을 해제하고 손전등 버튼을 누르자 강력한 빛이 뿜어져 나왔다. 손 안에 별을 쥐고 있는 것 같았다.

나를 노려보는 돌산은 평평하고 틈이 없었다. 손가락을 끼울 틈조차 없었다. 그러쥘 만한 잡초나 가지도, 튀어나온 돌쩌귀도 보이지 않았다. 그저 흙과 작은 돌뿐이었다. 벽이 되길 거부하는 절벽. 나는 작은 절벽의 너비를 인치 단위까지 측량했다. 그리고 위로 빛을 비췄다. 밤이 그 빛줄기를 집어삼킬 때까지.

무반응. 모든 것이 반응을 보이지 않고 있었다.

배터리가 10퍼센트 남았다. 새벽 1시 11분이었다.

어렸을 때, 나는 별자리를 사랑하는 소녀였다. 여름이 되면 정육점에서 가져온 고기 포장지를 뒷마당에 펼쳐놓고 밤하늘을 그리곤 했다. 그럴 때면 청파리들이 옆에서 잠을 청하고, 팔꿈치에는 보드라운 잔디의 감촉이 느껴졌다. 지금 그 별자리들은 내 머리 위를 수놓고 있다. 겨울 별자리의 영웅들이 밤하늘을 배경으로 반짝였다. 띠를 두르고 밝게 빛나는 오리온, 그 뒤를 따르는 큰개자리, 황소의 어깨에서 보석처럼 빛나고 있는 플레이아데스. 쌍둥이자리, 페르세우스자리, 고래자리.

나는 에드와 올리비아의 머리를 가슴에 안은 채, 그 이름들을 아름다운 목소리로 읊조렸다. 두 사람의 고개는 나의 호흡에 맞춰 오르내리기를 반복했다. 나는 손가락으로 두 사람의 머리와 입술, 볼을 어루만졌다.

모든 별들이 차가운 연기를 내뿜었다. 우리는 그 밑에서 몸을 떨었다. 그리고 잠이 들었다. 오전 04:34. 나는 몸을 떨며 잠에서 깼다. 그리고 두 사람을 확인했다. 올리비아 먼저, 그리고 에드를 확인했다. 에드의 얼굴에 눈을 뿌려보았지만 꿈적도 하지 않는다. 이번에는 살갗에 대고 비벼보았다. 핏자국을 없애면서. 에드가 경련을 일으켰다. "에드." 어깨를 거칠게 흔들며 말을 걸었다. 반응이 없었다. 나는 그의 맥박을 확인했다. 더 빨라지고 더 희미해졌다.

위장이 불평을 늘어놓는다. 저녁으로 아무것도 먹지 않았다는 사실을 기억해낸다. 두 사람도 배가 고파 죽을 지경일 것이다.

나는 대시보드가 조명을 밝히고 있는 차 안으로 다시 들어갔다. 불빛도 거의 사그라들고 있었다. 저 멀리 뒷좌석 창문에 짓눌린 더플백이 있었다. 피넛버터 잼 샌드위치와 주스를 넣어둔 가방이었다. 내가 가방끈을 움켜쥐었을 때, 조명이 완전히 나갔다.

바깥으로 다시 나와, 나는 샌드위치 포장을 벗겨내 한쪽에 놓아둔다. 바람 한 줄기가 그것을 멀리 날려 보냈다. 나는 멀어져가는 포장지를 바라보았다. 요정처럼 하늘거리는 도깨비불을 지켜보듯. 빵을 반으로 나눠 올리비아에게 다가갔다. "아가." 나는 손가락으로 아이의 볼을 짚으며 중얼거렸다. 올리비아의 눈이 살짝 떠졌다. "이것 좀 먹어봐."

나는 빵조각을 올리비아의 입으로 가져간다. 아이의 입술이 벌어졌다. 빵조각은 안으로 들어가지 못하고 입술 언저리에서 물에 빠진 사람마냥 허우적댔다. 나는 주스 상자에서 빨대를 꺼내 꽂았다. 레모네이드가 올라와 눈 위에 떨어졌다. 나는 올리비아의 머리를 팔로 받치고 얼굴을 들어 올려 빨대로 가져갔다. 그리고 박스를 눌러 주스를 짜냈다. 아이의 입 밖으로 주스가 흘렀다. 올리비아가 캑캑거렸다.

아이의 머리를 더 높이 들었다. 올리비아는 벌새가 물을 마시듯 주스를 들이켰다. 잠시 후, 아이의 머리가 내 손 위로 축 늘어지고, 눈이 감겼다. 나는 아이를 조심스럽게 눈 위에 눕혔다.

다음은 에드 차례였다.

나는 그 옆에 무릎을 꿇고 앉았지만 에드는 입을 벌리지 않았다. 심지어 눈도 뜨지 못했다. 빵을 작게 뜯어 그의 입으로 가져가보고, 뺨을 때리며 입을 억지로 벌려 보았지만, 그는 움직이지 않았다. 공포가 밀려들었다. 내 머리를 에드의 얼굴에 가져다 댔다. 호흡이 있다. 미약하지만 지속적인 호흡이 내 피부를 따뜻하게 감쌌다. 나는 그제야 숨을 내쉬었다.

먹을 수는 없지만, 분명 마실 수는 있다. 나는 에드의 마른 입술에 대고 눈을 문질렀다. 그리고 빨대를 입안에다 밀어 넣었다. 그리고 주스통을 꼭 쥐었다. 주스가 양쪽 뺨으로 흘러내리고, 수염 사이를 메웠다. "제발." 나는 애원했지만 무심한 액체는 그의 턱을 타고 흘러내렸다.

빨대를 치우고, 작은 눈덩이를 그의 입술에 가져다 댔다. 그리고 혀로도 가져갔다. 눈이 녹아 목구멍을 타고 내려가도록 했다.

나는 눈밭에 앉아 빨대를 빨았다. 레모네이드는 너무 달았지만 한 통을 바닥냈다. 그러고는 차로 가서 파카와 스키 바지가 들어 있는 더플백을 꺼내 옷가지로 리비와 에드를 덮었다.

하늘을 올려다보았다. 불가능할 정도로 광활했다.

빛이 눈꺼풀 위에 추처럼 내려앉았지만 나는 두 눈을 부릅떴다.

눈을 가늘게 뜬 채, 머리 위에 펼쳐진 하늘을 올려다보았다. 끝없이 펼쳐지는 구름의 바다. 눈발이 민들레 꽃씨처럼 날아들다, 내 피부에 올라앉는다. 나는 휴대전화를 확인했다. 오전 07:28. 배터리는 5퍼센트 남았다.

올리비아는 잠결에 자세를 바꿨다. 왼팔을 몸통 밑에, 오른팔은 옆으로 나란히 늘어져 있다. 얼굴을 바닥으로 돌려 자고 있었다.

나는 아이를 뒤집어 바로 뉘였다. 얼굴에서 눈을 쓸어낸 다음 아이의 귀를 부드럽게 어루만졌다.

에드는 움직임이 없었다. 나는 그의 얼굴 쪽으로 몸을 숙였다. 아직 숨을 쉬고 있다.

청바지 주머니에 넣어둔 휴대전화를 꺼내 행운을 빌며 911에 전화를 걸었다. 숨을 쉴 수조차 없었던 그 잠깐 동안, 나는 신호가 가는 소리를 상상했다. 거의 듣기까지 했다. 내 귀에 울리는 신호음.

무반응. 나는 화면을 응시했다.

나는 차를 바라보다가 뒷좌석으로 가서 몸을 웅크렸다. 마치 상처 입은 짐승처럼 무기력하게 굴었다. 자연스럽지 않은, 당황스럽기까지 한 행동이었다.

나는 아래쪽 협곡을 바라보았다. 나무가 삐죽삐죽 자라 있고, 저 멀리 가느다란 은빛 리본이 굽이쳐 흘러갔다.

나는 자리에서 일어서서 주위를 둘러보았다.

산이 위로 우뚝 솟아 있었다. 햇빛 아래 보니, 지난밤 우리가 떨어진 높이를 잘못 계산했음을 깨달았다. 우리는 도로에서부터 최소 200미터 이상 떨어진 곳으로 굴러떨어졌으며, 우리 앞의 암벽은 어젯밤에 보았던 것보다 훨씬 더 통과하기 힘들어 보였다. 위로, 위로, 위로. 나는 눈으로 벽을 타고 올라갔다. 정상에 다다를 때까지.

나도 모르게 손을 목으로 가져갔다. 우리는 절벽 아래로 굴러떨어졌고, 살아남았다.

나는 좀 더 고개를 젖혀 하늘을 눈에 담았다. 눈을 가늘게 뜨고 위를 올려다보았다. 너무나 광활하고 압도적이었다. 인형의 집 속 미니어처가 된 기분이었다. 유체이탈을 하듯 멀리서 스스로를 바라보면, 나는 하나의 작은 얼룩에 지나지 않았다. 반대편으로 고개를 돌렸지만 몸이 심하게 떨렸다.

시야가 출렁거리고 무언가가 내 다리를 쑤셔댔다.

나는 고개를 저으며 눈을 비볐다. 그러자 넘실대던 세상이 가라앉으며 원래의 경계로 물러났다.

몇 시간 동안, 나는 에드와 올리비아의 곁에서 깜빡 잠이 들었다. 깨어 보니, 오전 11:11. 눈보라가 물결을 이루며 우리를 향해 불어닥치고 있었다. 바람은 머리 위에서 채찍 소리를 냈다. 근처에서 낮게 으르렁대는 천둥 소리가 났다. 나는 얼굴에서 눈을 쓸어내고 다리를 움직였다.

눈을 비비고 다시 봐도 똑같았다. 주변이 잔물결처럼 동요하고 있었다. 마치 자석이 서로 끌어당기는 것처럼 양쪽 무릎이 서로 부대꼈다. 나는 땅으로 털썩 주저앉았다. "안 돼." 목소리가 갈라져 나왔다. 나는 눈을 향해 양팔을 휘저으며 몸을 지탱하려 애썼다.

뭐가 잘못되었을까?

시간이 없었다. 나는 서둘러 땅을 짚고 일어섰다. 에드와 올리비아가 발치에 누워 있는 모습을 바라보았다. 이미 반쯤은 눈에 묻혀 있었다.

나는 두 사람을 차로 끌고 가기 시작했다.

시간이 어쩌면 그리도 천천히 흐를 수 있었을까? 에드, 올리비아와 함께 뒤집힌 천장에 드러누운 채, 창밖에 눈이 쌓여가는 모습을 지켜보던 그 시간, 하얀 눈의 무게를 버티지 못하고 금이 간 앞유리가 조금씩 무너져 내리던 그 몇 시간은 지난 일 년보다 훨씬 더 천천히 흘러갔다.

밖에서 들리는 소리가 커지고, 안의 빛이 희미해져 가던 그 순간에도, 나는 올리비아의 귀에다 대고 팝송과 자장가, 내가 지어낸 노래를 불러주었다. 나는 올리비아의 귓바퀴를 들여다보며 손가락으로 작은 소용돌이를 어루만졌다. 그리고 그 안에다 나지막한 음조를 읊조렸다. 나는 한쪽 팔로 에드의 팔을 감싸고, 내 다리로 그의 다리를 꼬았다. 내 손으로 그의 손에 깍지를 끼었다. 샌드위치를 게걸스럽게 먹어치우고, 주스를 마셔댔다. 와인도 한 병 땄다. 물론 그 후에야 술을 마시면 탈수 상태가 된다는 사실을 깨달았지만 그러고 싶었다. 그냥 그러고 싶었다.

이제 땅 밑으로 가라앉은 느낌이었다. 우리는 아주 비밀스럽고 어두운, 세상과 분리된 어떤 장소에 묻혔다. 언제쯤 나가게 될지 알 수 없었다. 어떻게 나가야 하는지. 나갈 수는 있는지.

얼마나 시간이 흘렀을까, 휴대전화가 죽었다. 내가 잠이 든 것은 오후 03:40, 배터리가 2퍼센트 남았을 때였다. 깨어났을 때, 화면은 검게 바뀌어 있었다.

세상은 고요했다. 바람의 비명과 허공으로 퍼지는 리비의 가쁜 숨소리, 에드가 내는, 목이 타들어 가는 소리만이 존재했다. 그리고 내 몸 어딘가에서부터 올라오는 울음소리만이 이 공간을 메웠다.

고요. 절대적인 고요.

마치 자동차라는 자궁 안에 들어와 있는 것 같았다. 눈앞은 흐릿했다. 하지만 순간, 나는 차로 들어오는 빛 한 줄기를 포착했다. 앞 유리 너머로 희미한 빛이 새어 들어왔다. 나는 소리를 들었던 방식

401

으로 고요함에 귀를 기울였다. 그것은 마치 살아 있는 생명체처럼 차에 깃들어 있었다.

구부리고 있던 몸을 펴서 문고리 쪽으로 손을 뻗었다. 불안감을 없애려는 듯 잠시 삐걱거리던 문짝은 이내 옴짝달싹하지 않았다.

안 돼.

이번에는 무릎을 꿇고 기어가, 바닥에다 아픈 등을 대고 발로 문을 힘껏 밀었다. 문은 눈을 밀치며 조금씩 움직이는 것 같았지만, 이내 멈추었다. 나는 발뒤꿈치를 창문에 대고 타닥거리며 발로 차기 시작했다. 우물쭈물거리던 문이 열리자, 차 안으로 눈더미가 쏟아졌다.

나는 낮은 포복으로 차를 빠져나갔다. 눈이 부셔서 크게 뜰 수가 없었다. 다시 눈을 떴을 때, 먼 하늘을 밝히는 여명이 보였다. 나는 다리에 힘을 주고 일어나, 새로운 세계를 탐색했다. 하얗게 물든 협곡, 멀리 내려앉은 강물, 내 발밑에 깔린 안락한 눈의 양탄자.

휘청거리다 무릎을 꿇었다. 그때 무언가 부서지는 소리가 들렸다. 앞유리가 완전히 무너져내리는 소리였다.

한 발, 또 한 발씩 눈을 헤치며, 차 앞쪽으로 다가가 찌그러진 유리 모양을 확인했다. 그리고 조수석으로 돌아와 뒷좌석으로 들어갔다. 나는 다시 한 번 두 사람을 잔해로부터 끄집어냈다. 올리비아 먼저, 그다음이 에드였다. 그리고 다시 한 번, 두 사람을 나란히 땅에 눕혔다.

그렇게 두 사람을 내려다보며 하얀 숨을 내쉬는데, 시야가 또다시 흐려졌다. 하늘이 불룩해지면서 내 머리를 짓누르는 것 같았다. 나는 그 자리에 쓰러졌다. 눈을 꽉 감고, 내 심장박동을 들었다.

나는 목놓아 울었다. 날것의 울음소리였다. 나는 몸을 뒤집어 올리비아와 에드를 끌어안았다. 두 사람을 꽉 끌어안는데, 눈 위로 눈물이 후두둑 떨어졌다.

우리는 그렇게 발견되었다.

67

월요일 아침. 눈을 뜨자마자, 웨즐리 박사와 통화를 하고 싶었다.

이불을 온몸에 친친 감고 있어서 한 겹씩 벗겨내야 했다. 사과 껍질을 깎듯. 창문을 통해 햇살이 쏟아져 들어와, 이불에 내리쬔다. 피부가 열을 받아 빛을 내는데, 이상하게도 나 자신이 아름답게 느껴진다.

휴대전화는 바로 옆 베개 밑에 있다. 전화벨이 울리는 동안, 나는 언뜻, 박사가 전화번호를 바꾼 게 아닐까 고민한다. 하지만 그 어느 때보다도 우렁찬 박사의 목소리가 들린다. "메시지를 남겨주세요." 명령조다.

나는 그 명령에 불응한다. 대신 사무실로 전화를 건다.

"애나 폭스입니다." 나는 전화를 받은 여성에게 얘기한다. 어린 목소리다.

"폭스 박사님, 저 피비예요."

내 생각이 틀렸다. "미안해요." 나는 사과한다. 피비라면, 내가 거의 일 년 동안 함께 일한 사람이다. 분명 어리지 않았다. "당신인 줄 몰랐어요. 목소리를 못 알아듣겠네요."

"괜찮습니다. 감기에 걸렸나 봐요. 좀 다르게 들리죠." 그녀는 무척 예의가 바르다. 피비의 전형적인 말투다. "잘 지내세요?"

"잘 지내요. 웨즐리 박사님과 통화가 가능한가요?" 물론이죠, 피비는 꽤나 격식을 갖춘 후, 박사님께…….

"브릴 박사님께서는……." 그녀가 대답한다. "오전 내내 상담 중이세요. 하지만 나중에 전화드리도록 제가 말씀드리겠습니다."

나는 고맙다는 인사를 하고 내 전화번호를 남긴다.

"알았습니다. 제가 가지고 있는 번호랑 같아요."

전화를 끊는다.

그러고는 박사가 전화할 것인가에 대해 생각한다.

68

아래층으로 내려간다. 오늘은 와인 금지. 일단 그렇게 마음먹었다. 적어도 아침에는 금지. 웨즐리 박사와의 통화를 위해 맑은 정신을 유지할 필요가 있다. 그는 탁월한 브릴 박사이니까.

할 일을 먼저 해치우자. 나는 부엌으로 간다. 나오는데 사다리가 보인다. 지하실 문에 기대어 있는 사다리. 아침 햇살을 받아, 불이 붙을 것처럼 환한 모습이 드러나자, 말도 안 되게 조잡한 몰골도 눈에 띈다. 데이비드가 어깨로 문을 툭 하고 밀치면 금방이라도 쓰러트릴 수 있을 것 같다. 순간, 의심이 내 머릿속을 파고든다. 데이비드의 침대 협탁에 여자 귀걸이가 있었지. 그래서? **그게 제인 것이라고 장담할 수 없잖아.** 에드가 그렇게 말했다. 그리고 그 말은 사실이다. 자그마한 진주 세 알. 나도 비슷한 걸 가지고 있었던 것 같다.

사다리를 바라본다. 그것이 알루미늄 다리를 뻗어 나를 향해 걸어오기라도 할 것처럼. 조리대 위에 놓아둔 메를로 한 병이 눈에 들어온다. 그 옆 열쇠걸이에 집 열쇠가 걸려 있다. 안 돼. 술은 금지다. 게다가 이쯤 되니, 집이 와인잔으로 낭자하다고 해도 될 만큼

엉망이다. (이런 장면을 어디에서 봤더라? 그렇다. 스릴러 영화 〈싸인〉. 버나드 허먼 스타일의 멋진 작품. 조숙한 딸내미가 반쯤 마신 물컵을 여기저기 흩뿌리면서 우주에서 온 침입자들을 막는 내용의 영화다. "물 알레르기가 있으면서 왜 지구로 온 거야, 저 외계인들은?" 에드는 버럭버럭 소리를 질렀다. 우리의 세 번째 데이트였다.)

점점 산만해지기 시작한다. 서재로 올라간다.

나는 책상 앞에 앉는다. 마우스패드 옆에 휴대전화를 놓고 충전을 위해 컴퓨터에 연결한다. 컴퓨터 시간을 확인한다. 막 11시가 지났다. 생각보다 시간이 많이 흘렀다. 정말이지, 그 테마제팜 때문에 늦게까지 잔 모양이다. 그 테마제팜들이라고 해야 맞겠지. 복수형을 써야겠지.

나는 창밖을 내다본다. 길 건너에 스케줄대로 정확히, 밀러 부인이 등장한다. 그녀는 현관문으로 나와 소리 없이 문을 닫는다. 오늘 아침에는 어두운 겨울 코트를 입고 있다. 하얀 입김이 흘러나온다. 날씨 앱을 연다. 바깥 기온 영하 11도. 자리에서 일어나 층계참의 온도조절장치 쪽으로 걸어간다.

리타의 남편이 잘 지내는지도 궁금하다. 전에 한번 찾아본 이후로, 그 남자를 본 게 아주 오래된 것 같다.

나는 책상으로 돌아와, 책상 건너편의 방을 둘러본다. 공원 건너편도, 러셀 가도 둘러본다. 창문이 비어 있다. **이선**, 나는 생각한다. **이선을 만나야겠어.** 어젯밤 아이가 머뭇거리는 걸 느꼈다. "무서워요." 이선은 그렇게 말했다. 동그랗게 뜬 놀란 눈으로. 불안해하는 그 아이를 돕는 게 내가 할 일이다. 제인에게 무슨 일이 벌어졌건, 누가 제인인 척하고 있건, 나는 그 아들을 지켜주어야 한다.

그럼 그다음은 뭘 해야 하지?

나는 입술을 깨문다. 그리고 체스 포럼에 로그인한다. 그리고 게임을 시작한다.

한 시간 후, 정오가 지난 시각, 아무 일도 일어나지 않았다.

나는 와인잔을 들어 키스한다. '또다시 12시가 넘었군' 하고 생각한다. 주변에 늘 존재하는 백색소음처럼 문제는 항상 내 마음 한구석에서 웅웅거린다. 이선에게 어떻게 접근하지? 몇 분에 한 번씩 공원 건너편을 훔쳐본다. 마치 그 건물에서 답이 나오기라도 할 것처럼. 유선전화로는 연락할 수 없다. 아이에게는 휴대전화가 없다. 어떻게 신호를 보낸다 해도, 아버지와 그 여자가 먼저 발견할 것이다. 이메일 주소도 없다고 했다. 페이스북 계정도 없다. **존재하지 않는 거나 마찬가지다.**

이선 역시 나만큼이나 고립되어 있다.

나는 다시 의자에 걸터앉아 한 모금 마시고 잔을 내려놓는다. 정오의 햇살이 창턱을 넘어 들어오는 모습을 바라본다. 컴퓨터에서 알림이 울린다. 나는 체스판을 가로질러 기사를 옮긴다. 그리고 다음 수를 기다린다.

12:12. 화면에 시간이 떠 있다. 웨슬리 박사에게서는 소식이 없다. 분명 전화하겠지? 아니면 내가 다시 걸어봐야 하나? 나는 휴대전화를 들어 화면을 켠다.

데스크톱에서 알림이 울린다. G메일. 나는 마우스를 잡고 체스판에 있던 커서를 끌고 간다. 브라우저를 클릭한다. 다른 한 손으로는 와인잔을 입으로 가져간다. 햇빛을 받아 잔이 밝게 빛난다.

나는 입에 가져다 댄 와인잔 너머로 받은 메일함을 확인한다. 단하나의 메시지만이 들어 있다. 메일 제목은 비어 있고, 발신자만

굵은 글씨로 표시되어 있다.

제인 러셀.

앞니가 잔에 쨍하고 부딪친다.

나는 화면을 확인한다. 주변의 공기가 갑자기 희박해진다.

잔을 내려놓으려는데 손이 떨린다. 안에 있는 와인이 출렁거린다. 마우스가 갑자기 손바닥 안에서 부푼다. 나는 호흡을 중단한다.

그녀의 이름을 향해 커서를 옮긴다. 제인 러셀.

클릭한다.

메시지가 열리면서 하얀 바탕이 보인다. 글은 없고, 첨부파일만 있다. 작은 클립 아이콘이 보인다. 나는 첨부파일을 더블클릭한다.

화면이 까맣게 변한다.

그러더니 이미지가 로딩되기 시작한다.

아주 천천히 픽셀 단위로.

꼼짝도 못하겠다. 여전히 숨도 쉴 수 없다.

어두운 화면 위로 선 위에 선이 끼어든다. 마치 천천히 내려오는 커튼 같다. 또 한 줄.

그때 바로…….

얽힌…… 나뭇가지? 아니, 털이다. 어두운 색의, 뒤엉켜 있는 털. 아주 가까이에서 찍은 사진이다.

창백한 피부의 굴곡.

한쪽 눈. 감고 있는 한쪽 눈. 그 위에서 찍은 사진이다. 가장자리에 속눈썹이 곱슬거리는 눈.

누군가가 옆으로 누워 있다. 나는 누군가의 잠자는 얼굴을 들여다보고 있는 모양이다.

'나의' 잠자는 얼굴을.

사진이 확대되면서 나머지 절반이 갑자기 화면에 뜬다. 그리고 거기 내가 있다. 내 머리통이 화면 가득하다. 눈썹을 따라 나 있는 털들. 질끈 감긴 눈, 살짝 벌어진 입. 베개에 파묻힌 목덜미.

나는 자리를 박차고 일어선다. 의자가 뒤로 넘어진다.

제인이 자고 있는 내 사진을 보냈다. 사진을 내려받듯 나는 머릿속에 한 줄 한 줄 생각을 내려받는다.

제인이 어젯밤 우리 집에 왔었다.

제인이 내 침실에 왔었다.

제인이 내가 자는 모습을 보고 있었다.

나는 그 자리에 충격을 받은 채 서 있다. 귀가 멀 것 같은 고요 속에서. 그리고 사진 오른쪽 아랫부분에서 흐물흐물한 숫자들을 발견한다. 시계다. 오늘 날짜였고, 시간은 오전 02:02.

오늘이다. 2시. 이게 가능한 일인가? 나는 발신자 이름 옆의 이메일 주소를 확인한다.

guesswhoanna@gmail.com

이건 제인이 아니다. 그 이름 뒤에 숨은 누군가다. 나를 조롱하려는 누군가.

내 머릿속의 모든 것이 아래층을 정조준한다. 데이비드. 저 문 너머의 남자.

나는 가운을 여미며 나 자신을 꽉 끌어안는다. 생각해. 겁먹지 말고. 진정해. 힘으로 문을 열었을까? 아니다. 사다리는 내가 놓아둔 그대로였다. 그렇다면 열쇠를 복사한 것일까? 몸을 끌어안은 두 손이 덜덜거린다. 나는 몸을 숙여 팔을 책상 위에 내려놓는다. 데이비드를 침대로 끌어들였던 날 밤, 층계참에서 소리가 났었다. 집 안을 어슬렁거리며 열쇠를 찾았던 걸까?

하지만 한 시간 전에 열쇠가 걸려 있는 걸 보았고, 그가 떠난 뒤로는 지하실 문을 걸어 잠갔다. 다시 들어올 방법은 없었다.

그게 아니라면, 물론 다시 들어올 방법이야 있다. 이미 복사해둔 열쇠를 가지고 아무 때고 집에 들어올 수 있었을지도 모른다. 내 열쇠는 그대로 가져다두고.

하지만 데이비드는 어제 집을 비웠다. 코네티컷에 간다고 했다.

적어도 내가 들은 바로는 그랬다.

나는 화면에 떠 있는 내 모습을 바라본다. 속눈썹이 만드는 반원, 윗입술 뒤에서 빼꼼이 내다보는 치열. 전혀 의식이 없는 상태다. 완전히 무장해제된 모습. 나는 전율한다. 목구멍으로 신맛이 올라온다.

guesswhoanna, 누구게 애나? 데이비드가 아니라면 누구일까? 누가 우리 집에 침입했고, 내 침실에 들어왔으며, 내가 자고 있는 모습을 찍었다는 사실뿐만 아니라, 내가 그 사실을 알았으면 좋겠다는 사실을, 왜 나에게 말하는 걸까?

제인에 대해서도 아는 사람이다.

나는 양손으로 와인잔을 든다. 마신다. 깊숙이 들이켠다. 잔을 내려놓고 전화를 건다.

리틀 형사의 목소리는 곱슬곱슬하고 부드럽다. 마치 베갯잇 같다. 자고 있던 것 같았다. 상관없다.

"누가 우리 집에 왔었어요." 나는 지금, 한 손에는 전화기를, 다른 한 손에는 와인잔을 든 채 부엌에서 지하로 내려가는 문을 노려보는 중이다. 나는 지금 리틀 형사에게 말하고 있지만, 너무나 불가능한 이야기라 평이하고 자신없게 들린다. 비현실적으로.

"폭스 박사님." 그가 쾌활하게 대답한다. "박사님이세요?"

"누가 우리 집에, 새벽 2시에 들어왔었다고요."

"잠시만요." 나는 그가 전화를 얼굴 다른 편으로 옮기는 소리를 듣는다. "누가 왔었다고요?"

"새벽 2시에요."

"좀 더 일찍 연락주시지 그러셨어요."

412

"자고 있었어요."

그의 목소리는 따뜻하다. 내가 무슨 소리를 하는지 알아들었다고 생각하는 모양이다. "그럼 누가 들어왔었다는 사실을 어떻게 아셨어요?"

"그 사람이 내 사진을 찍어서 이메일로 보냈기 때문이죠."

정적이 흐른다. "무슨 사진요?"

"내 사진요. 자고 있는."

그가 다시 말을 시작했을 때, 목소리는 한층 더 가깝게 다가와 있다. "확실해요?"

"네."

"자, 겁을 주려는 건 아니지만……."

"겁은 이미 먹었어요."

"지금 집에 아무도 없는 것 맞죠?"

나는 그대로 멈춘다. 그 생각까지는 하지 못했다.

"폭스 박사님? 애나?"

"네." 여기에는 아무도 없다. 이제는 그렇다고 대답할 수 있다.

"혹시, 밖으로 나갈 수 있겠어요?"

나는 웃음을 터트릴 뻔한다. 대신 숨을 고른다. "아뇨."

"좋아요. 그럼 그냥 거기 계세요. 아니, 거기 그냥 계시지 마세요. 일단 전화를 끊지 말고 있을까요?"

"여기로 와주셨으면 하는데요."

"우리가 갈 겁니다." **우리**. 그렇다면 노렐리도 오겠군. 좋아. 이번에는 그녀가 와도 상관없다. 왜냐하면 이건 실제상황이니까. 이 사건만은 부정불가다.

리틀은 여전히 말하고 있다. 숨소리가 전화 너머에서 내려온다.

"지금 하셨으면 하는 건요, 애나? 현관으로 가세요. 혹시라도 바깥으로 나가야 할 상황이 있을지도 모르니까요. 최대한 빨리 갈 거예요. 몇 분이면 됩니다. 하지만 만약의 경우에 나가야 할 상황이……."

나는 현관문을 바라보며 그쪽으로 걸어간다.

"지금 차에 타고 있어요. 곧 갑니다."

나는 현관문이 점점 다가오는 것을 지켜보며, 천천히 고개를 끄덕인다.

"최근에 영화를 보신 적이 있나요?"

내 손으로는 저 문을 열 수 없을 것 같다. 저기 저 중간 지대에 발을 들여놓을 수가 없다. 나는 고개를 흔든다. 머리카락이 뺨을 쓸고 지나간다.

"고전 스릴러 영화 중에 보신 게 있나요?"

나는 고개를 젓는다. 그에게 아니라고 말하려는데, 여태 손으로 와인잔을 빙빙 돌리고 있다는 사실을 깨닫는다. 그게 불청객이든 아니든, 물론 지금 그 불청객은 여기 없지만, 이런 꼴로 손님을 맞이할 수는 없다. 치워야 한다.

하지만 손이 흔들린다. 와인이 가운 앞자락으로 쏟아지며 핏빛 자국을 남긴다. 심장 바로 위에. 마치 피를 흘린 것처럼 보인다.

리틀 형사는 여전히 나의 귀에 대고 말을 건넨다. "애나? 괜찮은 거죠?" 다시 부엌으로 돌아와서 휴대전화를 관자놀이에 가져다 댄다. 그리고 잔을 개수대에 내려놓는다.

"……괜찮은 거죠?" 그가 묻는다.

"괜찮아요."

나는 수도꼭지를 열고 가운을 벗어 흐르는 물 아래로 가져간다.

티셔츠와 운동복 바지 차림으로. 와인 얼룩은 흐르는 물 아래서 부글댄다. 물이 서서히 빠지며 얼룩이 연한 핑크색으로 변한다. 나는 손가락이 하얗게 될 정도로 힘을 주어 가운의 물을 짜낸다.

"현관까지 가실 수 있으시겠어요?"

"네."

수도꼭지를 잠근 후, 가운을 끌어내 또 짜낸다.

"좋아요. 거기 계세요."

가운이 마를 수 있도록 털어내며 나는 종이타월이 다 떨어졌다는 사실을 발견한다. 타월이 걸려 있던 걸이대가 맨몸뚱이를 드러내고 있다. 식탁보가 들어 있는 서랍을 연다. 안에, 고이 접혀 있는 냅킨 맨 위에서, 나는 나 자신을 다시 한 번 발견한다.

잠들어 있는 모습을 가까이에서 찍은 사진이 아니다. 베개에 반쯤 파묻혀 있지도 않다. 똑바로 앉아서, 기분 좋은 미소를 지으며, 머리를 뒤로 쓸어넘긴다. 영민하고 밝은 눈빛을 보내며. 종이에 그린 초상이다.

솜씨가 대단하군요. 나는 그렇게 말했었다.

제인 러셀 오리지널. 그녀는 그렇게 말했었다.

그리고 그림에 서명을 남겼다.

70

손에 들린 그림이 경련을 일으킨다. 나는 귀퉁이에 아무렇게나 쓰인 서명을 바라본다.

나도 못 믿을 뻔했어. 나까지도 의심할 뻔했어. 하지만 여기, 사라져버린 그날 밤의 기념품이 있다. 메멘토, 메멘토모리. 추억, 죽음의 상징. **죽게 된다는 사실을 기억하라.**

기억하라.

그리고 나는 기억하고 있다. 나는 체스와 초콜릿을 기억한다. 나는 담배와 와인, 그녀가 집을 둘러보던 것을 기억한다. 그리고 그 무엇보다, 나는 제인을 기억하고 있다. 총천연색으로 징징대며 술을 마시던 그녀와 그녀의 반짝이던 보철물과 자기 집을 바라보며 창문에 기대던 모습을 기억한다. **꽤나 괜찮은 집이에요.** 그녀는 그렇게 중얼댔다.

그녀는 여기 있었다.

"거의 다 왔어요." 리틀 형사가 말한다.

"제가 지금……." 나는 목을 가다듬는다. "제가 지금……."

그가 끼어든다. "지금 돌고 있어……."

하지만 나는 그들이 어디까지 왔는지 듣고 있지 않다. 왜냐하면 창문을 통해 이선이 현관을 나서는 모습을 발견했기 때문이다. 내 내 집 안에만 있었던 것이 틀림없다. 나의 시선은 지난 한 시간 동안 부엌에서 응접실로, 그리고 침실로 건너뛰며 그 집을 지키고 있었다. 마치 물수제비를 뜨는 것처럼. 그런데 왜 못 봤지.

"애나?" 리틀 형사의 목소리가 작아진다. 나는 밑을 내려다본다. 휴대전화를 든 손은 이미 엉덩이 근처까지 내려가 있다. 발치에 널브러진 가운이 보인다. 휴대전화를 쥔 손으로 조리대를 짚는다. 그리고 그림을 그 옆에 올려둔다. 나는 창문을 두드린다. 세게.

"애나?" 리틀 형사가 나를 부르고 있다. 그러나 나는 그 부름을 무시한다.

더 세게 창문을 두드린다. 이선은 방향을 틀어 보도로 올라선다. 우리 집 쪽이다. 좋았어.

나는 무엇을 해야 하는지 알고 있다.

손가락으로 창틀을 움켜쥔다. 손가락을 긴장시킨 다음, 손잡이를 두드리며 준비운동을 한다. 눈을 질끈 감는다. 그리고 들어 올린다.

차가운 공기가 내 몸을 엄습한다. 너무 추워서 심장이 멎을 것 같다. 바람에 옷이 펄럭이면서 온몸이 부르르 떨린다. 귓가에 바람이 우는 소리가 맴돈다. 추위는 내 몸을 가득 채우는 것으로도 모자라 흘러넘친다.

그럼에도 나는 아이의 이름을 외친다. 2음절로 이뤄진 외마디 비명이 내 혓바닥에서 튀어나와 바깥세상으로 발사된다. **이선!**

고요함이 갈라진다. 나는 새 떼가 날아오르고 지나가던 사람들이 가던 길을 멈추는 모습을 상상한다.

그런 다음, 나는 다음 호흡에 참았던 마지막 말을 내뱉는다.

다 알아.

사실 네 엄마는 내가 말하던 그 여자라는 것도, 그녀가 여기 왔었다는 것도, 네가 거짓말을 하고 있다는 것도 다 알고 있어.

나는 창문을 닫고 유리창에 이마를 기댄다. 그리고 눈을 뜬다.

이선이 저기 차가운 길을 걸어오고 있다. 너무 큰 코트와 너무 작은 청바지를 입고. 바람에 머리카락이 흩날린다. 아이는 자기 얼굴 앞으로 입김을 뿜어내며 나를 바라본다. 나도 그쪽을 바라본다. 가슴이 들썩거린다. 심장이 시속 150킬로미터의 속도로 요동친다.

이선은 고개를 젓는다. 그리고 발걸음을 재촉한다.

71

나는 아이가 시야에서 사라질 때까지 바라본다. 허파가 쪼그라들고, 어깨가 축 늘어진다. 차가운 공기가 부엌에 맴돈다. 그게 최선이었다. 최소한 아이가 다시 집으로 뛰어가지는 않았다.

하지만 그래도, 여전히. 형사들이 곧 도착할 것이다. 초상화가 있다. 저기, 외풍에 날려 바닥에 뒤집힌 초상화가 있다. 나는 몸을 구부려 초상화를 집어 든다. 가운도 집는다. 손에 축축함이 느껴진다.

초인종이 울린다. 리틀 형사다.

나는 몸을 곧추세우고 서둘러 현관으로 향한다. 주먹으로 버저를 후려치고, 자물쇠를 돌린다. 젖빛 유리를 노려본다. 그림자가 창문에 어른거리다, 이내 사람의 형상으로 모습을 바꾼다.

손에 쥔 그림이 흔들리고 있다. 더 못 기다릴 것 같다. 나는 손잡이를 잡고, 문고리를 돌린다. 문이 활짝 열린다.

이선이다.

너무 놀라 인사조차 잊었다. 나는 거기 덩그러니 서 있다. 종이는 손가락 사이에 끼워져 있지만, 가운은 발치로 떨어진다.

볼은 추위로 빨갛게 상기되어 있다. 머리카락은 손질이 필요해

보인다. 눈썹 밑으로 자란 머리카락은 귓바퀴 근처에서 구불거린다. 이선은 눈을 동그랗게 떴다.

우리는 서로를 바라본다.

"저한테 그렇게 소리 지르시면 안 돼요, 아시잖아요." 이선이 목소리를 낮추어 말한다.

기대했던 말이 아니다. 나는 자제하지 못하고 말한다. "너한테 달리 연락할 방법을 모르겠어서."

물방울이 바닥으로, 내 발 위로 똑똑 떨어진다. 나는 가운을 겨드랑이 사이에 끼워 넣는다.

펀치가 계단 쪽에서 휘리릭 뛰어나온다. 이선의 정강이를 향해서 돌진한다.

"원하시는 게 뭐죠?" 이선은 고개를 숙인 채 묻는다. 고양이한테 하는 말인지 나에게 하는 말인지 구분할 수 없다.

"엄마가 여기 오셨었어."

이선을 한숨을 내쉬며 고개를 젓는다. "망상이에요." 과장된 말투다. 아이가 쓰기에 친숙한 말은 아니었다. 그런 말을 어디서 들었는지 알고 싶지 않다. 누구한테 들었는지도.

나는 도로 고개를 내젓는다. "아니." 그렇게 말하는 나의 입술이 미소로 일그러지고 있음을 느낀다. "아니. 내가 이걸 찾아냈어." 나는 초상화를 이선의 얼굴 앞에 들어 보였다.

이선은 그림을 바라본다.

집에는 적막이 흐른다. 펀치가 이선의 청바지를 스치는 소리만이 들린다.

나는 그를 관찰한다. 아이는 얼빠진 듯 그림을 본다.

"이게 뭔데요?"

"나야."

"누가 그런 거죠?"

나는 고개를 기울이며 한발 다가선다. "여기 서명을 읽을 수 있잖니."

이선은 그림을 들여다본다. 눈이 가늘어진다. "하지만……."

초인종 소리에 우리 두 사람 모두 소스라친다. 우리는 문 쪽으로 고개를 꺾는다. 펀치가 소파를 향해 달음질친다.

이선이 지켜보는 가운데, 나는 인터폰 쪽으로 향한다. 그리고 문을 열어준다. 현관으로 들어오는 발소리가 들린다. 리틀이 남자들이 하는 과장된 몸짓으로 들어온다. 노렐리는 그 뒤를 잠자코 따르고 있다.

두 사람은 이선을 먼저 발견한다.

"무슨 일이니?" 노렐리가 묻는다. 눈은 나와 이선 사이를 번갈아 바라보는 중이다.

"집에 누가 들어왔다면서요." 리틀이 말한다.

이선이 나를 한번 쳐다보고는 문 쪽으로 시선을 돌린다. "넌 여기서 기다리렴." 내가 말한다.

"가도 좋아." 노렐리가 받아친다.

"여기 있어." 내가 빽 하고 내지르자, 이선은 그 자리에서 움직이지 않는다.

"집은 확인해보셨나요?" 리틀이 묻는다. 나는 고개를 젓는다.

그는 노렐리에게 고개를 끄덕인다. 노렐리는 부엌으로 이동한다. 그러다 잠시 지하실 문 앞에 멈춰 선다. 사다리에 시선이 멎는다. "세입자 때문에요."

그녀는 아무 말 없이 계단으로 직진한다.

나는 리틀 형사를 향해 돌아선다. 그는 주머니에 손을 넣은 채, 시선을 나에게 고정하고 있다. 나는 숨을 들이쉰다.

"너무 많은, 너무나 많은 일이 일어났어요. 일단 제가 이……." 나는 가운 주머니를 뒤져 휴대전화를 끄집어낸다. "……이 메시지를 받았어요." 가운이 철퍼덕 소리를 내며 바닥으로 떨어진다.

나는 이메일을 클릭해서 사진을 확대한다. 리틀 형사가 전화기를 건네받아, 그 거대한 손 위에 올려놓는다.

그가 화면을 주시하는 동안, 나는 부르르 몸을 떤다. 안이 쌀쌀해진 데다, 나는 옷이라고는 거의 걸치고 있지 않은 상태다. 머리는 일어난 상태 그대로, 마구 뒤엉켜 있다. 나도 알고 있다. 갑자기 남의 시선을 의식하게 된다.

이선도 그런 것 같았다. 짚고 있던 다리를 다른 쪽 다리로 바꾼다. 리틀 옆에 서 있는 이선은 말도 안 되게 유약해 보인다. 곧 부서질 것 같다. 잡아주고 싶을 지경이다.

형사는 화면을 키운다. "제인 러셀."

"하지만 제인이 아니에요. 메일 주소를 보세요."

리틀이 눈을 가늘게 뜬다. "guesswhoanna@gmail.com이로군요." 그는 조심스럽게 주소를 읽는다.

나는 고개를 끄덕인다.

"2시, 새벽 2시에 찍힌 사진이군요." 그는 나를 바라본다. "메일은 오후 12시 11분에 보내졌고요."

나는 다시 고개를 끄덕인다.

"이 주소로 받은 메일이 또 있나요?"

"아니요. 하지만 혹시…… 추적 가능한가요?"

내 뒤에서 이선이 끼어든다. "이게 뭐예요?"

"사진이야."

설명해주려는데 리틀 형사가 다시 끼어든다. "어떻게 집 안으로 들어왔을까요? 경보장치 없어요?"

"없어요. 내가 항상 있으니까. 그런 게 왜 필요하겠……." 나는 말을 하다가 만다. 정답은 리틀의 손바닥 안에 있다. "없어요." 나는 같은 말을 반복한다.

"무슨 사진인데요?" 이선이 캐묻는다.

이번엔 리틀 형사가 이선을 쏘아본다. "그만하면 된 것 같구나." 그 말에 이선이 움찔한다. "너는 저기 가 있으렴." 이선은 소파로 가서 펀치 옆에 앉는다.

리틀은 부엌으로 걸어 들어가서 뒷문으로 향한다. "누가 여기 들어왔었단 말이지." 그의 목소리에서 날카로움이 느껴진다. 그는 잠금장치를 열고, 문을 열었다 닫는다. 차가운 공기가 방 안으로 퍼진다.

"누가 분명 들어왔다니까요." 나는 그 사실을 강조한다.

"경보를 울리지도 않았고요."

"네."

"혹시 사라진 물건이 있나요?"

그 생각은 하지 못했다. "모르겠어요." 나는 순순히 시인한다. "데스크톱이랑 휴대전화는 여기 있고. 하지만…… 모르겠어요. 살펴보지 않았어요. 겁을 먹어서."

리틀이 인상을 편다. "그랬을 것 같아요." 한결 부드러워졌다. "사진을 찍을 만한 사람이 누가 있는지 혹시 짚이는 데라도?"

나는 순간 정지한다. "열쇠를 가지고 있는 유일한 사람, 아니 가지고 있을지도 모르는 사람은 세입자가 유일해요. 데이비드요."

"그 사람은 지금 어디 있나요?"

"몰라요. 어제 시내로 간다고 했어요. 하지만……."

"그러니까 그 사람이 열쇠를 가지고 있거나, 가지고 있을 수도 있다?"

나는 팔짱을 낀다. "아마도요. 그 집은 열쇠가 달라요. 하지만 내 열쇠를…… 슬쩍했을 수도 있잖아요."

리틀이 고개를 끄덕인다. "데이비드와 사이가 안 좋았나요?"

"아니요. 그러니까…… 아니요."

리틀은 또다시 고개를 끄덕인다. "뭐 하실 말씀이라도?"

"그러니까, 저기, 그 사람이 칼을 빌려 갔었어요. 커터요. 그리고 나한테 말도 하지 않고 도로 가져다놓았더라고요."

"그리고 그 외에 드나들었던 사람은 없다?"

"없어요."

"그냥 생각나는 대로 말해봅시다." 리틀은 크게 심호흡하더니, 머리가 지끈거릴 정도로 큰 소리로 고함을 지른다. "이봐, 노렐리?"

"아직 위층이야." 노렐리가 대답한다.

"뭐 좀 찾았어?"

대답이 없다. 우리는 대답을 기다린다.

"아직." 그녀가 소리를 지른다.

"어질러진 흔적은?"

"없어."

"벽장 안은 확인해봤어?"

"아무도 없어." 노렐리가 계단으로 내려오는 소리가 들린다. "내려가."

리틀 형사가 이쪽으로 돌아본다. "그러니까, 누군가가 들어오긴 했는데, 어떻게 들어왔는지는 모르고. 사진을 찍긴 했는데 다른 건 건드리지도 않았다?"

"맞아요." 지금 나를 의심하는 건가? 나는 그의 손에 들린 휴대전화를 가리킨다. 마치 그게 그의 질문에 대신 대답하기라도 할 것처럼. 사실, 그에 대한 답을 줄 수 있다.

"죄송합니다." 리틀 형사가 사과하며 휴대전화를 돌려준다.

노렐리가 코트 자락을 날리며 부엌으로 걸어 들어온다. "문제 없지?" 리틀이 묻는다.

"아무 문제 없어."

그는 나를 향해 미소를 지어 보인다. "안전합니다." 그가 말한다. 나는 대답하지 않는다.

노렐리가 이쪽으로 다가온다. "이번 주거침입은 무슨 이야기야?"

나는 휴대전화를 노렐리에게 건넨다. 그녀는 전화를 받지 않은 채, 화면을 들여다본다.

"제인 러셀?" 그녀가 묻는다.

나는 제인의 이름 옆에 있는 이메일 주소를 가리킨다. 노렐리의 얼굴에 파문이 번진다.

"전에도 이런 걸 받은 적이 있나요?"

"아니요. 지금껏 말하고…… 없어요."

"G메일 주소네." 노렐리가 그 점을 지적하며 리틀과 시선을 교환한다.

"맞아요." 나는 팔로 몸을 감싼다. "추적이 안 되나요? 아니면 흔적이라도?"

"글쎄요." 그녀가 뒤로 물러서며 말한다. "그게 문제예요."

"왜요?"

그녀는 자신의 파트너가 있는 쪽으로 고개를 기울인다. "G메일이니까요." 그녀가 말한다.

"맞아요. 그래서요?"

"G메일이라서 ip주소가 안 떠요."

"그게 무슨 말인지 모르겠어요."

"말인즉슨, G메일은 추적할 도리가 없다는 거죠." 리틀이 대답한다.

나는 그를 노려본다.

"당신이 당신 자신에게 보냈을지도 모를 일이죠."

나는 몸을 홱 돌려 그녀를 쳐다본다. 노렐리는 가슴 앞에 단단히 팔짱을 끼고 있다.

웃음이 나왔다. "뭐라고요?" 나는 그렇게 말했다. 달리 무슨 말을 하겠는가.

"설령 당신이 휴대전화로 메일을 보냈다고 해도, 우리는 그걸 증명할 방법이 없는 거죠."

"왜? 왜?" 나는 씩씩거린다. 노렐리는 질척한 가운을 내려다본다. 나는 가운을 집으려 허리를 숙인다. 정신을 차리기 위해서는 뭐라도 해야 한다.

"제 눈에는 이 사진이 한밤중에 찍은 셀카처럼 보여서요."

"자고 있잖아요." 나는 주장한다.

"눈을 감고 있는 거죠."

"자고 있었으니까요."

"혹은 자는 것처럼 보이고 싶었을 수도 있죠."

나는 리틀 형사를 본다.

"이렇게 생각해봅시다, 박사님." 그가 입을 연다. "우리는 여기서 누가 침입했던 흔적을 못 찾고 있어요. 없어진 것도 없는 것처럼 보이고요. 현관문도 멀쩡하고, 저것도 멀쩡하군요." 그는 뒷문을 가리킨다. "그리고 박사님 말에 따르면 열쇠를 가진 사람은 없고요."

"아니에요. 세입자가 열쇠를 만들었을 수도 있다고 했잖아요." 그 말은 하지 않았던가? 속이 부글거렸다. 다시 한 번, 몸이 부르르 떨린다. 공기가 냉기를 잔뜩 품고 있다.

노렐리가 사다리를 가리킨다. "저건 또 왜 저러고 있는 거죠?"

"세입자와의 분쟁." 리틀이 내가 대답하기 전에 대답한다.

"박사에게 남편에 대해 물어봤어요?" 노렐리의 목소리에 알 수 없는 뉘앙스가 담겨 있다. 아주 미세한 감정이 얹혀 있다. 그녀는 눈썹을 치켜세운다.

그리고 나를 바라본다. "폭스 부인." 이번에는 그녀의 호칭을 굳이 정정하지 않는다. "제가 경고했을 텐데요. 시간을……."

"시간을 낭비하는 사람은 내가 아니라." 나는 그녀를 향해 으르렁거린다. "바로 당신이죠. 누가 이 집에 들어왔고, 나는 그 증거를 보여줬어요. 그런데 당신은 거기 서서 내가 이 모든 걸 지어냈다고 말하고 있어요. 지난번처럼요. 난 누군가가 칼에 찔리는 걸 봤어요. 그때도 당신은 나를 믿지 않았죠. 제가 뭘 보여줘야 당신이……."

초상화.

나는 핑그르르 돌아, 소파에 앉아 있는 이선을 바라본다. 펀치가 그의 무릎 위에 올라가 있다. "이쪽으로 오렴." 내가 말한다. "그림 좀 가지고."

"이선은 끼워넣지 맙시다." 노렐리가 끼어들지만, 이선은 이미 이쪽으로 걸어오는 중이다. 한 손으로는 고양이를 받치고, 그림은 다른 한 손에 들고 있다. 그는 마치 성체성사용 제병을 건네는 것처럼, 의식을 치르듯 그림을 내민다.

"이거 보이시나요?" 나는 그림을 노렐리 앞에 들이민다. 그녀는 한 발짝 뒤로 물러난다. "이 서명을 보시라고요." 내가 덧붙인다.

그녀는 이마를 찡그린다.

그때, 오늘의 세 번째 초인종이 울린다.

72

리틀 형사가 나를 한번 쳐다보고 문 쪽으로 걸어가 인터폰을 확인한다. 그리고 버저를 누른다.

"누구죠?" 내가 질문하는 사이, 그는 이미 문을 열고 있다.

상쾌한 발걸음으로 알리스타가 들어온다. 가디건 차림이다. 양볼은 추위로 붉어져 있다. 지난번에 봤을 때보다 더 늙어 보인다.

그의 시선은 마치 매의 눈처럼 방 안을 급습한다. 그리고 이선에게 날아가 안착한다.

"집에 가자." 그가 자신의 아들에게 말한다. 이선은 그대로 움직이지 않는다. "그 고양이 내려놓고 나와."

"이것 좀 보시죠." 나는 알리스타가 있는 방향으로 그림을 휘적거렸지만 그는 나를 무시한 채 리틀 형사에게 선언한다.

"형사께서 계시니 그나마 다행이로군요." 그다지 다행인 표정은 아니었지만, 그는 그렇게 말한다. "아내가 말하길, 이 여자가 창문에 대고 내 아들 이름을 부르며 소리를 질렀다더군요. 그리고 얼마 지나지 않아 당신네 차가 들어왔고." 내 기억에 따르면, 지난번 방문 때는 좀 더 예의를 갖춰 얘기했던 것 같다. 아주 당혹스러운 상황에서도 말이다. 하지만 더는 아니다.

리틀 형사가 다가선다. "러셀 씨……."

"저 여자가 내 집으로 전화를 걸어대고 있어요. 알고 계셨어요?" 리틀은 대답하지 않는다. "이전 직장에까지 전화했습니다. 세상에."

이것으로 알렉스가 나를 찔렀음을 알 수 있다. "왜 해고당하신 거죠?" 내 질문에 아랑곳 않고, 알리스타는 분에 겨워 자기 할 말만 해댔다.

"어제는 아내를 따라왔어요. 그 말을 하던가요? 그러리라고는 상상도 못했죠. 커피숍까지 따라갔답니다."

"알고 있습니다. 선생님."

"거기서…… 아내와 말다툼을 벌였어요." 나는 이선을 살핀다. 그 일이 있은 직후에 나를 만났다는 말을 아버지한테 하지 않은 눈치다.

"우리가 여기 온 게 벌써 두 번째지요." 알리스타의 목소리는 점점 노골적이 되어간다. "첫 번째는 우리 집에서 칼부림이 나는 걸 봤다고 주장했고요. 이제는 내 아들을 자기 집으로 꾀어내고 있다고요. 이런 일은 당장 중단되어야 합니다. 어디까지 갈 셈이죠?" 그는 나를 똑바로 쳐다본다. "이 여자는 위험한 존재예요."

나는 손가락으로 그림을 가리켰다. "나는 당신 부인을 알고 있어……."

"당신은 내 아내를 몰라!" 그가 소리친다.

나는 입을 다문다.

"당신은 아무도 몰라! 당신이란 사람은 이 집에 처박혀서 사람들을 관찰하기만 하잖아."

목까지 붉은 기가 내려온다. 손에 힘이 빠진다.

그는 아직 끝나지 않았다. "당신은 그…… 만남을 지어냈어. 내 아내가 아닌 어떤 여자를. 심지어는……." 나는 그다음 대사를 기다린다. 충격에 대비하는 방법의 일종이다. "심지어는 실재하지도 않는 여자를." 그가 말한다. "게다가 내 아들까지 희롱하다니. 당신은 우리 전부를 괴롭히고 있다고."

방 안이 조용해진다.

마침내 리틀 형사가 입을 연다. "알았습니다."

"저 여자는 망상증 환자야." 알리스타가 덧붙인다. 이만하면 됐다. 나는 이선을 슬쩍 본다. 아이는 바닥을 노려보고 있다.

"알았습니다. 이쯤 하시죠." 리틀 형사가 다시 끼어든다. "이선, 이제 집에 가봐야 할 시간인 것 같구나. 러셀 씨, 여기 계실 수……."

하지만 이번에는 내 차례다.

"여기 계세요." 나도 찬성이다. "아마 당신이라면 이걸 설명할 수 있겠죠." 나는 다시 한 번 얼굴 높이까지 팔을 들어 올려, 알리스타의 눈높이에 맞춘다.

그는 이쪽으로 다가서며 종이를 집어 든다. "이게 뭡니까?"

"당신 아내가 그린 그림입니다."

알리스타의 표정이 멍해진다.

"그녀가 여기 와서, 저 테이블에서 그렸나요?"

이번에는 리틀이 알리스타가 있는 쪽으로 다가가며 묻는다.

"제인이 저한테 그려준 거예요."

"당신이네요." 리틀이 말한다.

나는 고개를 끄덕인다. "그녀는 여기 왔었어요. 이게 그 사실을 증명해주죠."

알리스타는 마음을 가다듬는다. "이걸로는 아무것도 증명 못 해요." 그가 꽥꽥거린다. "아니지. 이 그림은 당신이 미쳐도 단단히 미쳤다는 사실을 증명하죠. 증거를 날조할 정도로." 그가 코웃음을 친다. "당신은 제정신이 아니야."

꺄오. 제정신이 아니라니. 나는 〈로즈메리의 아기〉를 떠올린다. 그러자 얼굴이 찌푸려진다. "무슨 말씀이시죠, 증거를 날조하다니요?"

"이 그림, 당신이 그린 거잖아."

우리 둘 사이에 노렐리가 끼어든다. "혼자서 저 사진을 찍고 자신에게 이메일을 보낼 수 있는 것과 마찬가지죠. 우리는 어차피 증명하지 못할 테니."

나는 뒤로 휘청거린다. 마치 한 방 얻어맞은 것처럼. "나는……."

"괜찮으세요, 박사님?" 리틀이 이쪽으로 다가온다.

손에 들고 있던 가운이 다시 바닥으로 떨어진다.

나는 흔들리고 있다. 방이 나를 중심으로 회전목마처럼 돌아간다. 알리스타가 나를 노려본다. 노렐리는 아예 보려고도 하지 않는다. 리틀 형사는 내 어깨를 잡고 있다. 이선은 머뭇거리고, 고양이는 그의 팔 위에 늘어져 있다. 모두가 나를 스치고 지나간다. 그들 전부가. 손을 내밀어 잡을 사람도, 디디고 설 땅도 없다. "이 그림은 내가 그린 게 아니에요. 제인이 그렸죠. 바로 여기에서." 나는 손가락을 흔들며 부엌을 가리킨다. "그리고 사진도 내가 찍은 게 아니에요. 그건 내가 찍은 게 아니에요. 나는…… 무슨 일인가가 일어나고 있는데, 당신들은 도움이 안 돼." 다른 방식으로 설명하는 것은 불가능하다. 나는 방을 붙잡으려 노력한다. 하지만 공간

432

은 손가락 사이로 빠져나간다. 나는 이선을 향해 손가락을 더듬거린다. 떨리는 손길로 아이의 어깨를 움켜쥔다.

"아버지에게서 도망쳐."

알리스타가 폭발한다. 하지만 나는 이선의 눈을 들여다보며 더 큰 목소리로 말한다. "무슨 일인가가 일어나고 있어."

"이게 다 무슨 일이죠?"

모두가 동시에 돌아본다.

"현관문이 열려 있더군요." 데이비드가 들어온다.

73

그는 액자에 끼워둔 사진처럼 문간에 서 있다. 손은 주머니에 들어가 있고, 다 떨어진 가방은 어깨에 걸쳐져 있다. "이게 다 무슨 일이에요?" 이선을 잡고 있던 손에 힘이 빠지는 사이, 그는 다시 묻는다.

노렐리는 끼고 있던 팔짱을 푼다. "누구시죠?"

데이비드는 반대로 팔짱을 낀다. "밑에 사는 사람인데요."

"그렇다면……" 리틀이 끼어든다. "당신이 그 유명한 데이비드로군요."

"처음 듣는 얘기네요."

"성姓이 있겠죠, 데이비드?"

"대부분 있죠."

"윈터스." 나는 머릿속 깊은 곳에서 기억을 끄집어내 대답한다.

데이비드가 그 말을 무시한다. "당신들은 누구죠?"

"경찰입니다." 노렐리가 대답한다. "저는 노렐리 형사입니다. 이쪽은 리틀 형사."

데이비드는 알리스타 쪽으로 턱을 비스듬히 기울인다. "저 사람은 알아요."

알리스타가 고개를 끄덕인다. "당신이라면 이 여자의 어디가 잘 못됐는지 설명해줄 수 있겠군."

"잘못됐다고 누가 그래요?"

고마운 마음이 샘솟는다. 허파에 공기가 차오르는 게 느껴진다. 내 편이 있다.

그 순간, 나는 내 편이 누구였는지 기억해낸다.

"어젯밤 어디 계셨죠, 윈터스 씨?" 리틀 형사가 묻는다.

"코네티컷요. 일 때문에." 데이비드가 우두둑 소리를 내며 턱을 푼다. "그건 왜 물어보시는 거죠?"

"폭스 박사님이 자는 동안 누군가가 사진을 찍었습니다. 새벽 2시 정도에요. 그리고 그걸 이메일로 보냈죠."

데이비드는 눈을 끔뻑거린다. "엉망진창이었네요." 그가 나를 쳐 다본다. "누가 침입했었다고요?"

리틀은 내가 대답하도록 두지 않는다. "어젯밤 당신이 코네티컷 에 있었다는 사실을 확인해줄 수 있는 사람이 있습니까?"

데이비드는 한쪽 다리를 다른 쪽 다리 위로 포갠다. "같이 있었 던 여자요."

"그게 누구죠?"

"성은 모르겠네요."

"전화번호는요?"

"대부분의 사람이 가지고 있지 않나요?"

"그 번호가 필요할 것 같군요." 리틀이 말한다.

"그 사진을 찍을 사람은 저 사람이 유일해요." 내가 말한다.

한 박자 쉬고, 데이비드가 눈썹을 일그러뜨린다. "뭐라고요?"

깊이를 알 수 없는 그 눈과 마주치자 마음이 약해진다. "당신이 저 사진을 찍었나요?"

데이비드가 냉소를 머금는다. "당신은 내가 여기 올라와서……."

"아무도 그렇게 생각하지 않습니다." 노렐리가 끼어든다.

"나는 그렇게 생각해요." 내가 말한다.

"지금 무슨 소리를 해대는 건지 모르겠군요." 데이비드의 말투는 벌써 지겨워진 사람처럼 들린다. 그는 노렐리에게 자신의 휴대전화를 내민다. "여기요. 그 여자한테 전화해보세요. 이름은 엘리자베스예요." 노렐리가 한발 앞으로 나온다.

나는 이제 술을 마시지 않고는, 한마디도 참을 수 없을 것 같다. 나는 리틀 옆에서 빠져나와 부엌으로 향한다. 내 뒤에서 목소리가 들린다.

"폭스 박사님은 건넛집에서 여자가 칼에 찔리는 걸 보셨다고 합니다. 러셀 씨 댁에서요. 혹시 이 부분에 대해 아시는 바가 있나요?"

"아니요. 그래서 저번에 비명을 들었냐고 물었던 거군요?" 나는 뒤를 돌아보지 않는다. 나는 이미 잔에 와인을 따르는 중이다. "전에도 말했지만, 아무 소리도 못 들었어요."

"당연하지." 알리스타가 끼어든다.

나는 뒤로 돌아 그들과 대면한다. 잔을 손에 든 채. "하지만 이선이……."

"이선, 여기서 나가! 당장!" 알리스타가 소리친다. "도대체 몇 번을 말해야……."

"진정하세요, 러셀 씨. 박사님, 이러시면 안 됩니다." 리틀 형사가 나를 향해 손을 젓는다. 나는 조리대 위에 잔을 내려놓는다. 하지만 손을 떼지는 않는다. 반항심리다.

리틀은 데이비드를 돌아본다. "공원 건너편 집에서 별다른 걸 보신 적이 있나요?"

"저 사람 집에서요?" 데이비드가 알리스타를 쳐다보자, 그는 또 발끈한다.

"이게 무슨……." 또 시작이다.

"아니요. 아무것도 보지 못했습니다." 데이비드의 가방이 어깨에서 흘러내린다. 그는 똑바로 서며 가방끈을 제자리로 올린다. "저 집을 보고 있질 않아서요."

리틀이 고개를 끄덕인다. "음. 그럼 러셀 부인을 만난 적이 있으신가요?"

"아니요."

"러셀 씨는 어떻게 알고 계시죠?"

"내가 저 사람을 고용했소." 알리스타가 끼어든다. 하지만 리틀은 손을 들어 그를 저지한다.

"저 사람이 일을 도와달라고 저를 고용했어요." 데이비드가 말한다. "부인은 못 봤고요."

"하지만 당신 침실에 그 여자 귀걸이가 있었어."

모든 사람의 눈이 나를 향한다.

"귀걸이가 당신 침실에 있는 걸 봤어." 나는 잔을 움켜쥐며 말한다. "협탁 위에. 진주 세 개짜리. 제인이 끼고 있던 귀걸이였다고!"

데이비드가 한숨을 내쉰다. "아뇨. 그건 캐서린 거예요."

"캐서린?" 내가 묻는다.

그가 고개를 끄덕인다. "그때 만나던 여자요. 사실 만난 것도 아니죠. 여기 와서 몇 번 자고 간 게 다예요."

"그게 언제죠?" 리틀 형사가 묻는다.

"지난주요. 그게 중요한가요?"

"상관없겠네요." 노렐리가 장담하며 데이비드를 향해 돌아선다. 그녀는 그의 휴대전화를 손에 들고 있다. "엘리자베스 휴라는 여자가 어젯밤 저 남자와 코네티컷 주 대리엔에 있었다고 합니다. 자정부터 아침 10시까지."

"그리고 바로 이리로 온 거라고요." 데이비드가 말한다.

"그런데 데이비드의 방엔 왜 간 거죠?" 노렐리가 나에게 묻는다.

"제 방을 염탐하고 있었군요." 데이비드가 대답한다.

나는 얼굴을 붉힌다. 얼굴이 불타버릴 것 같다. "나한테서 커터를 가져갔잖아요."

데이비드가 앞으로 나서자, 리틀은 긴장하는 모습이 역력하다. "당신이 빌려줬잖아요."

"그렇죠. 하지만 당신이 아무 말도 없이 도로 가져다놨고요."

"네. 주머니에 가지고 있다가 오줌 싸러 가는 김에 원래 있던 자리에 갖다놨어요. 고맙다는 말은 사양하겠습니다."

"당신이 그걸 갖다놓은 다음에 바로 제인이……."

"그만하세요." 노렐리가 쉿소리를 낸다.

나는 잔을 들어 입으로 가져간다. 와인이 잔에서 철벅거린다. 사람들이 지켜보는 가운데, 나는 와인을 벌컥벌컥 들이켠다.

초상화. 사진. 귀걸이. 커터. 모든 것이 무너지고, 모든 것이 거품처럼 사라져버린다. 아무것도 남지 않았다.

나는 와인을 다 삼키고 숨을 들이쉰다.

"저 사람은 감옥에 다녀왔어요, 알고들 계신가요?"

그 말이 내 입에서 나오는 그 순간에도, 나는 내가 그 말을 하고 있다는 사실을 믿을 수 없다. 그 얘기를 내 귀로 듣고 있다니. "폭행죄로."

데이비드는 어금니를 꽉 문다. 알리스타가 그쪽을 노려본다. 노렐리와 이선은 나를 쏘아보고 있다. 그리고 리틀은 이루 표현할 길 없이 슬퍼 보인다.

"그런데 왜 저 사람은 걸고넘어지지 않는 거죠?" 내가 묻는다. "여자가 살해당하는 걸 내가 목격하면, 당신들은 내가 상상한 거라 말해요. 내가 거짓말을 하고 있다고." 나는 휴대전화를 흔들다 식탁 위에 내팽개친다. "제인이 직접 그리고 서명까지 한 그림을 보여주면 당신들은 내가 그린 거라고 말하죠. 저 집에 자기가 제인이라고 주장하지만, 실은 그렇지 않은 사람이 있어요. 하지만 당신들은 확인해보려고 하지도 않았죠. 시도조차 하지 않았어."

나는 앞으로 나아간다. 살짝 움직였을 뿐인데, 모두가 뒤로 물러선다. 마치 다가오는 폭풍을 보듯, 포식자를 보듯. 좋아. "내가 자고 있을 때 누가 우리 집에 들어와서 내 사진을 찍어요. 그리고 나한테 그 사진을 보내요. 그럼 당신들은 나를 비난하죠." 목이 멘다. 목소리가 갈라진다. 눈물이 뺨을 타고 흘러내린다. 나는 계속한다.

"나는 미치지 않았어. 내가 지어낸 말이 아니라고." 나는 신경질적으로 이선과 알리스타를 가리킨다. "실재하지 않는 것을 보고 있는 게 아니에요. 이 모든 게, 저 사람 부인, 저 아이의 엄마가 칼에 찔리는 걸 본 순간 시작됐다고. 그게 바로 당신들이 신경 써야 하는 부분이야. 그게 바로 당신들이 묻고 있어야 할 질문이라고. 나한테 내가 보지 않았다고 말하지 마. 내가 본 게 무엇인지는 내가 아니까."

침묵. 사람들은 얼어붙었다. 마치 역사적 순간을 재연한 사진처럼 움직이지 않는다. 펀치조차도 움직이지 않는다. 녀석의 꼬리만이 물음표 모양으로 말려 올라가 있다.

나는 손등으로 뺨을 닦아내고 코를 훔친다. 눈에 들어간 머리카락을 떼어낸다. 잔을 들어 다 마셔버린다.

리틀이 살아 움직이기 시작한다. 그가 나를 향해 걸어온다. 길고 느린 한 걸음을 디디자 벌써 부엌의 절반쯤 와 있다. 그의 눈이 나의 눈을 옭아맨다. 나는 빈 잔을 조리대에 올려둔다. 우리는 식탁을 가운데 두고 서로를 마주본다.

그는 잔 위에 손을 올려놓는다. 그리고 마치 무기를 멀리 치워버리듯, 잔을 밀쳐낸다. "실은 말이죠, 애나." 그는 아주 천천히, 아주 낮은 목소리로 말한다. "어제 당신 주치의와 얘기를 좀 했어요. 당신과 전화를 끊고 나서요."

입이 마르기 시작한다.

"필딩 박사죠." 그는 계속한다. "당신이 병원에서 잠깐 언급했었고요. 전 그저 당신을 아는 사람에게 연락을 취해야겠다는 의도였어요."

마음이 약해진다.

"그 사람은 당신 걱정을 참 많이 하더군요. 그동안 저에게 말했던 것 때문에 걱정이 된다고 말했어요. 우리한테 한 말들요. 그리고 나는 당신이 이 큰 집에 혼자 있다는 사실이 진짜로 걱정됐거든요. 왜냐하면 나한테 가족들과 떨어져 살고, 얘기 나눌 사람도 없다고 했잖아요. 게다가……."

……게다가. 게다가. 게다가. 나는 그가 무슨 말을 하려는지 알고 있다. 나는 그 말을 해주는 사람이 리틀 형사라는 사실에 감사한다. 왜냐하면 그는 친절하고, 따뜻한 목소리를 지녔기 때문이다. 그

가 아니었다면 견디지 못했을 것이다. 그렇지 않았다면 나는 견디지 못했을 것이다. 그 사실을…….

하지만 노렐리가 말을 자르고 들어온다. "당신 남편하고 딸은 죽었다면서요."

74

그런 식으로, 그런 순서로 그 말을 하는 사람은 없었다.

타박상과 호흡기 손상을 치료받는 사이, **'남편분께서는 이겨내지 못하셨습니다'**라고 전하던 응급실 의사조차도.

사십 분 후 내게 다가와, **'유감입니다만 박사님……'**이라고 말했던 책임 간호사조차도. 그녀는 문장을 마치지도 못했다. 마칠 필요가 없었다.

에드의 친구들도. 그 일을 겪으면서 나와 올리비아에게 친구가 많지 않다는 사실을 힘들게 깨달았다. 조의를 표하고, 장례식에 참석하고, 시간이 느리게 흘러가는 동안 간간이라도 연락해준 친구들조차 그 말 대신 이렇게 말했다. **이렇게 가버리다니, 이제 더는 우리 곁에 없구나.** 간혹 무뚝뚝한 친구들은 이렇게 말하기도 했다. **두 사람은 떠났어.**

비나조차도 그러지 않았다. 필딩 박사조차도.

하지만 노렐리가 그 일을 해냈다. 주문을 깨고 입 밖에 낼 수 없는 말을 입 밖으로 끄집어냈다. **당신 남편하고 딸은 죽었다면서요.**

***

그랬다. 두 사람은 이겨내지 못했다. 그렇게 가버렸다. 죽어버렸다. 죽었다. 그 사실을 부정하는 것은 아니다.

"하지만 알잖아요, 애나." 필딩 박사의 목소리가 들린다. 그는 애원하다시피 하고 있다. "이게 바로 현실부정이라는 걸."

엄격히 말하자면, 사실이다.

***

하지만 그럼에도.

어떻게 설명해야 할까? 그 대상이 누구든, 리틀 형사든 노렐리든, 그게 알리스타든 이선이든, 설사 제인이라 할지라도. 나는 두 사람의 목소리가 들린다. 그들의 목소리가 내 안과 밖에서 메아리친다. 두 사람의 부재와 상실로 인한 고통으로 몸부림칠 때마다, 그들의 목소리가 들린다. 나는 말할 수 있다. 그들의 죽음에 관하여. 하지만 말할 사람이 필요할 때마다, 혹은 모든 희망을 놓아버릴 때마다, 나는 두 사람의 목소리를 듣는다. "누구게?" 그러면 나는 활짝 웃는다. 심장이 다시 뛴다.

그리고 그 부름에 응답한다.

75

세상이 허공을 부유한다. 마치 연기처럼.

리틀 형사의 어깨 너머로, 눈을 동그랗게 뜬 알리스타와 이선이 보인다. 데이비드도 보인다. 입을 쩌억 벌리고 있다. 노렐리는 조금은 다른 이유로 시선을 떨구고 있다.

"폭스 박사님?"

리틀이다. 나는 조리대 너머에 서 있는 리틀 형사에게 초점을 맞춘다. 그는 오후의 햇살을 듬뿍 받으며 거기 서 있다.

"애나." 그가 말을 한다.

나는 움직이지 않는다. 움직일 수 없다.

그는 숨을 들이쉰다, 참는다. 그리고 내뱉는다. "필딩 박사가 그 이야기를 해주셨습니다."

눈을 질끈 감는다. 보이는 것은 어둠뿐이다. 들리는 것은 리틀 형사의 목소리가 전부다.

"주 경찰이 절벽 아래에서 가족분들을 발견했다고 말씀하시더 군요."

그랬다. 나는 그 사람의 목소리도 기억하고 있다. 산을 타고 내려오며 깊은 곳에서부터 울부짖던 그 목소리.

"이미 그곳에서 이틀 밤을 보낸 다음이었다고 하더군요. 눈폭풍 속에서. 그것도 한겨울에."

우리가 추락한 순간부터 헬리콥터가 나타나기까지 서른세 시간. 머리 위를 떠다니는 헬리콥터 날개가 꼭 소용돌이 같았다.

"구조대가 도착했을 때까지만 해도 올리비아는 살아 있었답니다."

엄마, 올리비아는 그렇게 속삭였다. 사람들은 아이를 들것에 싣고 이불로 작은 몸을 감쌌다.

"하지만 남편분은 이미 돌아가신 상태였다더군요."

아니다. 에드는 죽지 않았었다. 그는 그곳에 있었다. 아주 많은, 너무 많은 눈 속에 몸을 묻은 채. **당신이었다 해도 별다른 도리가 없었을 거야.**

하지만 나는 조금 달랐어야 했다.

"거기서부터 문제가 시작되었다고 하더군요. 문제가 표출되고 있다고. 외상 후 스트레스 장애라고. 물론 저야, 상상조차 할 수 없는 일이지만."

오, 신이시여. 당신은 상상조차 할 수 없을 것이다. 병원 형광등 아래에서 내가 어떻게 몸을 웅크리고 있었는지. 경찰차에서 어떤 공포에 떨었는지. 처음 집 밖으로 나갔던 날, 어떻게 의식을 잃고 쓰러졌는지. 한 번, 두 번, 그리고 두 번 더 기절하고 나서야 집으로 돌아올 수 있었던 것을.

그리고 문을 걸어 잠갔다.

그다음에는 창문을 잠갔다.

숨어 살겠다고 다짐했다.

"당신은 안전한 곳을 선택했습니다. 이해합니다. 거의 반쯤 얼어 있는 상태로 발견되었으니까요. 당신이 지나온 곳은 지옥이었겠죠."

나는 손톱으로 손바닥을 푹푹 찌른다.

"필딩 박사는 당신이 종종 두 사람의 목소리를 듣는다고 했습니다."

나는 눈을 질끈 감는다. 더 깊은 어둠을 찾아 안간힘을 쓴다. **아시잖아요, 환각이 아니에요.** 나는 필딩 박사에게 그렇게 말했다. **그냥 언제 어디서나 내 옆에 있다고 생각하고 싶은 것뿐이라고요. 대응기제로써. 지나치면 안 좋다는 것도 알고요.**

"대화도 하고요."

목덜미에 내리쬐는 햇빛이 느껴진다. **그런 대화에 너무 탐닉하지 않는 게 최선이에요.** 박사가 경고했다. **두 사람한테 의존해서는 안 돼요.**

"저기, 저는 좀 혼란스러웠어요. 저한테 말씀하실 때는 꼭, 어딘가에 살아 있는 사람 얘기하듯 하셔서." 지금 하는 소리가 엄밀히 말해 사실이 될 수 있는지에 대해 굳이 짚고 넘어가지 않기로 한다. 나는 모든 전의를 상실했다. 빈 병처럼 공허하다.

"별거 중이라고 했잖아요. 딸은 남편이랑 산다고." 세부사항을 조율할 필요가 있어 보이지만, 그러기에 나는 너무 피곤하다.

"나한테도 똑같은 말을 했잖아요." 나는 눈을 뜬다. 불을 꺼서 그런지 그림자도 사라졌다. 다섯 명의 사람들이 내 앞에 치즈 조각들처럼 정렬되어 있다. 나는 알리스타를 바라본다.

"다른 곳에 산다고 말했잖소." 알리스타가 따지고 든다. 입술이 위로 말려 올라간다. 그는 당장이라도 구역질을 해댈 것 같다. 나는 그렇게 말하지 않았다, 물론. 나는 두 사람이 어딘가에 '살고' 있다고 말한 적이 없다. 나는 신중을 기했다. 하지만 이제 의미 없는 일이 되고 말았다. 이제 의미 있는 일은 없다.

리틀이 식탁 이쪽으로 다가와 내 손을 잡아준다. "정말 힘든 시간을 보내셨을 거라 생각합니다. 저는 당신이 제인과 만난 적이 있다고, 진짜라고 믿고 있다고 생각합니다. 올리비아와 에드와의 대화를 믿는 것처럼 말이죠."

리틀은 에드의 이름을 제대로 기억하지 못하는 사람처럼, 마지막 말을 할 때 잠시 뜸을 들인다. 호흡을 조절한 것뿐이겠지. 나는 그의 눈을 들여다본다. 바닥이 보이지 않는다.

"하지만 박사님 머릿속에 들어 있는 것은 실재가 아닙니다." 그는 부드러운 목소리로 말한다. "이제 그만 놓아주셨으면 좋겠어요."

나는 고개를 끄덕이는 나 자신을 발견한다. 왜냐하면 그의 말이 옳기 때문이다. 나는 너무 멀리 갔다. **이런 일은 당장 중단되어야 합니다.** 알리스타가 그렇게 말했었지.

"아시겠지만, 많은 사람들이 박사님을 걱정하고 있습니다." 리틀의 손이 내 손가락을 한데 모아쥔다. 손가락 관절에서 우두둑 소리가 난다. "필딩 박사님도 계시고. 물리치료사도 있고." **그리고?** 나는 그렇게 말하고 싶다. **그리고 또 누가 있는데?** "그리고……." 순간 심장박동수가 치솟는다. **그리고 또 누가 있는데?** "……그분들이 당신을 돕고 싶어합니다."

나는 아래로 고개를 떨군 채, 조리대를 그리고 그의 손이 포근히 감싸쥔 내 손을 바라본다. 빛바랜 그의 결혼반지를 관찰한다. 내 결혼반지도.

이제 조금 더 안정된다. "박사님이 말씀하셨어요. 지금 복용하고 있는 약이 환각을 일으킬 수 있다고."

그리고 우울증도. 그리고 불면증도. 그리고 심지어 자연발화도 일으킬 수 있다. 하지만 그렇다고 해서 이 모든 것이 환각은 아니다. 이것은…….

"그래도 괜찮습니다. 저도 괜찮고요."

노렐리가 끼어든다. "제인 러셀은…….."

하지만 리틀이 나에게 시선을 고정한 채, 한 손을 들어 노렐리의 말을 막는다.

"노렐리가 체크해보았습니다." 그가 말한다. "207번지에 사는 여자분요. 그분 주장이 맞아요." 나는 어떻게 아느냐고 따지지 않는다. 더는 상관없다. 너무나, 너무나 피곤하다. "그리고 박사님이 만났다고 주장하고 계신 그분은…… 제 생각에는 만난 적이 없으신 것 같습니다."

놀랍게도, 나는 또 고개를 끄덕인다. **하지만 어떻게…….**

리틀은 이미 대답하고 있다. "전에 길에서 그분이 도와주었다고 하셨죠. 하지만 그건 그냥 박사님 자신이 아닐까요. 아마도 박사님께서…… 하, 저도 잘 모르겠네요. 꿈이거나."

깨어 있을 때 꿈을 꾼다면…… 그 대사를 어디서 들었더라?

총천연색으로 그려보라고 해도 그릴 수 있다. 내가 본 것은 마치 영화처럼 생생했으니까. 내 모습이 보인다. 현관으로 다시 돌아가려고 바둥대는 나의 모습. 현관 앞 계단을 암벽등반하듯 오르고 있다. 그리고 마침내 내 몸뚱이를 이끌고 집 안으로 들어온다. 나는 기억할 수 있다.

"그리고 그 여자가 여기서 박사님과 체스를 두고 그림을 그려주었다고 말씀하셨어요. 하지만 그것도……."

그래요, 그것도 그렇군요. 오, 신이시여. 그것도 내가 보았단 말입니다. 와인병과 약통, 체스판의 폰과 퀸, 전진하는 두 가지 색의 군대. 헬리콥터처럼 체스판 위를 맴도는 내 손. 잉크가 묻은 내 손가락. 그 사이에 끼워져 있던 펜. 나는 그 서명을 연습했었다. 그랬다. 샤워부스 문에다 그녀의 이름을 휘갈겨 쓰면서. 증기와 물줄기 속에 쓰인 서명은 유리를 타고 주르륵 흘러내렸다. 그리고 내 눈앞에서 사라졌다.

"필딩 박사는 이 사건에 관해 어떤 이야기도 듣지 못했다고 하시더군요." 리틀은 잠시 머뭇거린다. "저는 당신이 말하지 않은 이유가 있을 거라고 생각합니다. 거기에서 빠져나오라는 필딩 박사의 말을 듣게 될까 봐 그랬겠죠."

나는 고개를 흔든다, 끄덕인다.

"들으셨다는 비명 소리가 무엇이었는지는 모릅니다만……."

나는 알고 있다. 이선도 알고 있다. 그는 한 번도 부정한 적이 없다. 그리고 그날 오후, 나는 이선이 그녀와 함께 응접실에 있는 모습을 보았다. 아이는 한 번도 그 여자를 쳐다보지 않았다. 계속 랩톱만 들여다보고 있었다. 비어 있는 옆자리는 신경 쓰지도 않고.

나는 이제 이선을 바라본다. 이선이 펀치를 부드럽게 내려놓는 모습을 본다. 눈은 나를 바라보고 있다.

"사진에 관해서는 어떻게 된 일인지 잘 모르겠습니다. 필딩 박사는 당신이 종종 연기도 한다더군요. 아마도 그게 도움을 요청하는 당신만의 방법이었겠죠."

내가 그랬나? 내가 그랬나 보다, 그랬나? 내가 그랬다. 물론이다. guesswho, 누구게. 에드와 리비에게 인사하는 나만의 방식이다. 인사를 하고, 인사를 받는. guesswhoanna, **누구게, 애나?**

"하지만 그날 밤 보신 것은……."

나는 내가 그날 밤 무엇을 보았는지 알고 있다.

나는 영화를 보았다. 나는 테크니컬러 기법으로 복원한 오래된 스릴러 영화를 보고 있었다. 나는 〈이창〉을 보았고, 〈침실의 표적〉을 보았고, 〈욕망〉을 보았다. 나는 관음증 환자가 등장하는 수백 편의 스릴러 영화, 그것도 하이라이트 부분만 짜깁기한 영상을 보았다.

내가 본 것은 살인자도, 피해자도 없는 살인이었다. 내가 본 것은 텅 빈 거실과 아무도 없는 소파였다. 나는 내가 보고 싶은 것, 볼 필요가 있는 것을 보았다. **혼자 있으면 외롭지 않소?** 보가트가 바콜에게 묻는다. 나에게 묻는다. **나는 태어나길 외롭게 태어났나 봐요.** 그녀가 대답한다.

나는 아니었다. 나는 외롭게 만들어졌다.

에드와 리비에게 말을 걸 정도로 정상이 아니라면, 머릿속에서 살인을 꾸며내는 것쯤은 충분히 할 수 있다. 특히, 특정 약물의 도움을 받는다면. 지금껏 진실에 저항해오지 않았던가? 사실을 왜곡하고, 부수고, 깨버리지 않았던가?

제인, 진짜 제인, 살아 있는 인간으로서의 제인. 물론 그녀의 말이 맞을 것이다.

그리고 물론 데이비드의 방에 있는 귀걸이는 캐서린 혹은 다른 누군가의 것일 것이다.

그리고 어젯밤에는 아무도 이 집에 들어오지 않았다.

그 생각은 파도처럼 나를 관통한다. 나라는 해안에 철썩 부딪히고, 모든 것을 깨끗이 씻어내리고, 마치 바다를 가리키는 손가락과도 같은, 모래가 만드는 줄무늬만 남겨놓겠지.

내가 틀렸다.

그 이상이다. 나는 속았다.

그 이상이다. 내 책임이다. 내 책임이었다.

깨어 있을 때 꿈을 꾼다면, 제정신이 아닌 거겠지. 기억났다. 〈가스등〉이다.

적막하다. 리틀 형사의 숨소리조차 들리지 않는다.

바로 그때.

"그랬던 거였군." 알리스타가 입을 벌린 채로 고개를 절레절레 흔든다. "나는, 와, 세상에." 그는 나를 뚫어져라 응시한다. "내 말은, 맙소사."

나는 마른침을 삼킨다.

그는 조금 더 노려보다가 다시 입을 열었다 닫는다. 그리고 또다시 절레절레.

마침내, 그는 아들에게 손짓하며 문으로 향한다. "우리는 이만 가보겠소."

이선이 아버지를 따라 현관으로 나간다. 그는 젖은 눈을 하고 올려다본다. "죄송해요." 이선은 작은 목소리로 그렇게 말한다. 울고 싶다.

이제 이선은 가고 없다. 현관문이 두 사람 뒤에서 삐걱거리며 닫힌다.

이제 우리 넷만 남았다.

데이비드는 앞으로 나서며 발가락에 대고 말한다. "그러니까 아래층 사진 속의 그 꼬마가, 걔가 죽은 애라고요?"

나는 대답하지 않는다.

451

"그리고…… 이건?" 그는 지하실 문을 막아놓은 사다리를 가리킨다.

나는 아무 말도 하지 않는다.

그는 마치 내 대답을 들은 사람처럼 고개를 끄덕인다. 그리고 가방끈을 획 하고 올려 매더니, 뒤돌아 문을 나선다.

노렐리는 그가 떠나는 모습을 지켜본다. "얘기를 더 해봐야 할까요?"

"마음에 걸리세요?" 리틀이 나에게 묻는다.

나는 고개를 젓는다.

"좋습니다." 그는 내 손을 놓아주며 말한다. "다음에 어떤 조치를 취해야 할지에 관한 권한을 갖고 있지는 않습니다만. 제가 할 일은 사건을 종결짓고 모두 안전하게 지낼 수 있도록 해드리는 거겠죠. 당신을 포함해서요. 그동안 정말 힘드셨겠어요. 오늘 말이에요. 필딩 박사님께 전화 한 통 해주세요. 그래야 할 것 같군요."

나는 노렐리가 선언한 후로 한마디도 하지 않고 있다. **당신 남편하고 딸은 죽었다면서요.** 그 문장을 입 밖으로 말하고, 그 문장을 들어버린 후의 새로운 세계에서 내 목소리가 어떻지, 어때야 하는지 상상조차 가지 않는다.

리틀은 여전히 말하고 있다. "힘드시다는 거 알아요. 그리고……." 그는 잠시 말을 멈춘다. 다시 얘기가 시작되자, 그의 목소리는 한층 더 조용하다. "힘드시다는 거 알아요."

나는 고개를 끄덕인다. 그도 마찬가지다.

"이 집에 올 때마다 매번 묻는 것 같지만, 혼자 계셔도 괜찮겠어요?"

나는 다시 천천히 고개를 끄덕인다.

"애나?" 그의 눈은 나를 바라본다. "폭스 박사님?"

공은 폭스 박사님에게로 다시 돌아왔다. 나는 입을 연다. "네." 내 목소리가 헤드폰을 꼈을 때처럼, 멀리서 들려온다. 무언가에 감싸인 것 같다.

"상황을 고려해보았을 때……." 노렐리가 입을 열자, 리틀은 다시 손을 든다. 그녀의 목소리가 가라앉는다. 그녀가 하려고 했던 말이 무엇이었는지 궁금하다.

"제 번호 가지고 계시죠?" 그는 재차 확인한다. "말씀드린 대로, 필딩 박사님께 꼭 전화해주세요. 부탁입니다. 당신과 통화하고 싶으실 거예요. 저희 걱정 좀 덜어주시죠. 둘 중 하나만이라도." 그는 자신의 파트너를 가리킨다. "노렐리 형사도 포함해서요. 내심 당신을 걱정하고 있답니다."

노렐리는 나를 본다.

리틀은 돌아서길 주저하는 사람처럼 뒷걸음질치고 있다. "그리고 말씀드린 대로, 당신과 대화할 만한 좋은 사람이 많아요. 만약 필요하시다면요." 노렐리가 몸을 돌려 현관으로 사라진다. 그녀의 부츠가 타일에 부딪히는 소리가 들린다. 현관문이 열리는 소리가 난다.

이제 리틀과 나뿐이다. 그는 나를 지나쳐, 창밖을 바라본다.

"저……." 그는 잠시 후 입을 뗀다. "제 딸들에게 무슨 일이 일어나면 저도 제가 뭘 할 수 있을지 모르겠어요." 그는 이제 나를 바라본다. "정말 뭘 해야 할지 모를 것 같아요."

그는 목을 가다듬고 손을 든다. "안녕히 계세요." 그는 현관으로 걸어가 문을 잡아당긴다. 그 뒤로 문이 닫힌다.

잠시 후, 현관문이 닫히는 소리가 들린다.

나는 부엌에 앉아 있다. 그곳에 앉은 채 햇빛을 받아 뭉쳤다 흩어지는 먼지들의 작은 은하수를 본다.

　나는 아주 천천히 손을 잔으로 가져간다. 그리고 조심조심 잔을 들고, 손 안에서 빙빙 돌린다. 잔을 들어 얼굴로 가져온다. 들이마신다.

　그리고 그 지긋지긋한 물건을 벽에 던진다. 그리고 그동안 살면서 냈던 그 어떤 소리보다 크게 비명을 지른다.

나는 정면을 응시하며 침대 가장자리에 앉는다. 그림자들이 벽을 무대 삼아 연극을 펼친다.

초에 불이 켜져 있다. 작은 딥티크 양초. 이 년 전 올리비아에게 받은 크리스마스 선물을 이제야 개봉했다. 무화과 향이다. 올리비아는 무화과를 좋아한다.

좋아했었다.

외풍 유령이 나타난다. 불꽃은 심지에 매달린 채 이리저리 휩쓸린다.

한 시간이 지나간다. 그리고 또 한 시간.

양초가 빠르게 타들어간다. 심지는 녹은 왁스 웅덩이에 몸을 반쯤 담그고 있다. 나는 앉아 있던 그대로 쓰러진다. 허벅지 사이에 손을 부드럽게 끼워 넣는다.

휴대전화 화면에 불이 들어오며 진동한다. 줄리언 필딩. 내일 보기로 되어 있었다. 하지만 그러지 못할 것이다.

밤의 장막이 내려온다.

거기서부터 문제가 시작되었다고 하더군요. 리틀은 그렇게 말했다. **문제가 표출되고 있다고.**

병원에서 내가 쇼크를 받았다는 얘기를 들었다. 쇼크는 두려움이 되었다. 두려움은 변형되어 공포가 되었다. 그리고 필딩 박사가 등장할 때쯤, 나는 극심한 광장공포증을 앓고 있었다. 박사는 그렇게 가장 간단하고 효율적인 단어로 내 상태를 표현했다.

나는 이 집이 제공하는 익숙한 경계가 필요하다. 왜냐하면 나는 저 거대한 하늘 아래에서, 외계의 야만의 땅에서 이틀 밤을 보냈기 때문이다.

내가 통제할 수 있는 환경이 필요하다. 왜냐하면 나는 내 가족이 천천히 죽어가는 걸 지켜보았기 때문이다.

왜 이렇게 됐는지는 굳이 물어보지 않을게요. 제인은 그렇게 말했다. 혹은 내가 나 자신에게 그렇게 말한 것이거나.

삶이 나를 이렇게 만들었다.

"누구게?"

나는 머리를 흔든다. 지금은 에드와 얘기할 기분이 아니다.

"기분은 좀 어때?"

하지만 나는 다시 머리를 흔든다. 말할 수 없다. 말하지 않을 것이다.

"엄마?"

안 돼.

"엄마?"

나는 움찔한다.

안 돼.

그러다 나는 한쪽으로 누워 잠이 든다. 잠에서 깨자 목이 아프다. 양초는 작고 푸른 얼룩으로 줄어들었지만, 차가운 공기 속에서 여전히 춤추고 있다. 방에는 어둠이 내려앉았다.

나는 몸을 일으켜, 자리에서 일어난다. 녹슨 사다리처럼 끼긱거리는 소리가 난다. 욕실로 들어간다.

다시 돌아왔을 때, 인형의 집처럼 불을 밝힌 러셀 가가 보인다. 위층에는 이선이 컴퓨터 앞에 앉아 있다. 알리스타는 부엌에서 도마에 대고 칼질을 하고 있다. 당근이 부엌 조명 아래서 형광색으로 빛난다. 와인 한 잔이 조리대 위에 놓여 있다. 나도 입이 마른 것을 느낀다.

응접실에는 그 여자가 껍질을 벗겨낸 안락의자에 앉아 있다. 이제 그녀를 제인이라고 불러야 한다.

제인은 손에 휴대전화를 들고, 다른 손으로 화면을 넘기고 찌르고를 반복한다. 가족 사진을 넘겨보는 것일지도 모른다. 카드게임을 하고 있거나, 다른 것을 하고 있을 수도 있다. 최근에 나온, 과일이 들어간 게임일 것 같다.

아니면 친구들의 소식을 확인하고 있을 수도 있다. **'그 괴상한 이웃 기억나?'**

목이 멘다. 나는 창문으로 다가가 커튼을 쳐버린다.

그리고 어둠 속에 가만히 서 있다. 춥고 철저히 혼자인 곳에. 두려움 가득한 얼굴로, 무언가를 갈망하면서.

11월 9일
화요일

아침나절이 침대에서 지나간다. 정오가 되기 전, 나는 잠에 취한 채, 필딩 박사에게 보낼 메시지를 입력하고 있다. 오늘은 안 되겠어요.

오 분 뒤, 박사가 전화해 음성 메시지를 남긴다. 나는 확인하지 않는다.

오후도 빠르게 지나간다. 3시 무렵, 위장이 경련을 일으킨다. 나는 아래층으로 내려가 냉장고에서 멍든 토마토를 꺼낸다.

한입 베어물자, 에드가 나에게 말을 건다. 그다음은 올리비아. 나는 두 사람에게서 몸을 돌린다. 과즙이 뺨을 타고 뚝뚝 떨어진다.

고양이에게 먹이를 준다. 테마제팜을 삼킨다. 두 번째 것도, 세 번째 것도.

구겨진 채로 잠이 든다. 그냥 자고 싶다.

11월 10일
수요일

배고픔에 잠에서 깬다. 부엌으로 가서, 그레이프 너츠 시리얼을 그릇에 붓는다. 우유를 붓는다. 유통기한이 오늘까지다. 나는 그레이프 넛츠를 좋아하지 않는다. 에드가 좋아한다. 좋아했었다. 이걸 먹으면 자갈을 씹어 삼키는 느낌이 든다. 볼 안쪽이 까진다. 왜 이걸 계속 사는지 모르겠다.

하지만 앞으로도 사겠지.

침대로 돌아가고 싶지만, 대신 나는 거실로 향한다. 천천히 텔레비전 콘솔로 다가가 서랍을 연다. 〈현기증〉을 봐야겠다고 생각한다. 잃어버린 정체성……이라기보다는 되찾은 정체성에 대한 작품이라고 해야 정확하겠지. 나는 대사를 다 외운다. 이상하게도, 이 영화를 보면 마음이 안정된다.

"뭐가 문제야?" 경찰관이 제임스 스튜어트에게 고함을 지른다. 나에게도. "손 내놔!" 바로 그때 남자는 발을 헛디디며 지붕에서 곤두박질한다.

이상하게도 안정된다.

영화 중반부쯤, 시리얼을 또 한 그릇 먹는다. 냉장고 문을 닫는데 에드가 옆에서 중얼거린다. 올리비아는 또렷하지 않은 말을 늘어놓는다. 나는 소파로 돌아와 볼륨을 높인다.

"그 사람 아내요?" 청록색 재규어를 탄 여자가 묻는다. "가엾기도 해라. 나는 그녀를 몰라요. 그러니 말해봐요. 정말인가요? 그녀가……."

나는 쿠션 속으로 더 깊이 침잠한다. 잠이 나를 덮친다.

얼마 후, 변장 시퀀스 도중에("죽은 사람 같은 옷을 입고 싶지 않아!") 휴대전화가 울린다. 작은 경련이 있은 후, 커피 테이블 유리가 덜컹거린다. 필딩 박사일 거라고 예상하며 휴대전화로 손을 뻗는다.

"이것 때문에 나를 부른 거야?" 킴 노박이 울음을 터트린다. "죽은 사람과 함께 있는 기분을 느끼게 해주려고?"

휴대전화 화면에는 웨즐리 브릴이라고 떠 있다.

나는 잠시 정지한다.

그러고 난 후, 영화 소리를 줄이고 엄지손가락으로 화면을 잠금 해제한다. 휴대전화를 귀에다 가져다 댄다.

말을 할 수 없다는 사실을 깨닫는다. 하지만 말을 할 필요가 없다. 잠깐 동안의 정적이 이어지고, 박사는 나에게 인사를 건넨다. "여기서는 자네 숨소리만 들리는구만, 폭스."

거의 십일 개월 만이다. 하지만 그의 목소리는 여전히 우레 같다.

"전화했다고 피비가 그러더군." 박사는 말을 이어간다. "어제 전화하려고 했네만, 바빴어. 아주 바빴어."

나는 아무 말도 하지 않는다. 그리고 잠시 동안 박사도 말이 없다.

"거기 있나, 자네? 폭스?"

"있어요." 며칠 만에 듣는 내 목소리였다. 어색하고 노쇠한 소리 때문에, 누군가가 복화술을 하는 것 같은 느낌이다.

"좋아. 그럴 거라고 생각했어." 잘근잘근 씹는 소리가 들린다. 분명 이 사이에 담배를 물고 있을 것이다. "내 가설이 맞았어." 백색 소음이 몰려온다. 박사는 수화기에 대고 담배 연기를 뿜는다.

"할 말이 있어요." 내가 먼저 시작한다.

박사는 조용해진다. 그가 기어를 변속하고 있음을 감지할 수 있다. 나는 실제로 그 소리를 들을 수 있다. 박사의 숨소리에서. 그는 상담 모드로 들어갔다.

"말씀드리고 싶은 게……."

긴 정적이 흐른다. 박사는 목을 가다듬는다. 그는 불안하다. 나는 느낄 수 있다. 가슴이 철렁 내려앉는 기분이다. 긴장한 웨즐리 브릴리언트 박사.

"그동안 좀 힘들었어요." 자, 이제 시작이다.

"어떤 점이 그렇게 힘들었나?" 그가 묻는다.

제 남편과 딸아이의 죽음 때문이죠. 나는 그렇게 내지르고 싶다. "그게……."

"으음." 박사는 이 대화를 피하고 싶은 걸까, 아니면 나를 기다려 주는 걸까?

"그날 밤……." 문장을 어떻게 끝내야 하는지 모르겠다. 안착할 자리를 찾아 헤매는 나침판의 바늘 같다.

"무슨 생각을 하고 있나, 폭스?" 전형적인 브릴이다. 늘 이렇게 재촉한다. 나는 환자를 대할 때, 자신의 페이스를 찾을 수 있도록 내버려두는 편이다. 웨즐리는 그보다 빠르게 움직인다.

"그날 밤……."

그날 밤, 내가 몰던 차가 절벽 아래로 추락하기 직전, 저한테 전화를 거셨죠. 박사님을 탓하려는 건 아니에요. 당신은 상관없어요. 그냥 알고 계셨으면 해서요.

그날 밤, 이미 모든 게 끝났죠. 넉 달간의 거짓말도. 우리 사이를 눈치챘을지 모를 피비와, 우리 사이를 눈치챈 에드에게 했던 모든 거짓말들요. 12월의 어느 오후, 나는 당신에게 보낼 문자 메시지를 실수로 에드에게 보냈어요.

그날 밤, 나는 우리가 함께 나눈 모든 순간을 후회했죠. 모퉁이 호텔에서 맞은 아침, 커튼을 뚫고 방 안을 엿보던 수줍은 햇살, 휴대전화를 붙잡고 몇 시간 동안이나 메시지를 주고받던 수많은 밤들. 그리고 이 모든 것이 시작되었던 그날, 당신의 사무실에서 와인을 마셨던 그날을 후회했어요.

그날 밤, 집을 내놓은 지 일주일 정도 되자 중개인이 짬을 내서 집을 보여주기 시작했죠. 나는 에드에게 애원했고, 에드는 그런 나를 보기 힘들어했어요. **당신은 옆집 소녀 같은 매력이 있었지.**

그날 밤······.

하지만 박사가 끼어든다.

"솔직히 말해서, 애나." 순간 나는 경직된다. 솔직하지 않았던 적이 거의 없는 사람이지만, 나를 이름으로 부르는 것은 매우 드문 일이기 때문이다. "나는 모든 걸 잊으려고 노력 중이야." 그는 잠시 말을 잇지 못한다. "노력 중이고, 꽤나 성공적이지."

아…….

"그날 이후 나를 보고 싶어하지 않았잖아. 병원에서 말이야. 나는 당신을 보고 싶었어. 집으로 보러 가겠다고 했지만, 기억해? 당신이 그러지 말라고 했어. 당신은 나에게 돌아오지 않았어." 그는 눈밭을 헤치고 성큼성큼 다가오던 한 남자처럼, 자기 말에 걸려 넘어지고 발을 헛디딘다. 부서진 차 주변을 맴돌던 한 여자처럼.

"당신이 누굴 만나고 있는지 아닌지 몰라, 몰랐지. 내 말은, 상담 전문가 말이야. 괜찮은 사람을 추천해줄 수도 있어." 그리고 말이 없다. "만약 이미 담당의가 있다면, 그렇다면……." 또다시 말이 없다. 이번에는 더 긴 시간.

마침내 그는 말한다. "당신이 나한테 뭘 원하는 건지 모르겠어."

내가 틀렸다. 그는 상담 모드가 아니다. 그는 나를 돕고 싶은 게 아니다. 그는 내가 전화한 지 이틀이 지나서야 전화했다. 그는 도망갈 방법을 찾고 있다.

내가 뭘 원하냐고? 적절한 질문이다. 나는 그를 탓하지 않는다. 진정으로. 나는 그를 증오하지 않는다. 나는 그를 그리워하지 않는다.

내가 그의 사무실로 전화했을 때, 그게 이틀밖에 안 됐던가, 나는 분명 원하는 것이 있었다. 하지만 노렐리가 마법의 주문을 내뱉은 후로 세계는 달라졌다. 이젠 상관없다.

이 생각을 입 밖으로 냈음이 틀림없다. "뭐가 상관없다고?" 그가 묻는다.

당신. 그렇게 생각하지만 입 밖으로 내진 않는다.

대신 그냥 전화를 끊는다.

11월 11일
목요일

11시에 칼같이 초인종이 울린다. 나는 침대에서 몸을 일으켜 창문 밖을 내다본다. 비나가 와 있다. 아침 햇살을 받아 검은 머리카락이 밝게 빛난다. 오늘이 비나가 오는 날이라는 사실을 까맣게 잊고 있었다. 비나의 존재 자체도 까맣게 잊고 있었다.

나는 물러서서 길 건너의 집들을 살펴본다. 동에서 서로. 그레이 자매의 집, 밀러 부부가 사는 곳, 다케다 씨 댁. 그리고 버려진 두 동짜리 집까지. 나의 남쪽 제국.

초인종이 다시 울린다.

나는 아래층으로 내려가서 현관으로 다가간다. 인터폰 화면에 그녀가 있다. 버튼을 누른다. "오늘 기분이 너무 안 좋아요." 나는 말한다.

나는 그녀가 말하는 모습을 지켜본다. "들어갈까요?"

"아니. 나는 괜찮아요."

"들어가도 돼요?"

"아니. 괜찮아요. 정말 혼자 있고 싶어서 그래요."

비나는 입술을 잘근거린다. "괜찮은 거죠?"

"혼자만의 시간이 필요해요." 같은 말이다.

그녀는 고개를 끄덕인다. "알았어요."

나는 그녀가 떠나길 기다린다.

"필딩 박사가 무슨 일이 있었는지 이야기해줬어요. 경찰에게서 들었다더군요."

나는 아무 말도 하지 않고 눈을 감는다. 긴 정적이 흐른다.

"그럼, 다음 주에 봐요." 그녀가 말한다. "평상시대로, 수요일에."

그러지는 못할 것 같다. "그래요."

"필요한 게 있으면 전화해줄래요?"

그러지 않을 것이다. "그럴게요."

나는 눈을 뜬다. 비나는 고개를 끄덕이고 있다. 그녀는 몸을 돌려 층계를 내려간다.

이제 됐다. 처음에는 필딩 박사, 이제는 비나. 또 누가 남았지? **Oui. 그렇다.** 내일은 이브 선생님. 수업을 취소하자고 메일을 써야겠다. **Je ne peux pas. 못할 것 같아요.**

그냥 영어로 써야겠다.

위층으로 올라가기 전, 나는 편치가 먹을 음식과 물을 채워준다. 녀석은 재빠르게 다가와 팬시피스트 사료에 입을 댄다. 그리고 귀를 쫑긋 세운다. 배관에서 갸르릉거리는 소리가 난다.

데이비드, 아래층이다. 그동안 그에 대해 생각하지 않고 있었다.

나는 지하실 문 앞에 멈춰 서서, 사다리를 한쪽으로 치운다. 문에다 대고 노크하며 그의 이름을 부른다.

무반응. 다시 부른다.

이번에는 발소리가 들린다. 나는 자물쇠를 열고 목소리를 높인다.

"문 열어놨어요. 올라오셔도 돼요. 원한다면요." 사족이다.

말을 맺기도 전에 문이 열리고 그가 내 앞에 서 있다. 두 계단 아래. 꼭 맞는 티셔츠에 해진 청바지 차림이다. 우리는 서로를 바라본다.

내가 먼저 말을 건넨다. "내가……."

"떠나려고요." 그가 말한다.

나는 눈을 깜빡인다.

"상황이 좀…… 어색해졌죠."

나는 고개를 끄덕인다.

그는 뒷주머니를 뒤적거린다. 그리고 종이 한 장을 꺼내 나에게 내민다.

나는 아무 말 없이 종이를 받아 펼쳐본다.

답이 없네요. 불안했다니 미안해요. 열쇠는 문 아래 둘게요.

나는 다시 고개를 끄덕인다. 괘종시계가 째깍거리는 소리가 들린다.

"그래요." 내가 말한다.

"여기 열쇠요." 그가 열쇠를 내민다. "문은 잠그고 갈게요."

나는 열쇠를 받아든다. 다시 정적이 흐른다.

그는 내 눈을 바라본다. "그 귀걸이요."

"이런, 그러실 필요……."

"그거 캐서린이라는 여자의 것이었어요. 말씀드렸지만. 러셀 씨 부인은 정말 몰라요."

"알아요…… 미안해요."

이번에는 그가 고개를 끄덕인다. 그리고 문이 닫힌다.

나는 문을 잠그지 않고 그대로 둔다.

침실로 돌아와, 필딩 박사에게 간단한 문자 메시지를 보낸다. 저는 괜찮아요. 월요일에 봬요. 바로 전화가 걸려온다. 휴대전화가 울리다가 멈춘다.

비나, 데이비드, 필딩 박사. 나는 집을 치운다.

욕실로 들어가기 전 나는 잠시 머뭇거리며, 갤러리에서 그림을 바라보는 사람처럼 샤워기를 바라본다. 안 해, 나는 그렇게 결심한다. 적어도 오늘은 안 해. 나는 가운을 집어 든다(얼룩진 가운을 빨아야 해, 나는 계속 나 자신에게 말한다. 물론 지금쯤이면 와인이 섬유에 올올이 스며들었겠지만). 그리고 서재로 내려간다.

컴퓨터 앞에 앉은 지 벌써 사흘이나 되었다. 나는 마우스를 쥐고 한쪽으로 밀어낸다. 화면이 켜지면서 비밀번호 창이 뜬다. 비밀번호를 입력한다.

나는 또다시 나의 잠든 얼굴과 마주한다.

나는 의자에 앉은 채 뒤로 쓰러진다. 지금껏 내내 어두운 화면 뒤에 숨어 있었다니. 추악한 비밀처럼. 나는 뱀처럼 마우스를 습격한다. 커서를 모서리로 가지고 가서 창을 닫는다.

이번에는 guesswhoanna가 몰래 보낸 이메일과 마주친다.

guesswho, 누구게. 나는 이 사진을 찍었던 걸 기억하지 못한다. 뭐라더라, 노렐리가 뭐라고 했었지? '한밤중에 찍은 셀카'라고 했던가? 가슴에 손을 얹고, 나는 기억이 없다. 하지만 저 주소는 내 말투다, 우리끼리 썼던. 그리고 데이비드는 알리바이가 있다(알리바이, 알리바이가 있는 사람을 본 적이 없지만 이 문제에 있어서만큼은 모

476

두 알리바이가 있다). 게다가 침실에 들어올 수 있는 사람이 없다. 가스등을 켜는* 사람도 없었다.

……하지만 만약 사진이 내 카메라에 남아 있지 않다면?

나는 인상을 찌푸린다.

있을 것이다. 그걸 지워야겠다고 생각하지 않았다면.

하지만…… 글쎄. 하지만.

내 니콘은 책상 가장자리에 놓여 있다. 카메라 끈이 옆으로 흘러내려 달랑거린다. 나는 손을 뻗어 이쪽으로 당긴다. 전원을 켜고 사진첩을 확인한다.

가장 최근 사진은 알리스타 러셀이다. 겨울 코트를 입고 자기 집 현관으로 폴짝 뛰어올라가는. 11월 6일, 토요일로 날짜가 표시되어 있다.

하지만 니콘은 셀카를 찍기에 너무 크다. 어떤 경우에도 그렇다. 나는 가운 주머니에서 휴대전화를 꺼내 비밀번호를 입력한다. 그리고 사진첩 아이콘을 터치한다.

드디어 첫 화면이 뜬다. 똑같은 사진이 있다. 아이폰 크기로 줄어 있을 뿐. 살짝 벌린 입, 느슨해진 머리, 솟은 베개. 시간은 02:02.

비밀번호를 아는 사람은 없다.

마지막 관문이 남았다. 하지만 나는 답을 알고 있다.

나는 웹브라우저를 열고 주소창에 G메일을 입력한다. 곧바로 화면이 뜬다. 사용자 계정에 이렇게 입력되어 있다.

guesswhoanna.

정말 내가 한 것이다. 누구게, 애나.

---

* gaslighting, 타인의 심리를 조작, 스스로 의심하도록 만들어 그 사람에 대한 지배력을 얻는 행위.

그리고 나여야만 했다. 컴퓨터 비밀번호를 아는 사람은 아무도 없다. 누군가 집에 침입했다 하더라도, 설령 데이비드가 들어왔었다고 해도, 비밀번호를 아는 사람은 나뿐이다.

나는 고개를 숙인다.

맹세코, 아무것도 기억나지 않는다.

80

나는 휴대전화를 주머니에 넣고, 숨을 들이쉰다. 그리고 아고라에 접속한다.

메시지 한 꾸러미가 나를 기다리고 있다. 나는 화면을 스크롤한다. 대부분 단골손님이다. 현재 접속자들: 디스코미키, 볼리비아 출신의 페드로, 베이 에어리어의 탈리아. 샐리도 있다. 임신소식!!! 그녀가 메시지를 보낸다. 예정일은 4월!!!

나는 한참 동안 화면을 노려본다. 마음이 아리다.

신입들로 넘어간다. 그중 네 명이 도움을 구한다. 손가락이 키보드 위를 맴돌다, 무릎 위로 추락한다. 내가 뭐라고 사람들에게 어떻게 살아가라고 조언하고 있는 거지?

나는 모든 메시지를 선택한다. 삭제 버튼을 누른다.

대화창이 떴을 때, 나는 로그아웃하려던 참이었다.

리지할머니: 안녕하세요, 애나?

안 될 건 뭐람? 다른 사람들에게는 이미 작별을 고한 상태였다.

진료중: 안녕하세요, 리지! 아드님들은 여전히 함께 있나요?

리지할머니: 윌리엄은요!

진료중: 잘됐네요! 어떻게 되어가요?

리지할머니: 정말로 꽤나 대단하다고 할 수 있어요. 규칙적으로 밖에 나가고 있어요. 그쪽은 어때요?

진료중: 좋아요! 오늘이 제 생일이거든요.

맙소사. 그 말은 사실이다. 나조차도 깜빡했지만. 내 생일. 지난 주 들어 이 생각을 해본 적이 없는 것 같다.

리지할머니: 생일 축하해요! 크게 해야죠?

진료중: 전혀요. 39살이 뭐 그리 대단한 것도 아니고.

리지할머니: 내가 할 수만 있다면…….

리지할머니: 가족들한테 소식은 있어요?

나는 마우스를 움켜쥔다.

진료중: 당신에게 솔직해질 필요가 있겠네요.

리지할머니: ??

진료중: 제 가족은 지난 12월에 죽었어요.

커서가 깜빡인다.

진료중: 교통사고였죠.

진료중: 저는 바람을 피우고 있었어요. 남편과 그 문제로 싸우던 중이

었고, 우리 차는 길 아래로 굴러떨어졌어요.

　　진료중: 저 때문에요.

　　진료중: 지금은 광장공포증뿐만 아니라 죄책감 때문에 정신과 상담을 받고 있고요.

　　진료중: 당신이 이 사실을 알았으면 합니다.

끝을 내야만 한다.

　　진료중: 이제 가봐야겠어요. 잘하고 계신다니 다행이에요.

　　리지할머니: 이런

　　리지가 메시지를 입력하고 있다는 것을 알지만 기다리지 않는다. 나는 대화창을 닫고 로그아웃한다.

　　아고라는 이만하면 됐다.

81

술을 마시지 않은 지 사흘째다.

양치하던 와중에 불현듯 이 생각이 떠오른다(몸은 나중에 씻어도 되지만, 입은 더 견디기가 힘들었다). 사흘이라니. 이렇게 오랫동안 손 대지 않았던 게, 언제가 마지막이었더라? 기억조차 나지 않는다.

나는 고개를 숙이고 입안의 것을 뱉어낸다.

약봉지와 약통과 약병들이 캐비닛 안에 우글우글 모여 있다. 그 중 네 개를 치운다.

나는 아래층으로 간다. 천창을 통해 어둑한 저녁 공기가 머리 위로 그림자를 드리운다.

나는 소파에 앉은 채로, 약통을 뒤집어 커피 테이블 위에 쏟는다. 알약이 빵부스러기처럼 줄지어 약통을 따라간다.

나는 그것들을 관찰한다. 센다. 오므린 손 안으로 쓸어넣는다. 테이블 위로 흩뿌린다.

하나를 입술로 가져간다.

아니야. 아직은.

밤은 빠르게 찾아왔다.

나는 창문 쪽으로 고개를 돌려 공원 건너편을 응시한다. 저기 저 집. 나의 소란스러운 마음의 극장. 이 얼마나 시적인가.

창문들이 생일 초처럼 환한 빛을 낸다. 방 안에는 아무도 없다.

마치 광기에서 벗어난 기분이다. 몸이 부르르 떨린다.

나는 위층으로 올라간다. 내 방으로. 내일은 좋아하는 영화 몇 편을 다시 볼 것이다. 〈미드나잇 레이스〉. 〈해외 특파원〉에서 최소 한 풍차 장면은 봐줘야지. 〈베이커 가로 가는 23걸음〉. 아마 〈현기 증〉이 좋겠지. 마지막으로 볼 때 졸았으니까.

그리고 그다음 날은······.

침대에 누운 채 잠이 내 머리를 가득 채우는 사이, 나는 집의 심 장박동에 귀를 기울인다. 아래층의 괘종시계가 9시를 알리고, 마루 가 삐걱댄다.

"생일 축하해." 나는 합창하는 에드와 리비를 떨쳐낸다.

오늘이 제인의 생일이기도 하다는 사실을 기억해낸다. 내가 부 여한 생일. 십일 십일.

그리고 잠시 후, 고요한 한밤중에 잠에서 깬 나는 새까만 층계참 을 서성이는 고양이 소리를 듣는다.

11월 12일
금요일

태양이 천창을 통해 폭포수처럼 쏟아져 들어와, 층계를 하얗게 뒤덮고, 부엌 앞 층계참에 고인다. 그곳에 발을 디디자, 스포트라이트를 받는 기분이다.

그 외에 집 안은 어둡다. 커튼과 블라인드를 모조리 쳐둔 덕이다. 어둠이 자욱하다. 나는 그 냄새를 맡을 수 있다.

〈로프〉의 마지막 장면이 텔레비전에서 상영되고 있다. 두 명의 잘생긴 젊은 남자와 살해당한 친구, 응접실 한가운데에 놓인 낡은 상자에 보관된 시체, 그리고 제임스 스튜어트. 모든 장면은 롱테이크로 촬영된 것처럼 보이도록 연출되었다(사실 십 분짜리 숏 여덟 개를 짜깁기한 것이지만 특수효과로 매끄럽게 처리되었다. 1948년의 기술을 감안하면 더더욱). "고양이와 쥐야, 고양이와 쥐." 팔리 그레인저가 씩씩거린다. 포위망이 좁혀 들어온다. "누가 고양이고, 누가 쥐지?" 내가 큰 소리로 끼어든다.

우리 집 고양이는 소파에 늘어져서 마법에 걸린 뱀처럼 꼬리를 이리저리 흔드는 중이다. 왼쪽 뒷발을 접질린 모양이다. 오늘 아침 심하게 다리를 저는 것을 발견했다. 나는 며칠을 족히 먹을 만큼

사료를 넉넉히 챙겨두었다, 혹시라도…….

초인종이 울린다.

나는 베개로 철썩 하고 쓰러진다. 머리를 문 쪽으로 비튼다.

도대체 누구야?

데이비드도, 비나도, 필딩 박사도 아니다. 박사는 여러 통의 음성 메시지를 남겼지만 이렇게 예고도 없이 나타날 사람이 아니다. 내가 무시한 음성 메시지에 대고 그럴 거라고 예고하지 않았다면.

초인종이 다시 울린다. 나는 영화를 일시정지하고, 바닥에 다리를 내려놓고, 일어선다. 인터폰 화면 쪽으로 걸어간다.

이선이다. 아이는 양손을 주머니에 찔러넣고 목도리를 둘렀다. 햇살을 받은 머리카락은 빨갛게 불탄다.

나는 통화 버튼을 누른다. "부모님이 네가 여기 온 걸 아시니?"

"괜찮아요." 이선이 대답한다.

나는 잠시 멈칫한다.

"너무 추워요." 이선이 재촉한다.

나는 버저를 누른다.

잠시 후, 아이는 거실로 들어온다. 냉랭한 공기가 꽁무니를 따라 들어온다. "감사해요." 이선은 짧은 숨을 내쉬며 씩씩댄다. "밖이 너무 추워요." 이선이 주위를 둘러본다. "집 안이 정말 어둡네요."

"밖이 너무 밝기 때문이지." 그렇게 말했지만 이선의 말이 옳았다. 나는 전등을 켠다.

"블라인드를 열어도 될까요?"

"그러렴. 사실, 안 그랬으면 좋겠지만. 이대로도 괜찮잖아, 그렇지?"

"네." 이선이 대답한다.

나는 긴 의자에 걸터앉는다. "여기 앉아도 될까요?" 이선이 소파를 가리키며 묻는다. **될까요. 될까요.** 10대 소년치고 매우 공손하다.

"그럼." 이선이 자리에 앉는다. 펀치가 소파 뒤로 내려가 발밑으로 파고든다.

이선은 방을 둘러본다. "저 난로는 사용하시는 거예요?"

"응. 가스 난로야. 켜줄까?"

"아니요. 그냥 궁금해서."

침묵.

"이 약들은 다 뭐예요?"

나는 커피 테이블로 시선을 돌린다. 알약들이 산재해 있다. 약통 네 개가, 그중 하나는 빈 채로 작은 플라스틱 선반에 옹기종기 모여 있다.

"그냥 세어보고 있었어." 내가 설명한다. "다시 채우려고."

"아, 그렇군요."

또 침묵.

"제가 온 건요……." 내가 이름을 부름과 동시에 이선이 입을 열었다.

내가 먼저 사과한다. "미안하구나."

아이는 고개를 떨군다.

"내가 정말 미안해." 이제 이선의 고개는 무릎을 향해 가고 있었지만, 나는 밀어붙인다. "일련의 사건들, 너와 관련해서 말이야. 나는…… 나는…… 정말 확신했었어. 무슨 일인가가 벌어지고 있다고 굳게 믿었거든."

이선은 마룻바닥에다 대고 고개를 끄덕인다.

"나는 일 년 동안…… 아주 힘든 시간을 보냈단다." 나는 눈을 감는다. 다시 눈을 뜨자, 나를 바라보는 이선의 모습이 보인다. 그의 눈빛이 무언가를 찾는 듯 형형하다.

"나는 아이와 남편을 잃었어." 마른침을 삼킨다. 그 말을 한다. "두 사람은 죽었어. 죽고 없지." 숨 쉬어. 숨 쉬어. 하나, 둘, 셋, 넷.

"나는 술을 마시기 시작했어. 평소보다 많이. 그리고 약물을 마음대로 복용했지. 아주 위험하고 잘못된 행동이었어." 이선은 나를 골똘히 바라본다.

"실은, 사실은, 두 사람과 정말로 이야기를 나누고 있다고 생각했던 건 아니야. 그거랑은 달라. 너도 알다시피, 오히려 반대……."

"반대편에서 말을 거는 거죠." 이선이 낮은 목소리로 말한다.

"정확해." 나는 자세를 고쳐 앉으며 몸을 앞쪽으로 기울인다. "나도 두 사람이 이 세상에 없다는 사실은 알고 있지. 죽었잖아. 하지만 두 사람 목소리를 듣는 게 좋았어. 그리고 느끼고…… 설명하기 힘든 부분이로구나."

"마치, 연결된 것처럼요?"

나는 고개를 끄덕인다. 정말 보기 드문 아이다.

"그리고 나머지 부분은, 나도 잘 기억나지 않아……. 기억하지 못해. 많은 부분을 말이야. 다른 사람과 연결되고 싶었던 게 아닌가 싶어. 혹은 그럴 필요가 있었을지도 모르고." 고개를 젓는데 머리카락이 뺨을 쓸고 지나간다. "나도 이해가 가지 않아." 나는 이선을 정면으로 응시한다. "하지만 정말 미안하구나." 나는 목청을 가다듬고 자세를 고쳐 앉는다. "설마 어른이 우는 모습을 구경하려고 온 건 아니겠지."

"저는 이미 여기서 울었는걸요." 이선이 콕 집어 말한다.

나는 미소 짓는다. "그럼 공평하네."

"제가 영화 빌려갔잖아요, 기억하세요?" 이선은 코트 주머니에서 DVD 케이스를 꺼내 테이블에 내려놓는다. 〈나이트 머스트 폴〉. 까맣게 잊고 있었다.

"봤니?"

"네."

"어땠어?"

"이상하던데요, 그 남자."

"로버트 몽고메리야."

"그 사람이 대니예요?"

"응."

"진짜 이상해요. 그 남자가 여자애한테 묻는 부분이 좋은데, 누구더라……."

"로사린드 러셀 말이구나."

"걔가 올리비아예요?"

"그렇단다."

"자길 좋아하냐고 묻는데, 아니라 그러고, 남자는 또 '딴 사람들은 다 좋아한다' 그러고." 이선이 키득거린다. 나도 같이 웃는다.

"좋았다니 나도 기쁘구나."

"네."

"흑백영화도 나쁘지 않지."

"맞아요. 괜찮았어요."

"빌리고 싶은 게 생기면 언제나 환영이다."

"감사합니다."

"하지만 그것 때문에 부모님과 문제가 생기지 않았으면 해." 이제 이선은 고개를 돌려 난로를 바라본다. "화가 많이 나셨다는 거, 나도 알아." 나는 계속한다.

조용한 코웃음. "자기들도 다 문제가 있으면서." 이선의 눈은 나를 향한다. "정말 같이 살기 힘들어요. 정말이지, 대박 힘들어요."

"어릴 때는 부모님에 대해 다들 그렇게 생각하지."

"아니요. 우리 부모님은 정말 그래요."

나는 고개를 끄덕인다.

"대학에 들어가기만을 손꼽아 기다리고 있어요." 이선이 말한다. "이 년이나 더 기다려야 해요. 아직도."

"어디로 갈지는 생각해뒀니?"

아이는 고개를 젓는다. "아뇨. 일단은 무조건 먼 데로요." 이선은 팔을 뒤로 넘겨 등을 긁적인다. "어차피 여기 친구가 있는 것도 아니니까요."

"여자친구는 있니?"

이선은 고개를 젓는다.

"그럼 남자친구?"

그는 놀라서 나를 바라본다. 어깨를 으쓱한다. "해결 중이에요." 그가 설명한다.

"그거면 됐다." 이선의 부모님이 이 사실을 알고 있는지 궁금해진다.

괘종시계가 울린다. 한 번, 두 번, 세 번, 네 번.

"너도 알고 있지." 내가 말한다. "아래층이 비었어."

이선이 인상을 찌푸린다. "그 남자한테 무슨 일이 생긴 건가요?"

"떠났어." 나는 목소리를 다시 가다듬는다. "원한다면, 네가 써도 좋아. 그 공간 말이야. 너도 너만의 공간이 필요할 때잖니."

알리스타와 제인에게 복수하려는 심보였을까? 아니다. 그건 아니라고 생각한다. 다만 나쁘지 않을 것 같다고, 누군가가 여기 있는 것도 나쁘지 않겠다고 생각했을 뿐이다. 젊은 사람, 외로운 10대 소년이라면 더더욱.

나는 마치 판매광고처럼 말을 이었다. "텔레비전은 없어. 하지만 와이파이 비밀번호를 알려주면 되겠지. 그리고 거기에 소파 하나가 있단다." 나는 확신에 찬 어조로 밝게 말한다. "집에서 힘들 때면 피난처가 될 거야."

이선이 멍하니 나를 본다. "그거 굉장한 생각이네요."

나는 이선이 마음을 바꾸기 전에 자리에서 일어선다. 데이비드가 주고 간 열쇠가 주방 조리대 위에 있다. 반짝이는 은색 조각이 흐릿한 불빛에 반짝인다. 나는 손으로 열쇠를 집어, 자리에서 일어선 이선에게 건넨다.

"굉장한 생각이에요." 이선은 같은 말을 반복하며 열쇠를 주머니에 넣는다.

"아무 때고 오렴." 내가 단단히 일러둔다.

그는 문을 힐끗거린다. "이제 가봐야 해요."

"그러렴."

"감사합니다……." 이선은 주머니를 쓰다듬는다. "그리고 영화도요."

"천만에." 나는 이선을 따라 복도로 나선다.

떠나기 전, 이선은 뒤로 돌아 소파를 향해 손을 흔든다. "요 녀석 오늘은 수줍음을 타나 보네요." 그렇게 말하고 나를 바라본다. "아참, 저 휴대전화 생겼어요." 이선이 큰 소리로 공표한다.

"축하해."

"보여드릴까요?"

"그래."

이선은 흠집이 난 아이폰을 꺼낸다. "중고예요. 그래도 쓸 만해요."

"굉장하구나."

"아줌마는 몇 세대 쓰셨죠?"

"나도 모르겠구나. 네 거는?"

"6세대요. 거의 최신 기종이죠."

"그러게, 굉장하다. 휴대전화가 생겼다니 내가 다 기분이 좋구나."

"아줌마 번호 저장해뒀어요. 제 번호 드릴까요?"

"네 번호?"

"네."

"그래."

이선은 화면에 손가락을 두드린다. 이내 가운 깊숙한 곳에서 내 휴대전화의 진동이 느껴진다. "이제 됐어요." 이선이 그렇게 말하며 전화를 끊는다.

"고마워."

이선은 문고리를 잡고 손을 떨구며 나를 바라본다. 갑자기 심각하다.

"유감이에요. 아줌마에게 일어났던 모든 일이요." 그렇게 말하는 이선의 목소리가 너무 부드러워서 울컥한다.

나는 고개를 끄덕인다.

이선이 떠나고 나는 문을 잠근다.

소파로 돌아와 커피 테이블을 바라본다. 별처럼 박혀 있는 알약들. 나는 손을 뻗어 리모컨을 움켜쥔다. 그리고 영화를 재생한다.

"사실은 말이야." 제임스 스튜어트가 말한다. "조금은 두렵기도
했다네."

11월 13일
토요일

83

10시 반, 기분이 다르다.

아마 잠 때문일지도 모르겠다(테마제팜 두 알을 먹고 열두 시간을 잤으니). 혹은 속이 이상해서일지도 모른다. 이선이 떠난 뒤, 영화를 다 보고 샌드위치를 만들어 먹었다. 지난 일주일 동안 내가 먹은 것 중 제대로 된 식사에 가장 가까운 것이었다.

이유와 경위가 어찌 됐든, 기분이 다르다.

기분이 더 낫다.

샤워를 한다. 샤워기 아래 서자, 물줄기가 머리카락을 흠뻑 적시고, 어깨를 두드린다. 십오 분이 지난다. 이십 분. 삼십 분. 깨끗이 씻고 머리를 감자 피부는 새로 태어난 느낌이다. 꿈틀꿈틀 청바지와 스웨터를 챙겨 입는다. (청바지라니! 마지막으로 입었던 게 언제인가?)

나는 침실을 가로질러 창문으로 다가가 닫혀 있던 커튼을 가른다. 빛이 방으로 쏟아진다. 두 눈을 감은 채, 그 빛이 나를 감싸도록 내버려둔다.

나는 싸울 준비가 되었다. 그날을 맞을 준비. 와인을 마실 준비.

딱 한 잔만이다.

나는 지나치는 방마다 들어가 블라인드를 올리고 커튼을 걷으며 아래층으로 향한다. 집에 빛의 홍수가 넘실댄다.

부엌에서, 나는 메를로 몇 핑거를 잔에 따른다("핑거는 스카치 위스키를 따를 때나 쓰는 개념이지." 에드가 참견하는 소리가 들린다. 나는 그를 밀어내고 1핑거를 또 따른다).

현재 상영작은 〈현기증〉. 2회차다. 소파에 자리를 잡고 도입부로 돌아간다. 그 유명한, 지붕에서 떨어지는 시퀀스. 제임스 스튜어트가 프레임 안으로 들어와 사다리를 타고 올라간다. 그러고 보니 최근 이 남자와 꽤나 많은 시간을 공유하고 있다.

한 시간 후, 나는 세 번째 잔을 마시는 중이다.

"엘스터 씨는 부인을 보호시설에 집어넣을 준비를 마친 상태였습니다." 사인규명을 담당하는 사무관이 말한다. "부인의 정신 건강을 검증된 전문가들의 손에 맡길 수 있는 곳이죠." 나는 안절부절못하며 자리에서 일어나 들고 있던 잔을 비운다.

오늘 오후, 나는 결심했다. 체스를 두고, 고전 영화 사이트에 들어가기로. 집을 치울 수 있다면 치우기로. 위층에는 먼지가 자욱하다. 무슨 일이 있어도 이웃 사람들은 들여다보지 않기로.

러셀 가족조차도.

러셀 가족은 더더욱.

부엌 창가에서조차 나는 그 집을 향해 부러 시선을 돌리지 않는다. 나는 창을 등지고 서서 소파로 돌아와 드러눕는다.

몇 분이 지나간다.

"퍼거슨 씨는 부인의 자살 성향을 알고 있었음에도⋯⋯."

테이블 위에 차려진 알약 모둠에 시선이 멎는다. 나는 자리에 일어나 앉아, 러그에 발을 내려놓고, 그것들을 한 손에 쓸어 담는다.

"우리 배심원들은 매들린 엘스터의 죽음이 정신 이상에 의한 자살이었다는 사실을 인정합니다."

당신들은 틀렸어. 나는 생각한다. **그건 사실이 아니야**.

나는 알약을 하나씩 떨어뜨린다. 약통 속으로. 그리고 뚜껑을 꽉 닫는다.

드러누워 있는 동안, 나는 이선이 언제 찾아올지 가늠하고 있는 나 자신을 발견한다. 아마도 아이는 이야기를 더 나누고 싶어할 것이다.

"나는 여기까지밖에 못 갔지." 제임스가 슬픔에 잠겨 말한다.

"나는 여기까지밖에 못 갔지." 나는 같은 말을 따라 한다.

한 시간이 또 지나간다. 서쪽으로 들어오는 햇살이 부엌으로 기울어진다. 지금쯤이면 내가 취했을 시간이다. 고양이가 방 안으로 절뚝이며 들어온다. 내가 발을 살피자 징징거린다.

나는 얼굴을 찌푸린다. 동물병원에 데려가봐야겠다는 생각을 올해 들어 한 번이라도 한 적이 있던가? "나라는 무책임한 인간." 나는 펀치에게 사과한다.

고양이는 눈을 깜빡이며 내 다리 사이에 와 앉는다.

화면에서는, 제임스가 킴 노박을 종탑 위로 내모는 중이다. "나는 그녀를 따라갈 수 없었어. 그러려고 했다는 건 신만이 알지." 그는 킴의 어깨를 움켜쥐고 소리친다. "두 번째 기회란 누구에게나 쉽게 주어지지 않는 법이지. 나는 이제 그만 이 악몽에서 벗어나고 싶소."

"나는 이제 그만 이 악몽에서 벗어나고 싶소." 내가 따라 한다. 나는 두 눈을 감고, 그 대사를 다시 한 번 읊조린다. 고양이를 쓰다듬으면서. 잔으로 손을 가져가면서.

"그럼 죽은 건 그 여자군, 당신이 아니라. 진짜 부인 말이야." 제임스가 소리친다. 그의 손이 그녀의 목을 조른다. "당신은 가짜였어. 모조품일 뿐이야."

무언가가 내 머릿속에서 울린다. 마치 레이더가 내는 소리 같다. 작지만 높은, 멀리서 들려오는 부드러운 소리가 신경을 거스른다.

하지만 명확하다. 나는 뒤로 기대어 와인을 홀짝인다.

수녀가 비명을 지른다. 종이 울린다. 영화가 끝이 난다. "딱 내가 원하는 결말이야." 나는 고양이에게 이야기한다.

소파에서 일어서며 바닥에 펀치를 내려놓자, 고양이는 썩 내키지 않는 모양이다. 개수대로 잔을 가져간다. 집을 정리해야 한다. 이선이 와서 지내고 싶어할지도 모르니까. 물론 내가 해비샴*까지는 못되지만(크리스틴 그레이 북클럽의 선정도서 중 한 권이다. 요즘 뭘 읽고 있는지 알아봐야 할 텐데. 이 정도야 나쁠 것 없다).

위층 서재로 올라가 체스 포럼에 들어간다. 두 시간이 훌쩍 지나고, 밖에는 밤이 드리운다. 나는 내리 세 판을 이긴다. 축하할 시간이다. 부엌에서 메를로 한 병을 꺼내온다. 나는 취했을 때 승률이 좋다. 층계를 오르며 들이붓는다. 등나무가 와인으로 얼룩진다. 나중에 닦으면 된다.

* 찰스 디킨스의 대표작 《위대한 유산》에서 파혼당하고 세상과 단절하고 살아가는 노처녀.

또다시 두 시간이 지나고, 두 번의 승리를 거머쥔다. 멈출 수 없다. 나는 마지막 한 방울까지 병을 비워낸다. 생각보다 많이 마셨지만 내일은 더 나아질 것이다.

여섯 번째 게임이 시작되고, 나는 지난 2주를 떠올린다. 나를 사로잡았던 그 열기를 떠올린다. 그것은 마치 〈소용돌이〉의 진 티어니와 같은 최면상태였으며, 〈가스등〉의 잉그리드 버그먼 같은 정신 이상자처럼 느껴졌다. 나는 내가 기억할 수 없는 일들을 했다. 기억할 수 있는 일들은 하지 않았다. 내 안의 상담사가 두 손을 비벼댄다. 해리성 발작이 있었던 것일까? 필딩 박사라면…….

제기랄.

실수로 퀸을 내주고 말았다. 비숍과 착각한 것이다. 나는 욕지거리를 해대며 F로 시작되는 욕 폭탄을 투하한다. 저주를 퍼부은 지도 오래되었다. 나는 그 말들을 곱씹고 음미한다.

하지만 소용없다. 퀸. 룩앤롤은 그녀를 아무렇지 않게 앗아간다.

젠장, 뭐하자는 거요? 그가 메시지를 보낸다. 수가 안 좋았군, 하하!!!

말을 착각했어요. 나는 그렇게 설명하며 잔을 입으로 가져간다.

그리고 그 순간 그대로 얼어붙는다.

84

만약……

생각해야 해.

수면으로 번지는 핏방울처럼 나에게서 퍼져 나간다.

나는 잔을 내려놓는다.

만약……

아니야.

맞아.

만약에……

제인이, 내가 제인이라고 알고 있는 그 여자가, 제인이 아니라면?

……아니야.

……맞아.

만약에……

만약에 그 여자가 완전히 다른 사람이었다면?

리틀이 했던 이야기다. 아니야. 리틀이 얘기한 것과는 절반만 일치해. 207번지의 그 여자, 늘씬한 엉덩이와 깔끔하게 머리를 자른 그 여자가 틀림없이 제인 러셀이라고 했지. 명백하다고. 인정.

하지만 내가 만났던 여자, 혹은 만났다고 생각했던 그 여자가 실제로, 다른 사람이었다면? 제인인 척하는? 나는 또 다른 말을 다른 말로 착각했다. 비숍을 퀸이랑 헷갈렸다고?

만약 그 여자가 가짜였다면, 가짜가 죽었다면? 만약 그 여자가 모조품이었다면?

잔이 입술에서 떨어졌다. 나는 책상 위에 잔을 올려놓고 멀리 밀어놓는다.

하지만, 왜?

생각해. 그녀가 진짜였다고 가정해보자. 그렇다고. 리틀의 말을 뒤엎고, 논리를 뒤집고, 내가 전적으로 맞았다고 가정해보자. 혹은 전반적으로 옳았다고. 그녀는 진짜였다. 그녀는 이곳에 왔었다. 그녀는 저기 있었다. 저 집에. 그렇다면 러셀 가족은 왜 그 사실을, 그녀의 존재를 부정했을까? 그럴듯하게 제인이 아니었다고 했을 수도 있는데, 그들은 거기서 더 나아갔다.

그리고 그녀는 어떻게 그 가족에 대해 그리도 잘 알고 있었던 것일까? 다른 사람인 척했던, 제인인 척했던 이유는?

"그럼 그 여자는 누구야?" 에드가 묻는다.

안 돼. 그만해.

나는 자리에서 일어서서 창가로 다가간다. 고개를 들어 러셀 가를 바라본다. **저 집.** 알리스타와 제인이 부엌에 서서 이야기를 나누고 있다. 그는 한 손에 랩톱을 들고, 그녀는 팔짱을 끼고 있다. 돌아봐도 상관없어, 나는 그렇게 생각한다. 서재에 드리운 어둠 속에서 나는 안전하다고 느낀다. 마치 보이지 않는 존재처럼.

그때, 시야 가장자리에서 움직임이 느껴진다. 나는 위층을 바라본다. 이선의 방이다.

이선은 창문에 바짝 붙어 있다. 뒤에서 비추는 전등 불빛을 받아 좁다란 그림자로 보일 뿐이지만, 두 손을 유리창에 짚고 서 있다. 마치 밖을 내다보는 사람 같다. 잠시 후, 이선이 한쪽 손을 들어 올린다. 나에게 손을 흔드는 것이다.

심장박동이 빨라진다. 나도 천천히 손을 흔들어준다.

다음 수를 생각하자.

85

비나는 첫 번째 신호음에 전화를 받는다.

"괜찮아요?"

"나는……."

"박사님이 전화하셨었어요. 걱정이 많이 되시나 봐요."

"알아요." 나는 층계에 만들어진 흐릿한 달빛 욕조에 몸을 담그며 자리를 잡는다. 아까 흘렸던 와인 자국이 발치에 번져 있다. 꼭 닦아야지.

"계속 연락하셨었다는데."

"그랬죠. 난 괜찮아요. 괜찮다고 좀 전해줘요. 자 이제……."

"술 마셨어요?"

"아니요."

"혀가 꼬인 것 같은데요."

"아니. 자다 일어나서 그래요. 자, 들어봐요. 내가 생각해봤는데……."

"자고 있었다면서요."

나는 이 말을 무시하고 넘어가기로 한다.

"몇 가지 생각을 좀 해봤어요."

"어떤 생각요?" 비나의 질문이 조심스럽다.

"공원 건너편 사람들. 그 여자."

"오, 애나." 비나는 한숨을 내쉰다. "이건, 내가 목요일에 하려던 얘기였다고요. 그런데 날 들여보내주지도 않았잖아요."

"그랬죠. 미안해요. 하지만……."

"그 여자는 심지어 존재하지도 않는다면서요."

"아니요. 그 존재를 입증할 수 없었을 뿐이에요. 존재했어요."

"애나. 이건 미친 짓이에요. 다 끝난 일인걸요."

나는 아무 말도 할 수 없다.

"증명해야 할 무언가는 존재하지도 않는다고요." 단호하고, 심지어 화가 나 있다. 비나가 이렇게 말하는 걸 들은 적이 없다. "무슨 생각을 하고 있었던 건지, 무슨 일이 일어나고 있었는지는 잘 모르지만, 다 끝났어요. 지금 이러는 건 당신 삶을 엉망으로 만드는 거라고요."

나는 그녀의 숨소리에 귀를 기울인다.

"이럴수록, 치료만 길어져요."

그리고 이어지는 침묵.

"비나, 당신 말이 맞아요."

"진심이에요?"

나는 한숨을 내쉰다. "그래요."

"제발 이제는 미친 짓을 하지 않겠다고 말해줘요."

"안 해요."

"약속해줘요."

"약속해요."

"모든 게 당신 머릿속에서 일어난 일이었다고 말해봐요."

"다 내 머릿속에서 일어난 일이었어요."

조용하다.

"비나, 당신 말이 맞아요. 미안해요. 그냥 후유증 같은 거였나 봐요. 심장이 멈추고 난 다음에도 뉴런이 반응하는 것처럼."

"저……." 비나의 목소리에는 어느새 따뜻함이 감돈다. "그 부분에 대해서 저는 잘 몰라요."

"미안해요. 핵심은 앞으로 미친 짓을 하지 않겠다는 거예요."

"약속한 거죠?"

"약속해요."

"다음 주에 만날 때는 그런…… 아시죠? 그런 얘기는 듣지 않았으면 좋겠어요. 방해가 되는 말들요."

"내가 평상시에 내는 소리만 제외하고요."

비나가 웃는 소리가 들린다. "필딩 박사님 말로는 또 집 밖으로 나갔다던데. 커피숍에 갔었다고요."

그 이후로 영겁의 시간이 지난 것 같다. "그랬어요."

"어땠어요?"

"끔찍했죠."

"여전히."

"여전히."

비나는 또다시 주춤한다. "마지막으로 한 번만 더……." 그녀가 말한다.

"약속해요. 모든 일은 전부 내 머릿속에서만 일어났던 거라고."

우리는 작별 인사를 나눈다. 그리고 전화를 끊는다.

나는 뒷목을 긁적인다. 거짓말을 할 때의 버릇이다.

86

일을 진행시키기 전에 먼저 생각을 해야 한다. 실수의 여지는 없다. 내 편은 없다.

아마도 한 명. 하지만 연락하지 않을 것이다. 할 수 없다.

생각해. 생각해야 한다. 그러려면 일단 자야 한다. 아마도 와인 때문이겠지. 아마 그럴 것이다. 하지만 갑자기 극심한 피로가 몰려온다. 나는 휴대전화를 확인한다. 10시 반이 다 되었다. 시간이 쏜살같이 흐른다.

나는 거실로 돌아와 전등을 끈다. 서재로 올라가 데스크톱 전원을 끈다. (룩앤롤에게서 메시지가 와 있다. 어디 가신 건가요?) 다시 침실로 올라간다. 펀치가 총총거리며 나를 따라온다. 저 발을 어떻게 해줘야 할 텐데. 이선이 동물병원에 데려가줄 수 있을 것이다.

나는 욕실을 힐끗거린다. 세수를 하기에도, 양치를 하기에도 너무 지쳐버렸다. 게다가 오늘 아침에 이미 한 일들이다. 내일 하면 된다. 나는 옷을 벗고, 고양이를 안아 들고, 침대에 오른다.

펀치가 이불 속으로 기어들어 한쪽 구석에 자리를 잡는다. 나는 펀치가 내쉬는 숨소리에 집중한다.

그리고 또다시, 아마도 와인 때문에, 와인 때문인 것이 거의 확실하게도, 나는 잠을 잘 수 없다. 나는 천장을 보고 드러누워 가장자리 왕관 모양의 몰딩이 만드는 잔물결을 바라본다. 그러다 옆으로 돌아누워 복도를 바라본다. 다시 엎드려서 얼굴을 베개에 파묻는다.

테마제팜. 커피 테이블 위의 약통에 그 약이 아직 남아 있다. 나는 휘청거리며 일어나 아래층으로 간다. 중심을 잡으려고 다른 팔을 허우적거린다.

이제 공원 건너편이 보인다. 러셀 가는 잠자리에 들었다. 부엌은 캄캄해졌고, 응접실에는 커튼이 드리워져 있다. 이선의 방을 밝히는 것은 유령과도 같은 컴퓨터 모니터 빛뿐이다.

나는 눈이 시릴 때까지 그 빛을 응시한다.

"뭘 어쩌려고 그러는 거야, 엄마?"

나는 몸을 홱 뒤집어 베개에 얼굴을 파묻고 눈을 질끈 감는다. 지금은 안 돼. 지금은 아니야. 다른 생각을 해야 해. 다른 데 집중해.

제인에게 집중해.

나는 생각을 되감는다. 비나와의 대화를 재생한다. 나는 역광을 받으며 창문에 서서, 유리창을 짚고 있던 이선을 그려본다. 그리고 필름을 바꿔 끼우고, 〈현기증〉과 이선의 방문을 재빨리 훑고 지나간다. 한 주 동안 가장 외로웠던 순간들이 거꾸로 지나간다. 부엌에 사람들이 가득하다. 형사들과 데이비드, 알리스타와 이선. 좀 더 속도를 내보면, 커피숍이 지나가고, 병원이 지나가고, 그녀가 죽은 날이 지나가고, 내 손에서 바닥으로 떨어지던 카메라가 지나간다. 그리고 뒤로, 또 뒤로, 또 뒤로, 그녀가 개수대에 서서 나를 돌아보던 바로 그 순간까지 뒤로.

여기서 정지. 나는 몸을 비틀며 눈을 뜬다. 천장이 프로젝션 스크린처럼 눈앞에 펼쳐져 있다.

화면을 가득 채운 것은 제인의 모습이다. 내가 제인으로 알고 있는 여자. 그녀가 부엌 창가에 서 있다. 땋은 머리가 어깨 사이에서 달랑거린다.

이 장면은 슬로모션으로 재생된다.

제인이 나를 향해 돌아서고, 나는 그녀의 환한 얼굴에 줌인한다. 반짝이는 펜던트 때문에 카메라가 노출을 조정한다. 이제 뒤로 빠져서, 화면을 넓게 가져간다. 한 손에는 물잔이 들려 있고, 다른 한 손에는 브랜디 한 잔이 들려 있다. "브랜디가 이런 상황에서 실제로 효과가 있는지는 모르겠지만……" 그녀의 명랑한 목소리가 서라운드 음향으로 울려 퍼진다.

나는 그대로 화면을 멈춘다.

웨즐리라면 뭐라고 했을까? **좀 더 구체적인 질문을 뽑아볼까, 폭스.**

질문 하나. 왜 그녀는 나에게 자신을 제인 러셀이라고 소개하는가?

……질문 하나에 따르는 부가 질문. 그녀가? 그 이름을 먼저 입에 올린 것은 나 아니었나? 그 이름으로 그녀를 부른 사람이?

나는 필름을 다시 앞으로 감아, 그녀의 목소리를 처음 들었던 순간으로 돌아간다. 그녀는 다시 개수대로 돌아간다. 재생. "건넛집에 가려던 참에……."

그랬다. 바로 이 순간이었다. 그녀가 누구인가를 이미 결정해버린 순간. 내가 판을 잘못 읽은 순간.

그렇다면 질문 둘. 그녀는 어떻게 반응하는가? 나는 빨리감기를 하며 눈을 가늘게 뜨고 천장을 응시한다. 모든 촉각을 곤두세우고 그녀의 입을 바라보는데, 내가 먼저 말을 한다. "공원 건너에 사시는 분이시군요." 내가 말한다. "당신이 제인 러셀이군요."

그녀는 얼굴을 붉힌다. 입술이 떨어지며 그녀가 말한다…….

그런데 무슨 소리가 들린다. 화면 밖에서 나는 소리.

아래층에서 나는 소리.

유리가 깨지는 소리.

87

911에 전화한다면 얼마나 빠르게 올 수 있을까? 리틀에게 전화하면 받을까?

내 손은 옆구리를 뒤적인다.

휴대전화가 없다.

나는 베개를 옆으로 내팽개친다. 이불에도. 없다. 휴대전화가 없다.

생각해. **생각하라고.** 마지막으로 휴대전화를 썼던 게 언제지? 계단에서. 비나에게 전화했을 때다. 그러고 나서, 그러고 나서 불을 끄러 거실에 갔어. 그리고 휴대전화로 뭘 했지? 서재로 들고 갔나? 아니면 그냥 거기다 뒀나?

그 사실은 중요하지 않다는 것을 깨닫는다. 중요한 것은 지금 나한테 휴대전화가 없다는 사실이다.

똑같은 소리가 다시 고요를 가른다. 유리가 부서지는 소리.

나는 침대 밖으로 한 발, 또 한 발을 끄집어내서 바닥을 디디고 선다. 의자에 걸쳐져 있는 가운을 집어 든다. 그리고 문 쪽으로 향한다.

문밖으로 어슴푸레한 빛이 천창을 통해 쏟아진다. 나는 문간을 빠져나와 벽에 등을 맞대고 선다. 계단을 내려오는데 호흡은 얇아지고 심장은 대포처럼 나대기 시작한다.

나는 바로 다음 층계참에 주저앉는다. 아래층은 잠잠해졌다.

천천히, 천천히, 나는 까치발을 하고 서재로 살금살금 들어간다. 발 아래 라탄이, 그리고 카펫이 느껴진다. 나는 문간에 서서 책상을 살핀다. 휴대전화가 없다. 뒤로 돌아선다. 이제 한 층 거리다. 게다가 완전히 무장해제된 상태. 도움을 요청할 수도 없다. 아래층에서 유리가 산산이 부서지는 소리가 들린다.

나는 몸서리를 치다 벽장 문고리에 엉덩이를 부딪친다.

벽장 문.

손잡이를 움켜쥔다. 돌린다. 찰칵, 걸쇠 풀리는 소리가 들린다, 문을 당긴다.

칠흑 같은 어둠이 내 앞에 입을 벌리고 있다. 나는 앞으로 나아간다.

안으로 들어서서, 오른편으로 손을 내저어 선반 위를 훑는다. 전구가 이마 앞에서 흔들거린다. 그런 위험을 무릅써도 될까? 안 된다. 너무 밝다. 빛이 층계참으로 새어 나갈 것이다.

나는 어둠 속에서 앞으로 움직여, 양손을 펼친다. 마치 술래잡기 놀이를 하는 것 같다. 마침내 개중 하나가 손에 걸린다. 차가운 금속 공구상자다. 나는 손으로 더듬어 걸쇠를 풀고 손을 집어넣는다.

커터.

나는 벽장에서 빠져나온다. 이제 내 손에는 무기가 들려 있다. 나는 손잡이를 민다. 칼날이 앞으로 고개를 내민다. 길을 잃은 달빛이 칼날에 반사된다. 나는 계단 꼭대기에 서서 팔꿈치를 몸에 바

515

짝 붙인다. 칼날은 정확히 앞을 향한다. 다른 손으로는 난간을 부여잡는다. 그리고 한 발을 앞으로 내민다.

그리고 그 순간, 나는 서재에 전화기가 있다는 사실을 기억해낸다. 유선전화. 몇 미터만 가면 되는 거리다. 나는 방향을 튼다.

하지만 그 자리에서 한 발짝도 내딛기 전에, 아래층에서 또 다른 소리가 들린다.

"폭스 부인." 누군가가 나를 부르는 소리다. "이제 그만 부엌으로 내려오시죠."

88

나는 이 목소리를 안다.

칼날이 손 안에서 움찔거린다. 조심스레 계단을 내려가는 내내 손바닥에 난간이 스치고 지나간다. 나의 숨소리가 귓가에 울린다. 나의 발소리도.

"그렇죠. 얼른 오세요."

1층에 도착한 나는 문간에서 서성거린다. 숨을 너무 깊이 들이쉬다가 사레가 걸린다. 내가 여기 있다는 사실을 이미 알고 있을 테지만, 소리를 안 내려고 노력한다.

"들어오시죠."

나는 들어간다.

부엌을 가득 채운 달빛은 조리대를 은빛으로 물들이고, 창가에 놓인 빈 병을 가득 메운다. 수도꼭지가 반짝 빛난다. 개수대는 빛나는 대야 같다. 심지어 원목가구들까지 빛을 뿜고 있다.

그는 조리대에 몸을 기대고 서 있다. 하얀 빛을 받은 실루엣에서는 명암이 느껴지지 않는다. 발치에는 파편들이 반짝인다. 유리 조각들이 바닥에 널브러져 있다. 그가 서 있는 옆으로, 와인병과 잔들이 마천루를 형성하며 달빛을 토해낸다.

"미안하군요." 그는 방을 가로지르며 팔을 휘이 젓는다. "이렇게 해놔서. 위층까지 올라가기는 싫어서."

나는 아무 말도 하지 않는다. 대신 커터 칼 손잡이에 손가락을 올린다.

"지금까지 많이 참았소, 폭스 부인." 알리스타가 고개를 돌리며 한숨을 내쉰다. 빛을 받자 그의 실루엣이 드러난다. 툭 튀어나온 이마, 가파른 콧날. "폭스 박사, 당신이 자신을 뭐라고 부르든." 목소리가 술에 절어 있다. 나는 그가 취했다는 사실을 깨닫는다.

"그동안 많이 참았단 말이오." 그는 같은 말을 반복한다. "참고 참았어." 그가 쿵쿵대며 잔을 골라 잡는다. "우리 모두가. 하지만 난 정말 많이 참았지." 이제 그의 형상이 좀 더 분명하게 보인다. 재킷 지퍼는 목선까지 채워져 있고, 어두운 장갑을 끼고 있다. 목구멍이 조여온다.

나는 여전히 아무 반응도 하지 않는다. 대신에 전등 스위치로 다가가 손을 뻗는다.

뻗은 손에서 불과 몇 인치 안 되는 곳에서 유리잔이 박살 난다. 나는 뒤로 나자빠진다. "불 켜지 마!" 알리스타가 고래고래 악을 쓴다.

나는 문틀을 짚은 채 그대로 움직이지 않는다.

"누군가가 당신에 대해 경고해줬어야 했는데." 그는 껄껄대며 고개를 젓는다.

나는 마른침을 삼킨다. 그의 웃음은 화르르 불타올랐다가 사그라든다.

"내 아들에게 당신 집 열쇠를 줬더군." 그가 열쇠를 들어 보인다.

"이걸 돌려주러 왔어." 알리스타가 조리대 위에 열쇠를 떨어뜨리자 달그락 소리가 난다. "아무리 당신이 제정신이 아니라고 한들, 제기랄, 나는 내 아들 녀석을 다 큰 여자와 함께 두고 싶지 않소."

"경찰을 부르겠어요." 나는 나지막한 목소리로 속삭인다.

알리스타는 코웃음을 친다. "불러. 당신 휴대전화는 여기 있으니까." 그는 조리대 위에 있던 휴대전화를 들어 손바닥에서 한 번, 두 번 뒤집는다.

그랬군. 부엌에 뒀군. 나는 그가 내 휴대전화를 바닥에 내동댕이치길, 벽에다 내던지기를 기다린다. 하지만 대신 그는 그것을 열쇠 옆에 내려놓는다. "아마 당신이 장난치고 있다고 생각할걸." 그가 이쪽으로 한 걸음 다가서며 말한다. 나는 커터를 들어 올린다.

"오!" 알리스타가 비열한 웃음을 지어 보인다. "오! 그걸로 뭘 하시려고요?" 그는 또 한 걸음 다가선다.

이번에는 나도 마찬가지다.

"내 집에서 나가." 팔이 덜덜거린다. 손이 흔들린다. 칼날이 빛을 받아 날렵하게 번쩍인다.

그는 움직이는 것도, 숨을 쉬는 것도 멈추었다.

"그 여자는 누구였지?"

그러자 그의 손이 갑자기 내 목덜미를 향해 돌진한다. 그리고 움켜쥔다. 그리고 나를 뒤로 몰아붙여 벽으로 끌고 간다. 쿵 하고 부딪치자 머리가 갈라지는 것 같다. 나는 비명을 지른다. 그의 손가락이 내 피부를 파고든다.

"그건 망상이야." 알코올로 뜨거워진 그의 숨결이 내 얼굴을 달구고 눈을 따갑게 찌른다. "내 아들한테서 떨어져. 내 아내한테서도."

나는 숨이 막혀 거친 소리를 토해낸다. 나는 한 손으로 그의 손가락을 할퀴며 손목에 손톱 자국을 낸다.

또 다른 손은 그의 옆구리를 향해 칼날을 휘두른다.

하지만 너무 크게 휘두른 나머지, 커터가 바닥으로 떨어진다. 그는 그것을 밟고 서서 내 목을 쥐어짠다. 나는 꺽꺽거린다.

"씨발, 내 가족에게서 좀 떨어지란 말이야." 그가 거친 숨을 몰아쉰다.

그렇게 얼마가 지난다.

그리고 또 얼마가 지난다.

시야가 흐려진다. 눈물이 뺨을 타고 흐른다.

나는 의식을 잃고 있…….

알리스타가 내 목을 놓아준다. 나는 헉 하고 숨을 들이마시며 바닥으로 주저앉는다.

이제 그가 나를 내려다본다. 그는 발을 정확하게 놀려 커터를 멀리 보내버린다.

"내 말 잘 기억해두라고." 그는 거친 목소리로 경고하며 숨을 헐떡인다. 그를 올려다볼 수가 없다.

하지만 나는 그가 아주 작고 부서질 듯 부드러운 목소리로 하는 말을 들었다. "제발."

정적이 흐른다. 나는 부츠를 신은 그의 발이 뒤돌아 나가는 것을 지켜본다.

조리대를 지나며, 그는 그 위를 팔로 쓰윽 쓸었다. 병과 잔의 파도가 바닥으로 휘몰아친다. 부서지고 박살이 난다. 나는 소리를 지르려고 애를 써본다. 목구멍에서는 쉰 소리가 난다.

그는 현관문으로 가서 걸쇠를 푼다. 현관문이 열렸다 닫히는 소리가 들린다.

나는 한 손으로 목을 감싸고 다른 한 손으로는 내 몸을 감싼 채 움직이지 않는다. 나는 흐느끼며 눈물을 흘린다.

펀치가 문간을 넘어 들어와 내 손을 조심조심 핥았을 때, 그 흐느낌은 더 거세진다.

11월 14일
일요일

나는 욕실 거울에 목덜미를 비춰 본다. 보석처럼 푸른 다섯 개의 멍 자국이 생겼다. 목둘레에 짙은 목줄이 둘러졌다.

나는 바닥에 웅크리고 앉아 저는 발을 핥는 펀치를 내려다본다. 아름다운 한 쌍이로군.

지난 밤 일을 경찰에 알리지는 않을 것이다. 그럴 수도 없다. 내 피부에 남은 지문을 증거로 내밀 수도 있지만, 그들은 애초에 알리스타가 왜 여기에 왔는지 알고 싶어할 것이다. 게다가 진실은……

그게, 제가 스토킹하던 가족의 아이를 집으로 초대했지 뭐예요. 우리 집 지하실에 와서 놀라면서 좀 괴롭혀줬죠. 아시잖아요. 죽은 아이와 남편의 대체품인 셈이죠.

확실히 좋아 보이는 풍경이 아니다.

"좋아 보이지 않을 거야." 나는 목소리가 어떻게 나오는지 시험하며 그렇게 말해본다. 약하고 메마른 소리가 난다.

나는 욕실에서 나와 아래로 내려간다. 가운 주머니에 손을 깊숙이 찌르자, 휴대전화가 허벅지에 부딪힌다.

나는 부서진 와인병과 유리잔들을 치운다. 마룻바닥 사이에 낀 유리 조각들을 하나씩 끄집어내서 쓰레기통에 버린다. 알리스타가 내 목을 붙잡고, 조르고, 나를 내려다보던 사실을 생각하지 않으려 애쓴다. 발아래 밝게 빛나는 잔해들 사이로 걸어가던 모습도.

슬리퍼 아래 자작나무 바닥이 모래밭처럼 반짝인다.

나는 식탁에서 커터를 만지작거리며 칼날이 들어갔다 나왔다 하는 소리에 집중한다.

공원 맞은편을 바라본다. 러셀 가가 나를 돌아본다. 창문을 통해 보이는 집 안은 텅 비어 있다. 다들 어디에 있을지 궁금하다. 이선이 어디 있는지도.

조준을 잘했어야 했는데. 조금 더 세게 휘둘렀어야 했다. 나는 칼날이 그의 재킷을 뚫고 그의 피부를 가르는 장면을 상상한다.

그럼 이 집에서도 부상자가 생기는 거라고.

나는 칼을 내려놓고 잔을 입술로 가져간다. 찬장에는 차가 남아 있지 않았다. 에드는 그런 것을 신경 쓰는 사람이 아니었고, 나는 다른 마실거리를 더 좋아했다. 그렇게 해서 나는 지금 소금을 첨가한 따뜻한 물을 홀짝이고 있다. 목이 따끔거린다. 나는 움찔한다.

공원 건너편을 다시 바라본다. 그리고 자리에서 일어나 블라인드를 단단히 드리운다.

어젯밤은 나선형으로 말려 올라가는 연기와도 같은 악몽이었다. 천장의 스크린. 선명하게 울리던 유리의 비명. 벽장의 공허함. 뱅뱅 도는 계단. 그리고 그, 거기 서서, 나를 부르며, 나를 기다리던 그 남자.

나는 목을 어루만진다. **그게 꿈이었다고, 그는 이곳에 온 적이 없다고 말하지 마.** 어디서 봤더라. 그렇다. 또 〈가스등〉이다.

왜냐하면 그것은 꿈이 아니었기 때문이다(**이건 꿈이 아니야! 실제로 일어나고 있는 일이라고!** 미아 패로, 〈로즈메리의 아기〉). 나의 집은 침입당했다. 내 물건들은 산산조각이 났다. 나는 협박과 폭행을 당했다. 그리고 그에 대해 내가 할 수 있는 일은 아무것도 없다.

그에 대해 내가 할 수 있는 일은 아무것도 없다. 아무것도. 이제야 알리스타가 폭력적이 될 수 있다는 사실을 알게 되었다. 그가 무엇으로 변신할 수 있는지도. 하지만 그의 말이 맞다. 경찰은 들어주지 않을 것이다. 필딩 박사는 내가 망상을 보고 있다고 생각할 것이다. 비나는, 나는 비나에게 이겨내겠다고 약속했다. 이선과는 연락이 닿질 않는다. 웨즐리는 사라져버렸다. 아무도 없다.

"누구게?"

이번에는 올리비아다. 희미하지만 명확한 목소리.

안 돼. 나는 고개를 젓는다.

그 여자는 누구였지? 나는 그렇게 알리스타에게 물었다.

그녀는 존재하는가.

나는 알지 못한다. 영원히 모를 것이다.

90

나머지 오전 시간도, 낮 시간도 침대에서 보낸다. 지난밤과 오늘, 그리고 내일, 제인을 생각하지 않으려, 울지 않으려, 노력하면서.

창문 너머 구름은 어두운 그림자를 낮게 드리우고 있다. 나는 휴대전화에서 날씨 앱을 연다. 오늘 밤 천둥번개를 동반한 비바람이 예고되어 있다.

어두컴컴한 땅거미가 내린다. 나는 커튼을 드리운 채, 랩톱을 펴서 머리맡에 펼쳐놓는다. 〈샤레이드〉를 스트리밍하는 동안 침대가 따끈하게 데워진다.

"당신을 만족시키기 위해 내가 뭘 해야 하지?" 캐리 그랜트가 묻는다. "다음 희생자가 돼야 하는 건가?"

나는 부르르 몸서리를 친다.

영화가 끝날 때쯤, 나는 반쯤 잠들어 있었다. 엔딩 음악이 울려퍼지자 나는 랩톱을 내리쳐 닫아버린다.

그리고 얼마 후, 휴대전화 진동에 잠에서 깬다.

비상 경보.

동부 서머타임 기준, 새벽 3:00까지 근방에 홍수 경보 발령. 대피요망.

지역 언론 확인 바람.

미국 기상청.

기상청은 잠도 자지 않는다. 나는 대피할 계획을 세운다. 하품을 길게 하고, 침대에서 일어나, 커튼 쪽으로 이동한다.

밖은 어둡다. 아직 비는 내리지 않지만, 구름이 낮게 깔리고 하늘이 잔뜩 내려앉아 있다. 플라타너스 가지가 흔들린다. 바람 소리가 귓가에 들린다. 나는 한쪽 팔로 몸을 감싼다.

공원 건너편 러셀 가 부엌에 불이 켜져 있다. 그는 냉장고로 간다. 문을 열고 병 하나를 꺼낸다. 맥주겠지. 나는 그렇게 생각한다. 또 그렇게 취해버리려는 것인지 궁금하다.

내 손가락은 어느새 목덜미를 쓰다듬고 있다. 멍에서 통증이 느껴진다.

나는 커튼을 닫아버리고 침대로 돌아온다. 휴대전화에서 메시지를 지운다. 시각을 확인한다. 오후 09:29. 영화 한 편을 더 볼 수 있는 시간이다. 가서 마실 것을 가져와야겠다.

손가락은 여전히 휴대전화를 두들겨댄다. 특별한 이유도 없이. 마실 것, 나는 마실 것을 떠올린다. 딱 한 잔만이다. 어차피 삼키기도 힘들다.

손가락 끝에서 빛이 너울거린다. 나는 휴대전화를 들여다본다. 사진첩이 열려 있다. 심장이 얼어붙는다. 내 사진이다. 자고 있는 내 사진. 내가 찍었다는 내 사진이 여기 있다.

나는 움찔한다. 잠시 후, 나는 그 사진을 삭제한다.

바로 그 순간, 이전 사진이 등장한다.

잠시 동안, 나는 그게 무슨 사진인지 알아보지 못한다. 그러나 기억해낸다. 부엌 창가에서 찍었던 사진. 오렌지 셔벗 같은 노을과 저 멀리, 그걸 먹으려고 앞니를 들이미는 건물들. 황혼으로 물든 거리. 하늘을 나는 새 한 마리가 날개를 퍼덕인다.

그리고 유리창에 반사된 그 여자, 내가 제인이라고 생각했던 그 여자가 있다.

91

투명하고 흐릿하지만 제인이다. 틀림없다. 유령처럼 오른쪽 아래 한구석에 홀연히 모습을 드러냈다. 그녀는 입을 벌린 채 카메라를 정면으로 응시하고 있다. 한쪽 팔은 프레임 밖으로 나가 있다. 담배를 비벼 끄느라 그랬을 것이다. 그녀의 머리 위로 짙은 담배 연기가 소용돌이친다. 오후 06:04라고 시각이 나와 있다. 날짜는 거의 2주 전이다.

제인이다. 나는 화면 위로 등을 구부린 채 숨을 쉴 수가 없다.

제인이다.

세상은 아름다워요. 그녀가 말했다.

그 사실을 잊지 말아요. 놓치지도 말고요. 그녀는 그렇게 말했다.

잘했어요. 그녀는 그렇게 말했었다.

전부 그녀가 나에게 했던 말들이다. 왜냐하면 그녀는 존재했기 때문이다.

제인.

나는 침대에서 굴러떨어진다. 이불이 그 뒤를 따라온다. 랩톱이 바닥으로 미끄러진다. 나는 창문으로 뛰어가 커튼을 열어젖힌다.

이번에는 응접실에 불이 들어와 있다. 이 모든 것이 시작된 장소다. 그리고 그곳에 그들이 앉아 있다. 저 두 사람, 커버를 벗긴 소파에 알리스타와 그의 아내가 앉아 있다. 그는 한 손에 맥주병을 든 채로 구부정히 앉아 있고, 아내는 윤이 나는 머리카락을 쓸어넘기며 다리를 꼰다.

거짓말쟁이들.

나는 손 안의 휴대전화를 바라본다.

이 상황에 나는 무엇을 해야 할까?

리틀이 할 말은 이미 알고 있다. 그는 이렇게 말할 것이다. 휴대전화가 누군가의 존재를 증명하진 못해요. 더군다나 익명의 여자잖아요.

"필딩 박사도 당신 말을 무시할걸." 에드가 말한다.

닥쳐.

하지만 옳은 소리다.

생각해. 생각해야 해.

"비나는? 엄마."

그만해.

생각해.

유일한 수가 하나 있다. 내 눈은 응접실에서 어두컴컴한 위층 침실로 향한다.

휴대전화로 향한다.

"여보세요?"

아기 새처럼 연약하고 작은 목소리. 나는 어둠을 뚫고 이선의 방을 들여다본다. 인기척이 없다.

"애나야."

"알아요." 거의 속삭이는 수준이다.

"어디니?"

"제 방이에요."

"안 보이는데."

잠시 후 이선은 창가에 유령처럼 모습을 드러낸다. 하얀 티셔츠 차림의 마르고 창백한 모습이다. 나는 유리창에 손을 가져다 댄다.

"내가 보이니?"

"네."

"이쪽으로 좀 와줘야겠어."

"안 돼요." 그가 고개를 젓는다. "못 나가요."

나는 응접실을 바라본다. 알리스타와 제인은 꼼짝도 하지 않고 앉아 있다.

"알아, 하지만 아주 중요한 일이야. 아주 중요한 일."

"아버지가 열쇠를 가져가버렸어요."

"알아."

이선은 잠시 멈칫거린다. "제가 아줌마를 볼 수 있다면⋯⋯." 이선의 목소리가 잦아든다.

"뭐?"

"제가 볼 수 있다면, 부모님한테도 보인다는 얘기예요."

나는 체중을 뒷발로 옮기며 작은 구멍만 남긴 채 커튼을 닫아버린다. 그리고 응접실을 확인한다. 그대로다.

"일단 와. 제발. 너는⋯⋯."

"네?"

"너는⋯⋯ 언제 나올 수 있겠니?"

또다시 멈칫거린다. 휴대전화 화면을 확인하고 다시 귀에 대는 이선의 모습이 보인다. "10시가 되면 〈굿 와이프〉를 보세요. 그때 나갈 수 있을 것 같아요."

이번에는 내가 휴대전화를 확인한다. 이십 분 남았다. "좋아. 알 겠어."

"무슨 일 있는 건 아니죠?"

"그럼." 아이를 놀래켜서는 안 된다. **네가 위험해.** "너한테 할 말이 좀 있어서 그래."

"저는 내일이 더 편해요."

"기다릴 수 없는 문제란다. 정말이야."

나는 아래층을 확인한다. 제인은 맥주병을 잡은 채로 자기 무릎을 응시하고 있다.

알리스타는 사라지고 없다.

"전화 끊자." 목소리가 널을 뛴다.

"왜요?"

"끊어."

이선은 입을 벌린 채 서 있다.

아이의 방이 갑자기 환해진다.

그 뒤로 알리스타가 나타나 스위치를 켠다.

이선은 뒤를 돌아보며 팔을 내린다. 전화가 끊긴다.

이제 나는 음소거된 화면을 지켜본다.

알리스타는 문간에 서서 뭐라고 말한다. 이선은 한발 앞으로 다가가서 손을 들어 올리며 휴대전화를 흔든다.

잠시 후, 두 사람은 서 있는 채로 움직이지 않는다.

그리고 알리스타가 성큼성큼 자신의 아들을 향해 걸어간다. 그는 휴대전화를 낚아챈다. 그리고 그것을 확인한다.

그리고 이선을 바라본다.

그리고 아들을 지나쳐 창문으로 다가온다. 심기가 불편한 모양이다. 나는 더 깊숙한 곳으로 물러난다.

그는 팔을 뻗어 남은 덧문 반쪽을 닫아버린다. 단단히.

이선의 방은 밀폐되었다.

체크메이트.

92

나는 커튼에서 물러나 내 방을 둘러본다.

건너편에서 무슨 일이 일어나고 있는지 상상조차 할 수 없다. 나 때문이다.

나는 발을 질질 끌며 아래층으로 내려간다. 매 걸음, 나는 저 창문 건너편에서 아버지와 단둘이 있는 이선을 생각한다.

아래로 한 걸음, 한 걸음, 또 한 걸음.

나는 부엌에 도착한다. 개수대에서 잔을 씻는데, 천둥이 낮게 우르릉거린다. 나는 블라인드 사이로 내다본다. 구름의 움직임이 더 빨라졌다. 나뭇가지들이 마구 흔들린다. 바람이 거세지고 있다. 폭풍이 다가온다.

나는 메를로를 마시며 테이블에 앉는다. 뉴질랜드, 실버 베이. 와인 라벨에는 그렇게 쓰여 있다. 그 위로 바다를 떠다니는 배가 그려져 있다. 뉴질랜드로 떠나는 것도 괜찮을 것이다. 그곳에서 새로 시작할 수 있을 것이다. 게다가 '실버 베이'라는 발음도 마음에 든다. 다시 항해를 시작해보는 것도 좋겠다.

만약 이 집 밖으로 나갈 수만 있다면.

나는 창문으로 걸어가 블라인드를 올린다. 빗방울이 유리창에 꽂힌다. 나는 건너편을 바라본다. 이선의 창은 여전히 덧문이 닫혀 있다.

식탁으로 돌아오자마자, 초인종이 울린다.

마치 공습경보처럼 정적을 가른다. 손이 움찔거리며 와인이 잔의 테두리까지 출렁인다. 나는 현관문을 바라본다.

그 사람이다. 알리스타다.

갑자기 공포가 엄습한다. 손가락은 반사적으로 가운 주머니의 휴대전화를 움켜잡는다. 그리고 다른 손은 커터를 향해 간다.

나는 몸을 일으켜 천천히 부엌을 가로지른다. 인터폰으로 다가가 마음을 단단히 먹고 화면을 바라본다.

이선이다.

숨통이 트인다.

이선은 발을 동동거리며 몸을 감싸고 있다. 나는 문을 열고 걸쇠를 풀어준다. 잠시 후, 아이가 안으로 들어온다. 비를 맞은 머리카락이 반짝인다.

"여기서 뭐하는 거니?"

이선이 나를 뚫어져라 본다. "오라면서요."

"나는 네 아버지가……."

이선은 문을 닫고 나보다 앞장서서 거실로 들어간다. "수영 강습에서 만난 친구라고 둘러댔어요."

"전화를 확인하지 않았니?" 나는 이선을 따라 들어가며 질문한다.

"아줌마 번호를 다른 이름으로 저장해뒀거든요."

"나한테 다시 전화하면 어쩌려고?"

이선은 어깨를 으쓱한다. "안 했잖아요. 그건 뭐예요?" 이선이 커터를 보고 말한다.

"아무것도 아니야." 나는 커터를 주머니로 집어넣는다.

"욕실 좀 써도 돼요?"

나는 고개를 끄덕인다.

이선이 레드룸에 들어가 있는 동안, 나는 휴대전화를 확인하며 다음 수를 준비한다.

물 내리는 소리가 들리고, 수도꼭지가 물을 쏟아낸다. 그리고 이선이 나를 향해 걸어온다. "펀치는요?"

"모르겠네."

"펀치 발은 좀 어때요?"

"괜찮아." 지금 그게 중요한 게 아니다. "너한테 보여줄 게 있어." 나는 이선에게 휴대전화를 내민다. "사진첩 좀 열어볼래?"

아이는 나를 바라보며 눈썹을 찡그린다. "그냥 열면 돼."

내가 시키는 대로 하는 동안, 나는 이선의 얼굴을 관찰한다. 괘종시계가 10시를 알린다. 나는 숨을 참는다.

잠깐 동안, 아무 일도 일어나지 않는다. 이선은 아무런 감흥이 없어 보인다. "우리 동네잖아요. 해가 뜨고 있고." 이선이 말한다. "아, 잠시만요. 여기가 서쪽이구나. 그럼 해가 지는 거고……."

이선은 여기서 말을 멈춘다.

그랬다.

시간이 지나간다.

이선은 놀란 눈을 들어 나를 바라본다.

여섯 번째 종이 울린다. 그리고 일곱 번째.

이선이 입을 연다.

여덟 번째, 아홉 번째.

"이게 무슨……." 그가 이야기를 시작한다.

열 번째.

"이제 진실에 대해 얘기해볼 시간인 것 같구나."

93

마지막 종소리가 울려 퍼지고 내가 아이를 소파로 데려갈 때까지, 이선은 숨을 죽인 채 내 앞에서 움직이지 않는다. 우리는 자리에 앉았다. 이선은 여전히 나의 휴대전화를 손에 들고 있다.

나는 아무 말 없이 이선을 바라본다. 통 안에 갇힌 파리처럼 심장이 미쳐 날뛴다. 다리의 떨림을 멎게 하려고 두 손으로 무릎을 눌러본다.

이선이 뭐라고 속삭인다.

"뭐라고?"

그는 목청을 가다듬는다. "이걸 언제 발견하신 거예요?"

"오늘 밤. 너한테 전화하기 직전에."

끄덕끄덕.

"이 사람은 누구지?"

이선은 여전히 화면을 들여다보고 있다. 잠시, 아이가 내 말을 듣지 못한 것이 아닐까 생각했다.

"누구지……?"

"우리 엄마요."

나는 인상을 찌푸린다. "아니야. 형사님이 너희 엄마는……."

"친엄마요. 생물학적인."

나는 시선을 고정한다. "입양된 거니?"

아이는 아무 말도 하지 않고 시선을 떨군 채, 다시 고개를 끄덕인다.

"그렇다면……." 나는 머리를 쓸어넘기며 몸을 기울인다. "그렇다면……."

"엄마는…… 어디서 어떻게 시작해야 할지 모르겠네요."

나는 눈을 감고 나의 혼란스러운 감정들을 잠시 미뤄둔다. 지금은 이선을 이끌어줘야 한다. 그것이 내가 할 수 있는 일이다.

나는 이선을 향해 앉는다. 허벅지 부근의 가운을 반듯하게 매만지며 아이를 바라본다. "언제 입양되었지?"

이선은 한숨을 내쉬며 등을 기댄다. 쿠션이 무게를 이기지 못하고 거친 숨을 내쉰다. "다섯 살 때요."

"그렇게나 늦게?"

"왜냐하면 엄마가, 엄마는 약물중독이었어요." 이선은 첫발을 떼기 전, 주저하는 망아지처럼 멈칫거린다. 지금껏 아이는 이 말을 몇 번이나 반복했을까. "엄마는 약물중독이었고, 어렸죠."

제인이 왜 그렇게 젊어 보였는지 그제야 설명이 된다.

"그래서 지금의 부모님과 함께 살게 됐어요." 나는 이선의 얼굴을 들여다본다. 입술을 핥는 혓바닥, 관자놀이에서 아른거리는 빗방울.

"어디에서 자랐니?" 나는 질문을 계속한다.

"보스턴 전에요?"

"응."

"샌프란시스코요. 부모님이 저를 발견하신 곳이래요."

나는 아이를 어루만져주고 싶은 충동을 자제한다. 대신 이선의 손에 들려 있던 휴대전화를 건네받아 테이블 위에 놓아둔다.

"전에 한 번 찾아온 적이 있어요." 이선이 말을 이어간다. "제가 열두 살 때요. 보스턴으로 찾아왔었죠. 집에 불쑥 나타나서 아버지에게 나를 볼 수 있느냐고 물었죠. 아버지는 거절했고요."

"그럼 엄마와 이야기를 못 해봤겠네?"

"네." 이선은 잠시 말을 멈추고 심호흡한다. 눈에 생기가 돌아온다. "부모님은 그 일로 정말 화가 나셨어요. 혹시라도 엄마가 다시 찾아오면 반드시 이야기하라고 단단히 주의를 주셨죠."

나는 고개를 끄덕이며 뒤로 기대어 앉는다. 이선은 이제 편하게 말한다.

"그러다 여기로 이사 오게 된 거고요."

"하지만 너희 아버지는 해고당했잖아."

"그렇죠." 경계하는 투다.

"그건 왜 그런 거니?"

이선이 꼼지락댄다. "아버지 상사의 부인과 무슨 일이 있었어요. 저도 몰라요. 그 일로 계속 소리를 질러댔거든요."

대단히 이해하기 힘든 일이었거든요. 알렉스가 고소해하더니, 이제 이유를 알겠다. 사소한 불륜이로군. 별일 아니다. 그럴 만한 가치가 있는 일이었을지 궁금하다.

"이사 오고 나서 어머니가 짐을 정리하러 보스턴에 가셨어요. 아버지로부터 도망친 거겠죠. 아버지가 뒤따라 올라갔고요. 그렇게 저 혼자 하룻밤을 보내게 되었죠. 전에도 그런 일은 많았으니까. 그런데 바로 그때, 엄마가 나타났어요."

"친엄마 말이지?"

"네."

"엄마 이름이 뭐지?"

이선이 콩콩대며 코를 닦는다. "케이티."

"엄마가 찾아왔구나."

"네." 이선은 다시 콩콩거린다.

"정확히 언제였니?"

"기억나지 않아요." 이선은 고개를 젓는다. "아, 잠시만요. 핼러윈이었어요."

내가 그녀를 만난 날이다.

"엄마가 이제 자기는 '깨끗하다'고 했어요." 이선은 물티슈를 뽑듯 그 단어를 특정해 말한다. "이제 약은 안 한다고."

나는 고개를 끄덕인다.

"아버지가 이쪽으로 회사를 옮긴다는 기사를 온라인에서 봤대요. 그리고 우리가 뉴욕으로 이사 온다는 사실을 알게 된 거죠. 그래서 여기까지 따라온 거예요. 그리고 부모님이 보스턴에 간 사이 뭘 어떻게 할지 정해놓고 기다리던 중이었고요." 이선은 잠시 멈칫거리며 손을 긁적인다.

"그리고 무슨 일이 있었지?"

"그리고……." 이선은 이제 두 눈을 감는다. "그리고 우리 집에 왔어요."

"엄마와 이야기를 나눴니?"

"네, 제가 들어오라고 했는걸요."

"이게 핼러윈에 있었던 일이라는 거지?"

"네. 그날이에요."

"내가 그녀를 만난 것도 그날 오후였어."

이선은 고개를 무릎에 파묻는다. "호텔에 사진첩을 가지러 갔었어요. 나한테 예전 사진을 보여주고 싶어했거든요. 아기 때 사진 같은 거요. 그리고 돌아오는 길에 아줌마를 만난 거죠."

내 허리를 부축하던 그녀의 팔과 뺨을 스치던 머리카락이 떠오른다. "하지만 케이티는 자신을 네 엄마라고 소개했어. 네 엄마, 제인 러셀로."

이선은 다시 고개를 끄덕인다.

"너도 알고 있지?"

"네."

"왜? 도대체 왜 나한테 다른 사람이라고 한 걸까?"

마침내 이선이 내 눈을 바라본다. "그런 게 아니었다고 했어요. 아줌마가 먼저 엄마를 그 이름으로 불렀다고. 그런데 빠르게 변명하지 못한 것뿐이죠. 자신은 여기 오면 안 되는 사람이니까. 누가 기억해도 안 되고." 아이는 손가락으로 집 전체를 가리킨다. "여기 오면 안 되는 사람이었죠." 잠시 멈칫거리다, 다시 손을 긁적인다. "게다가 제 생각에, 엄마는, 제 엄마인 척하는 걸 즐겼을 거예요. 아시잖아요."

하늘이 갈라지며 천둥 소리가 들린다. 우리 두 사람 다 움찔한다.

잠시 후 나는 이선을 재촉한다. "그래서 다음에는 무슨 일이 있었지? 나를 도와주고 간 다음에?"

이선의 시선이 손끝에 멎는다. "집으로 돌아와서 좀 더 얘기를 나눴어요. 내가 아기 때 어땠는지 같은 이야기요. 나를 그렇게 보내고 나서 어떻게 살았는지도 이야기하고. 사진을 보여줬어요."

"그러고는?"

"그러고는 떠났죠."

"호텔로 돌아갔다는 거니?"

이선은 또 한번 고개를 젓는다. 이번에는 더 천천히.

"그럼 어디로 갔어?"

"글쎄요. 그땐 어디로 가는지 몰랐어요. 저도."

갑자기 배가 욱신거린다. "어디로 갔을까?"

이선은 다시 한 번 나와 눈을 맞춘다. "여기로 왔어요."

시계 돌아가는 소리.

"무슨 뜻이니, 그게?"

"아래층에 사는 남자를 만났어요. 살았던 남자요."

나는 시선을 고정한다. "데이비드?"

이어서 끄덕인다.

핼러윈 다음 날 아침, 데이비드와 죽은 쥐를 가지고 얘기할 때 들은 물 흐르는 소리가 떠오른다. 그리고 데이비드의 협탁에 놓여 있던 귀걸이. **그건 캐서린 거예요.** 케이티, 즉 캐서린.

"아래층에 있던 사람이……."

"저는 모르고 있었어요." 이선은 그렇게 주장한다.

"얼마나 오래 있었지?"

"그게……." 이선의 목소리가 위축된다.

"그게 뭐?"

이제 이선은 손가락을 배배 꼬고 있다. "핼러윈 다음 날, 엄마가 다시 왔고, 우리는 얘기를 나눴어요. 그리고 부모님께 공식적으로 엄마를 보고 지내고 싶다고 말씀드리겠다고 했죠. 이제 곧 열일곱 이고, 열여덟 살이 되면 저도 제가 원하는 걸 할 수 있잖아요. 그래 서 다음 날 부모님께 전화해서 말씀드렸죠."

"……아버지는 화가 머리끝까지 났어요." 이선이 말을 이었다. "마치 엄마가 미쳤다는 투로. 아버지는 격분해서 바로 집으로 왔어요. 엄마가 어디에 있는지 알고 싶어했어요. 제가 대답하지 않자, 아버지는……." 눈물이 흘러내린다.

나는 아이의 어깨에 손을 올린다. "아버지가 때렸니?"

이선은 아무 말 없이 고개를 끄덕인다. 우리는 정적 속에 앉아 있다.

이선은 깊은 숨을 들이쉬고 내쉬기를 반복한다. "저는 엄마가 아줌마와 함께 있었다는 걸 알고 있었어요." 이선은 떨리는 목소리로 말하며 부엌을 바라본다. "저기 계시는 걸 봤어요. 제 방에서요. 그래서 아버지에게 그렇게 말했어요. 죄송해요. 정말 죄송해요." 이선은 이제 울부짖고 있었다.

"오……." 나는 아이의 등을 쓰다듬으며 위로한다.

"아버지를 떼어내야만 했어요."

"이해한다."

"제 말은……." 이선은 손가락으로 코를 훔친다. "엄마가 이 집에서 나가는 걸 봤고, 아버지가 엄마를 못 찾을 거라는 걸 알고 말한 거예요. 그게 아버지가 처음 여기 온 날의 일이에요."

"그렇구나."

"저는 계속 아줌마를 보고 있었어요. 아버지가 제발 아줌마에게 화내지 않기를 기도하면서요."

"아버지는 화내지 않으셨어." **오늘 다녀간 사람이 있었나요,** 그는 그렇게 물었다. 그리고 이렇게 말했다. **나는 아들을 찾고 있었어요. 부인이 아니라.** 거짓말.

"그리고 아버지가 돌아오자마자, 엄마가 다시 왔어요. 아버지가 온 줄도 모르고요. 아버지는 다음 날 돌아올 예정이었으니까요. 엄마가 초인종을 누르고 아버지가 엄마를 들였어요. 저는 겁에 질려 있었고요."

나는 듣기만 한다.

"아버지와 대화를 나눠보려고 노력했어요. 우리 둘 다요."

"응접실에서." 나는 중얼거린다.

이선은 눈을 깜빡인다. "보셨어요?"

"봤어." 그곳에 셋이 있던 광경을 기억한다. 이선과 제인, 아니 케이티는 안락의자에, 알리스타는 맞은편 의자에 앉아 있었다. **가족간의 일을 누가 알겠는가?**

"얘기가 잘 풀리지 않았어요." 이선의 숨소리가 거칠어진다. 그러고는 딸꾹질을 한다. "아버지가 다시 우릴 찾아오면 경찰에 고발하겠다고 했어요." **가족간의 일을 누가…….**

그리고 그때 무언가가 생각났다.

"그다음 날……." 내가 말문을 연다.

이선은 고개를 끄덕이며 마룻바닥을 응시한다. 손가락이 무릎 사이에서 구겨진다. "엄마가 돌아왔어요. 그리고 아버지는 엄마를 죽이겠다고 했어요. 엄마의 목을 졸랐어요."

정적이 흐른다. 그의 말이 허공에 메아리친다. **엄마를 죽이겠다고 했어요. 엄마의 목을 졸랐어요.** 알리스타가 나를 벽에 밀치고 목을 조르던 기억을 떠올린다.

"그리고 비명을 질렀지."

"네."

"내가 전화했을 때겠구나."

이선이 고개를 끄덕인다.

547

"그때 무슨 일이 일어나고 있는지 왜 말하지 않았니?"

"아버지가 있었어요. 그리고 저는 겁을 먹었고요." 이선은 그렇게 말하며 목소리를 높인다. 뺨이 눈물로 축축하다. "저도 말하고 싶었어요. 그래서 엄마가 떠나고 난 다음에 여기 왔던 거예요."

"알고 있어. 네 마음을 이해해."

"저는 노력했어요."

"알아."

"그리고 다음 날 어머니가 보스턴에서 돌아왔어요." 이선이 킁킁거린다. "엄마도, 그러니까 케이티도 찾아왔어요. 그날 밤에요. 아무래도 어머니 쪽을 설득하는 게 더 쉽다고 생각했나 봐요." 이선은 얼굴을 손바닥에 묻고 문지른다.

"그래서 무슨 일이 일어난 거지?"

이선은 잠시 아무 말 없이 나를 곁눈질한다. 의심하고 있다.

"정말 못 보신 거예요?"

"못 봤어. 나는 단지 너희, 나는 그녀가 누군가를 향해 소리치는 것만 봤어. 그뿐이야. 그리고 케이티의……." 나는 가슴 앞으로 손을 내젓는다. "무언가가 꽂히고……." 말소리가 잦아든다. "그리고 아무도 보지 못했어."

이선은 더 침착하고 낮은 목소리로 입을 연다. "대화를 한다면서 2층으로 갔어요. 어머니, 아버지, 그리고 케이티 셋이서요. 저는 제 방에 있었지만 다 들렸어요. 아버지가 경찰에 전화하려고 하자, 그…… 케이티가, 이선은 자기 아들이라고 주장했죠. 아이 얼굴을 보고 지낼 수 있어야 한다고, 양부모라도 막을 수 없다고. 그러자 어머니가 케이티를 향해 소리 지르기 시작했어요. 다시는 나를 못 만나게 하겠다고요. 그리고 일순간 모든 것이 조용해졌어요. 그리고 잠시 후, 제가 아래층으로 내려갔을 때, 그녀는……."

이선이 얼굴을 일그러뜨리며 씩씩거렸다. 아이는 흐느끼며 가슴 속에서 부글대던 것을 토해냈다. 감정이 표면으로 올라온다. 그는 왼쪽을 돌아보며 앉은자리에서 움찔댄다.

"케이티가 바닥에 쓰러져 있었어요. 어머니가 그녀를 찌른 거죠." 이선은 손가락으로 제 가슴을 찌른다. "봉투칼이었어요."

나는 고개를 끄덕이다 이내 멈춘다. "잠깐만, 누가 그녀를 찔렀다고?"

이선이 울먹거린다. "어머니가요."

나는 시선을 고정한다.

"다른 사람이 절 데려가도록 놔두지 않을 거라고 말했어요." 딸꾹질이 끼어든다. "저를 데려가버리도록 두지 않겠다고." 이선은 몸을 늘어뜨린 채 눈썹 위에 손그늘을 드리운다. 흐느끼는 동안 아이의 어깨가 흔들린다.

어머니가요. 내가 잘못 생각했다. 완전히 잘못 짚었다.

"아이를 정말 오랫동안 기다려왔다고 했어요. 그리고……."

나는 두 눈을 감는다.

"……그리고 케이티가 다시는 나를 해치지 못하게 할 거라고."

나는 이선이 조용히 흐느끼는 소리를 듣는다.

얼마 후, 또 다른 흐느낌이 이어진다. 나는 제인을 생각한다. 진짜 제인. 어미 사자의 본능과도 같은 감정, 협곡에서 나를 사로잡았던 똑같은 충동에 대해 생각한다. **아이를 정말 오랫동안 기다려왔다고 했어요. 다시는 나를 해치지 못하게 할 거라고.**

다시 눈을 뜨자 이선은 조금 누그러졌다. 마치 달리기를 한 사람처럼 숨을 헐떡거린다. "나 때문에 그런 거예요." 이선이 말한다.

"나를 보호하려고."

다시 시간이 흐른다.

이선은 목을 가다듬는다. "부모님은 케이티를 우리 집, 그러니까 북부에 있는 집으로 데려가서 묻었어요." 이선은 손바닥을 무릎 위에 가지런히 내려놓는다.

"거기에 케이티가 있니?"

내 물음에 깊고 짙은 한숨이 배어난다. "네."

"다음 날 경찰들이 와서 물었을 때 무슨 일이 있었지?"

"너무 무서웠어요." 이선이 말한다. "저는 부엌에 있었지만 거실에서 나는 소리를 다 들을 수 있었어요. 누군가가 소란스럽다고 신고했다더군요. 부모님은 모든 걸 부정했어요. 그리고 그게 아줌마였다는 걸 알게 되었고, 아줌마의 말이 부모님에게 불리하다는 사실을 깨달았어요. 우리에게요. 그 외에 케이티를 본 사람은 없었죠."

"하지만 데이비드가 봤잖아. 데이비드와……." 나는 머릿속으로 날짜를 휙휙 넘긴다. "사흘 밤을 보냈는데."

"그때까지만 해도 몰랐으니까요. 케이티가 만났을 법한 사람을 확인하려고 전화를 확인하기 전까지는요. 아버지는 지하실에 사는 남자 말을 믿을 사람은 없다고 했어요. 아줌마에 대해서도요. 아버지가 말하길 아줌마가……."

"내가 뭐?"

이선이 마른침을 삼킨다. "아줌마가 불안정하고 술도 많이 마신댔어요." 나는 반응하지 않는다. 창문을 두드리는 빗소리가 들린다. "그때까지만 해도 아줌마 가족에게 있었던 일은 알지 못했어요."

나는 두 눈을 감고 숫자를 센다. 하나, 둘.

셋까지 셌을 때, 이선이 다시 말을 이어간다. "이 비밀을 모든 사람들로부터 숨기고 있는 기분이에요. 이제 더는 못하겠어요."

나는 눈을 뜬다. 희미한 전등만 밝힌 거실의 어둠 속에서, 이선의 모습은 마치 천사와도 같은 형상을 하고 있다.

"경찰에 알려야 해."

이선은 몸을 숙이며 자기 무릎을 껴안는다. 그리고 등을 곧추세우며 잠시 나를 바라보다 시선을 피한다.

"이선."

"알아요." 거의 들리지 않는다.

뒤에서 울음소리가 들린다. 몸을 돌려보니 펀치가 내 뒤에서 고개를 갸웃거리며 앉아 있다. 고양이는 다시 울음소리를 낸다.

"여기 있었구나." 이선은 소파 뒤로 손을 뻗는다. 하지만 고양이는 자리를 피한다. "이제 저한테 관심이 없나 봐요." 이선이 부드러운 목소리로 말한다.

"자." 나는 목을 가다듬는다. "이건 아주, 아주아주 심각한 문제야. 내가 리틀 형사에게 전화할게. 이리로 오시라고 하면 네가 나한테 했던 얘기를 하는 거야."

"제가 말씀드리면 안 돼요? 먼저?"

나는 인상을 찡그린다. "누구한테? 너희……."

"어머니에게요. 아버지에게도."

"안 돼." 나는 고개를 저으며 말한다. "우리는……."

"아, 제발요. 제발." 아이의 목소리가 댐처럼 무너진다.

"이선, 우리는……."

"제발요. 제발 부탁이에요." 이선은 이제 거의 비명을 지르고 있다. 나는 그를 응시한다. 눈물이 흘러내려 뺨을 적신다. 두려움에 반쯤 미친 사람처럼 울부짖는다. 아이 입에서 그 말이 나오도록 내버려둬도 될까?

하지만 이선은 이미 말하고 있다. 눈물겨운 그 말을. "나 때문에 그런 거라고요." 눈물이 넘쳐흐른다. "저를 위해서 그러셨어요. 저는 못해요. 어머니에게 그럴 수는 없어요. 저를 위해주신 걸 생각하면."

내 호흡이 얕아진다. "나는……."

"게다가 자수하는 쪽이 더 유리하지 않을까요?" 이선이 묻는다.

나는 그 점을 생각해본다. 그들에게 좋은 방향이자 이선에게 좋은 방향을. 하지만…….

"부모님은 사건 이후 자제력을 잃어가고 있어요. 미쳐가고 있다고요." 이선의 윗입술이 땀과 콧물로 번들거린다. 이선은 손으로 입술을 훔친다. "아버지는 이미 어머니에게 경찰서에 가야 한다고 말했어요. 제 말을 들어주실 거예요."

"나는 잘……."

"그러실 거예요." 이선은 심호흡을 하며 크게 고개를 끄덕인다. "이미 아줌마에게 다 말했고, 자수하지 않으면 경찰에 신고할 거라고 하면, 들어주실 거라고요."

"확신하니……." 어머니를 믿을 수 있다고 확신하니? 알리스타가 너를 공격하지 않을 거라고? 둘 중 한 사람이 나를 찾아오지 않을 거라고?

"제가 말할 동안 기다려주시면 안 돼요? 경찰이 지금 당장 찾아와서 부모님을 데리고 간다면, 저는 아마……." 그의 시선은 손을 따라간다. "못해요. 아마 제정신으로 살지 못할 거예요." 이선의 목소리가 다시 울컥한다. "먼저 기회를 주지 않는다면, 자수할 기회 말이에요." 이선은 말을 거의 잇지 못하고 있다. **"제 어머니이니까 요."**

제인을 두고 하는 말이다.

내 경험상, 나는 이런 상황에 어떻게 대처해야 좋을지 준비되어 있지 않다. 웨즐리가 해줄 수 있는 조언을 떠올려본다. **스스로 생각해, 폭스.**

저 집으로 돌아가도록 그냥 둬도 되는 것일까? 저 사람들에게 돌아가도록?

하지만 이 아이가 평생 후회할 일을 하도록 하는 것이 맞을까? 나는 그게 어떤 기분인지 알고 있다. 그 끝없는 통증과 끝나지 않는 이야기를 알고 있다. 이선이 그런 감정을 느끼지 않길 바란다.

"좋아." 내가 입을 뗀다.

이선은 눈을 깜빡인다. "괜찮은 거예요?"

"응. 가서 말씀드리렴."

이선은 얼빠진 사람처럼 보인다. 마치 못 믿겠다는 듯이. 잠시 후 이선은 정신을 차리고 말한다. "감사합니다."

"하지만 정말 조심해야 해."

"네." 이선이 몸을 일으킨다.

"뭐라고 말씀드릴 거니?"

이선은 다시 자리에 앉으며 한숨을 내쉰다. "제 생각에는, 저는 이렇게 말씀드릴 것 같아요…… 아줌마가 증거를 가지고 있다고." 이선이 고개를 끄덕인다. "사실을 말씀드려야죠. 아줌마에게 다 털어놨고, 아줌마가 경찰에 신고해야 한다고 말했다고." 이선의 목소리가 떨리고 있다. "그런데 말이에요." 이선이 눈을 문지른다. "그럼 저희 부모님에게 무슨 일이 일어나는 거죠?"

나는 잠시 시간을 두고 어떻게 반응할지 결정한다. "그게…… 내 생각에는, 부모님이 괴롭힘당했다는 사실은 정상참작이 될 듯하구나. 케이티가 너를 스토킹하고 있었다는 점도. 너를 입양 보낼 때 약속했던 규정을 위반하기도 했고." 이선은 천천히 고개를 끄덕인다. "그리고……" 내가 덧붙인다. "경찰은 이 일이 서로 다투는 과정에서 일어난 사건이라는 점을 인정해줄 거야."

이선이 입술을 잘근거린다.

"쉽진 않겠지만."

아이는 눈을 떨군다. "그렇겠죠." 이선은 숨을 들이쉬고 나를 바라본다. 그 눈빛이 너무나 강렬해서 나는 자리에서 일어선다. "고맙습니다."

"글쎄, 나는……."

"진심이에요." 이선이 침을 꿀떡 삼킨다. "고맙습니다."

나는 고개를 끄덕인다. "휴대전화 있지?"

이선은 주머니를 툭 하고 친다. "네."

"전화해. 만약…… 그냥 다 괜찮은지 알려줘."

"알았어요." 이선이 다시 자리에서 일어선다. 나도 따라 일어선다. 이선은 문 쪽으로 방향을 튼다.

"이선."

이선이 뒤돌아본다.

"하나 물어볼 게 있어. 아버지 말이야."

이선이 나를 바라본다.

"혹시, 밤에 이 집에 오신 적이 있을까?"

인상이 구겨진다. "네. 어젯밤에요. 제 생각에는……."

"아니, 지난주에."

이선은 아무 말도 하지 않는다.

"왜냐하면 나는 너희 집에서 일어난 일이 다 내 상상이라는 말을 들었단 말이지. 하지만 지금은 그게 아니라는 걸 알게 됐어. 상상이 아니었지. 게다가 내가 그리지도 않은 그림을 내가 그렸다는 소리까지 들었어. 나는 그저, 누가 내 사진을 찍었는지 알고 싶을 뿐이야. 왜냐하면……." 목소리가 떨린다. "그게 내가 아니길 진심으로 바라거든."

침묵이 이어진다.

"그건 저도 모르겠어요." 이선이 말한다. "여길 어떻게 들어왔겠어요?"

나는 그 질문에 대답하지 못한다.

우리는 함께 문까지 걸어 나온다. 이선이 손잡이를 잡자, 나는 아이를 꽉 안아주며 속삭인다.

"제발 조심하렴."

비가 유리창을 때리고 바람이 웅웅거리는 소리를 내는 동안, 우리는 잠시 그렇게 서 있는다.

이선은 뒤로 물러서서 슬프게 웃어 보인다. 그리고 집을 나선다.

94

나는 이선이 현관 계단을 올라가 열쇠를 꽂는 모습을 블라인드 사이로 지켜본다. 이선이 문을 연다. 문이 닫히고, 아이는 안으로 사라진다.

이렇게 보내는 게 잘하는 짓이었을까? 리틀 형사에게 먼저 알렸어야 하는 게 아니었을까? 알리스타와 제인을 우리 집으로 부르는 게 낫지 않았을까?

너무 늦었다.

나는 공원 건너편, 텅 빈 창문을 바라본다. 방 안은 비어 있다. 저곳 어딘가 깊숙한 곳에서 이선은 부모에게 말하고 있을 것이다. 그들의 세계에 망치질을 하고 있을 것이다. 내가 올리비아의 일상을 처절히 부쉈듯이. **제발 조심하렴.**

아이들을 상담하는 내내 내가 배운 것 한 가지를 꼽자면, 혹은 그 긴 시간을 한 문장으로 압축할 수 있다면, 바로 이 문장이 될 것이다. '아이들은 엄청난 회복력을 지니고 있다.' 아이들은 방치를 견디고, 학대에서 살아남을 수 있으며, 어른들이 우산처럼 무너져 버릴 만한 일을 견디고 잘 자라난다. 내 심장이 이선을 위해 뛰고 있다. 이 아이 역시 엄청난 회복력을 필요로 하게 될 것이다. 견뎌내야 한다.

이 얼마나 대단한 이야기인가. 얼마나 끔찍한 이야기인가. 나는 거실로 돌아와 전등을 끄고 몸서리를 친다. 가엾은 여자. 가엾은 아이.

그리고 **제인**. 알리스타가 아니라 **제인**이었다니.

눈물이 뺨을 타고 흐른다. 손가락을 대자 눈물이 그 속으로 스며든다. 나는 호기심에 그 모습을 바라본다. 그리고 가운에 손을 문지른다.

눈꺼풀이 내려온다. 나는 침실로 향한다. 걱정하고 기다리기 위해. 그리고 창가에 서서 공원 건너편 집을 찬찬히 훑어본다. 사람의 흔적이 없다.

나는 피가 날 때까지 엄지 손톱을 물어뜯는다.

나는 방을 걸어다니며 카펫 위를 빙글빙글 돈다.

휴대전화를 들여다본다. 삼십 분이 지났다.

기분전환이 필요하다. 신경을 진정시킬 필요가 있다. 친숙한 무언가, 진정시켜줄 수 있는 무언가가 절실하다.

〈의혹의 그림자〉. 손턴 와일더가 각본을 맡았으며, 히치콕이 자신의 작품 중 가장 사랑하는 영화. "우리는 계속 이렇게 살아갈 거고 아무 일도 일어나지 않겠죠." 순진한 아가씨가 불평한다. "판에 박힌 삶을 살잖아요. 먹고 자고. 그게 전부죠. 대화라고 부를 법한 걸 하지도 않고요." 지루한 삶의 활력소이자 위협인 찰리 삼촌이 찾아오기 전까지는 그럴 것이다.

나는 상처 난 엄지손가락을 빨면서 랩톱 화면을 들여다본다. 몇 분 지나지 않아 고양이가 어슬렁거리다 침대로 파고든다. 발을 쥐자 앓는 소리를 낸다.

이야기가 꼬일수록 내 안의 무언가도 심하게 꼬이기 시작한다. 뭐라 단정할 수 없는 무언가가 나를 불편하게 만든다. 공원 건너편에서 무슨 일이 일어나고 있을지 궁금해진다.

휴대전화가 울린다. 베개 너머로 기어가 전화를 집어 든다.

경찰서로 가고 있어요.

오후 11:33. 잠이 들었었나 보다.

나는 침대에서 일어나 커튼을 한쪽으로 열어젖힌다. 빗방울이 창을 두드린다. 날카롭기가 포병 사격 같다. 빗방울이 물웅덩이로 고인다.

공원 건너편, 폭풍을 뚫고 어슴푸레 보이는 집은 어둠에 싸여 있다.

"넌 모르는 것이 너무 많아. 너무나도 많아."

등 뒤에서는 영화가 재생되고 있다.

"너는 꿈속에 살고 있어." 찰리 삼촌이 비웃는다. "너는 몽유병 환자야. 장님이나 다름없지. 세상이 어떤지 네가 어떻게 알겠니? 현관문을 박차고 나가는 순간, 모든 게 골칫거리라는 사실을 알고 있니? 똑똑해져라. 새로운 것을 배우고."

나는 창문으로 들어오는 기다란 빛을 따라 욕실로 향한다. 다시 잠을 자려면 도움이 필요하다. 멜라토닌이 필요하다. 오늘만큼은.

나는 알약을 삼킨다. 화면 속에서는, 사람이 떨어지고 기차가 비명을 지른다. 엔딩크레딧이 올라간다.

"누구게?"

이번에는 에드를 무시할 수 없다. 왜냐하면 나는 자고 있기 때문이다. 물론 그 사실을 자각하고는 있지만. 이것은 자각몽이다.

그래도 나는 노력해본다. "나 좀 내버려둬, 에드."

"이것 보라고. 말 좀 해봐."

"싫어."

나는 그를 보지 않는다. 아무것도 보지 않는다. 기다린다. 에드의 흔적이 느껴진다. 그림자에 불과할지라도.

"우리 얘기 좀 할까."

"싫다고. 저리 가."

어둠과 정적.

"뭔가 잘못됐어."

"아니야." 하지만 에드의 말이 옳다. 무언가 잘못되었다. 그 말이 내 속을 휘저어놓는다.

"세상에. 저 알리스타라는 사람 말야. 저 남자가 '금주의 괴한'으로 밝혀지다니."

"그 얘긴 하고 싶지 않아."

"참, 완전 까먹고 있었네. 우리 리비가 물어볼 게 있대."

"안 들을 거야."

"딱 한 가지야." 치아가 번쩍인다. 입꼬리가 완만한 곡선을 그린다. "간단한 질문 하나."

"싫어."

"해봐, 꼬마 아가씨. 엄마한테 물어봐."

"내가 말했지……."

하지만 올리비아는 이미 내 귓가에 입을 대고 뜨거운 말들을 쏟아낸다. 아이의 목소리가 내 머릿속에 퍼진다. 비밀을 공유할 때 나오는 거친 숨소리.

"펀치 발은 좀 어때요?" 올리비아가 묻는다.

마치 물을 뒤집어쓴 것처럼 일순간 모든 게 명확해지면서 잠에서 깨어난다. 동그래진 눈이 주변을 획획 훑는다. 가시 같은 불빛이 천장을 비추고 있다.

나는 침대에서 내려와 조용히 커튼을 열었다 닫는다. 방은 회색빛으로 바래졌다. 창문을 통해, 빗줄기를 뚫고 나는 위태로워 보이는 하늘을 짊어진 러셀 가를 바라본다. 그 위로 들쑥날쑥한 번개가 번쩍인다. 천둥이 울린다.

나는 침대로 돌아온다. 다시 자리에 눕는 사이, 펀치가 끙끙거린다.

펀치 발은 좀 어때요?

바로 그거였다. 내 속을 답답하게 만들던 것.

이선이 그저께 집에 찾아왔던 순간, 소파 뒤에 누운 고양이를 발견한 순간, 펀치가 바닥으로 내려와 발아래에서 어슬렁거리던 순간. 나는 두 눈을 감고 그 순간들을 모든 각도에서 재조명한다. 아니야. 이선은 볼 수 없었어. 펀치가 절뚝거리는 걸 봤을 리 없어.

아니면 봤을 가능성도 있을까? 이제는 펀치가 가여워진다. 나는 손가락으로 펀치의 꼬리를 쓰다듬는다. 고양이는 나에게 몸을 기댄다. 휴대전화를 들어 시간을 확인한다. 새벽 01:10.

숫자가 내 눈에서 반짝인다. 나는 두 눈을 질끈 감고, 곁눈질로 천장을 훔쳐본다.

"펀치 발에 대해서는 어떻게 알았을까?" 나는 어둠 속의 고양이에게 묻는다.

"밤마다 여길 오니까요." 이선이 대답한다.

11월 15일
월요일

95

몸이 충격으로 요동친다. 내 머리가 문을 향해 돌아간다.

번개가 쳐서 방 안이 하얗게 밝아진다. 이선은 문간에 몸을 기대고 서 있다. 머리카락은 비에 젖어 동그랗게 빛나고 티셔츠 목 부분이 늘어나 있다.

단어들이 부르르 떨며 혀에서 떨어진다. "집에 갔다고 생각했는데."

"갔었죠." 나지막하면서도 명확한 목소리. "안녕히 주무시라고 인사를 드리고 모두 잠들 때까지 기다렸어요." 이선의 입꼬리가 부드러운 미소로 말려 올라간다. "그리고 여기로 돌아온 거예요. 사실 꽤 자주 왔죠." 이선이 덧붙인다.

"뭐라고?" 지금 무슨 일이 일어나고 있는지 이해가 되질 않는다.

"이제 말씀드려야겠네요." 이선이 말한다. "지금껏 수많은 정신과 의사를 만났지만 나를 성격장애로 진단하지 않은 사람은 당신이 최초였어요." 이선의 눈썹이 올라간다. "아마 아줌마는 세계 최고는 못 되나 봐요."

내 입은 고장 난 문처럼 삐그덕대며 열렸다 닫히기를 반복한다.

"하지만 흥미로운 사람이긴 하죠." 이선이 말을 이어간다. "정말로요. 그래서 계속 온 거예요. 그러지 말아야 한다는 걸 알면서도. 전 연상에게 끌리거든요." 이선이 인상을 찌푸린다. "죄송해요. 좀 모욕적이었나요?"

나는 몸을 움직일 수 없다.

"아니길 바라요." 그리고 한숨. "아버지 직장 상사의 부인도 나를 자극하는 여자였죠. 제니퍼라고. 그 여자를 좋아했어요. 그쪽도 나를 좋아했다고 볼 수 있죠. 단지……." 이선은 홀쭉한 몸을 이동시켜 반대쪽 문간에 기댄다. "단지 오해가 좀 있었을 뿐. 여기로 이사 오기 직전의 일이었죠. 내가 그 집으로 갔는데 그 여자가 싫어했어요. 아니면 말로만 그랬는지도 모르죠." 이선의 눈빛이 바뀐다. 그는 노려보기 시작한다. "그 여자는 자기가 무슨 짓을 하는지 다 알고 있었어."

나는 이선의 손을 확인한다. 반짝이는 은빛 물체.

칼날이다. 봉투칼.

이선의 시선은 내 얼굴에서 자기 손으로, 다시 내 얼굴로 이동한다. 목구멍이 꽉 막히는 기분이다.

"케이티한테도 이걸 썼어." 이선은 밝은 표정으로 설명을 이어간다. "왜냐, 그 여자는 날 가만두지 않았을 거야. 말했거든. **정말 여러 번**, 말했어. 그런데 그 여자는……." 이선은 고개를 젓는다. "멈추지 않았어." 이선이 코를 킁킁거린다. "당신이랑 비슷해."

"하지만……" 나는 꺽꺽대는 소리를 낸다. "오늘…… 넌……." 목소리가 말라비틀어졌다.

"뭐라고?"

나는 입술을 축인다. "네가 나한테 했던 말들은……."

"그렇죠, 말했죠. 미리 사과할게요, 당신을 '닥치게' 해보려고 정말 많은 말들을 했죠. 아줌마는 정말 좋은 사람인데 이런 식으로 말하게 되어 유감이에요. 하지만 나는 당신이 좀 닥쳐줬으면 했어요. 내가 다른 것들을 먼저 처리할 때까지만이라도." 이선은 잠시도 가만히 있지 못한다. "경찰에 전화를 하고 싶어하시더군요. 아시다시피, 나는 상황을 정리할 시간이 필요했는데 말이죠."

나는 곁눈질로 주변을 살핀다. 고양이가 침대에 누워 몸을 쭉 펴고 있다. 이선을 바라보며 울음소리를 낸다.

"저 빌어먹을 고양이." 이선이 소리친다. "어릴 때 영특한 고양이가 나오는 영화를 참 좋아했었는데. 〈명탐정 디씨〉였나." 이선은 펀치를 향해 미소 짓는다. "그런데 어쨌든 나 때문에 다리가 부러진 것 같아서. 미안해." 그가 침대를 향해 손을 휘젓자 봉투칼이 반짝하고 빛난다. "밤새도록 따라다녀서 좀 성질이 났다고나 할까. 게다가 알레르기도 있고. 말씀드렸죠? 재채기하느라 당신을 깨우고 싶진 않았거든요. 물론 지금은 깨어 있지만. 그 점은 미안하게 생각해요."

"밤에 여길 왔었다고?"

이선은 이쪽으로 한 걸음 다가선다. 회색빛을 받은 칼날이 빛을 낸다. "거의 매일 밤."

숨이 턱 하고 막힌다. "어떻게?"

이선이 다시 미소를 지어 보인다. "아줌마 열쇠를 가져갔었죠. 전화번호를 적어주던 그날, 그러니까 처음 온 날 저기 고리에 걸린 걸 봐뒀거든요. 열쇠가 사라져도 모를 사람이라는 것도 알았고. 어차피 쓰지도 않잖아요. 하나 복제해서 바로 다시 갖다놨죠." 이선은 또다시 미소 짓는다. "간단했어요."

이제 그는 손으로 입을 막고 키득거리기 시작한다. "죄송해요. 너무 웃겨서. 사실 오늘 밤 나한테 전화했을 때쯤이면 다 알아챘을 거라고 생각했었거든요. 그래서 어쩔 줄을 몰랐죠. 이건 아까부터 주머니에 들어 있었다니까요." 이선은 다시 봉투칼을 흔든다. "만약의 사태에 대비해서요. 아까는 진짜 미친 것처럼 거짓말을 늘어놓았어요. 그런데 아줌마는 그 말을 다 곧이곧대로 듣더라고요. '아버지는 욱하는 성질이 있어요', '너무 무서워요', '전화기를 사주지 않을 거예요', 거기에다 대고 정말 허튼소리만 해댔잖아요. 아까도 말했다시피, 최고의 의사는 아닌 관계로."

"그거다!" 이선이 갑자기 소리를 지른다. "좋은 생각이 떠올랐어요. 날 분석해봐요. 내 어린 시절에 대해 알고 싶죠? 그렇죠? 다들 내 어린 시절을 그렇게 궁금해하더라고요."

나는 말없이 고개를 끄덕인다.

"당신도 좋아할 거야. 이건 마치 상담사들의 꿈과 희망이지. 케이티는……." 이선은 의도적으로 케이티라는 단어에 멸시를 담아 말한다. "약쟁이였어. 약이라면 몸도 팔았지. 헤로인이 떨어지면, 그래, 헤로인 창녀라는 말이 제격이네. 아버지가 누구인지 말해준 적도 없어. 게다가 남자관계가……. 휴. 엄마가 되어선 안 되는 여자였어."

이선은 봉투칼을 바라본다. "내가 한 살 때부터 약을 하기 시작했어. 사실 이것도 부모님이 말해준 거지만. 사실 나는 기억도 안 나. 다섯 살 때인가 입양됐거든. 하지만 무척 배가 고팠던 건 기억나. 바늘 같은 것도. 내킬 때마다 나를 개 패듯 두드려 패던 그 남자친구들도."

정적이 이어진다.

"그들이 내 아빠였다면 그러지 않았겠지."

나는 아무 말도 하지 않는다.

"약물을 과다복용한 친구를 본 기억도 생생해. 그년이 내 눈앞에서 죽어가는 걸 봤어. 그게 내 첫 번째 기억이야. 네 살 때."

다시 정적이 이어진다. 이선은 희미한 한숨을 내쉰다.

"나는 삐뚤어지기 시작했어. 케이티가 도와주려고도 하고, 날 막아보려고도 했지만 이미 너무 쇠약해진 상태였지. 그래서 위탁 가정에 보내버린 거야. 그다음엔 지금의 부모가 날 입양했고." 이선은 어깨를 으쓱였다. "부모님은…… 그래. 나에게 많은 걸 주셨지." 그는 다시 한숨을 쉰다. "내가 문제였어, 나도 알아. 그래서 날 학교에서도 뺐잖아. 내가 제니퍼랑 좀 가까워지는 바람에 아버지는 직장까지 잃었지만……." 그의 눈썹이 축 처진다. "내가 상관할 바는 아니지."

번개가 치고 방 안이 다시 환해진다. 천둥이 우르릉거린다.

"어쨌든, 케이티는." 이선은 이제 창밖을, 공원 건너편을 바라본다. "아까도 말했지만, 보스턴에 있는 나를 찾아냈어. 하지만 내 어머니가 그 여자와 대화하는 걸 허락할 리 없지. 게다가 이번에는 뉴욕까지 찾아온 거야. 내가 혼자 있는 틈을 타 불쑥 나타났어. 내 사진이 들어 있는 펜던트를 보여주더군. 나도 흥미가 생겨서 대화를 좀 나눠봤어. 사실, 내 아버지가 누구인지 정말 궁금했거든."

이제 이선은 이쪽을 바라본다. "그게 어떤 기분인지 알아? 엄마로도 부족해서 아빠까지 맛이 간 작자면 어쩌나…… 하고 걱정하는 기분, 제발 그러지 않기를 기도하는 기분. 하지만 케이티는 그런 건 중요하지 않다고 했어. 내게 보여준 사진에 아빠는 없었어. 분명 가지고 있었는데 말이야. 그리고 그다음은 당신이 아는 대로야."

"아……." 이선이 살짝 멋쩍어 했다. "전부 알지는 못하는구나. 여자 비명을 들었다는 날 있지? 내가 케이티의 목을 조르고 있었거든. 그렇게 심하게 조르지도 않았어. 단지 그쯤 되니 지겨워져서 그랬을 뿐야. 이제 그만 가졌으면 했거든. 그 여자는 완전히 미쳐서 입을 다물지 않았어. 아버지는 그때까지 그 여자가 와 있는지조차 몰랐고. 아버지는 이렇게 말했지. '얘가 무슨 짓을 저지르기 전에 이 집에서 나가요.' 그때 당신이 전화한 거야. 나는 겁을 먹은 것처럼 둘러댔어. 그런데 또 전화한 거지. 이번에는 아버지가 아무 일 없는 척을 하더라고……." 이선은 고개를 흔든다. "그런데 이 미친년이 다음 날 또 찾아온 거야."

"그쯤 되니 지긋지긋해졌어. 정말 심각하게. 사진이고 뭐고 상관없어졌어. 그 여자가 배를 몬다거나, 수화 수업을 듣는다거나 하는 얘기에도 전혀 관심이 없었지. 그리고 말했다시피, 그 여자가 하는 얘기 중에 내 친부에 관한 건 없었어. 아마 할 수 없었겠지. 애 아빠가 누구인지도 몰랐을 테니." 이선은 코웃음을 친다.

"그래서 그다음은, 그 여자가 찾아왔고 나는 그 여자가 아버지와 싸우는 소리를 들었어. 더 참을 수가 없었지. 제발 꺼져주길 바랐어. 그 여자의 눈물겨운 스토리에는 관심이 없었으니까. 그 여자가 나한테 한 짓도, 친부에 대해 단 한 번도 말해주지 않은 것도…… 나는 그 여자를 증오했어. 내 삶에서 나가주길 바랐어. 그래서 이걸 책상에서 집어서……." 이선은 봉투칼을 흔들어댄다. "아래층으로 달려갔어. 그리고……." 이선이 봉투칼을 내린다. "상황이 아주 빠르게 전개됐어. 비명조차 지르지 못했으니까."

나는 이 아이가 불과 몇 시간 전에, 제인이 케이티를 어떻게 찔렀는가에 대해 말하던 것을 떠올린다. 그때 이선은 왼쪽을 힐끗거렸다.

지금 이선의 눈빛은 형형하다. "아주, 아주아주 재미난 지점은 당신이 정확히 무슨 일이 일어났는지 보지 못했다는 거지. 운이 좋았어. 물론 어느 정도는 봤지만." 이선은 나를 뚫어져라 응시한다. "그래도 볼 만큼은 봤지."

이선이 침대 쪽으로 천천히 걸어온다. 그리고 다시 말한다.

"어머니는 아무것도 몰랐어. 심지어 거기에 있지도 않았어. 다음 날이 되어서야 돌아왔으니까. 아버지는 나에게 아무 말도 하지 말라고 단단히 일렀지. 아내를 보호하려고 그랬을 텐데. 약간 죄책감이 들더라고. 이건 배우자에게 숨기기에는 너무 큰 비밀이잖아?" 이선은 세 번째 발걸음을 뗀다. "어머니는 그냥 당신이 좀 돌았다고 생각하고 있어."

그리고 또 한 걸음. 이제 이선은 내 옆에 서 있다. 칼날이 내 목을 겨눈다.

"그래서?" 이선이 말한다.

나는 공포에 질려 사시나무 떨듯 떤다.

이선은 매트리스 가장자리에 걸터앉는다. 내 무릎에 이선의 등 언저리가 느껴진다. "이제 날 분석해봐." 그는 고개를 흔들거린다. "날 고쳐보라고."

나는 움츠러든다. 못해. 내가 할 수 있는 게 아니야.

할 수 있어, 엄마.

아니. 못해. 다 끝났어.

해봐, 애나.

이 아이는 흉기를 가지고 있어.

571

할 수 있어. 이미 당신 머릿속에 있잖아.

알겠어. 알았다고.

하나, 둘, 셋, 넷.

"나는 내가 어떤 놈인지 알아." 부드러운, 상대를 진정시키는 듯한 말투다. "그게 도움이 될까?"

사이코패스다. 매력적인 외모. 불안정한 성격, 동요하지 않는 감정. 봉투칼이 그의 손에 쥐여 있다.

"자라면서 동물을 많이 죽였겠구나." 나는 최대한 침착하게 얘기를 시작한다.

"그랬지, 하지만 그건 별일 아니야. 당신 고양이한테 줬던 쥐도 내가 죽인 거였어. 우리 집 지하실에 살고 있더군. 이 도시는 너무 역겨워." 이선은 칼날을 들여다본다. 그리고 나를 본다. "그 외에는? 노력 좀 합시다. 이것보다는 잘할 수 있잖아요."

나는 숨을 내쉬고 다시 생각한다. "다른 사람을 조롱하는 걸 즐기고."

"뭐, 그렇다고 볼 수 있지." 이선은 목 뒤를 긁적인다. "재밌잖아요. 어려운 일도 아니고. 아줌마는 정말 손쉬운 상대였고." 이선이 나를 향해 윙크한다.

무언가가 팔을 건드린다. 나는 깜짝 놀라 옆을 살핀다. 휴대전화가 베개에서 미끄러져 팔꿈치까지 내려왔다.

"제니퍼에게 한 짓은 좀 너무했죠." 이선은 생각에 잠긴다. "너무하다고 생각했던 것 같아. 속도를 늦출 필요가 있었는데 말이야." 이선은 날을 갈듯 칼을 허벅지에 대고 쓱쓱 문지른다. 칼날이 청바지를 긁는다. "그래서 당신은 내가 위험하다고 느끼지 않았으면 했어. 그래서 게이인 척했고. 눈물도 많이 쏟았지. 당신이 나를 불쌍히 여기도록……." 목소리가 잦아든다. "그리고 무엇보다, 당신은 쉽게 질리지 않는 스타일이거든."

나는 눈을 감는다. 머릿속으로 불이 들어온 휴대전화를 그릴 수 있다.

"혹시, 봤어? 내가 창가에서 옷 벗었을 때? 두어 번 그렇게 했는데. 한 번은 봤던 거 알아."

나는 마른침을 삼킨다. 나는 아주 천천히 팔을 베개 쪽으로 가져간다. 휴대전화가 팔뚝 안쪽으로 끌려 내려온다.

"다른 거? 아버지와 무슨 문제가 있는지 알려줄까?" 이선은 다시금 히죽거린다. "지금까지 친부에 대해서만 얘기했던 것 같아서. 아버지는, 알리스타는, 그냥 작고 슬픈 남자야."

손목에 차갑고 매끄러운 화면이 느껴진다. "너는 절대로……."

"뭐라고?"

"너는 절대로 다른 사람의 공간을 존중하는 법이 없지."

"그래서 지금 여기 있잖아. 안 그래?"

나는 고개를 끄덕인다. 엄지손가락으로 화면을 쓸어내린다.

"내가 말했잖아. 당신한테 관심이 있다고. 저 길 아래 사는 늙은 여자가 당신에 대해 말해주더라고. 물론 확실히 아는 것 같지는 않았어. 그 후로 내가 직접 알아낸 게 많지. 덕분에 양초를 가지고 와 본 거고. 어머니가 보낸 게 아니야. 당신을 만나도록 허락하지 않았을 테니까." 이선은 잠시 멈칫하더니, 나를 찬찬히 바라본다. "예전엔 예뻤을 것 같은데."

이선은 봉투칼을 내 얼굴로 가져온다. 뺨을 스치고 지나가며 얼굴에 붙은 머리카락을 떼어낸다. 나는 움찔하며 훌쩍인다.

"그 할머니가 말하길 당신은 항상 집에만 있댔어. 바로 그 점에 흥미를 느꼈지. 집 밖으로 나오지 않는 이상한 여자. 아주 이상한 사람."

나는 손으로 휴대전화를 덮는다. 비밀번호 화면이 나오도록 밀어서 잠금을 해제하고 네 자리 숫자를 입력한다. 아주 여러 번 입력했던 숫자다. 보이지 않아도 할 수 있다. 설사 이선이 내 옆에 앉아 있다 해도.

"당신에 대해 좀 더 알아봤어야 했어."

지금이다. 나는 전화 아이콘을 찾아 누른다. 들키지 않으려고 기침을 해댄다.

"부모님은……." 이선은 말을 시작하다 창문 쪽으로 돌아앉더니, 이내 말을 멈춘다.

내 시선도 같은 방향으로 돌아간다. 그리고 우리는 같은 것을 본다. 창문에 반사된, 밝게 빛나는 휴대전화 화면.

숨을 쉴 수가 없다.

"서재에 있는 전화는 배터리를 빼뒀는데. 혹시라도 의심할까 봐."

온몸의 혈액이 응고되는 듯하다.

그는 문 쪽을 가리킨다. "어쨌든. 2주 동안 밤마다 들락거렸어. 그냥 어슬렁거렸지. 당신을 관찰하기도 하고. 여기 있는 게 좋아. 조용하고 어둡거든." 생각에 잠긴 말투. "그리고 당신이 사는 방식이 꽤나 흥미롭기도 하고. 마치 당신에 대한 조사를 하는 기분이 들더라고. 다큐멘터리를 찍는 기분. 심지어……." 이선은 미소를 지어 보인다. "당신 휴대전화로 당신 사진을 찍기도 했으니까." 이선은 얼굴을 찡그린다. "그건 좀 너무했나? 나도 그건 너무했다는 생각이 들어. 아, 그렇지, 이제 비밀번호를 어떻게 풀었냐고 물어봐야지."

나는 아무 말도 하지 않는다.

"물어봐." 협박이다.

"비밀번호를 어떻게 풀었지?" 내가 읊조린다.

이선은 영리한 대답을 생각해낸 아이처럼 활짝 웃는다. "알아맞혀봐."

나는 고개를 젓는다. "몰라."

이선이 눈을 굴린다. "그럼 좋아. 당신이 말해준 건 아니야." 그는 몸을 앞으로 기울인다. "나한테 몬태나에 사는 그 할망구 얘길 해준 적 있지?"

"리지할머니?"

이선은 고개를 끄덕인다.

"그것까지 염탐하고 있었니?"

이선은 크게 한숨을 내쉰다. 깊은 한숨을. "세상에. 정말 심각하게 머리가 안 돌아가시네. 일단, 나는 장애인에게 수영을 가르치지 않아. 차라리 죽었으면 죽었지. 애나, 당신은 틀렸어. 내가 바로 리지할머니야."

입이 헉 하고 벌어진다.

"나는…… 아니, 리지는 요즘 자주 집 밖으로 나다니지. 좋아지고 있어. 아들들 덕분이야. 이름이 뭐였더라?"

"보와 윌리엄." 나도 모르는 사이에 대답을 하고 있다.

이선이 다시 키득거린다. "세상에. 그걸 기억하고 있다니. 믿을 수 없네." 웃음소리가 커진다. "보라니. 그냥 떠오르는 대로 막 지어냈구만."

나는 그를 쏘아본다.

"내가 이곳에 처음 왔던 날, 당신은 랩톱으로 그 끔찍한 웹사이트에 접속해 있었어. 집에 오자마자 계정을 하나 팠지. 세상의 온 갖 외로운 루저들이 거기 모여 있다는 걸 알게 됐어. 디스코미키든 뭐든." 그는 고개를 절레절레 흔든다. "정말 한심했지만 놈은 당신에게 날 연결시켜줬어. 갑작스레 연락하고 싶진 않았거든. 의심을 사긴 싫었으니까."

"어쨌든. 당신은 리지에게 비밀번호 조합하는 방법을 알려줬지. 글자를 숫자로 바꾸라고. 나사나 하는 짓을."

침을 삼켜보려 하지만 마음대로 되지 않는다.

"아니면 생일을 쓰라고. 그게 당신이 말한 거잖아. 그리고 딸 생일이 밸런타인데이라는 것도. 0-2-1-4. 그렇게 휴대전화 비밀번호를 해제하고 코를 고는 당신 모습을 찍었지. 그리고 좀 놀려주려고 비밀번호를 바꿔놨어." 이선은 나를 향해 손가락을 흔든다.

"그리고 아래층으로 내려가서 데스크톱을 켰어." 몸을 이쪽으로 숙이며 천천히 말한다. "거기 비밀번호는 올리비아의 이름이더군. 데스크톱도 이메일도. 물론 리지한테 말한 대로 숫자로 바꿔놓긴 했지만." 이선은 고개를 젓는다. "도대체 어디까지 멍청해질 셈이야?"

나는 아무 말도 하지 않는다.

이선이 나를 노려본다. "내가 묻고 있잖아. 도대체 어디까지 멍청해질……."

"아주 많이." 내가 대답한다.

"아주 많이 뭐?"

"아주 많이 멍청하다고."

"누가?"

"내가."

"제기랄, 너무 심하게 멍청하다고."

"그래."

이선은 고개를 끄덕인다. 빗방울이 창문을 때린다.

"그래서 G메일 계정을 하나 팠어. 당신 컴퓨터에서. 당신이 리지한테 말했잖아. 식구들끼리 '누구게' 하고 묻는다고. 그걸 포기하긴 쉽지 않더라고. 누구게, 애나?" 이선이 키득거린다. "그리고 그 사진을 메일로 보냈지. 당신의 놀란 얼굴을 기대하면서." 이선이 또다시 키득거린다.

방 안에 공기가 통하지 않는다. 숨을 쉴 수 없다.

"게다가 사용자명에 어머니 이름을 달았거든. 그러면 당신이 흥분할 걸 알고 있었으니까." 이선은 히죽거린다. "하지만 당신이 리지한테 털어놓은 것이 또 있어." 이선은 몸을 기울이며 봉투칼로 내 가슴을 겨눈다. "불륜이었다면서, 이 추잡한 년. 식구들이 죽은 것도 당신 때문이라며."

나는 말할 수 없다. 더 할 말이 남아 있지 않다.

"그리고 당신은 케이티에 관해서만큼은 자제력을 잃어버리더군. 완전 미친 짓이지. 당신은 미쳤었어. 물론 이해는 가. 아버지 앞에서 그 여자를 찔렀을 때, 아버지 역시 그랬거든. 물론 솔직히 말하면 그 여자가 없어져서 아버지도 안도했다고 생각하지만. 어쨌든 나는 그랬어. 말했다시피, 신물이 났어."

이선은 침대 위로 올라온다. 나에게 좀 더 가까워진다. "조금만 물러나봐." 나는 다리를 접어 이선의 허벅지를 떠받친다. "창문을 확인했어야 했는데, 너무 순식간에 일어난 일이라. 여하튼, 그 일을 부정하기란 너무 쉬운 일이었어. 거짓말보다도, 진실보다도 쉬운 일이었어." 그는 고개를 젓는다. "아버지에게는 미안한 마음이야.

아버지는 보호하려던 거였는데."

"나로부터 보호하려고 애썼지." 내가 말한다. "비록 다 알고 있었다 할지라도……."

"아니." 이선이 평이한 목소리로 내게 말한다. "나로부터 당신을 보호하려던 거야."

내 아들 녀석을 다 큰 여자와 함께 두고 싶지 않소. 알리스타는 그렇게 말했다. 이선이 아니라, 나를 위해서.

"하지만 아시다시피, 당신이 뭘 할 수 있지? 어떤 정신과 의사는 부모님께 내가 그냥 나쁜 아이라고 말했어." 이선은 어깨를 으쓱거린다. "좋아. 다 좋다고."

분노. 신성모독. 이선은 점점 악화되고 있다. 피가 관자놀이로 몰린다. 집중하자, 기억해내야 해. 생각해.

"알다시피, 난 경찰에 대해서도 감정이 좋지 않아. 당신을 견뎌보려 부단히 노력하던 그 남자 말이야. 대단한 성인군자 납셨던데." 이선은 다시 쿵쿵댄다. "다른 하나는 완전 쌍년이었고."

나는 이제 듣고 있지 않았다. "엄마에 대해 말해줄래?" 나는 그렇게 웅얼거린다.

이선이 나를 바라본다. "뭐라고?"

"너희 엄마." 나는 고개를 끄덕이며 말한다. "엄마에 대해 말해줘."

정적이 흐른다. 밖에서는 천둥이 진동한다.

"뭐에 대해서?" 이선이 이상하다는 듯 묻는다.

나는 목청을 가다듬는다. "남자친구들이 너를 학대했다면서."

이선은 분노한다. "나를 때렸다고 했지."

"그래. 그런 일이 많았을 것 같은데."

"그래." 이선은 치를 떤다. "그런데 왜?"

"네 생각에 너는 '그냥 나쁜 아이'라며."

"그건 다른 의사들 얘기고."

"나는 그렇게 생각하지 않아. 나는 네가 그냥 나쁜 아이라고 생각하지 않아."

이선은 고개를 갸웃한다. "그렇게 생각하지 않는다?"

"그래." 나는 숨을 고르려 노력한다. "처음부터 나쁜 사람은 없어." 나는 베개에 기대며 몸을 더 똑바로 세운다. "너도 처음부터 나쁜 건 아니었고."

"아니라고?" 이선은 칼을 쥔 손의 힘을 푼다.

"모든 일은 네가 어릴 때 일어났어. 그리고…… 네가 본 것들도 있고. 네 통제 밖의 일들." 나는 서서히 목소리에 힘을 준다. "네가 견뎌낸 것들."

이선이 씰룩거린다.

"그 여자는 너에게 좋은 엄마가 못 됐지. 네 말이 맞아." 이선이 마른침을 삼킨다. 나도 마른침을 삼킨다. "내 생각에, 부모님이 너를 입양했을 때쯤에 너는 이미 심하게 망가져 있었을 거야. 내 생각에……." 감당할 수 있겠어? "두 사람은 너를 아주 잘 보살폈어. 비록 완벽하진 않았지만."

이선은 내 눈을 들여다본다. 작은 파문이 이선의 얼굴을 일그러뜨린다.

"부모님은 나를 두려워했어." 이선이 말한다.

나는 고개를 끄덕인다. "네 입으로 그렇게 말했었지." 나는 이선에게 사실을 환기한다. "네 입으로, 알리스타가 나를 보호하려 했다고 했잖아. 너를 가두고, 우리 둘을 떼어놓음으로써."

이선은 움직이지 않는다.

"두려워서 그런 것도 있다고 생각해. 너를 보호하고 싶은 마음도 있었다고 생각하고." 나는 팔을 뻗는다. "나는 그렇게 생각해. 두 사람이 너를 데리고 집으로 돌아갔을 때, 너를 구한 거라고."

이선이 나를 바라본다.

"부모님은 너를 사랑하셔. 너는 사랑받을 자격이 있고. 그리고 만약 그걸 말씀드린다면, 네 부모님은 너를 지키기 위해 할 수 있는 모든 걸 하시겠지. 그건 내가 보장해. 두 분 다 말이야. 부모님은 너와…… 연결되어 있길 원하실 거야."

나는 이선의 어깨로 손을 뻗는다. 그리고 그 언저리를 맴돈다.

"네가 어렸을 때 일어난 일은 네 잘못이 아니야." 나는 속삭인다. "그리고……."

"헛소리는 이 정도면 충분해." 내가 손을 대기도 전에 이선은 저만치 가버린다. 나는 팔을 다시 거둬들인다.

나는 아이를 놓치고 말았다. 머리의 피가 전부 빠져나가는 느낌이다. 입이 바짝바짝 마른다.

이선은 이쪽으로 몸을 기울이더니 내 눈을 들여다본다. 그리고 자신의 밝고 진심 어린 눈빛을 마주한다. "나한테서 무슨 냄새 나?"

나는 고개를 젓는다.

"자. 맡아봐. 무슨 냄새가 나는 것 같아?"

나는 숨을 들이쉰다. 처음에는 양초, 라벤더 양초 냄새를 들이마셨다고 생각했다.

"비 냄새." 내가 대답한다.

"그리고?"

그리고 그냥 말이 나와버렸다. "오 드 콜로뉴."

"랄프 로렌, 로맨스." 이선이 덧붙인다. "당신에게 잘 보이려고 뿌렸어."

나는 고개를 젓는다.

"오, 그래. 아직 결정 못한 게 있긴 해." 이선은 한 마디 한 마디를 신중하게 내뱉는다. "계단에서 미끄러지는 것으로 할지, 약물 과다복용으로 할지. 최근에 기분이 아주 안 좋았잖아? 커피 테이블에 약이 아주 많더라고. 하지만 당신은 만신창이나 다름없으니 발을 헛디디는 것도 가능하겠지."

지금 일어나는 일을 믿을 수 없었다. 나는 고양이를 바라본다. 펀치는 옆에 잠들어 있다.

"정말 그리울 거야. 나 말고는 그럴 사람이 없겠지. 며칠이 지나도 아무도 눈치채지 못할 거야. 그 이후로 신경 쓰는 사람도 없을 테고."

나는 이불 아래에서 다리를 모은다.

"어쩌면, 당신 담당의는 그럴지도 모르겠군. 하지만 이미 당신에게 신물이 났을걸. 당신의 광장공포증과 죄책감을 참아내느라. 리지한테 당신이 그렇게 말했잖아. 세상에. 그러고 보니 성인군자가 또 한 명 있었네?"

나는 두 눈을 질끈 감는다.

"내가 말을 할 때는 나를 봐, 이년아."

나는 온 힘을 다해, 킥을 날린다.

96

내 발길질은 이선의 배를 정확히 가격한다. 이선은 몸을 구부리고, 나는 다시 한 방을 장전한다. 이번에는 얼굴을 걷어찬다. 발꿈치가 코에 닿는다. 이선은 바닥으로 나가떨어진다.

나는 재빨리 이불을 걷어내고 침대에서 뛰어나온다. 그리고 문간을 지나 새카만 복도로 뛰어간다.

머리 위 천창으로 비가 세차게 퍼붓는다. 나는 무릎을 꿇고 기어간다. 손을 마구 휘두르다 난간을 겨우 붙든다.

머리 위로 번개가 치자, 복도가 하얗게 빛난다. 그리고 바로 그 순간, 난간 기둥 사이로 환하게 빛나는 층계가 보인다. 아래로, 저 아래로 소용돌이치는 계단. 바닥까지 이어지는 길.

아래로, 아래로, 아래로.

나는 눈을 깜빡인다. 층계는 다시 어둠 속에 묻혔다. 빗소리를 제외하면 아무것도 보이지도, 느껴지지도 않는다.

나는 두 발로 일어서서 계단을 타고 내려간다. 천둥이 다시 한 번 울린다. 그리고 바로 그때.

"이년이." 층계참에서 비틀거리는 소리가 들린다. 제정신이 아니다. "쌍년이!" 이선이 몸을 부딪치자, 난간이 쩍 하고 갈라지는 소리를 낸다.

부엌으로 가야 해. 칼이 있는 곳. 아직 부엌 테이블 위에 날을 드러낸 채로 놓여 있다. 재활용 수거함, 반짝이는 유리 조각들이 있는 곳으로. 인터폰으로.

문으로.

하지만 밖으로 나갈 수 있겠어?

에드가 아주 작은 소리로 묻는다.

나가야 해. 말 걸지 마.

부엌에서 이미 따라잡힐 텐데. 밖으로 나가지 못할 거야. 나가도……

다음 층계참에 도착한 나는 나침반처럼 손을 휘저어 내 위치를 파악한다. 네 개의 문이 있다. 서재. 자료실. 벽장. 2층 욕실.

하나를 골라.

잠깐만.

하나를 골라.

2층 욕실이다. '천상의 황홀경.' 나는 문고리를 잡고 문을 거칠게 열어젖혀 안으로 들어간다. 문 뒤에 숨어 얕고 짧은 호흡을 이어간다……

……이선이 내려온다. 아래로 질주하고 있다. 나는 숨을 참는다.

층계참에 도착한 이선이 우뚝 멈춰 선다. 1미터가량 되는 거리. 공기의 흐름마저 느껴진다.

잠시 동안 빗소리 이외에 아무 소리도 들리지 않는다. 땀이 등줄기를 타고 흐른다.

"애나." 낮고 차가운 목소리. 나는 몸을 움츠린다.

한 손으로, 꿈쩍도 하지 않을 정도로 단단히 문틀을 잡고, 어둠 속의 층계참을 내다본다.

이선은 그림자 속의 그림자처럼 흐릿하다. 하지만 어깨와 움직이는 하얀 손은 분간할 수 있다. 그는 나를 등지고 서 있다. 칼을 어느 손에 들었는지는 확신할 수 없다.

이선은 아주 천천히 몸을 돌린다. 이제 자료실 문을 마주보는 그의 옆모습이 보인다. 그는 움직임 없이 정면을 응시하고 있다.

그리고 다시 몸을 돌린다. 이번에는 더 빠르다. 내가 욕실로 몸을 숨기기 전에 이미 나를 포착한다.

나는 그대로 움직이지 않는다. 움직일 수 없다.

"애나." 이선이 조용한 목소리로 나를 부른다.

나는 입을 다물지 못한다. 심장이 두방망이질한다.

우리는 서로를 바라본다. 나는 소리를 지르기 직전이다.

이선이 팽그르르 몸을 돌린다.

나를 보지 못했다. 짙은 어둠 속에서는 깊이 들여다볼 수 없을 것이다. 하지만 나는 익숙하다. 낮은 조명과 어둠. 나는 볼 수 있다. 그가 무엇을……

이제 그는 계단 쪽으로 걸어간다. 칼날이 한쪽 손에서 번뜩인다. 다른 한 손은 주머니에 들어가 있다.

"애나." 이선이 나를 찾는다. 주머니에서 무언가를 빼내 앞으로 내민다.

손바닥에서 빛이 쏟아져 나온다. 휴대전화. 손전등 앱을 켠 것이다.

이쪽에서도 층계가 시야에 들어온다. 불빛을 따라 벽이 하얗게 번진다. 천둥이 근처에서 우르릉거린다.

이선은 다시 한 번 몸을 돌려 등대가 불빛을 비추듯 층계참을 훑는다. 첫 번째는 벽장이다. 그는 벽장으로 걸어가 문을 열어젖힌다. 휴대전화 손전등으로 안을 겨눈다.

다음은, 서재. 안으로 걸어 들어가 방을 탐색한다. 이쪽에서는 그의 등이 보인다. 아래층으로의 탈주를 위해 마음을 다잡는다.

아래로, 아래로, 아래로.

하지만 따라잡힐 거야.

다른 방법이 없잖아.

있어.

어디?

위로, 위로, 위로.

이선이 서재에서 나오자 나는 고개를 흔든다. 자료실이 다음이다. 그다음은 욕실. 그 전에 움직여야 한다.

엉덩이가 문고리에 걸린다. 문고리가 딸깍 소리를 내며 돌아간다.

이선이 날카롭게 돌아선다. 불빛은 자료실 문을 지나 내 눈을 향해 정조준하고 있다.

앞을 볼 수가 없다. 시간이 정지한다.

"여기 있었군." 이선이 숨을 내쉰다.

그리고 나는 뛰기 시작한다.

문간을 빠져나와 이선을 향해 돌진한다. 어깨로 배를 들이받자 그는 숨을 쌕쌕거린다. 여전히 앞을 볼 수가 없다. 하지만 나는 그를 한쪽으로, 층계 쪽으로 밀어붙인다.

……그리고 갑자기 그가 사라진다. 층계 밑으로 굴러떨어지는 소리가 들린다. 마치 눈사태처럼. 손전등 빛이 천장을 가로지르며 격렬히 흔들린다.

위로, 위로, 위로. 올리비아가 속삭인다.

나는 몸을 돌린다. 시야는 아직도 어른거린다. 나는 한 발로 계단을 더듬다가 발을 헛디딘다. 다음 걸음에 거의 굴러떨어질 뻔한다. 나는 몸을 일으킨다. 뛰어.

층계참에서 방향을 바꾼다. 눈은 어둠에 적응하는 중이다. 침실이 바로 코앞이다. 침실만 지나면 게스트룸.

위로, 위로, 위로.

하지만 위에는 그냥 빈 방이 있잖아. 그리고 네 방이랑.

위로.

지붕?

위로.

하지만 어떻게? 내가?

당신은 한 방이 있잖아. 에드가 말한다. **선택의 여지도 없고 말이야.**

두 개 층 아래에서 이선이 계단을 오르기 시작한다. 나는 몸을 돌려 서둘러 올라간다. 라탄 때문에 발바닥에 불이 날 것 같다. 난간을 쓸고 지나가는 손바닥에서 끽 소리가 난다.

층계참에 도착한 나는 옥상으로 올라가는 문 아래로 달려간다. 머리 위로 손을 휘저어 체인을 찾아낸다. 체인을 손가락 사이에 끼우고 홱 잡아당긴다.

97

천장이 입을 벌리자 얼굴로 빗물이 쏟아진다. 사다리는 금속성 비명을 내지르며 나에게 돌진한다. 층계 아래쪽에서 이선이 뭐라고 소리를 지르지만, 그 말들은 모조리 바람에 날아가버린다.

나는 비가 들이치지 않게 눈을 질끈 감고 사다리를 오른다. 하나, 둘, 셋, 넷. 사다리는 내 무게를 버티지 못하고 끼익 소리를 낸다. 발판은 차갑고 미끄럽다. 일곱 번째 발판에 이르자 머리가 지붕 위로 솟아오른다. 그 소리란…….

소리에 압도당할 정도다. 폭풍이 짐승처럼 울부짖는다. 바람이 대기를 할퀴고 갈기갈기 찢어놓는다. 이빨처럼 날카로운 빗방울이 피부로 파고든다. 빗물은 얼굴을 핥고 머리를 뒤로 쓸어넘긴다…….

이선의 손이 내 발목을 움켜쥔다.

나는 미친 사람처럼 날뛰며 그 손을 뿌리치고 지붕 위로, 밖으로 올라가, 옆으로 나동그라진다. 들문과 천창 사이. 나는 돔 모양의 유리에 손을 짚고 몸을 일으켜 세운다. 그리고 눈을 뜬다.

세상이 나를 중심으로 기울어진다. 폭풍의 한가운데에서도 나

자신의 흐느낌을 들을 수 있다.

어둠 속에서도 지붕의 풀들이 얼마나 웃자랐는지 보인다. 화분과 화단에서 흘러넘친 식물들과 덩굴로 뒤덮인 벽. 아이비 줄기가 환풍구를 기어오르고 있었다. 바로 앞에는 거대한 덩굴 울타리가 버티고 있다. 족히 4미터는 될 듯한 울타리는 덩굴의 무게를 버티지 못하고 비스듬히 기울었다.

비가 내리는 정도가 아니라, 불어닥치고 있다. 물로 이루어진 거대한 돛이 펄럭인다. 비의 장막은 온 힘을 다해 바닥으로 떨어지며 석조장식을 신음하게 한다. 가운은 이미 살에 들러붙었다.

나는 천천히 몸을 돌린다. 무릎에 힘이 빠진다. 삼면이 4층짜리 절벽이다. 동쪽으로는 딥프나 스쿨의 벽면이 산처럼 솟아 있다.

위로는 하늘. 나를 둘러싼 우주. 추위에 손이 곱는다. 다리에 힘이 풀린다. 숨이 거칠어진다. 온갖 소음이 목소리를 높인다.

나는 건너편의 어두운 구멍을 바라본다. 들문. 그곳에서 팔 하나가 비를 뚫고 등장한다. 이선이다.

이제 그는 지붕 위로 올라온다. 그림자처럼 새까만 형체의 한 손에 들려 있는 봉투칼이 날카롭게 빛을 발한다.

나는 뒤로 물러서며 휘청거린다. 발이 천창 돔에 걸리자 옴짝달싹할 수 없다. 발에 살짝 힘을 준다. **찢어질 것 같다.** 데이비드가 경고했었다. **나뭇가지라도 떨어지는 날엔 창문이 완전 박살 날 거예요.**

그림자가 거리를 좁혀온다. 나는 비명을 지른다. 하지만 바람이 입을 막는다. 비명은 떨어진 잎사귀가 바람에 날리듯 사라진다.

이선은 순간적으로 뒷걸음질치더니, 이내 웃음을 터뜨린다.

"아무도 못 들을걸." 그가 바람의 울부짖음을 뚫고 소리친다.

"우리는 지금……." 이선이 말하는 동안에도 비는 더 세차게 몰아친다.

천창을 밟지 않고는 더 물러설 수 없다. 나는 살짝 옆으로 비켜선다. 비에 젖은 금속이 느껴진다. 전에 데이비드가 지붕에 올라서며 넘어뜨린 물뿌리개다.

비에 흠뻑 젖은 이선이 다가온다. 헐떡거리는 새카만 얼굴 위로 형형한 눈빛이 빛난다.

나는 물뿌리개를 집어 그를 향해 휘두른다. 하지만 순간 중심을 잃고, 물뿌리개가 내 손을 떠나 저만치 날아간다.

이선은 고개를 숙여 공격을 피한다.

나는 달리기 시작한다.

어둠 속으로, 이 야생의 공간으로, 머리 위의 하늘이 겁나지만, 뒤를 따라오는 저 아이는 공포 그 자체다. 옥상이 어떻게 생겼었는지 기억을 되살린다. 왼쪽으로는 회양목이 줄지어 서 있고, 그 너머에는 화단. 오른쪽으로는 빈 화분들이 줄지어 있고, 그 사이사이에 술 취한 사람처럼 늘어진 흙푸대. 울타리 터널이 바로 그다음이다.

천둥이 들고 일어난다. 번개가 하얀 빛으로 구름을 표백하고 지붕을 흠뻑 적신다. 비의 장막이 위치를 바꾸며 요동친다. 나는 그 모든 것을 뚫고 달려간다. 터널까지 가는 동안 하늘이 아무 때고 무너져 나를 산산조각 내도 이상할 것이 없지만, 아직 심장이 뛰고 뜨거운 피가 혈관을 덥힌다.

울타리 터널 입구에는 물의 장막이 드리워져 있다. 나는 그것을 뚫고 터널로 진입한다. 안은 지붕이 덮인 다리처럼 어둡고, 비 내린 숲처럼 눅눅하다. 마치 소음차단 장치를 한 것처럼, 방수포와

잔가지 덕분에 훨씬 더 조용하다. 헐떡이는 나의 숨소리를 들을 수 있을 정도로. 한쪽에는 작은 벤치가 놓여 있다. **역경을 헤치고 별을 향해.**

그것들은 내가 있었으면 했던 바로 그 자리, 터널 반대편 끝에 있다. 나는 그쪽으로 뛰어간다. 그리고 양손으로 그것을 잡고 몸을 돌린다.

쏟아지는 물줄기 뒤로 희미한 실루엣이 비친다. 이선을 처음 만났을 때도 그랬지. 기억한다. 그의 그림자가 현관 젖빛 유리에 드리워졌지.

순간 이선이 장막을 뚫고 걸어 들어온다.

"이거, 완벽한걸." 이선은 얼굴의 물을 닦아내며 이쪽으로 다가온다. 코트는 다 젖었고, 목도리는 목에 걸린 채 축 늘어져 있다. 봉투칼이 손에서 불쑥 튀어나와 있다. "당신 목을 비틀어주려고 했는데, 이게 더 좋겠어." 이선은 눈썹을 찡긋거린다. "완전히 미쳐서 자택 옥상에서 뛰어내리다."

나는 고개를 젓는다.

이번에는 이선이 웃어 보인다. "당신 생각은 어때? 손에 든 게 뭐지?"

원예용 절단기가 내 손에서 덜덜거린다. 무겁고 손이 떨린다. 하지만 나는 앞으로 돌진하며 그의 가슴 높이로 절단기를 들어 올린다.

이선은 이제 웃지 않는다. "그거 내려놔."

나는 고개를 저으며 가까이 다가선다. 이선이 멈칫한다.

"내려놓으라고." 이선이 반복한다.

나는 한 걸음 더 다가서며 절단기 칼날을 하나로 모은다.

이선의 시선이 손에 들린 봉투칼로 옮겨간다.

그리고 비의 장막 뒤로 물러난다.

나는 숨을 헐떡이며 잠시 기다린다. 이선의 모습이 서서히 사라진다.

천천히, 천천히, 나는 터널 입구의 아치로 다가간다. 그리고 거기서 멈춰 선다. 빗물이 얼굴에 흩날린다. 그리고 절단기 한끝을 장막 너머로 쑤욱 내민다. 마치 주술사가 막대를 다루듯.

지금이다.

나는 머리 위로 절단기를 들어 올렸다가, 물줄기 너머로 깊게 꽂는다. 만약 이선이 거기 있다면, 그는 아마…….

나는 그대로 얼어붙는다. 머리가 흘러내리고 옷이 흠뻑 젖는다. 이선은 거기 없다.

나는 주변을 둘러본다.

회양목 근처에도.

환풍구 근처에도.

화단에도 그의 흔적은 없다.

머리 위에서 번개가 치자 지붕이 하얗게 타오른다. 황량함이 드러난다. 차가운 빗방울과 제멋대로 자란 식물들로 가득한 버려진 땅.

하지만 여기 없다면, 그렇다면…….

공격은 내 뒤에서 날아들었다. 그의 몸이 너무 빠르고 너무 강하게 부딪혀서 비명조차 나오지 않는다. 나는 절단기를 놓치며 이선과 함께 쓰러진다. 무릎이 접히고 관자놀이 쪽이 바닥에 부딪힌다. 금이 가는 소리가 들린다. 입에서 피가 흘러나온다.

우리는 서로 엉겨붙은 채 아스팔트 위를 한 번, 또 한 번 구른다.

천창 언저리에 가 닿을 때까지. 천창 유리가 바들대는 게 느껴진다.

"이 쌍년이." 이선이 중얼거린다. 뜨거운 바람이 내 귓가에 어른거린다. 이제 이선은 일어서서 발로 내 목을 짓누르기 시작한다. 나는 껙껙거리는 소리를 낸다.

"개수작 부리지 마." 이선이 숨을 헐떡거린다. "이제 옥상에서 뛰어내리는 거야. 못하겠다면, 내가 밀어주지. 이제 가볼까."

나는 아스팔트 위로 들끓는 빗방울을 관찰한다.

"어느 쪽이 좋아? 공원 쪽? 아니면 거리 쪽?"

나는 두 눈을 감는다.

"너희 엄마가……." 나는 속삭인다.

"뭐라고?"

"너희 엄마가."

목을 누르는 압력이 느슨해진다. 아주 살짝이지만. "우리 엄마가?"

나는 고개를 끄덕인다.

"엄마가 뭐?"

"나에게 말했어……."

이번에는 압력이 더 세진다. 거의 목을 조르는 수준이다. "뭐라고 말했다는 거야?"

눈이 튀어나올 것 같다. 입이 벌어지고 욕지기가 튀어나온다.

이선은 다시 손을 느슨하게 한다. "뭐라 그랬다고?"

나는 숨을 깊게 들이쉰다. "엄마가 나한테 말해줬어." 나는 말을 이어간다. "네 아빠가 누구인지."

이선은 움직이지 않는다. 빗물이 내 얼굴을 적신다. 알싸한 피비린내가 혀끝에 맴돈다.

"거짓말이야."

나는 쿨럭이며 바닥에 머리를 박는다. "아니야."

"그 여자가 누구인지 알지도 못했으면서." 이선이 말한다. "당신은 그 여자를 완전히 다른 사람이라고 생각했잖아. 내가 입양됐다는 사실도 모르고 있었고." 이선은 발로 내 목을 짓밟는다. "그런데 어떻게……."

"나한테 말해줬어. 나는……." 침을 삼키자 목이 부어오른다. "그때는 그게 무슨 말인지 몰랐어. 하지만 나에게 말했어……."

이선은 아무 말도 하지 못한다. 내 목구멍으로, 아스팔트 위로 바람이 씩씩거리며 지나간다.

"누군데?"

나는 입을 다문다.

"누구냐고!" 이선이 내 배를 걷어찬다. 나는 헉 소리를 내며 고꾸라진다. 하지만 이선은 이미 내 멱살을 잡고 무릎을 꿇는다. 나는 앞으로 푹 쓰러진다. 그는 다시 내 목을 잡고 쥐어짠다.

"뭐라고 말했어?" 이선이 고함을 친다.

내 손가락은 목 언저리를 더듬는다. 이선이 나를 일으키자 내 몸은 그를 따라 일어선다. 무릎이 덜덜거린다. 이윽고 우리는 눈을 마주보며 선다.

이선은 너무나도 어려 보인다. 비에 젖은 부드러운 피부, 촉촉한 입술, 이마에 들러붙은 머리카락. **정말 착한 아이예요.** 이선의 어깨 너머로 공원과 거대한 그림자를 드리운 그의 집이 보인다. 그리고 내 발치에는 불룩하게 솟은 천창이 느껴진다.

"말해!"

나는 말하려 하지만 실패한다.

"말하라고!"

구역질이 올라온다.

이선은 내 목을 조르던 손에 힘을 뺀다. 나는 발아래를 확인한다. 이선은 아직 봉투칼을 손에 쥐고 있다.

"그 사람은 건축가였대." 나는 숨을 헐떡인다.

이선이 내 얼굴을 살핀다. 빗방울이 우리 두 사람 주위로, 두 사람 사이로 떨어진다.

"그리고 다크초콜릿을 좋아했대." 내가 말한다. "네 엄마를 한 방이 있는 여자라고 불렀지." 이선의 손이 떨어진다.

"영화를 좋아했어. 두 사람 다. 두 사람은……."

이선은 인상을 찌푸린다. "그걸 언제 말했다는 거지?"

"나를 찾아왔던 그날 밤. 그를 사랑했다고."

"그럼 그 남자는 어떻게 됐어? 지금 어디 있는데?"

나는 여기서 입을 다문다. "죽었어."

"언제?"

나는 고개를 흔든다. "좀 됐지. 그건 중요한 게 아니야. 그가 죽고 나서 네 엄마는 무너졌어."

이선의 손이 다시 내 목을 움켜쥔다. 눈이 번쩍 뜨인다. "중요해. 중요하다고. 언제 죽……."

"중요한 건 그 사람이 널 사랑했다는 거야." 나는 캑캑대며 말한다.

이선이 얼어붙는다. 그는 다시 손을 떨군다.

"그는 너를 사랑했어." 나는 같은 말을 반복한다. "두 사람 모두."

나를 노려보는 이선, 그의 손에 들린 봉투칼, 나는 숨을 깊게 들이쉰다.

그리고 그를 껴안는다.

이선은 뻣뻣하게 굳었던 몸의 긴장을 푼다. 우리는 그렇게 빗속에 서 있다. 나는 두 팔로 이선을 감싸고, 이선은 양손을 내린 채로.

맥이 풀리며 나는 몸의 중심을 잃는다. 옆으로 쓰러지는 나를 이선이 붙잡는다. 다시 제대로 섰을 때, 우리 두 사람의 위치는 뒤바뀌어 있었다. 나는 두 손을 이선의 가슴에 올린 채 아이의 심장 박동을 느낀다.

"두 사람 모두 너를 사랑했어." 나는 그 말을 중얼거린다.

그리고 무게를 실어 이선에게 몸을 기대며 그를 천창으로 밀어낸다.

98

이선의 등이 천창으로 떨어진다. 유리가 마구 흔들린다.

그는 아무 말 없이 그저 나를 바라본다. 마치 어려운 질문을 받은 사람처럼 혼란스러운 얼굴.

봉투칼이 한쪽으로 미끄러진다. 이선은 손으로 유리를 짚은 채 몸을 일으킨다. 내 심장박동이 느려지고, 시간마저 천천히 흐른다.

그리고 그때, 천창이 산산조각 난다. 폭풍우에 묻혀 소리는 들리지 않는다.

순식간에, 이선은 시야에서 사라진다. 설사 비명을 질렀다 해도, 들리지 않았을 것이다.

나는 깨져버린 천창 가장자리로 비틀비틀 기어간다. 그리고 집으로 이어지는 우물 안을 들여다본다. 빗방울이 허공에 꽂힌다. 불꽃을 보는 것 같다. 그 아래 층계참에는 깨진 유리가 은하수처럼 흩어져 있다. 그리고 더는 보이지 않는다. 너무 어둡다.

나는 폭풍우 속에 서 있다. 그저 멍할 뿐이다. 빗물이 발치에서 찰랑거린다.

잠시 후 나는 뒤로 물러선다. 조심스럽게 천창 주위를 돌아 아직 열려 있는 들문 쪽으로 다가간다.

아래로 내려간다. 아래로, 아래로, 아래로. 손가락이 발판에서 미끄러진다.

바닥에 깔린 융단은 흠뻑 젖어 있다. 지붕에 난 들문 밑을 지나 계단 맨 위에 발을 디디고 선다. 빗물이 퍼붓는다.

나는 올리비아의 침실로 간다. 잠시 멈추고, 안을 들여다본다.

나의 아가. 나의 천사. 엄마가 미안해.

잠시 후 아래로 내려간다. 발아래 느껴지는 라탄은 거칠고 건조하다. 나는 다시 한 번 층계참에 멈춰 섰다가, 떨어지는 물줄기를 관통해 내 침실 앞에 선다. 물이 뚝뚝 떨어진다. 그러고는 침대와 커튼, 검은 유령처럼 서 있는 러셀 가를 바라본다.

그리고 다시 한 번 물줄기를 통과한 다음, 계단을 내려와 서재로 간다. 에드의 자료실. 내 자료실. 빗방울이 창문에 몰아치는 모습을 지켜본다. 벽난로 위의 시계가 시간을 알린다. 새벽 2시.

나는 시선을 거두고 방을 나선다.

층계참에서부터 이미 이선의 잔해가 보이기 시작한다. 바닥에 널브러진 추락한 천사. 나는 계단을 내려간다.

머리 위로 검붉은 왕관이 일렁인다. 한쪽 손은 가슴 위에 고이 놓여 있다. 이선의 시선이 나를 향한다.

나의 시선도 이선을 향한다.

그리고 나는 이선을 지나친다.

그리고 부엌으로 들어선다.

그리고 유선전화를 꽂아 리틀 형사에게 전화한다.

6주 후

한 시간 전 마지막 눈송이가 날리더니, 지금은 눈이 아릴 만큼 파란 하늘에 해가 높이 떠 있다. 블라디미르 나보코프가 《세바스찬 나이트의 진짜 인생》에서 '따스함이 아닌 아름다움을 위한 하늘'이라고 말한 바로 그 하늘이다. 나는 독서 목록을 새로 만들었다. 이제 원격 북클럽은 없다.

하늘은 참으로 아름답다. 그 아래 햇살을 받아 밝게 빛나는 거리도 마찬가지다. 오늘 아침, 이 도시에는 35.5센티미터의 눈이 내렸다. 나는 눈이 빽빽하게 내려 길이 얼고, 집 앞 계단에 하얀 카펫이 깔리고, 화단에 쌓이는 모습을 침실 창가에서 몇 시간 동안 지켜보았다. 10시가 지나자, 그레이 일가 네 명이 들뜬 모습으로 몰려나왔다. 그들은 눈을 맞으며 소리를 질렀다. 그들은 비틀거리며 쌓인 눈을 지나 아래 블록으로 내려갔다. 그리고 시야에서 사라졌다. 길 건너에 사는 리타 밀러는 한 손에 머그를 들고 가운을 여미며 현관에 나타나 날씨에 대한 찬사를 늘어놓았다. 그녀의 남편이 등 뒤에서 그녀를 끌어안으며 어깨에 고개를 묻었다. 리타는 남편의 볼에 키스했다.

그나저나, 그녀의 진짜 이름을 알아냈다. 이웃 사람들을 탐문 수사한 리틀 형사가 말해주었다. '수'였다. 실망이다.

공원은 눈밭으로 변했다. 너무 깨끗해서 반짝이기까지 한다. 그 너머에는, 제정신이 아닌 언론들이 '10대 살인마의 400만 달러짜리 저택!'이라고 이름 붙인 바로 그 집이 눈부신 하늘 아래 웅크리고 있다. 창문은 모두 닫혔다. 사실 400만 달러짜리는 아닌 것으로 알고 있다. 하지만 345만 달러는 그다지 섹시하게 들리지 않겠지.

집은 비어 있다. 비어 있은 지 몇 주가 지났다. 리틀 형사는 그날 아침 재차 방문했다. 경찰이 도착하고, 구급대원들이 시신을 치운 다음이었다. 이선의 시신. 알리스타 러셀은 체포되었다. 살인 방조죄였다. 그는 아들의 소식을 듣자마자 죄를 시인했다고 한다. 이선이 말한 그대로였다. 분명 알리스타는 무너졌을 것이다. 오히려 제인이 강한 모습을 보여주었다. 나는 그녀가 뭘 알고 있는지, 어디까지 알고 있는지가 궁금해졌다.

"사과를 드려야 할 것 같습니다." 리틀 형사가 고개를 저으며 중얼거렸다. "노렐리도 마찬가지이고요."

말리고 싶은 마음은 없었다.

형사는 다음 날에도 들렀다. 기자들이 몰려와 문을 두드리고 초인종을 눌러댔다. 나는 그들을 깡그리 무시했다. 적어도 일 년 넘게, 바깥세상을 무시하는 일만큼은 잘해왔으니까.

"좀 어떠세요, 애나 폭스 씨?" 리틀이 물었다. "이분이 그 유명한 박사님이로군요."

내 뒤를 이어 서재에서 나오는 필딩 박사를 보며 리틀이 말했다. 박사는 이편에 멍하니 서서 형사를 바라본다. 형사의 몸집에 얼이 빠진 것이 분명했다. "박사님과 함께여서 다행입니다." 리틀 형사가 손을 흔들며 말했다.

"저도 그쪽이 있어서 다행이라고 생각합니다." 필딩 박사가 대답했다.

나 역시 같은 생각이었다. 지난 6주 동안 모든 것이 명확해지고 안정되었다. 일단 천창을 손봤다. 청소업체에서 나와서 집을 깨끗이 정리했다. 나는 술을 줄이고 약을 제대로 먹고 있다. 사실 술은 입에도 대지 않고 있다. 문신을 한, 팸이라는 이름의 기적을 행하는 카운슬러 덕분이다. 그녀는 첫 만남에서 이렇게 말했다. "나는 모든 종류의 사람들을 고쳐주었죠. 그들이 어떤 상황에 있었건."

"그거 아주 새롭군요."

나는 데이비드에게 사과하려고 열두 번도 넘게 전화했지만, 그는 받지 않았다. 지금 어디 있을지 궁금하다. 잘 지내고 있는지도. 나는 아래층 침대 밑에 박혀 있던 이어폰을 발견하고는 가지고 올라와서 서랍에 보관해두었다. 혹시라도 전화가 올지 모르니까.

그리고 몇 주 전, 나는 아고라에 재가입했다. 우리는 같은 부류의 사람들이다. 어찌 보면 가족이라고 할 수 있겠다. **나는 환자의 치료와 안녕을 증진시킬 것입니다.**

그러나 나는 지금도 줄곧 에드와 올리비아를 물리치는 중이다. 항상, 완전히는 아니더라도. 종종 그들의 목소리가 들리는 밤이면, 나는 혼잣말을 한다. 하지만 우리의 대화는 끝났다.

"제발요."

비나의 손은 건조하다. 내 손은 그렇지 않다.

"제발, 제발 좀."

비나는 정원으로 난 문을 홱 잡아당긴다. 으스스한 공기가 안으로 들어온다.

"폭풍우 속에서 지붕으로도 나갔었잖아요."

하지만 그건 얘기가 다르다. 그때는 생존을 위해 나갔던 거고.

"여기는 애나의 정원이잖아요. 햇살이 비치는."

사실이다.

"게다가 스노부츠도 신었고요."

그 말도 사실이다. 창고에서 찾았다. 버몬트에서의 그 밤 이후로 신은 적이 없었다.

"그럼 뭐가 문제예요?"

문제는 없다. 이제는. 나는 가족이 돌아오길 기다렸지만, 그들은 돌아오지 않을 것이다. 나는 내 우울이 사라지길 기다렸지만, 사라지지 않을 것이다. 나 자신의 도움을 받지 않고는.

나는 세상으로 돌아가길 기다려왔다. 지금이 바로 그 순간이다.

바로 지금, 태양이 내가 사는 집을 비추는 바로 이 순간. 지금, 시야도 머릿속도 선명한 바로 이 순간. 지금, 비나가 나를 문으로, 계단 위로 데려가는 바로 이 순간.

비나의 말이 맞다. 나는 똑같은 일을 옥상에서 비를 맞으면서 해냈다. 나는 생존을 위해 싸웠다. 죽고 싶지 않은 게 분명하다.

그리고 죽고 싶은 게 아니라면, 삶을 시작해야 한다.

그럼 뭐가 문제야?

하나, 둘, 셋, 넷.

비나가 내 손을 놓고, 눈 위에 발자국을 남기며 정원을 걸어간다. 그녀는 뒤돌아보며 나에게 손짓한다.

"이리 와요."

나는 두 눈을 감는다.

그리고 감았던 눈을 뜬다.

나는 빛 속으로 걸어간다.

애나 폭스의 영화들

10월 24일 일요일

나는 비밀을 알고 있다(The Man Who Knew Too Much)

1956년. 미국. 앨프리드 히치콕 감독. 제임스 스튜어트, 도리스 데이 주연. 히치콕 감독이 자신이 1934년 만든 동명의 영화(영국)를 리메이크한 작품. 휴가를 보내던 가족이 암살 사건에 휘말리는 내용으로, 극중에서 도리스 데이가 부른 'Que Sera, Sera'로 아카데미 주제가상을 수상했다.

길다(Gilda)

1946년. 미국. 찰스 비도르 감독. 리타 헤이워스, 글렌 포드 주연. 도박꾼 조니는 카지노 사장의 심복이 된다. 사장의 집에 초대받아 간 조니는 사장의 부인이 된 전 애인 길다를 만난다. 두 사람은 강하게 이끌리고 선을 넘는다. 리타 헤이워스를 스타덤에 올려놓은 영화이다.

10월 27일 수요일

과거로부터(Out of the Past)

1947년. 미국. 자크 투르뇌 감독. 로버트 미첨, 제인 그리어 주연. 왕년의 사설탐정으로, 지금은 은퇴하고 주유소에서 일하는 제프에게 한 남자가 찾아온다. 조용히 살아가려던 그의 앞날에 과거의 위험한 사랑이 그림자를 드리운다.

에어플레인(Airplane)

1980년. 미국. 데이비드 주커, 제리 주커 공동 감독 및 주연. 택시 기사인 테드 스트라이커는 공군 조종사로 참전한 기억 때문에 비행공포증을 앓는다. 어느 날, 비행 승무원인 여자친구 일레인이 결별을 선언하자 테드는 엉겁결에 그녀를 따라 비행기에 오른다. 그런데 식중독으로 기장이 정신을 잃고, 테드가 조종간을 잡게 된다.

10월 29일 금요일

디아볼릭(Les Diaboliques)

1955년. 프랑스. 앙리-조르주 클루조 감독. 시몬 시뇨레, 베라 클루조 주연. 폭력적인 남편인 미셸 때문에 괴로워하는 크리스티나에게 미셸의 정부인 니콜이 찾아와 함께 그를 죽이자고 제안한다. 두 사람은 성공적으로 미셸을 죽이고 시체를 수영장에 던지지만, 그의 시체가 감쪽같이 사라지고 이상한 일들이 일어난다.

몰락한 우상(The Fallen Idol)

1948년. 영국. 캐럴 리드 감독. 랠프 리처드슨, 미셸 모건 주연. 런던의 프랑스 대사관. 대사관 집사의 아내가 죽고, 유일한 목격자는 어린 소년 필립이다. 유럽 심리 스릴러의 고전.

공포의 내각(Ministry of Fear)

1944년. 미국. 프리츠 랑 감독. 레이 밀랜드, 마조리 레이놀즈 주연. 제2차 세계대전 중 출소한 닐이 뜻하지 않게 첩보전의 소용돌이에 휘말린다.

10월 30일 토요일

39계단(The 39 Steps)

1935년. 미국. 앨프리드 히치콕 감독. 로버트 도넷, 매들린 캐럴 주연. 리처드는 자신이 첩보원이라고 주장하는 애너벨라를 돕는다. 다음 날 새벽, 애너벨라가 공격을 받아 죽고, 살인 혐의를 뒤집어쓴 리처드는 도망자가 된다.

이중배상(Double Indemnity)

1944년. 미국. 빌리 와일더 감독. 프레드 맥머레이, 바버라 스탠윅 주연. 보험회사 직원인 월터는 고객인 디트리히슨의 집에 방문했다가 그의 아내 필리스의 유혹에 넘어간다. 두 사람은 디트리히슨을 죽이는 데 성공하지만, 보험사는 이를 수상하게 여기고 수사에 들어간다.

가스등(Gaslight)

1944년. 미국. 조지 큐커 감독. 샤를르 보와이에, 잉그리드 버그먼, 조셉 코튼 주연. 폴라는 잘생긴 그레고리와 결혼해 상속받은 집에서 신혼 생활을 시작한다. 그레고리는 폴라의 외출을 막고, 그녀를 정신이상자로 몰고 간다. '가스라이팅(gaslighting)'이라는 심리학 용어와 관련이 있다.

파괴공작원(Saboteur)

1942년. 미국. 앨프리드 히치콕 감독. 프리실라 레인, 로버트 커밍스 주연. 공장에서 일하던 배리는 화재로 친한 친구를 잃고 방화범으로 몰린다. 배리는 자신의 결백을 증명하고, 방화의 배후에 있는 거대한 음모를 파헤치려 한다.

빅 클락(The Big Clock)

1948년. 미국. 존 패로 감독. 레이 밀랜드, 찰스 로튼 주연. 어떤 이를 살해한 언론 재벌 얼은 무고한 남자에게 죄를 뒤집어씌우려 한다. 남자는 자신의 결백을 밝히려 한다.

그림자 없는 남자(The Thin Man) 시리즈

1934~1947년. 미국. 윌리엄 파월, 머나 로이 주연. 은퇴한 경찰인 닉 찰스와 그의 아내 노라 찰스가 사건을 풀어가는 코미디 탐정물. 은퇴한 형사인 닉 찰스는 부유한 집안의 딸 노라와 결혼한다. 닉은 느긋하게 은퇴 생활을 누리고 싶어하지만 스릴을 원하는 노라 때문에 이런저런 사건에 뛰어든다. 대실 해밋의 소설을 원작으로 제작된 시리즈로, 모두 6편이 있다.

도살자(The Butcher, Le Boucher)

1969년. 프랑스, 이탈리아. 클로드 샤브롤 감독. 스테파니 오드런, 장 얀느, 안토니오 파살리아 주연. 시골 학교에 부임한 교사 엘렌은 푸줏간 주인 포폴을 만난다. 포폴은 엘렌에게 반해 사랑을 고백하지만 엘렌은 거부한다. 한편 마을은 연쇄 강간, 살해 사건으로 흉흉해지고 엘렌은 포폴을 의심한다. 히치콕을 모방했으면서도 히치콕보다 더 히치콕답다는 평을 받았다.

다크패시지(Dark Passage)

1947년. 미국. 델머 데이브즈 감독. 험프리 보가트, 로런 바콜 주연. 빈센트는 아내를 살해한 죄로 종신형을 선고받았다. 가까스로 감옥에서 탈옥한 빈센트는 자신의 결백을 입증하려 하고 그런 그를 아이린이라는 여자가 돕는다.

나이아가라(Niagara)

1953년. 미국. 헨리 해서웨이 감독. 마릴린 먼로, 조셉 코튼, 진 피터스 주연. 나이아가라 폭포로 여행 온 신혼 부부가 다른 투숙객 부부의 갈등에 휘말린다.

샤레이드(Charade)

1963년. 미국. 스탠리 도넌 감독. 오드리 헵번, 캐리 그랜트 주연. 남편의 재산을 노리는 남자들에게 쫓기는 여자 레지나와 이를 돕겠다고 나선 조슈아가 파리에서 겪는 일을 다룬다.

서든 피어(Sudden Fear)

1952년. 미국. 데이비드 밀러 감독. 조안 크로포드, 잭 팰런스 주연. 상속녀이자 극작가인 마이라는 배우인 레스터를 만나 결혼한다. 그러나 레스터에게는 아이린이라는 정부가 있었다. 레스터는 아이린과 함께 마이라를 죽이고 그녀의 재산을 가로채려 한다.

어두워질 때까지(Wait Until Dark)

1967년. 미국. 테렌스 영 감독, 오드리 헵번, 알란 아킨 주연. 수지는 최근에 시력을 잃었다. 그녀의 남편은 비행기에서 인형을 잠시 맡아달라는 부탁을 받는다. 인형 속에는 밀수된 마약이 있었고, 악당들은 수지에게 접근해 인형이 숨겨진 곳을 알아내려 한다.

배니싱(The Vanishing)

1988년. 프랑스, 네덜란드. 조지 슬루이저 감독. 버나드-피에르 도나디우, 기니 베르보에츠 주연. 연인인 렉스와 사스키아는 여행을 떠난다. 중간에 들른 휴게소에서 사스키아가 실종되고 렉스는 그녀를 찾아 주변을 뒤진다. 그리고 삼 년 후, 렉스에게 한 남자가 접근한다. 그는 평범한 교사로 보이지만 실은 정신병자였다.

실종자(Frantic)

1988년. 미국. 로만 폴란스키 감독. 해리슨 포드, 베티 버클리 주연. 파리로 여행을 온 부부. 리처드가 샤워를 하는 사이 호텔방에서 부인이 사라진다. 리처드는 아내의 실종이 바뀐 가방 때문이라는 이야기를 듣는다.

사이드 이펙트(Side Effects).

2013년. 미국. 스티븐 소더버그 감독. 루니 마라, 채닝 테이텀, 주드 로 주연. 우울증 환자 에밀리는 의사인 뱅크스가 처방해준 신약을 복용하고 증세가 호전된다. 하지만 몽유병 증세가 나타나면서 살인을 저지르게 되고, 모든 것이 약의 부작용 때문이라 믿는다.

카사블랑카(Cassablanca)

1942년. 미국. 마이클 커티스 감독. 험프리 보가트, 잉그리드 버그먼 주연. 모로코에서 카페를 운영하는 릭은 우연히 옛 사랑인 일자를 만난다.

밤 그리고 도시(Night and the City)

1950년. 미국, 영국. 줄스 다신 감독. 리처드 워드마크, 진 티어니 주연. 런던의 밤거리를 헤매는 해리는 은퇴한 세계적인 레슬링 선수를 만나고, 생각지도 못한 음모에 휘말린다.

소용돌이(Whirlpool)

1949년. 미국. 오토 프레밍거 감독. 진 티어니, 리처드 콘트 주연. 마비 증상으로 고통받는 여자가 최면요법을 시도한다. 하지만, 최면에서 깨어난 그녀는 기억에 없는 살인 현장에서 발견되고, 용의자가 된다.

안녕, 내사랑(Murder, My Sweet)

1944년. 미국. 에드워드 드미트릭 감독. 딕 포웰, 클레어 트레버, 앤 셜리 주연. 전직 사기꾼의 여자친구를 찾는 일에 고용된 필립은 거미줄처럼 얽힌 복잡한 미스터리에 빠진다. 레이먼드 챈들러의 소설을 영화화했다.

나이트 머스트 폴(Night Must Fall)

1937년. 미국. 리처드 소프 감독. 로버트 몽고메리, 로사린드 러셀 주연. 브람슨 부인은 고립된 저택에 사는 자산가이다. 그녀는 저택을 돌봐달라며 대니를 고용한다. 그녀의 조카 올리비아는 그에게 끌리면서도 그를 의심한다.

로라(Laura)

1944년. 미국. 오토 프레밍거 감독. 진 티어니, 데이나 앤드루스 주연. 광고회사 디자이너인 로라가 자신의 집에서 살해되고, 한 남자가 유력한 용의자로 떠오른다.

10월 31일 일요일

현기증(Vertigo)

1958년. 미국. 앨프리드 히치콕 감독. 제임스 스튜어트, 킴 노박 주연. 고소공포증 때문에 은퇴한 경찰 스코티는 사립탐정이 된다. 그는 사건을 맡았다가 마들레인이라는 여인에게 연정을 느끼고, 마들레인이 자살한 이후 그녀를 너무나 닮은 주디라는 여인에게 강박적으로 매달린다.

제3의 사나이(The Third Man)

1949년. 영국. 캐럴 리드 감독. 조셉 코튼, 알리다 발리 주연. 제2차 세계대전 직후, 삼류 소설가 마틴스가 친구에게 일자리를 얻으려고 비엔나를 방문하지만, 친구가 의문의 사고로 사망한 것을 알게 된다.

리피피(Du Rififi Chez Lex Hommes)

1955년. 프랑스, 이탈리아. 줄스 다신 감독. 진 세바이스, 칼 모너 주연. 형기를 마치고 출옥한 토니는 여전히 충성스러운 부하 조를 다시 만난다. 조는 토니에게 보석상을 털자고 제안한다. 이 마지막 한탕을 끝으로 은퇴하자고 말이다.

11월 2일 화요일

스펠바운드(Spellbound)

1945년. 미국. 앨프리드 히치콕 감독. 잉그리드 버그먼, 그레고리 펙 주연. 정신병원의 의사로 근무하는 콘스탄스는 새로 부임한 의사 에드워드와 사랑에 빠진다. 그러나 에드워드는 사실 에드워드가 아니었고, 죽은 친구의 이름임이 밝혀진다. 남자는 기억하지 못하는 살인사건의 용의자로 몰려 경찰의 추적을 받는다.

죽음의 항해(Dead Calm)

1989년. 오스트레일리아. 필립 노이스 감독. 니콜 키드먼, 샘 닐 주연. 교통사고로 아들을 잃은 부부가 요트 여행을 떠난다. 조용할

줄만 알았던 여행은 바다 한가운데에서 만난 한 남자로 인해 흔들린다.

레베카(Rebecca)

1940년. 미국. 앨프리드 히치콕 감독. 로런스 올리비에, 주디스 앤더슨, 조앤 폰테인 주연. 수줍은 여자가 부인과 사별한 남자를 만나 결혼해 대저택에 들어가지만, 남자는 아직 고통에서 벗어나지 못했다.

11월 3일 수요일

열차 안의 낯선 자들(Strangers on a Train)

1951년. 미국. 앨프리드 히치콕 감독. 팔리 그레인저, 루스 로먼 주연. 프로 테니스 선수 가이는 아내를 두고 외도를 즐기며 이혼을 바라고 있다. 어느 날 가이는 기차 안에서 브루노를 만나고, 브루노는 그에게 교환살인을 제안한다. 영화 마지막에 빠르게 돌아가는 회전목마 장면이 등장한다.

위커 맨(The Wicker Man)

2006년. 미국. 닐 라부티 감독. 니콜라스 케이지 주연. 고속도로 사고로 죽어가던 모자를 구하지 못한 죄책감에 괴로워하던 경찰관 에드워드는 실종된 딸을 찾아달라는 옛 연인의 편지를 받는다.

로프(Rope)

1948년. 미국. 앨프리드 히치콕 감독. 제임스 스튜어트 주연. 두 대학생이 재미삼아 동급생을 밧줄로 목 졸라 죽인 후 그의 시체를 아파트에 숨긴다. 이들은 완전범죄를 위해 친구와 가족을 초대해 파티를 연다.

북북서로 진로를 돌려라(North by Northwest)

1959년. 미국. 앨프리드 히치콕 감독. 캐리 그랜트, 에바 마리 세인트 주연. 뉴욕의 광고업자가 외국첩보기관에 의해 정부요원으로 오해받아 살해될 위기에 처한다.

숙녀 사라지다(The Lady Vanishes)

1938년. 미국. 앨프리드 히치콕 감독. 마가렛 락우드, 마이클 레드그레이브 주연. 여행 중인 젊은 여성이 기차에서 한 부인의 도움을 받는다. 두통으로 잠이 들었던 여성은 깨어난 뒤 그 부인이 사라진 것을 발견하고 찾아 나선다. 〈반드리카 초특급〉이라는 제목으로도 알려졌다.

11월 4일 목요일

아담스 패밀리(The Adams Family)

1991년. 미국. 베리 소넨필드 감독. 안젤리카 휴스턴, 라울 줄리아, 크리스토퍼 로이드 주연. 아담스 가에 이십오 년간 행방불명이던 친척이 찾아온다. 1964년 TV 시리즈로 방영된 동명의 작품을 영화화한 것으로, 개봉 당시 선풍적인 인기를 끌었다.

미스터 에드(Mister Ed)

1961~1966년. 미국. 저스터스 아디스 외(外) 감독. 앨런 영, 코니 하인즈 출연. 미국 CBS에서 인기리에 방영된 TV 시리즈. 말하는 말인 에드와 그 주인의 좌충우돌을 다루었다. 이 소설에서 애나가 올리비아에게 언급한 물론(Of course)이라는 말이 주제가에서 말장난으로 반복된다.

11월 5일 금요일

무법자(The Outlaw)

1943년. 미국. 하워드 휴즈, 하워드 혹스 감독. 잭 부텔, 제인 러셀 주연. 서부의 무법자들이 리오 맥도날드라는 여성의 관심을 끌기 위해 좌충우돌한다. 제인 러셀이 전형적인 핀업걸 이미지로 등장하는 포스터로 유명하다.

열정(Hot Blood)

1956년. 미국. 니콜라스 레이 감독. 제인 러셀, 코넬 와일드 주연. 열정적인 여성 애니와 정략결혼으로 얽힌 형제 이야기. 집시 스커트를 입고 역동적인 자세를 취하는 제인 러셀을 담은 포스터로 유명하다.

11월 7일 일요일

의혹의 그림자(Shadow Of A Doubt)

1943년. 스릴러. 미국. 앨프리드 히치콕 감독. 테레사 라이트, 조셉 코튼 주연. 미국 소도시에 사는 찰리의 단조로운 삶은 이름이 같은 찰리 삼촌이 찾아오면서 활기를 띤다. 그러나 찰리는 삼촌이 연쇄살인범일지도 모른다는 의구심을 가진다.

이창(Rear Window)

1954년. 미국. 앨프리드 히치콕 감독. 제임스 스튜어트, 그레이스 켈리 주연. 다리를 다친 사진작가가 이웃들을 엿보는 것으로 소일하던 중 한 이웃이 살인을 저질렀다고 확신한다.

11월 8일 월요일

싸인(Sign)

2002년. 미국. 나이트 샤말란 감독. 멜 깁슨, 호아킨 피닉스 주연. 미국의 시골 마을에서 옥수수 농장을 운영하는 그레이엄은 어느 날 원과 선으로 만들어진 복잡하면서도 거대한 미스터리 서클을 발견한다.

로즈메리의 아기(Rosemary's Baby)

1968년. 미국. 로만 폴란스키 감독. 미아 패로 주연. 새로운 아파트로 이사 온 젊은 부부가 이상한 일들을 겪게 되고, 부인이 임신한 후에 더욱 심각해진다.

침실의 표적(Body Double)

1984년. 미국. 브라이언 드 팔마 감독. 크레그 워슨, 멜라니 그리피스 주연. 단역배우 제이크는 폐소공포증 때문에 배역을 잃는다. 애인에게서도 버림받은 제이크는 다른 사람의 집을 관리해주기로 하고, 그 집에서 이웃 여자를 훔쳐보다가 자신도 모르게 끔찍한 일에 휘말린다.

욕망(Blow-up)

1966년. 영국, 이탈리아. 미켈란젤로 안토니오니 감독. 바네사 레드그레이브, 세러 마일스 주연. 런던의 사진작가가 황량한 공원에서 찍은 사진을 정리하던 중 의심스러운 것을 발견한다.

우먼 인 윈도 모중석스릴러클럽 047

1판 1쇄 발행 2019년 9월 3일 **1판 7쇄 발행** 2021년 2월 10일

지은이 A. J. 핀
옮긴이 부선희
펴낸이 고세규
편집 이승희 **디자인** 정윤수
발행처 김영사
주소 경기도 파주시 문발로 197(문발동) 우편번호10881
등록 1979년 5월 17일(제406-2003-036호)
구입 문의 전화 031)955-3100 **팩스** 031)955-3111
편집부 전화 02)3668-3292 **팩스** 02)745-4827 **전자우편** literature@gimmyoung.com
비채 카페 cafe.naver.com/vichebooks **인스타그램** @drviche **카카오톡** @비채책
트위터 @vichebook **페이스북** facebook.com/vichebook
ISBN 978-89-349-9895-2 03840 책값은 뒤표지에 있습니다.

비채는 김영사의 문학 브랜드입니다.
이 도서의 국립중앙도서관 출판시도서목록(CIP)은 서지정보유통지원시스템 홈페이지
(http://seoji.nl.go.kr)와 국가자료공동목록시스템(http://www.nl.go.kr/kolisnet)에서
이용하실 수 있습니다. (CIP제어번호: CIP2019032803)